Alice Munro

Offene Geheimnisse

Aus dem Englischen von Karen Nölle

FISCHER TaschenBibliothek

Erschienen bei FISCHER Taschenbuch
Frankfurt am Main, November 2014

Die Originalausgabe erschien 1994
unter dem Titel ›Open Secrets‹
bei Alfred A. Knopf, New York
© 1994 Alice Munro

Der Band wurde 1996 zum ersten Mal
im Klett-Cotta Verlag auf Deutsch veröffentlicht.
Die Übersetzung wurde für die vorliegende Ausgabe
von Karen Nölle grundlegend überarbeitet.

Für die deutschsprachige Ausgabe:
© S. Fischer Verlag GmbH, Frankfurt am Main 2014
Umschlaggestaltung: Hißmann/Heilmann, Hamburg
Umschlagabbildung: Leanne Shapton
Satz: Dörlemann Satz, Lemförde
Druck und Bindung: CPI books GmbH, Leck
Printed in Germany
ISBN 978-3-596-52049-7

Dieses Buch ist für ewigtreue Freundinnen –
Daphne und Deirdre, Audre, Sally, Julie, Mildred,
Ann und Ginger und Mary

Inhalt

Entrückt

Louisa öffnete den Brief, der an diesem Tag aus Übersee eingetroffen war, im Speisesaal des Commercial Hotel. Sie aß Steak mit Kartoffeln, wie üblich, und trank ein Glas Wein. Mit im Raum saßen ein paar Handlungsreisende und der Zahnarzt, der jeden Abend dort aß, weil er Witwer war. Er hatte anfangs Interesse an ihr gezeigt, aber ihr gesagt, er habe noch nie eine Frau gesehen, die Wein oder Spirituosen anrührte.

»Ich mache es für meine Gesundheit«, sagte Louisa ernst.

Die weißen Tischtücher wurden wöchentlich gewechselt und in der Zwischenzeit mit Wachstuchsets geschont. Im Winter roch der Speisesaal nach diesen mit Küchenlappen gewischten Sets und den Kohlengasen aus dem Ofen, nach Rindersoße und angetrockneten Kartoffeln und Zwiebeln – ein Geruch, der niemandem, der hungrig aus der Kälte hereinkam, zuwider war. Auf jedem Tisch stand eine kleine Menage mit dem Fläschchen brauner Soße, dem Fläschchen Tomatensoße und dem Töpfchen Meerrettich.

Der Brief trug die Anschrift »An die Bibliothekarin, Carstairs Public Library, Carstairs, Ontario«. Er war sechs Wochen zuvor datiert – 4. Januar 1917.

Sie werden vielleicht überrascht sein, von einem Menschen zu hören, den Sie nicht kennen und der sich Ihres Namens nicht erinnert. Ich hoffe, Sie sind noch dieselbe Bibliothekarin, auch wenn es nach so langer Zeit gut möglich wäre, dass Sie fortgegangen sind.
Was mich hier ins Lazarett gebracht hat, ist nichts sehr Ernstes. Ich sehe überall um mich herum Schlimmeres und lenke mich davon ab, indem ich mir allerlei vorstelle und mich zum Beispiel frage, ob Sie noch dort in der Bücherei sind. Wenn Sie diejenige sind, die ich meine, sind Sie etwa mittelgroß oder vielleicht etwas kleiner, mit hellem bräunlichem Haar. Sie haben ein paar Monate vor meiner Einberufung die Nachfolge von Miss Tamblyn angetreten, die schon dort war, als ich mit neun oder zehn begann, in die Bücherei zu gehen. Zu ihrer Zeit standen die Bücher kunterbunt durcheinander, und es war eine echte Mutprobe, sie auch nur um die geringste Hilfe zu bitten, weil sie ein rechter Drache war. Als Sie dann kamen – was für eine Veränderung – wurde alles nach Romanen und Sachbüchern und Geschichte und Reise sortiert, und Sie ordneten die Zeitschriften der Reihenfolge nach und legten sie gleich nach ihrem Eintreffen aus, anstatt sie vermodern

zu lassen, bis alles, was drinstand, veraltet war. Ich war
dankbar, ohne zu wissen, wie ich es sagen sollte. Und ich
fragte mich, was Sie dorthin verschlagen hatte, Sie waren
eine gebildete Frau.
Ich heiße Jack Agnew, und meine Karte steckt in der Schub-
lade. Das letzte Buch, das ich ausgeliehen habe, war sehr
gut – H. G. Wells, Mankind in the Making. Ich bin bis zur
zweiten Highschool-Klasse auf die Schule gegangen und
habe dann wie so viele bei Douds angefangen. Ich habe
mich nicht gleich gemeldet, als ich achtzehn wurde, deshalb
werden Sie mich nicht für einen mutigen Mann halten.
Ich bin ein Mensch, der stets zu eigenen Vorstellungen
neigt. Mein einziger Angehöriger in Carstairs oder sonst
irgendwo ist mein Vater Patrick Agnew. Er arbeitet bei
Douds, nicht in der Fabrik, sondern als Gärtner bei ihnen
zu Hause. Er ist noch mehr ein Einzelgänger als ich und
geht bei jeder Gelegenheit, die sich ihm bietet, raus aufs
Land zum Angeln. Ich schreibe ihm von Zeit zu Zeit einen
Brief, aber ich bezweifle, dass er ihn liest.

Nach dem Abendessen ging Louisa nach oben ins Da-
menzimmer und setzte sich an den Schreibtisch, um
ihre Antwort zu verfassen.

Ich freue mich sehr zu hören, dass Sie die Ordnung zu
schätzen wussten, die ich in der Bücherei hergestellt habe,
auch wenn es nur die normale war und nichts Außer-
gewöhnliches.

Bestimmt würden Sie gern Neuigkeiten aus der Heimat hören, aber für diese Aufgabe tauge ich schlecht, da ich hier im Ort eine Außenseiterin bin. Wobei ich in der Bücherei und im Hotel doch mit Leuten rede. Die Handlungsreisenden im Hotel reden vor allem darüber, wie die Geschäfte gehen (sie gehen gut, wenn man die Waren beschaffen kann), und ein wenig über ihre Zipperlein und viel über den Krieg. Es gibt Gerüchte über Gerüchte und Meinungen wie Sand am Meer, über die Sie bestimmt lachen müssten, wenn Sie sich nicht darüber ärgerten. Ich werde sie gar nicht erst niederschreiben, weil dies bestimmt von einem Zensor gelesen wird, der meinen Brief sonst in Fetzen reißen würde. Sie fragen, wie es mich hierher verschlagen hat. Das ist keine interessante Geschichte. Meine Eltern sind beide tot. Mein Vater arbeitete in Toronto bei Eaton in der Möbelabteilung, und nach seinem Tod arbeitete meine Mutter ebenfalls dort in der Wäscheabteilung, und auch ich arbeitete dort eine Zeitlang als Buchhändlerin. Vielleicht könnte man sagen, Eaton sei unser Douds gewesen. Meinen Abschluss habe ich am Jarvis Collegiate gemacht. Ich hatte eine Krankheit und lag deswegen lange in einer Klinik, aber jetzt bin ich wieder ganz gesund. Ich hatte viel Zeit zum Lesen, und meine Lieblingsschriftsteller sind Thomas Hardy, der vielen zu düster ist, den ich aber als sehr lebensnah empfinde, und Willa Cather. Ich war gerade zufällig in dieser Stadt, als ich hörte, dass die Bibliothekarin gestorben war, und dachte, vielleicht ist das der Beruf für mich.

Wie gut, dass mich Ihr Brief heute erreicht hat, denn ich soll bald aus dem Lazarett entlassen werden, und ich weiß nicht, ob man ihn mir nachgesandt hätte. Ich bin froh, dass mein Brief Ihnen nicht zu dumm war.

Wenn Sie meinen Vater oder andere treffen, brauchen Sie nichts davon zu sagen, dass wir uns schreiben. Es geht niemanden etwas an, und ich weiß, dass es jede Menge Leute gibt, die mich dafür auslachen würden, dass ich der Bibliothekarin schreibe, so wie sie bereits gelacht haben, als ich nur in die Bücherei ging. Wozu ihnen die Genugtuung geben?

Ich bin froh, dass ich hier rauskomme. So viel glücklicher dran als manche, die ich hier sehe und die nie wieder laufen können oder ihr Augenlicht wiederhaben werden und die sich vor der Welt werden verstecken müssen.

Sie fragen, wo ich in Carstairs gewohnt habe. Nun, es ist kein Haus, auf das man stolz sein könnte. Wenn Sie die Vinegar Hill Road kennen und von dort in die Flowers Road einbiegen, ist es das letzte Haus rechts, mit einem uralten gelben Anstrich. Mein Vater baut Kartoffeln an oder hat es jedenfalls früher getan. Ich habe sie früher in der Stadt auf meinem Karren feilgeboten und durfte für jede verkaufte Ladung fünf Cents behalten.

Sie schreiben von Lieblingsschriftstellern. Früher mochte ich mal Zane Grey, aber ich bin von Romanen abgekommen und lese seitdem lieber Geschichtsbücher oder Reiseberichte. Manchmal lese ich Bücher, von denen ich weiß, dass sie mir viel zu hoch sind, aber ich bekomme trotzdem einiges mit. Dazu gehören der besagte H. G. Wells und Robert Ingersoll, der über Religion schreibt. Sie haben mir viel zum Nachdenken gegeben. Wenn Sie sehr religiös sind, dann habe ich Sie jetzt hoffentlich nicht beleidigt.

Einmal, als ich in die Bücherei kam, war es Samstagnachmittag, und Sie hatten gerade erst die Tür aufgeschlossen und machten Licht, weil es draußen dunkel war und regnete. Sie waren ohne Hut oder Schirm von einem Schauer erwischt worden, und Ihr Haar war nass. Sie zogen die Nadeln heraus und ließen es herunter. Ist es zu persönlich, wenn ich Sie frage, ob Sie es noch lang tragen oder ob Sie es abgeschnitten haben? Sie gingen an die Heizung und schüttelten Ihr Haar drüber aus, und das Wasser zischte wie Fett in der Bratpfanne. Ich saß da und las in den Illustrated London News vom Krieg. Wir lächelten uns zu. (Ich wollte mit dem Geschriebenen nicht sagen, dass Ihr Haar fettig war!)

Ich habe mir die Haare nicht abgeschnitten, obwohl ich häufig darüber nachdenke. Ich weiß nicht, ob es Eitelkeit oder Trägheit ist, die mich davon abhält.

Ich bin nicht sehr religiös.

Ich bin die Vinegar Hill Road hinaufgegangen und habe Ihr Haus gefunden. Die Kartoffeln stehen gut. Ein Polizeihund hat sich mit mir angelegt, gehört der Ihnen?

Es wird schon recht warm. Wir haben das Flusshochwasser hinter uns, das, wie ich höre, jedes Jahr im Frühling kommt. Das Wasser ist in den Hotelkeller gelaufen und hat irgendwie unser Trinkwasser verseucht, so dass wir gratis Bier oder Ginger Ale bekamen. Aber nur wenn wir im Hotel wohnten oder übernachteten. Sie können sich vorstellen, dass darüber reichlich Witze gemacht wurden. Ich sollte fragen, ob es etwas gibt, das ich Ihnen schicken kann.

Ich brauche eigentlich nichts Spezielles. Ich bekomme den Tabak und andere Kleinigkeiten, die die Damen in Carstairs für uns einpacken. Ich würde gern ein paar Bücher von den Schriftstellern lesen, die Sie erwähnt haben, aber ich glaube nicht, dass ich hier Gelegenheit dazu haben werde.
Neulich ist hier ein Mann am Herzschlag gestorben. Das war hier das Größte überhaupt. Hast du von dem Mann gehört, der am Herzschlag gestorben ist? Tag und Nacht kriegte man nichts anderes zu hören. Und dann lachten alle, was wahrscheinlich hartherzig klingt, aber es war einfach zu seltsam. Es war nicht einmal viel los, deshalb konnte keiner sagen, er sei vielleicht vor Angst gestorben. (Übrigens saß er gerade an einem Brief, als es passierte, also sollte ich lieber aufpassen.) Vor und nach ihm sind andere erschossen oder von Granaten getroffen worden, aber er ist der, den alle kennen, weil er am Herzschlag gestorben ist. Alle lassen sich darüber aus, dass er so weit reisen musste und die Army so viel Geld gekostet hat, bloß dafür.

Der Sommer war so trocken, dass der Wasserwagen jeden Tag durch die Straßen fuhr, damit der Staub sich legte, und die Kinder tanzten hinterdrein. Außerdem gab es etwas Neues in der Stadt – einen Karren mit einer kleinen Glocke, der in den Straßen Eis verkaufte, und auch darauf waren die Kinder ziemlich erpicht. Er wurde von dem Mann geschoben, der in der Fabrik einen Arbeitsunfall gehabt hatte – Sie wissen bestimmt, wen ich meine, auch wenn ich seinen Namen nicht erinnere. Er hat seinen Unterarm verloren. Mein Zimmer im Hotel liegt im zweiten Stock und war wie ein Backofen, deswegen bin ich oft bis nach Mitternacht spazieren gegangen. Viele andere Leute auch, manchmal im Schlafanzug. Es war wie ein Traum. Der Fluss führte immer noch ein wenig Wasser, gerade genug, um Ruderboot zu fahren, und das tat der methodistische Pastor eines Sonntags im August. Er wollte in einem öffentlichen Gottesdienst um Regen beten. Aber das Boot hatte ein kleines Leck, und das Wasser drang ein und machte ihm die Füße nass, und schließlich sank das Boot, und er stand im Wasser, das ihm nicht einmal bis an den Bauch reichte. War es Pech oder ein böser Streich? Alle redeten darüber, dass seine Gebete erhört worden seien, bloß aus der falschen Richtung.

Auf meinen Spaziergängen komme ich oft am Haus der Douds vorbei. Ihr Vater hält die Rasenflächen und die Hecken sehr hübsch in Ordnung. Ich finde das Haus schön, so originell und luftig. Aber es kann sein, dass es nicht einmal dort kühl war, weil ich abends spät die Stimmen der

Mutter und der kleinen Tochter gehört habe, als wären sie draußen auf dem Rasen.

Ich habe zwar gesagt, dass ich nichts brauche, aber eins hätte ich doch gern. Das wäre ein Bild von Ihnen. Ich hoffe, Sie finden meine Bitte nicht ungehörig. Vielleicht sind Sie verlobt oder haben einen Liebsten hier drüben, dem Sie auch schreiben, so wie mir. Sie sind eine besondere Frau, und es würde mich nicht überraschen, wenn ein Offizier um Sie angehalten hätte. Aber jetzt wo ich gefragt habe, kann ich es nicht mehr zurücknehmen und werde es einfach Ihnen überlassen, von mir zu denken, was Sie möchten.

Louisa war fünfundzwanzig Jahre alt und einmal verliebt gewesen, in einen Arzt, den sie im Sanatorium kennengelernt hatte. Ihre Liebe wurde nach gewisser Zeit erwidert, und sie kostete den Arzt die Stelle. Louisa wurde von heftigen Zweifeln geplagt, ob er aus dem Sanatorium entlassen worden oder aus eigenem Entschluss gegangen war, der Liebschaft überdrüssig. Er war verheiratet und hatte Kinder. Auch damals hatten Briefe eine Rolle gespielt. Sie hatten sich nach seinem Weggang weiter geschrieben. Und auch noch ein-, zweimal nach ihrer Entlassung. Dann bat sie ihn, ihr nicht mehr zu schreiben, und er hielt sich daran. Doch die Tatsache, dass nichts mehr von ihm kam, vertrieb sie aus Toronto und veranlasste sie, die Stelle als Handlungsreisende anzunehmen. Auf die Weise musste sie nur eine Enttäuschung pro Woche ertragen, wenn sie am Freitag- oder Samstagabend heimkam. Ihr letzter Brief war hart und gefasst gewesen, und während sie auf ihren Reisen durch das Land ihre Warenkoffer in kleinen Hotels treppauf und treppab schleppte und über Pariser Mode redete und ihre Hutmodelle als betörend anpries und ihr einsames Glas Wein trank, war sie von dem Bewusstsein begleitet, die Heldin einer Liebestragödie zu sein. Wenn sie jemanden gehabt hätte, dem sie davon hätte erzählen können, hätte sie allerdings genau diesen Gedanken verlacht. Sie hätte gesagt, die Liebe sei nichts als Hokuspokus, eine Illusion, und das glaubte sie auch. Doch bei der Vorstellung verspürte sie trotzdem ein Stillwerden, ein Nervenflattern, eine Beugung der Vernunft, eine ungeheuerliche Ergebenheit.

Sie ließ ein Foto machen. Sie wusste, wie sie es haben wollte. Gern hätte sie eine schlichte weiße Bluse angezogen, eine gesmokte Bauernbluse mit offenem Bändchen am Hals. Sie besaß keine solche Bluse und hatte sie tatsächlich bisher nur auf Bildern gesehen. Und sie hätte ihr Haar gern offen getragen. Oder wenn sie es schon aufgesteckt lassen musste, dann hätte sie es gern sehr locker hochgekämmt und mit Perlenschnüren gebunden.

Stattdessen trug sie ihr blauseidenes Hemdblusenkleid und steckte sich das Haar auf wie üblich. Sie

fand, das Bild machte sie ziemlich blass und hohl-
äugig. Ihre Miene war ernster und verzagter, als sie
beabsichtigt hatte. Sie schickte es trotzdem.

*Ich bin nicht verlobt und habe keinen Liebsten. Ich habe
einmal einen Mann geliebt, aber das musste beendet
werden. Das hat mich damals sehr mitgenommen, aber
ich wusste, dass ich es ertragen musste, und inzwischen
glaube ich, dass es so am besten war.*

Natürlich hatte sie sich alle Mühe gegeben, sich seiner zu erinnern. Sie hatte keine Erinnerung daran,
ihr Haar ausgeschüttelt zu haben, wie er geschrieben
hatte, oder einem jungen Mann zugelächelt zu haben,
als die Regentropfen auf die Heizung fielen. Das alles
konnte er auch gut geträumt haben, und vielleicht
war das der Fall.

Sie hatte begonnen, den Krieg genauer zu verfolgen
als vorher. Sie hörte auf, ihn ignorieren zu wollen. Sie
ging mit dem Gefühl durch die Straßen, dass in ihrem
Kopf die gleichen aufregenden und beunruhigenden
Nachrichten herumgeisterten wie bei allen anderen.
Saint-Quentin, Arras, Montdidier, Amiens, und außerdem wurde gerade eine Schlacht an der Somme
geschlagen, wo doch bestimmt schon mal eine stattgefunden hatte? Sie legte die Karten der Kriegsschau-
plätze, die als Doppelseite in den Zeitschriften veröffentlicht wurden, auf ihren Schreibtisch. Sie sah

die farbigen Linien des deutschen Vormarschs an die Marne, des ersten Vorstoßes der Amerikaner bei Château-Thierry. Sie betrachtete die braunen Zeichnungen eines Künstlers von einem Pferd, das sich bei einem Luftangriff aufbäumte, von einer Gruppe Soldaten in Ostafrika, die aus Kokosnüssen tranken, und von deutschen Kriegsgefangenen, die mit verbundenen Köpfen oder Gliedmaßen und leeren, grimmigen Mienen Schlange standen. Jetzt fühlte sie, was alle anderen fühlten – ständige Angst und böse Ahnungen und gleichzeitig diese Sucht erzeugende Aufregung. Man konnte von seinem momentanen Leben aufschauen und die Welt hinter den Mauern knistern hören.

Ich freue mich zu hören, dass Sie keinen Schatz haben, auch wenn ich weiß, dass es selbstsüchtig von mir ist. Ich glaube nicht, dass Sie und ich uns je wiedersehen werden. Das sage ich nicht, weil mir geträumt hätte, was geschehen wird, oder weil ich ein Schwarzseher bin, der stets mit dem Schlimmsten rechnet. Es erscheint mir nur als das Wahrscheinlichste, auch wenn ich nicht ständig darüber nachdenke, sondern von Tag zu Tag lebe und mir alle Mühe gebe, am Leben zu bleiben. Ich will Sie nicht mit Sorge plagen oder um Ihr Mitgefühl buhlen, sondern nur erklären, dass die Vorstellung, ich könnte Carstairs nie wiedersehen, mich auf die Idee bringt, alles sagen zu können, was ich will. Vermutlich so ähnlich wie bei einer

Fieberkrankheit. Deshalb will ich sagen, dass ich Sie liebe. Ich denke an Sie, wie Sie auf einem Hocker in der Bücherei stehen und sich recken, um ein Buch einzustellen, und ich komme dazu und lege Ihnen die Hände an die Taille und hebe Sie herunter, und Sie drehen sich in meinen Armen um, als wären wir uns in allem einig.

Dienstagnachmittags trafen sich die Frauen und Mädchen vom Roten Kreuz immer im Ratssaal, der auf demselben Flur lag wie die Bücherei. Als die Bücherei einmal ein paar Minuten leer war, ging Louisa über den Flur in den Saal mit den Frauen. Sie hatte beschlossen, einen Schal zu stricken. Im Sanatorium hatte sie gelernt, einfache rechte und linke Maschen zu stricken, aber sie hatte nie gelernt oder wieder vergessen, wie man Maschen aufnahm oder abkettete.

Die älteren Frauen waren alle damit beschäftigt, Kisten zu packen oder aus schweren, über die Tische gebreiteten Baumwollbahnen Verbände zu schneiden. Aber eine Gruppe junger Mädchen saß Brötchen essend und Tee trinkend an der Tür. Eines hielt zwischen den Armen einen Strang Wolle, und ein anderes wickelte sie auf.

Louisa trug ihren Wunsch vor.

»Ja, was wollen Sie denn stricken?«, fragte ein Mädchen mit dem Mund noch voll Brötchen.

Louisa sagte, einen Schal. Für einen Soldaten.

»Oh, dann brauchen Sie die vorgeschriebene Wolle«,

sagte eine andere in höflicherem Ton und sprang vom Tisch auf. Sie kam mit einigen braunen Wollknäueln wieder, angelte ein Paar Stricknadeln aus ihrem Beutel und sagte Louisa, das könne sie haben.

»Ich mache Ihnen nur eben den Anfang«, sagte sie. »Die Breite ist auch vorgeschrieben.«

Andere Mädchen kamen hinzu und neckten dieses Mädchen, das den Namen Corrie trug. Sie sagten ihr, sie mache alles falsch.

»Ach, ja wirklich?«, sagte Corrie. »Möchtest du eine Stricknadel ins Auge haben? Ist er für einen Freund?«, fragte sie Louisa eifrig. »Einen Freund in Übersee?«

»Ja«, sagte Louisa. Natürlich war sie in den Augen der Mädchen eine alte Jungfer, die sie je nach dem, wie ihre Stimmung es diktierte, freundlich bemitleideten oder frech auslachten.

»Dann stricken Sie mal schön fest«, sagte diejenige, die ihr Brötchen aufgegessen hatte. »Stricken Sie schön fest, damit er ihn gut warm hält!«

Eines der Mädchen in dieser Gruppe war Grace Horne. Sie sagte nichts. Sie war ein schüchternes, aber resolut wirkendes Mädchen von neunzehn Jahren, mit einem breiten Gesicht, dünnen, oft zusammengepressten Lippen, braunem Haar mit einem gerade geschnittenen Pony und einer hübsch gereiften Figur. Sie hatte sich mit Jack Agnew verlobt, bevor er nach

Übersee ging, aber sie waren übereingekommen, nichts davon zu sagen.

Die spanische Grippe

Louisa hatte sich mit einigen der Handlungsreisenden angefreundet, die regelmäßig in dem Hotel übernachteten. Einer von ihnen, Jim Frarey, vertrieb Schreibmaschinen und Bürogeräte und Bücher und Papierwaren aller Art. Er war ein blonder, ziemlich rundschultriger, aber kräftig gebauter Mann von Mitte vierzig. Seinem Aussehen nach hätte man meinen können, er verkaufe etwas Schwereres und in der Männerwelt Wichtigeres, vielleicht landwirtschaftliche Maschinen.

Jim Frarey unterbrach seine Reise während der Grippeepidemie nicht, obwohl man nie wissen konnte, welche Läden geöffnet oder geschlossen sein würden. Gelegentlich waren auch Hotels geschlossen, wie auch die Schulen und die Kinos und sogar – das fand Jim Frarey skandalös – die Kirchen.

»Die sollten sich was schämen, diese Feiglinge«, sagte er zu Louisa. »Was haben die Leute davon, zu Hause herumzulungern und darauf zu warten, dass die Grippe zuschlägt? Sie haben die Bücherei doch nie zugemacht, oder?«

Louisa sagte nein, nur als sie selbst krank geworden

sei. Eine leichte Attacke, die nur knapp eine Woche gedauert habe, aber natürlich habe sie ins Krankenhaus gehen müssen. Im Hotel habe sie nicht bleiben dürfen.

»Feiglinge«, sagte er. »Wenn es einen erwischen soll, erwischt es einen. Meinen Sie nicht auch?«

Sie sprachen über das Gedränge in den Krankenhäusern, die Todesfälle unter den Ärzten und Schwestern, den unablässigen traurigen Anblick von Beerdigungen. Jim Frarey lebte in Toronto in der gleichen Straße wie ein Bestattungsunternehmer. Er erzählte, dass sie immer noch jedes Mal die schwarzen Pferde, die schwarze Kutsche, das ganze Drum und Dran auffuhren, wenn Leute zu beerdigen waren, für die sich solches Aufheben lohnte.

»Tag und Nacht ging das«, sagte er. »Tag und Nacht.« Er hob sein Glas und sagte: »Auf die Gesundheit also. Sie scheinen wohlauf zu sein.«

Er fand wirklich, dass Louisa besser aussah als früher. Vielleicht hatte sie angefangen, Rouge aufzulegen. Sie hatte eine blassbräunliche Haut, und er hatte den Eindruck, ihre Wangen hätten früher keine Farbe gehabt. Sie zog sich auch schicker an und bemühte sich mehr um Freundlichkeit. Früher war sie mal so und mal so gewesen, ganz nach Laune. Sie trank jetzt auch Whisky, obschon sie sich weigerte, auch nur daran zu nippen, bevor sie ihn nicht in Wasser ertränkt hatte. Früher hatte sie immer nur ein Glas Wein bestellt. Er fragte sich, ob diese Veränderung auf einen Freund zurückzuführen war. Aber ein Freund hätte sie hübscher machen können, ohne ihr Interesse für alles Mögliche zu wecken, was jedoch seiner Ansicht nach offenbar geschehen war. Wahrscheinlich war die Ursache eher darin zu suchen, dass ihr die Zeit davonlief und die Heiratsaussichten durch den Krieg so entsetzlich gering waren. So etwas konnte eine Frau in Bewegung bringen. Sie war eine klügere und angenehmere Gesprächspartnerin und sah auch hübscher aus als die meisten verheirateten Frauen. Wie kam eine solche Frau zu ihrem Schicksal? Manchmal schlicht durch Pech. Manchmal durch eine Fehleinschätzung zu einer Zeit, in der es darauf ankam. War sie früher ein bisschen zu spitz und selbstsicher gewesen, so dass die Männer unsicher wurden?

»Das Leben kann man trotzdem nicht anhalten«, sagte er. »Es war richtig von Ihnen, die Bücherei geöffnet zu lassen.«

Das war im Frühwinter des Jahres 1919, als die Grippe erneut ausgebrochen war, nachdem die Gefahr angeblich bereits ausgestanden war. Sie schienen ganz allein in dem Hotel zu sein. Es war erst gegen neun, aber der Wirt war schon ins Bett gegangen. Seine Frau lag mit Grippe im Krankenhaus. Jim Frarey hatte die Whiskyflasche aus der Bar geholt, die wegen Ansteckungsgefahr geschlossen war, und sie saßen an einem Tisch am Fenster, im Speisesaal.

Draußen war ein Winternebel aufgezogen und drückte gegen die Fenster. Man konnte kaum die Straßenlaternen oder die wenigen Autos sehen, die vorsichtig über die Brücke rumpelten.

»Ach, dass ich die Bücherei offen gelassen habe, war keine Frage des Prinzips«, sagte Louisa. »Der Grund dafür war persönlicher, als Sie denken.«

Dann lachte sie und versprach ihm eine sonderbare Geschichte. »Oh, der Whisky muss mir die Zunge gelockert haben«, sagte sie.

»Ich bin verschwiegen«, sagte Jim Frarey.

Sie sah ihn mit lachenden Augen streng an und sagte, wenn jemand verkünde, er sei verschwiegen, dann sei fast immer das Gegenteil der Fall. Ebenso wie wenn jemand verspreche, etwas keiner Menschenseele zu verraten.

»Sie können diese Geschichte erzählen, wo und wann Sie wollen, solange Sie die echten Namen weglassen und sie nicht hier in dieser Gegend zum Besten geben«, sagte sie. »Darauf kann ich mich hoffentlich verlassen. Obwohl ich im Augenblick nicht das Gefühl habe, ich würde etwas drauf geben. Wahrscheinlich werde ich mich, wenn die Wirkung des Alkohols nachlässt, anders besinnen. Diese Geschichte ist eine Lektion. Sie ist eine Lektion darin, wie Frauen sich zum Narren machen können. Na und, werden Sie sagen, was ist daran neu, das erlebt man doch jeden Tag!«

Sie begann, ihm von einem Soldaten in Übersee zu

erzählen, der ihr eines Tages zu schreiben angefangen hatte. Der Soldat erinnerte sich an sie aus der Zeit, als er regelmäßig in die Bücherei gekommen war. Aber sie hatte keinerlei Erinnerung an ihn. Trotzdem beantwortete sie seinen ersten Brief freundlich, und zwischen ihnen entstand ein Briefwechsel. Er erzählte ihr, wo er in der Stadt gewohnt hatte, und sie spazierte an dem Haus vorbei, damit sie ihm erzählen konnte, wie es dort aussah. Er erzählte ihr, was für Bücher er gelesen hatte, und sie teilte ähnliche Dinge von sich mit. Kurzum, sie offenbarten beide etwas von sich, und auf beiden Seiten entstanden warme Gefühle. Zuerst auf seiner Seite, jedenfalls was Erklärungen betraf. Sie neigte nicht dazu, wie eine Närrin vorzupreschen. Zuerst glaubte sie, sie schreibe nur aus Freundlichkeit. Auch später wollte sie ihn nicht zurückweisen oder kränken. Er bat sie um ein Bild. Sie ließ eins machen, es gefiel ihr nicht, aber sie schickte es ihm trotzdem. Er fragte, ob sie einen Liebsten habe, und sie antwortete wahrheitsgemäß nein, sie habe keinen. Er schickte ihr kein Bild von sich, und sie bat auch nicht darum, obwohl sie natürlich neugierig war, wie er aussah. Es wäre für ihn nicht einfach gewesen, sich mitten im Krieg fotografieren zu lassen. Außerdem wollte sie nicht wie eine Frau erscheinen, die ihre Gunst entzog, wenn das Aussehen nicht den Erwartungen entsprach.

Er schrieb ihr, dass er nicht damit rechnete, je wieder nach Hause zu kommen. Er sagte, er habe weniger Angst vorm Tod als davor, wie einige der Männer zu enden, die er gesehen hatte, als er verwundet im Lazarett lag. Er führte das nicht näher aus, aber sie nahm an, er meinte die Fälle, von denen sie erst jetzt erfuhren – die verstümmelten Männer, die Erblindeten, die von Brandwunden Entstellten. Er habe nicht über sein Schicksal gejammert, den Eindruck wolle sie nicht vermitteln. Nein, er habe nur damit gerechnet, sterben zu müssen, und habe lieber sterben wollen, als so zu enden wie manche anderen, und er habe an sie gedacht und geschrieben, wie Männer in einer solchen Situation an eine Liebste schreiben.

Als der Krieg endete, hatte sie schon eine Weile nichts von ihm gehört. Sie wartete weiter täglich auf einen Brief, aber es kam nichts. Nichts. Sie befürchtete, er habe womöglich zu jenen unglückseligsten Soldaten des Krieges gehört – zu jenen, die noch in der letzten Woche oder am letzten Tag oder gar in der allerletzten Stunde gefallen waren. Sie studierte jede Woche die Zeitung, wo bis ins neue Jahr hinein die Namen neuer Todesfälle abgedruckt wurden, aber seiner war nicht dabei. Danach begann die Zeitung außerdem die Namen der Heimkehrer aufzulisten, oft indem sie ein Foto zum Namen abdruckte und einen kleinen Jubelbericht. Als die Soldaten in großer Zahl heimgekehrt waren, hatte der Platz für solche Beigaben nicht gereicht. Und dann sah sie seinen Namen, ein Name unter vielen auf der Liste. Er war nicht gefallen, er war nicht verwundet worden – er kehrte heim nach Carstairs, vielleicht war er schon da.

An diesem Punkt hatte sie beschlossen, die Bücherei geöffnet zu lassen, obwohl die Grippe tobte. Jeden Tag war sie sich sicher, dass er kommen würde, jeden Tag war sie auf ihn gefasst. Die Sonntage waren eine Qual. Immer wenn sie das Rathaus betrat, hatte sie das Gefühl, er könnte schon da sein und an eine Wand gelehnt auf ihr Eintreffen warten. Manchmal war das Gefühl so stark, dass sie einen Schatten sah und ihn irrtümlich für einen Mann hielt. Sie verstand jetzt, wieso Leute glaubten, Gespenster gesehen zu haben. Jedes Mal wenn die Tür aufging, rechnete sie damit, beim Aufblicken in sein Gesicht zu sehen. Manchmal schloss sie mit sich selbst einen Pakt, erst wieder aufzublicken, wenn sie bis zehn gezählt hatte. Wegen der Grippe kamen wenige Leute. Sie nahm sich Umräumungsaufgaben vor, um nicht verrückt zu werden. Sie schloss die Bücherei immer erst ab, wenn die Öffnungszeit um fünf bis zehn Minuten überschritten war. Und dann stellte sie sich vor, dass er sie vielleicht von der anderen Straßenseite auf den Stufen vor der Post beobachtete, zu schüchtern, um den ersten Schritt zu tun. Sie plagte sich mit dem Gedanken, dass er krank war, und nutzte jedes Gespräch, um etwas von den neuesten Fällen zu erfahren. Nie nannte jemand seinen Namen.

Das war der Zeitpunkt, an dem sie ganz und gar zu lesen aufhörte. Buchdeckel sahen für sie aus wie Särge, schäbige oder prunkvolle, und was drinnen war, war nichts als Staub.

Man müsse ihr verzeihen, nicht wahr, man müsse ihr doch verzeihen, dass sie nach diesen Briefen gedacht habe, das eine, was nicht passieren könne, sei, dass er sie nicht aufsuchen, dass er überhaupt keinen Kontakt zu ihr aufnehmen würde? Dass er nach solchen Bekenntnissen nicht ein einziges Mal über ihre Schwelle kommen würde? Leichenzüge zogen unter ihrem Fenster vorüber, und sie schenkte ihnen keine Beachtung, da sie nicht seinem Leichnam galten. Selbst als sie krank in der Klinik lag, war ihr einziger Gedanke, dass sie wieder hinmusste, dass sie aus dem Bett musste, dass ihm die Tür nicht verschlossen sein durfte. Sie rappelte sich mühselig auf und schleppte sich wieder zur Arbeit. Eines heißen Nachmittags ordnete sie neu erschienene Zeitungen in die Regale ein, als ihr sein Name entgegensprang wie etwas aus ihren Fieberphantasien.

Sie las eine kurze Notiz über seine Hochzeit mit einer Miss Grace Horne. Kein ihr bekanntes Mädchen. Keine Büchereinutzerin.

Die Braut trug ein beigefarbenes Seidenkreppkleid mit braunen und cremeweißen Paspeln und einen hellen Strohhut mit braunen Samtbändern.

Ein Bild war nicht dabei. Braune und cremeweiße

Paspeln. Das war das Ende, unausweichlich das Ende ihrer Liebesgeschichte.

Doch dann entdeckte sie auf ihrem Schreibtisch in der Bücherei, erst vor wenigen Wochen, eines Samstagabends, als alle Besucher gegangen waren und sie die Tür abgeschlossen hatte und das Licht ausmachte, einen kleinen Zettel. Darauf standen ein paar Worte. *Ich war schon verlobt, bevor ich nach Übersee ging.* Kein Name, weder ihrer noch seiner. Und daneben lag ihr Foto, ein Stück unter die Schreibtischunterlage geschoben.

Er war an diesem Abend in der Bücherei gewesen. Es hatte viel Betrieb geherrscht, sie hatte ihren Schreibtisch oft verlassen, um für jemanden ein Buch zu suchen oder die Zeitungen zu ordnen oder ein paar Bücher in die Regale zu stellen. Er war im selben Raum mit ihr gewesen, hatte sie beobachtet und seine Chance ergriffen. Aber sich nicht zu erkennen gegeben.

Ich war schon verlobt, bevor ich nach Übersee ging.

»Glauben Sie, dass er sich nur einen Spaß mit mir erlaubt hat?«, fragte Louisa. »Glauben Sie, ein Mann könnte so diabolisch sein?«

»Meiner Erfahrung nach neigen Frauen weitaus häufiger zu solchen Spielchen. Nein, nein. Das dürfen Sie nicht glauben. Viel wahrscheinlicher ist, dass er es ernst meinte. Er hat sich ein wenig mitreißen lassen. Es ist alles so, wie es auf der Oberfläche aussieht. Er war verlobt, bevor er einberufen wurde, er hat nicht damit gerechnet, heil heimzukehren, und dann geschah es doch. Und als er heimkam, wartete seine Verlobte auf ihn – was sollte er tun?«

»Ja, was?«, sagte Louisa.

»Er hat den Mund zu voll genommen.«

»Ah, so wird es gewesen sein!«, sagte Louisa. »Und was war es in meinem Fall anderes als Eitelkeit, die es verdient, bestraft zu werden!« Ihre Augen glänzten und ihre Miene war spitzbübisch. »Sie glauben nicht, dass er mich irgendwann in aller Ruhe in Augenschein genommen und beschlossen hat, dass das Original noch schlimmer war als das armselige Foto, und dass er daraufhin den Rückzug angetreten hat?«

»Nein, auf keinen Fall!«, sagte Jim Frarey. »Machen Sie sich nicht so schlecht.«

»Ich möchte nicht, dass Sie mich für dumm halten«, sagte sie. »Ich bin nicht so dumm und unerfahren, wie mich die Geschichte klingen lässt.«

»Ich halte Sie überhaupt nicht für dumm.«

»Aber vielleicht für unerfahren?«

Da war es, dachte er – das Übliche. Frauen können, wenn sie eine Geschichte von sich erzählt haben, nicht wieder aufhören. Alkohol bringt sie völlig aus der Fassung, alle Umsicht ist vergessen.

Sie hatte ihm früher schon einmal anvertraut, dass sie als Patientin in einem Sanatorium gewesen war. Jetzt erzählte sie von einer Liebe zu einem Arzt dort. Das Sanatorium lag auf einem wunderschönen Gelände oben am Hamilton Mountain, und dort hatten sie sich immer auf den von Hecken gesäumten Wegen getroffen. Die Stufen waren aus großen Kalksteinplatten, und an geschützten Stellen wuchsen Pflanzen, die man in Ontario normalerweise nicht zu sehen bekommt – Azaleen, Rhododendren, Magnolien. Der Arzt kannte sich in Botanik aus, und er erzählte ihr, es sei die Flora der Carolinas. Ganz anders als hier, üppiger, mit kleinen Waldstücken und wundervollen Bäumen und Trampelpfaden unter den Bäumen. Tulpenbäumen.

»Tulpen!«, sagte Jim Frarey. »Tulpen an den Bäumen!«

»Nein, nein, wegen der Form ihrer Blätter!«

Sie lachte ihn herausfordernd an und biss sich dann auf die Lippe. Er sagte: »Tulpen an den Bäumen!« Und sie wiederholte: »Nein, es sind die Blätter, die wie Tulpen geformt sind, nein, das habe ich nicht gesagt, hören Sie auf!« So gerieten sie in ein Stadium vorsichtiger Abwägungen – ein Stadium, das ihm wohlvertraut war und von dem er nur hoffen konnte, dass sie sich ebenfalls damit auskannte –, voll von hübschen kleinen Überraschungen, halb boshaften Signalen, dem Aufwallen schamloser Hoffnungen und folgenreicher Liebenswürdigkeit.

»Vollkommen unter uns«, sagte Jim Frarey. »Das hat es noch nie gegeben, oder? Und wird es vielleicht auch nie wieder geben.«

Sie ließ zu, dass er ihre Hände nahm und sie halb von ihrem Stuhl hob. Er löschte das Licht, als sie den Speisesaal verließen. Sie gingen die Treppe hinauf, die sie so oft getrennt hinaufgestiegen waren. Vorbei an dem Bild des Hundes auf dem Grab seines Herrn und an der auf dem Feld singenden Highland Mary und dem alten König mit den vorstehenden Augen und dem verwöhnten, satten Blick.

»Die Nacht im Nebel ist verschwommen, und mein Herz ist tief beklommen«, summte Jim Frarey auf der Treppe mehr, als dass er sang. Er ließ eine sichere Hand an Louisas Rücken ruhen. »Alles gut, alles gut«, sagte er, als er sie um die Biegung in der Treppe führte. Und als sie die schmalen Stufen in den zweiten Stock emporstiegen, sagte er: »War in diesem Hotel dem Himmel noch nie so nah!«

Doch später in der Nacht gab Jim Frarey ein abschließendes Stöhnen von sich und raffte sich zu einem schläfrigen Vorwurf auf. »Louisa, Louisa, warum hast du mir nicht gesagt, dass es so stand?«

»Ich habe dir alles gesagt«, sagte Louisa mit schwacher, entrückter Stimme.

»Dann habe ich einen falschen Eindruck bekommen«, sagte er. »Ich wollte nicht, dass dies irgendwie zählt.«

Sie sagte, das sei nicht der Fall. Nun, da er sie nicht mehr auf die Matratze drückte und festhielt, hatte sie das Gefühl, sich ohne Halt im Kreis zu drehen, so als hätte sich die Matratze in einen Kinderkreisel verwandelt und wirbelte mit ihr davon. Sie bemühte sich zu erklären, dass die Blutspuren auf den Laken von ihrer Periode herrührten, aber ihre Worte kamen zusammenhanglos und mit genüsslicher Nonchalance heraus.

Unfälle

Als Arthur kurz vor Mittag aus der Fabrik nach Hause kam, rief er: »Bleibt mir aus dem Weg, bis ich mich gewaschen habe! Drüben in der Fabrik hat es einen Unfall gegeben!« Er bekam keine Antwort. Mrs Feare, die Haushälterin, redete am Küchentelefon so laut, dass sie ihn nicht hören konnte, und seine Tochter war natürlich in der Schule. Er wusch sich und stopfte alles, was er angehabt hatte, in den Wäschepuff und schrubbte anschließend das Badezimmer wie ein Mörder. Sauber, sogar das Haar zurückgekämmt und glattgestrichen, machte er sich mit dem Auto auf zum Haus des Opfers. Er hatte sich erkundigen müssen, wo es war. Er dachte, es sei oben am Vinegar Hill, aber sie sagten nein, das sei der Vater – der junge Mann und seine Frau wohnten am anderen Ende der Stadt, ein Stück weiter als da, wo früher, vor dem Krieg, die Mosterei gewesen war.

Er fand die beiden nebeneinanderliegenden Ziegelhäuschen und begab sich, wie man ihm gesagt hatte, zum linken. Es wäre ohnehin nicht schwer gewesen, das richtige Haus zu erkennen. Die Nachricht war vor ihm eingetroffen. Die Tür zum Haus stand offen, und Kinder, die zu klein waren, um zur Schule zu müssen, liefen im Garten herum. Ein kleines Mädchen saß in einem Tretauto, ohne sich von der Stelle zu rühren, und versperrte ihm den Weg. Er ging um sie herum. Im gleichen Moment sprach ihn ein größeres Mädchen in förmlicherem Ton an – eine Warnung.

»Ihr Vater ist tot. Ihrer!«

Eine Frau kam mit einem Armvoll Gardinen aus der Wohnstube und überreichte sie einer anderen Frau, die in der Diele stand. Die Frau, die die Gardinen entgegennahm, hatte graue Haare und ein flehendes Gesicht. Sie hatte keine Schneidezähne. Wahrscheinlich nahm sie ihr Gebiss zu Hause aus Bequemlichkeit heraus. Die Frau, die ihr die Gardinen reichte, war untersetzt, aber jung, mit frischer Haut.

»Sagen Sie ihr, sie soll nicht auf die Trittleiter steigen«, sagte die grauhaarige Frau zu Arthur. »Sie wird sich beim Gardinenabnehmen den Hals brechen. Sie denkt, wir müssen alles gewaschen kriegen. Sind Sie der Beerdigungsunternehmer? Oh, nein, entschuldigen Sie! Sie sind Mr Doud. Grace, komm her! Grace! Mr Doud ist hier!«

»Lassen Sie sie.«

»Sie denkt, sie kriegt alle Gardinen abgenommen und gewaschen und bis morgen wieder aufgehängt, weil er in die Wohnstube muss. Sie ist meine Tochter. Von mir lässt sie sich nichts sagen.«

»Sie wird sich gleich beruhigen«, sagte ein ernster und zugleich Behaglichkeit ausstrahlender Mann mit dem Kragen eines Geistlichen, der aus einem hinteren Zimmer in die Diele trat. Ihr Pastor. Allerdings nicht aus einer der Arthur bekannten Kirchen. Von der Baptistengemeinde? Den Pfingstlern? Den Plymouth Brethren? Er hatte eine Tasse Tee in der Hand.

Eine andere Frau kam und holte flink die Gardinen ab.

»Wir haben die Maschine voll und in Gang gebracht«, sagte sie. »An einem Tag wie heute trocknen die wie nichts. Lasst bloß die Kinder nicht ins Haus.«

Der Pastor musste zur Seite treten und die Tasse hochhalten, um sie und ihr Bündel vorbeizulassen. Er sagte: »Will denn keine der Damen Mr Doud eine Tasse Tee anbieten?«

Arthur sagte: »Nein, lassen Sie nur. – Die Bestattungskosten«, sagte er an die grauhaarige Frau gewandt. »Wenn Sie ihr bitte sagen könnten –«

»Lillian hat in die Hose gemacht!«, sagte ein triumphierendes Kind an der Tür. »Mrs Agnew! Lillian hat in die Hose gepinkelt!«

»Ja. Ja«, sagte der Pastor. »Das werden sie sehr zu danken wissen.«

»Die Grabstelle und den Stein, alles«, sagte Arthur. »Sorgen Sie bitte dafür, dass ihnen das klar ist. Eine Inschrift ihrer Wahl für den Stein.«

Die grauhaarige Frau war in den Garten hinausgegangen. Sie kam mit einem schreienden Kind unter dem Arm zurück. »Armer Hase«, sagte sie. »Die anderen haben ihr gesagt, sie darf nicht ins Haus, wo sollte sie also hin? Da konnte doch nur ein Unglück geschehen.«

Die junge Frau kam aus der Wohnstube und schleppte einen Teppich hinter sich her.

»Ich möchte, dass der auf die Leine kommt und geklopft wird.«

»Grace, Mr Doud ist gekommen, um sein Beileid auszusprechen«, sagte der Pastor.

»Und um zu fragen, ob ich etwas tun kann«, sagte Arthur.

Die grauhaarige Frau stieg mit dem nassen Kind auf dem Arm die Treppe hinauf, und ein paar andere Kinder schlichen hinterdrein.

Grace erspähte sie.

»Oh, nein, das kommt nicht in Frage! Macht, dass ihr rauskommt!«

»Meine Mama ist hier drinnen.«

»Ja, und deine Mama hat alle Hände voll zu tun, sie kann dich jetzt nicht brauchen. Sie ist hier, um mir zu helfen. Weißt du nicht, dass Lillians Vater gestorben ist?«

»Gibt es irgendetwas, was ich für Sie tun kann?«, sagte Arthur, der möglichst bald wieder flüchten wollte.

Grace starrte ihn mit offenem Mund an. Die Geräusche der Waschmaschine dröhnten durch das Haus.

»Ja, das gibt es«, sagte sie. »Warten Sie hier.«

»Sie steht neben sich«, sagte der Pastor. »Sie will nicht unhöflich sein.«

Grace kam mit einem Stapel Bücher wieder.

»Diese hier«, sagte sie. »Die hatte er aus der Bücherei. Ich will keine Säumnisgebühren zahlen müssen. Er ging jeden Samstagabend hin, deshalb nehme ich an, sie sind morgen fällig. Ich will damit keinen Ärger haben.«

»Ich kümmere mich drum«, sagte Arthur. »Das tu ich gern.«

»Ich will bloß keinen Ärger damit haben.«

»Mr Doud hat gesagt, er übernimmt die Beerdigung«, teilte ihr der Pastor in sanft mahnendem Ton mit. »Alles, einschließlich des Steins. Mit einer Inschrift Ihrer Wahl.«

»Ach, ich will nichts Besonderes«, sagte Grace.

Letzten Freitag kam es im Sägewerk der Douds-Fabrik zu einem außergewöhnlich grausigen, tragischen Unfall. Mr Jack Agnew verfing sich, als er unter die Hauptwelle greifen wollte, unglücklich mit dem Ärmel an einem Gewindestift in einem nahen Flandsch, so dass sein Arm

und seine Schulter unter die Welle gezogen wurden. Er
geriet mit dem Kopf an das Sägeblatt mit einem Durch-
messer von etwa 30 Zentimetern. In Sekundenschnelle
war der Kopf des unglücklichen jungen Mannes vom
Körper abgetrennt, in einem schrägen Winkel, der vom
unteren Rand des linken Ohres quer durch den Hals führte.
Es wird davon ausgegangen, dass er sofort tot war. Er hat
weder etwas gesagt noch geschrien, weshalb seine Kollegen
nicht durch Geräusche auf das schreckliche Geschehen auf-
merksam wurden, sondern durch das emporschießende,
spritzende Blut.

Dieser Bericht wurde eine Woche nach dem Vorfall
ein zweites Mal in der Zeitung abgedruckt, für alle,
denen er womöglich entgangen war oder die ihn an
Freunde oder Verwandte von außerhalb zu schicken
wünschten (vor allem an Leute, die früher in Carstairs
gewohnt hatten und fortgezogen waren). Die Falsch-
schreibung von »Flansch« war berichtigt. Man entschuldigte sich in einer kleinen Notiz für den Fehler.
In einem weiteren Beitrag wurde eine sehr große Beerdigung beschrieben, zu der sogar Leute aus benachbarten Städten gekommen waren, bis hin nach Walley. Sie kamen mit dem Auto und mit der Eisenbahn
und einige mit Pferd und Wagen. Sie hatten Jack
Agnew zu Lebzeiten nicht gekannt, wollten aber, so
berichtete die Zeitung, der sensationellen und tragischen Art, wie er zu Tode gekommen war, ihren Tri-

but zollen. In Carstairs schlossen an diesem Nachmittag sämtliche Geschäfte für zwei Stunden. Das Hotel schloss seine Türen nicht, allerdings nur, weil die vielen Besucher irgendwo etwas zu essen und zu trinken bekommen mussten.

Die Hinterbliebenen waren eine Ehefrau Grace und eine vierjährige Tochter Lillian. Das Opfer hatte im Großen Krieg tapfer gekämpft und war nur einmal, nicht schwer, verwundet worden. Über diese Ironie hatten sich viele ausgelassen.

Die fehlende Erwähnung eines noch lebenden Vaters war keine Absicht. Der Herausgeber der Zeitung stammte nicht aus Carstairs, und keiner dachte daran, ihm von dem Vater zu erzählen, bis es zu spät war.

Der Vater selbst beschwerte sich nicht über das Versäumnis. Am Tag der Beerdigung, an dem sehr schönes Wetter war, lenkte er seine Schritte genauso aus der Stadt hinaus wie auch sonst an jedem Tag, den er nicht bei den Douds zu verbringen beschloss. Er trug einen Filzhut und einen langen Mantel, der ihm als Unterlage dienen konnte, wenn er ein Nickerchen machen wollte. Seine Überschuhe waren fein säuberlich mit Einweckgummis an den Füßen befestigt. Er hatte vor, ein paar Saugkarpfen zu fangen. Die Saison war noch nicht eröffnet, aber er sah regelmäßig zu, dass er ein wenig früher dran war. Er angelte den Frühling und Frühsommer hindurch und kochte und verzehrte, was er fing. Er hatte eine Bratpfanne und einen Topf am Flussufer versteckt. Der Topf war für den Mais, den er später im Jahr vom Feld klaute, zu der Zeit, wenn er auch die Früchte von wilden Apfelbäumen und Weinreben aß. Er war absolut normal, aber hasste Gespräche. In den Wochen nach dem Tod seines Sohnes waren sie nicht zu vermeiden, aber er hatte eine Art, sie möglichst kurz zu halten.

»Hätte besser achtgeben müssen.«

An jenem Tag traf er bei seinem Gang übers Land noch jemanden, der nicht auf der Beerdigung war. Eine Frau. Sie versuchte nicht, mit ihm ins Gespräch zu kommen, und schien, wie sie mit langen, forschen Schritten die Luft an sich vorbeipeitschte, ebenso grimmig auf ihre Einsamkeit bedacht zu sein wie er.

Die Klavierfabrik, die in ihren Anfängen Zimmerorgeln gebaut hatte, erstreckte sich am westlichen Ende der Stadt wie eine mittelalterliche Stadtmauer. Sie bestand aus zwei langen Hallen, inneren und äußeren Festungsmauern gleich, die durch eine geschlossene Brücke, in der die Verwaltungsbüros lagen, verbunden waren. Und in die Stadt und die Straßen der Arbeitersiedlung hinein ragten die Brennöfen und das Sägewerk, der Holzplatz und die Lagerschuppen. Morgens um sechs ertönte die Pfeife der Fabrik und diktierte vielen Menschen die Zeit zum Aufstehen. Sie ertönte erneut zum Beginn der Arbeitszeit um sieben, um zwölf zur Mittagspause, um eins zum Ende der Pause und dann um halb sechs, wenn die Männer ihre Werkzeuge aus der Hand legten und nach Hause gingen.

Neben der Zeituhr waren Regeln ausgehängt, unter Glas. Die ersten beiden Regeln lauteten:

EINE MINUTE VERSPÄTUNG KOSTET EINE VIERTELSTUNDE LOHN. SEI PÜNKTLICH.

SICHERHEIT ENTSTEHT NICHT VON SELBST. GIB STETS ACHT: AUF DICH UND DEINEN NEBENMANN.

In der Fabrik war es auch früher schon zu Unfällen gekommen, einmal war sogar ein Mann gestorben, als er unter einer Ladung Holz begraben wurde. Das war vor Arthurs Zeit gewesen. Und einmal, während des Krieges, hatte ein Mann einen Arm verloren, oder ein Stück von seinem Arm. An dem Tag, als das passierte, war Arthur in Toronto gewesen. Er hatte demzufolge noch nie einen Unfall miterlebt – jedenfalls keinen ernsten. Aber jetzt ging ihm häufig durch den Kopf, dass etwas passieren konnte.

Vielleicht fühlte er sich nicht mehr so vor Kummer und Sorge gefeit wie vor dem Tod seiner Frau. Sie war 1919 gestorben, in der letzten Phase der Grippeepidemie, als alle schon ihre Angst davor verloren hatten. Nicht einmal sie hatte Angst gehabt. Fast fünf Jahre war das her, und trotzdem erschien es Arthur noch immer als das Ende einer sorglosen Zeit in seinem Leben. Anderen hingegen war er schon immer sehr verantwortungsbewusst und ernst erschienen – niemand hatte ihm eine größere Veränderung angemerkt.

In seinen Träumen von einem Unfall herrschte eine sich ausbreitende Stille, alles wurde abgeschaltet. Alle Maschinen in der Fabrik stellten ihre üblichen Geräusche ein, und die Stimmen aller Männer verstummten, und wenn Arthur aus dem Fenster schaute, ging ihm auf, dass der Untergang gekommen war. Er konnte sich nie erinnern, etwas Bestimmtes gesehen zu haben, das ihm dies klarmachte. Da war nichts als die offene Fläche, der Staub im Fabrikhof, und alles sagte *jetzt*.

Die Bücher blieben eine Woche oder mehr auf dem Boden seines Wagens liegen. Seine Tochter Bea fragte: »Was machen diese Bücher hier?«, und da fiel es ihm wieder ein.

Bea las die Titel und die Namen der Verfasser vor. *Sir John Franklin und die Romantik der Nordwestpassage* von G. B. Smith. *Was ist los mit der Welt?* von G. K. Chesterton. *Die Eroberung Quebecs* von Archibald Hendry. *Die Praxis und Theorie des Bolschewismus* von Lord Bertrand Russell.

»Bol-*sche*-wismus«, las Bea, und Arthur sprach ihr die richtige Betonung vor. Sie fragte, was es heiße, und er sagte: »Das ist etwas, was man in Russland hat, von dem ich auch wenig verstehe. Aber nach allem, was ich höre, ist es schrecklich.«

Bea war damals dreizehn. Mit Russland verband sie das Ballett und Derwische. Sie glaubte für die nächsten paar Jahre, der Bolschewismus sei ein diabolischer und womöglich frivoler Tanz. Das jedenfalls war die Geschichte, die sie als Erwachsene erzählte.

Sie erwähnte dabei nicht, dass die Bücher mit dem Mann zu tun hatten, der den Unfall erlitten hatte. Das hätte die Geschichte weniger amüsant gemacht. Vielleicht hatte sie es wirklich vergessen.

Die Bibliothekarin war verstört. In den Büchern steckten noch die Kärtchen, was hieß, dass er sie nicht offiziell entliehen, sondern nur aus dem Regal genommen und mitgehen lassen hatte.

»Das von Lord Russell ist schon lange verschwunden.«

Arthur war derlei Vorwürfe nicht gewöhnt, aber er sagte freundlich: »Ich bringe sie für jemand anders zurück. Für den Mann, der umgekommen ist. Beim Unfall in der Fabrik.«

Die Bibliothekarin hatte das Buch über Franklin aufgeschlagen. Sie war in das Bild vom Schiff vertieft, das im Eis feststeckt.

»Seine Frau hat mich darum gebeten«, sagte Arthur.

Sie nahm jedes Buch einzeln in die Hand und

schüttelte es, als erwartete sie, dass etwas herausfallen würde. Sie fuhr mit den Fingern zwischen die Seiten. Die untere Hälfte ihres Gesichts vollführte hässliche Bewegungen, als kaute sie innen auf ihren Wangen.

»Ich nehme an, er hat sie einfach mitgenommen, wie er lustig war«, sagte Arthur.

»Pardon?«, sagte sie nach einer Minute. »Was haben Sie gesagt? Verzeihung.«

Es ist der Unfall, dachte er. Die Vorstellung, dass der Mann, der auf solche Weise umgekommen ist, als Letzter die Bücher aufgeschlagen, diese Seiten umgeblättert hat. Der Gedanke, dass er womöglich ein Stückchen seines Lebens darin gelassen haben könnte, einen Zettel oder einen Pfeifenreiniger als Lesezeichen oder auch nur ein paar Tabakkrumen. Das bringt sie aus der Fassung.

»Nichts Wichtiges«, sagte er. »Ich bin nur gekommen, um sie abzugeben.«

Er wandte sich vom Schreibtisch ab, aber verließ die Bücherei nicht sogleich. Er war seit Jahren nicht mehr dort gewesen. Zwischen den beiden Fenstern zur Straße hing das Porträt seines Vaters, da wo es immer hängen würde.

A. V. Doud, Gründer der Orgelfabrik Doud und Stifter dieser Bücherei. Ein Mann, der an Fortschritt, Kultur und Bildung glaubte. Ein treuer Freund der Stadt Carstairs und des werktätigen Mannes.

Der Schreibtisch der Bibliothekarin stand im Bogengang zwischen dem vorderen und dem hinteren Saal. Die Bücher standen in Regalen, die im hinteren Saal lange Reihen bildeten. Zwischen ihnen hingen Lampen mit grünen Schirmen und langen Zugschnüren von der Decke. Arthur erinnerte sich, dass man vor Jahren bei einer Ratsversammlung darüber verhandelt hatte, ob man Sechzig-Watt-Birnen kaufen könne, statt vierziger. Den Antrag hatte damals diese Bibliothekarin gestellt, und sie hatten ihm stattgegeben.

Im vorderen Raum gab es Holzständer mit Zeitungen und ein paar schwere runde Tische mit Stühlen, an denen Leute sitzen und lesen konnten, und viele Reihen dicker dunkler Bücher hinter Glas. Lexika wahrscheinlich und Atlanten und Enzyklopädien. Zwei hübsche hohe Fenster gingen auf die Hauptstraße hinaus, und zwischen ihnen hing Arthurs Vater. Die weiteren Bilder im Raum hingen zu hoch und waren zu schlecht beleuchtet und zu stark bevölkert, als dass jemand von unten leicht hätte erkennen können, was darauf zu sehen war. (Später, als Arthur viele Stunden in der Bücherei zugebracht und mit der Bibliothekarin über die Bilder gesprochen hatte, wusste er, dass eines davon die Schlacht von Flodden Field darstellte, wo der König von Schottland bergab in eine Rauchwolke galoppierte, eines die Bestattung des jungen Königs von Rom und eines den Streit zwischen Oberon und Titania aus dem *Sommernachtstraum*.)

Er setzte sich an einen der Lesetische, von denen er aus dem Fenster schauen konnte. Er nahm eine alte Ausgabe des *National Geographic*, die dort lag. Er wandte der Bibliothekarin den Rücken zu. Das empfand er als taktvoll, da sie ein wenig aufgelöst wirkte. Andere Leute kamen, und er hörte sie mit ihnen reden. Ihre Stimme klang wieder recht normal. Immer wieder dachte er, dass er gleich gehen wolle, aber er tat es nicht.

Ihm gefiel das hohe, gardinenlose Fenster im vollen Licht des Frühlingsabends, und ihm gefielen die Würde und die Ordnung dieser Räume. Die Vorstellung, dass erwachsene Menschen hier ein und aus gingen und in einem fort Bücher lasen, erschien ihm auf angenehme Weise wundersam. Woche für Woche, ein Buch nach dem anderen, ein ganzes Leben lang. Er selbst las in großen Abständen mal ein Buch, meist auf eine Empfehlung hin, und genoss es für gewöhnlich, und ansonsten las er Zeitschriften, um sich auf dem Laufenden zu halten, und kam nie auf die Idee, ein Buch zu lesen, bis ihm wieder eins gleichsam zufällig in die Hände fiel.

Dann und wann gab es kurze Phasen, in denen niemand außer ihm und der Bibliothekarin in der Bücherei waren.

In einer davon kam sie in seine Nähe, um einige Zeitungen in die Ständer zu räumen. Als sie damit fertig war, sprach sie ihn an, mit kontrolliertem Nachdruck.

»Der Bericht über den Unfall, der in der Zeitung stand – ich nehme an, er war mehr oder weniger genau?«

Arthur entgegnete, er sei möglicherweise zu genau gewesen.

»Warum? Warum sagen Sie das?«

Er nannte die unendliche Gier der Öffentlichkeit nach Einzelheiten. Sollte die Zeitung die bedienen?

»Ach, ich finde das normal«, sagte die Bibliothekarin. »Ich finde es normal, das Schlimmste wissen zu wollen. Die Leute wollen es bildlich vor Augen haben. Das geht mir genauso. Ich habe keine Ahnung von Maschinen. Es fällt mir schwer, mir vorzustellen, was passiert ist. Selbst mit Hilfe der Zeitung. Hat die Maschine sich unerwartet verhalten?«

»Nein«, sagte Arthur. »Es war nicht so, dass die Maschine ihn gepackt und in sich hineingefressen hat wie ein Tier. Er hat eine falsche Bewegung gemacht oder zumindest eine leichtsinnige Bewegung. Und da war er geliefert.«

Sie sagte nichts, entfernte sich aber auch nicht wieder.

»Man muss immer auf der Hut sein«, sagte Arthur. »Keinen Augenblick träumen. Eine Maschine ist ein Knecht, und zwar ein ausgezeichneter Knecht, aber sie ist ein idiotischer Herr.«

Er fragte sich, ob er das irgendwo gelesen oder es sich selbst ausgedacht hatte.

»Und ich nehme an, man kann die Leute nicht davor schützen?«, sagte die Bibliothekarin. »Aber das wissen Sie bestimmt alles.«

Doch an diesem Punkt verließ sie ihn. Es war jemand gekommen.

Auf den Unfall folgte plötzlich warmes Wetter. Die Länge der Abende und die Wärme der lauen Tage wirkten unvermittelt und überraschend, so als verabschiedete sich der Winter in diesem Teil des Landes nicht fast ausnahmslos auf diese Weise. Die Wasserpfützen auf den Feldern schrumpften wie von Zauberhand und zogen sich in die Sümpfe zurück, die Blätter schossen aus den geröteten Zweigen hervor, und bäuerliche Gerüche trieben in die Stadt und vermischten sich mit dem Duft von Flieder.

Arthur stellte fest, dass er an solchen Abenden, statt sich nach frischer Luft zu sehnen, an die Bücherei dachte, und dort landete er dann oft, auf demselben Platz, den er bei seinem ersten Besuch gewählt hatte. Dort blieb er eine halbe oder eine ganze Stunde sitzen. Er blätterte in den *Illustrated London News* oder im *National Geographic* oder im *Saturday Night* oder *Collier's*. Diese Zeitschriften kamen alle zu ihm ins Haus, und er hätte dort sitzen können, in seinem Arbeitszimmer, und auf seinen von Hecken gesäumten Rasen hinausblicken können, den der alte Agnew leidlich gepflegt hielt, und auf die Blumenbeete, die jetzt voller Tulpen in allen erdenklichen Farben und Kombinationen standen. Offenbar zog er den Anblick der Hauptstraße vor, auf der dann und wann ein flotter neuer Ford vorbeifuhr oder ein stotterndes älteres Modell mit einem staubigen Tuchverdeck. Und das Postamt, dessen Uhrturm in den vier verschiedenen Himmelsrichtungen vier verschiedene Zeiten anzeigte – allesamt, wie die Leute gerne sagten, verkehrt. Und das Treiben und Herumstehen auf dem Bürgersteig. Die Leute, die versuchten, dem Trinkbrunnen Wasser zu entlocken, obwohl er erst Anfang Juli in Betrieb genommen wurde.

Es war nicht, dass er ein Bedürfnis nach Geselligkeit verspürte. Er kam nicht, um zu plaudern, obwohl er Leute begrüßte, wenn er sie mit Namen kannte, und tatsächlich kannte er die meisten. Und er wechselte wohl auch ein paar Worte mit der Bibliothekarin, auch wenn es oft nicht mehr war als »Guten Abend«, wenn er kam, und »Gute Nacht«, wenn er wieder ging. Er fiel niemandem zur Last. Er empfand sein Dortsein als belebend, beruhigend und vor allem natürlich. Hier zu sitzen, zu lesen und nachzudenken – hier anstatt zu Hause – erschien wie eine Form der Fürsorge. Die Leute konnten auf ihn zählen.

Es gab einen Ausdruck, der ihm gefiel. *Diener des Volkes.* Sein Vater, der ihm hier mit babyrosa kolorierten Wangen und glasblauen Augen und dem verdrießlichen Mund eines alten Mannes entgegenblickte, hatte nicht so von sich gedacht. Er hatte sich eher als öffentliche Figur und als Wohltäter gesehen. Er hatte seinen Betrieb mithilfe von Launen und Verfügungen geführt, und er war damit durchgekommen. Er war, wenn die Auftragslage schlecht war, durch die Fabrik gegangen und hatte zu diesem und jenem gesagt: »Geh nach Hause. Geh jetzt nach Haus. Geh nach Hause und bleib da, bis ich dich wieder gebrauchen kann.« Und dann gingen die Männer. Sie arbeiteten in ihren Gärten oder gingen Kaninchen jagen und ließen beim Kaufmann anschreiben und akzeptierten, dass es nicht anders sein konnte. Sie äfften immer noch gern zum Spaß nach, wie er gebellt hatte. *Geh nach Hause!* Er war für sie noch immer mehr ein Held, als Arthur je werden konnte, aber sie würden sich heute nicht mehr die gleiche Behandlung gefallen lassen. Sie hatten sich im Krieg an die guten Löhne gewöhnt und daran, immer gebraucht zu werden. Sie dachten nie an die durch die heimkehrenden Soldaten geschaffene Arbeitskraftschwemme, dachten nie darüber nach, mit wie viel Glück und Einfallsreichtum ein Betrieb wie dieser von einem Jahr zum nächsten, ja von einem Quartal zum nächsten geführt wurde. Sie liebten Veränderungen nicht – sie waren nicht glücklich über den jetzigen Wechsel zu mechanischen Klavieren, die Arthurs Ansicht nach schlicht die Hoffnung für die Zukunft darstellten. Doch Arthur würde tun, was er für nötig hielt, auch wenn er mit völlig anderen Methoden arbeitete als sein Vater. Alles genau durchdenken und dann noch einmal durchdenken. Nur wenn unbedingt notwendig aus dem Hintergrund treten. Die Würde bewahren. Immer versuchen, gerecht zu sein.

Alle erwarteten, dass für sie gesorgt wurde. Die ganze Stadt erwartete das. Die Arbeit würde da sein, so wie jeden Morgen die Sonne aufging. Und dabei waren die Steuern für das Werk erhöht und gleichzeitig Gebühren für das Wasser erhoben worden, das früher umsonst geflossen war. Die Instandhaltung der Zufahrtstraßen oblag jetzt dem Werk und nicht mehr der Stadt. Die Methodistengemeinde ersuchte um eine stattliche Summe für den Bau einer neuen Sonntagsschule. Die Hockeymannschaft der Stadt brauchte neue Trikots und Hosen. Am Eingang zum Gedenkpark für den Krieg wurden steinerne Torpfosten errichtet. Und jedes Jahr wurde der Junge mit dem besten Abschlusszeugnis auf die Universität geschickt, auf Kosten von Douds.

Bittet, so werdet ihr empfangen.

Auch daheim fehlte es nicht an Erwartungen. Bea bettelte darum, auf eine Privatschule zu dürfen, und Mrs Feare hatte ein Auge auf eine neue Küchenmaschine geworfen und eine neue Waschmaschine. Das Schnitzwerk am Haus musste dieses Jahr rundherum gestrichen werden. Die ganze Hochzeitstortendekoration, die gallonenweise Farbe schluckte. Und als reiche das alles nicht, hatte sich Arthur einen neuen Wagen bestellt – einen Chrysler Sedan.

Es war nötig – er musste ein neues Auto fahren. Er musste ein neues Auto fahren, Bea musste ins Internat, Mrs Feare musste das Neueste vom Neuen haben, und das Schnitzwerk musste so frisch sein wie Schnee zu Weihnachten. Sonst würden sie den Respekt verlieren, würden das Vertrauen verlieren, würden anfangen sich zu fragen, ob es mit der Firma bergab ging. Und es war zu schaffen, mit Glück war es alles zu schaffen.

Noch Jahre nach dem Tod seines Vaters hatte er sich gefühlt wie ein Hochstapler. Nicht ständig, aber von Zeit zu Zeit hatte er sich so gefühlt. Und jetzt war das Gefühl weg. Er konnte hier sitzen und spüren, dass es weg war.

Er war im Büro gewesen, als das Unglück geschah, im Gespräch mit einem Handelsvertreter für Furniere. Er hatte eine Veränderung des Geräuschpegels bemerkt, aber eher eine Steigerung als ein Abnehmen. Nichts, was ihn alarmierte – nur eine Irritation. Da er sich im Sägewerk zutrug, wurde der Unfall in den Werkstätten und an den Öfen und im Hof nicht sofort bemerkt, und an einigen Stellen ging die Arbeit minutenlang weiter. Arthur, der über die Furnierproben auf seinem Schreibtisch gebeugt war, musste wohl einer der Letzten gewesen sein, denen aufging, dass es einen Zwischenfall gegeben hatte. Er stellte dem Vertreter eine Frage, und der Vertreter gab keine Antwort. Arthur blickte auf und sah seinen offenen Mund, die Angst in seinem Gesicht, keine Spur mehr von seiner Vertretersicherheit.

Dann hörte er, wie sein Name gerufen wurde – sowohl »Mr Doud!«, wie üblich, als auch »Arthur, Arthur!« von den älteren Männern, die ihn schon als Jungen gekannt hatten. Außerdem hörte er »Säge« und »Kopf« und »Gott, o Gott, o Gott!«

Arthur hätte sich jene Stille gewünscht, in der die Geräusche und Dinge auf so erschreckende und zugleich erlösende Weise zurückwichen und ihm Raum gaben. Das Gegenteil geschah. Es wurde geschrien und gefragt und umhergerannt, und inmitten von alldem wurde er zum Sägewerk getrieben. Ein Mann war ohnmächtig geworden und so gefallen, dass die Säge ihn, wäre sie nicht unmittelbar zuvor ausgestellt worden, auch noch erwischt hätte. Seinen hingestreckten, aber unversehrten Körper hielt Arthur im ersten Augenblick für die Leiche des Opfers. Oh, nein, nein. Sie drängten ihn weiter. Das Sägemehl war tiefrot. Es war vollgesogen, grell. Der Holzhaufen war munter gesprenkelt, und die Sägeblätter ebenfalls. Im Sägemehl lag ein blutgetränkter Haufen Arbeitskleider, und Arthur ging auf, dass dies die Leiche war, der Rumpf mit den Gliedmaßen. Es war so viel Blut ausgeflossen, dass die Form nicht gleich erkennbar war – sondern weich, wie bei einem Pudding.

Als Erstes kam ihm die Idee, diesen Haufen zuzudecken. Er zog sich die Jacke aus und legte sie darauf. Er musste dicht herantreten, seine Schuhe glucksten. Dass sonst noch niemand es getan hatte, lag wohl schlicht daran, dass sonst niemand eine Jacke trug.

»Hat jemand den Arzt geholt?«, brüllte irgendwer. »Den Arzt geholt!«, sagte ein Mann in Arthurs Nähe. »Kann ihm den Kopf auch nicht wieder annähen – der Arzt. Oder?«

Doch Arthur gab den Befehl, den Arzt zu holen; er hielt es für unerlässlich. Ein Tod ohne Arzt war undenkbar. Der sorgte dafür, dass alles andere veranlasst wurde. Arzt, Bestattungsunternehmer. Sarg, Blumen, Pfarrer. Am besten gleich alles anpacken, den Leuten was zu tun geben. Sägemehl aufschaufeln, die Säge sauber machen. Die Männer, die dicht dabei gestanden hatten, zum Waschen schicken. Den Mann, der ohnmächtig geworden war, in die Kantine tragen. Wie geht es ihm? Dem Büromädchen sagen, es soll Tee kochen.

Brandy brauchten sie, oder Whisky. Aber er hatte Alkohol auf dem Werksgelände verboten.

Ein Teil fehlte noch. Wo war er? Da, sagten sie. Da drüben. Arthur hörte, wie sich jemand erbrach, nicht weit von ihm. Also gut. Entweder du hebst ihn selber auf oder du lässt ihn aufheben. Die Würgelaute retteten ihn, beruhigten ihn, schenkten ihm eine beinahe leichtherzige Entschlossenheit. Er hob ihn auf. Er trug ihn vorsichtig und sicher in den Händen wie einen unförmigen, aber kostbaren Krug. Presste das Gesicht, damit es nicht zu sehen war, wie zum Trost an seine Brust. Blut sickerte durch sein Hemd, so dass ihm der Stoff an der Haut festklebte. Warm. Er fühlte sich wie ein Verwundeter. Er war sich bewusst, dass er beobachtet wurde, und er war sich seiner selbst bewusst, so wie ein Schauspieler vielleicht oder ein Priester. Wo sollte er mit ihm hin, jetzt, da er ihn an der Brust hatte? Auch darauf kam die Antwort. Leg ihn hin, leg ihn an die Stelle, wo er hingehört, natürlich nicht genau angepasst, als könnte man eine Naht schließen. Nur mehr oder weniger an den richtigen Platz, und dann die Jacke anheben und zurechtrücken.

Er konnte jetzt nicht fragen, wie der Mann hieß. Er würde es auf andere Weise herausbekommen müssen. Nach der Intimität seiner Dienste hier wäre eine solche Unkenntnis eine Kränkung.

Aber er stellte fest, dass er den Namen doch wusste – er fiel ihm einfach wieder ein. Als er die Ecke seiner Jacke vorsichtig über das Ohr zog, das oben gelegen hatte und immer noch oben lag und deshalb noch ganz frisch und verwendungsfähig aussah, kam ihm ein Name. Sohn des älteren Mannes, der bei ihnen den Garten machte und nicht immer zuverlässig war. Ein junger Bursche, den sie nach dem Krieg wieder eingestellt hatten. Verheiratet? Er glaubte schon. Er würde sie aufsuchen müssen. So bald wie möglich. Saubere Sachen.

Die Bibliothekarin trug häufig eine dunkelrote Bluse. Ihre Lippen waren passend dazu geschminkt, und sie hatte einen Bubikopf. Sie war keine junge Frau mehr, aber sie kleidete sich weiterhin auffällig. Er erinnerte sich noch, dass er ihre Art sich anzuziehen vor Jahren, bei ihrer Einstellung, eher als schlicht empfunden hatte. Damals hatte sie keinen Bubikopf gehabt – sie hatte die Haare aufgesteckt getragen, im alten Stil. Es hatte noch dieselbe Farbe – eine warme, angenehme Farbe wie von Blättern, Eichenblättern etwa, im Herbst. Er versuchte sich zu erinnern, wie viel sie verdiente. Bestimmt nicht sehr viel. Sie schaffte es, so davon zu leben, dass sie gepflegt aussah. Und wo wohnte sie? In einer der Pensionen – da, wo die Lehrerinnen wohnten? Nein, da nicht. Sie wohnte im Commercial Hotel.

Und jetzt fiel ihm noch etwas ein. Keine bestimmte Geschichte, an die er sich erinnerte. Man konnte gewiss nicht sagen, dass sie einen schlechten Ruf besaß. Aber tadellos war ihr Ruf auch nicht. Ihr wurde nachgesagt, sie trinke Alkohol mit den Handlungsreisenden. Vielleicht hatte sie unter ihnen einen Freund. Einen Freund oder auch zwei.

Nun, sie war alt genug, um zu tun, was ihr gefiel. Es war nicht ganz das Gleiche wie bei einer Lehrerin – die unter anderem eingestellt wurde, um ein Vorbild zu sein. Wenn sie nur ihre Arbeit gut machte – und das konnte jeder sehen. Sie hatte ihr Leben zu leben wie alle anderen auch. War es nicht vorzuziehen, eine nett aussehende Frau hier zu haben und nicht eine mürrische alte Schachtel wie Mary Tamblyn? Vielleicht schauten mal Fremde herein, sie beurteilten eine Stadt nach dem, was sie sahen, da will man eine nett aussehende Frau, mit einer netten Art.

Lass das. Wer hatte denn Einwände geäußert? Er legte sich in Gedanken für sie ins Zeug, als ob jemand sie hinauswerfen wollte, ohne dass er den leisesten Hinweis hatte, dass es so war.

Was war mit ihrer Frage, am ersten Abend, über die Maschinen? Was hatte sie damit bezweckt? War es eine heimliche Schuldzuweisung?

Er hatte mit ihr über die Bilder und die Beleuchtung geredet und ihr sogar erzählt, wie sein Vater auf eigene Kosten seine Arbeiter hergeschickt hatte, um die Bücherregale zu bauen, aber er hatte nie von dem Mann gesprochen, der die Bücher ohne ihr Wissen mitgenommen hatte. Jedes Mal wahrscheinlich eins. Unter dem Mantel? Und auf demselben Weg retour. Er musste sie zurückgebracht haben, sonst hätte er das Haus voll gehabt, und das hätte seine Frau nicht toleriert. Er hatte nicht gestohlen, bloß vorübergehend. Harmloses Verhalten, aber seltsam. Gab es eine Verbindung? Zwischen der Annahme, er könne es sich erlauben, Dinge ein bisschen anders zu machen, und der Annahme, er könne sich eine leichtsinnige Bewegung leisten, bei der die Gefahr bestand, sich mit dem Ärmel zu verfangen und mit dem Hals in die Säge zu geraten?

Ja, da gab es womöglich eine Verbindung. Etwas, das mit seiner Einstellung zu tun hatte.

»Dieser Bursche – Sie wissen schon – mit dem Unfall –«, sagte er zu der Bibliothekarin. »Wie er die Bücher mitgehen ließ, die er haben wollte. Was meinen Sie, warum er das getan hat?«

»Menschen machen alles Mögliche«, sagte die Bibliothekarin. »Sie reißen Seiten raus. Weil etwas drauf ist, was ihnen nicht gefällt oder besonders gefällt. Sie machen alles Mögliche. Ich weiß es nicht.«

»Hat er jemals Seiten rausgerissen? Haben Sie ihm jemals Vorhaltungen gemacht? Ihm jemals Angst vor Ihnen gemacht?«

Er wollte sie nur ein wenig necken, indem er andeutete, dass sie wohl kaum imstande wäre, jemandem Angst zu machen, aber so kam es bei ihr nicht an.

»Wie hätte ich das tun können, wo ich nie mit ihm gesprochen habe?«, sagte sie. »Ich habe ihn nie gesehen. Ich habe ihn nie gesehen und wusste nicht, wer er war.«

Sie ging und setzte dem Gespräch ein Ende. Sie ließ sich also nicht gern necken. Gehörte sie zu den Leuten voller vernarbter Risse, die nur aus unmittelbarer Nähe zu erkennen waren? Quälte sie ein alter Kummer, ein Geheimnis? Vielleicht hatte sie einen Liebsten im Krieg verloren.

Eines späteren Abends, eines Samstagabends im Sommer, kam sie selbst auf das Thema zurück, das er nie wieder erwähnt hätte.

»Erinnern Sie sich noch an unser Gespräch über den Mann, der den Unfall hatte?«

Arthur bejahte.

»Ich möchte Sie etwas fragen, das Ihnen vielleicht seltsam erscheint.«

Er nickte.

»Und dass ich frage – ich möchte, dass Sie – es ist vertraulich.«

»Selbstverständlich«, sagte er.

»Wie sah er aus?«

Wie er aussah? Arthur war verdutzt. Er war verdutzt, dass sie so viel Aufhebens darum machte und so heimlich tat – es war doch nur natürlich, sich dafür zu interessieren, wie ein Mann aussah, der reingekommen und mit ihren Büchern wieder verschwunden war, ohne dass sie es merkte – und weil er ihr nicht helfen konnte, schüttelte er den Kopf. Er konnte sich kein Bild von Jack Agnew vor Augen führen.

»Groß«, sagte er. »Ich glaube, er war ziemlich groß. Mehr kann ich Ihnen nicht sagen. Ich bin wirklich nicht der Richtige, um eine gute Auskunft zu geben. Ich kann einen Mann ohne Weiteres erkennen, aber ich bin außerstande, sein Äußeres zu beschreiben, selbst wenn es sich um jemanden handelt, den ich sozusagen fast täglich sehe.«

»Aber ich dachte, Sie waren derjenige – ich habe gehört, Sie waren derjenige –« sagte sie. »Der ihn aufgehoben hat. Seinen Kopf.«

Arthur sagte steif: »Ich fand nicht, dass man ihn einfach so liegen lassen durfte.« Er fühlte sich enttäuscht von der Frau, verunsichert, und er schämte sich für sie. Aber er versuchte einen sachlichen Ton beizubehalten und in seiner Stimme keinen Vorwurf mitschwingen zu lassen.

»Ich könnte Ihnen nicht einmal sagen, welche Haarfarbe er hatte. Zu dem Zeitpunkt war alles – alles schon ziemlich unkenntlich.«

Sie sagte ein, zwei Augenblicke nichts, und er sah sie nicht an. Dann sagte sie: »Sie müssen den Eindruck haben, dass ich eine von denen bin – eine von den Leuten, die von diesen Dingen fasziniert sind.«

Arthur gab einen abwehrenden Laut von sich, aber natürlich hatte er den Eindruck, dass es stimmte.

»Ich hätte Sie nicht fragen sollen«, sagte sie. »Ich hätte nicht davon anfangen sollen. Ich kann Ihnen niemals erklären, warum ich es tat. Ich würde Sie nur gern bitten, wenn es Ihnen möglich ist, niemals zu denken, dass ich so bin.«

Arthur hörte das Wort »niemals«. Sie könne es ihm niemals erklären. Er solle bitte niemals denken. Seiner tiefen Enttäuschung zum Trotz hörte er den Vorschlag heraus, dass ihre Gespräche weitergehen könnten und vielleicht nicht nur dem Zufall überlassen blieben. Er nahm eine Demut in ihrer Stimme wahr, aber diese Demut beruhte irgendwie auf einer Sicherheit. Einer sexuellen, wie er vermutete.

Oder dachte er das nur, weil es dieser Abend war? Es war der Samstagabend im Monat, an dem er gewöhnlich nach Walley fuhr. Dort wollte er auch heute hin, er hatte nur auf dem Weg hier hereingeschaut. Er hatte nicht vorgehabt, so lange zu bleiben, wie er geblieben war. Es war der Abend, an dem er eine Frau besuchte, die Jane MacFarlane hieß. Jane MacFarlane lebte von ihrem Mann getrennt, aber sie hatte nicht die Absicht, sich scheiden zu lassen. Sie hatte keine Kinder. Sie verdiente sich ihren Lebensunterhalt als Schneiderin. Arthur hatte sie bei sich zu Hause kennengelernt, als sie seiner Frau die Maße nahm. Damals war nichts gewesen, und keiner von beiden war auf die Idee gekommen. In mancher Hinsicht war Jane MacFarlane eine Frau wie die Bibliothekarin – gutaussehend, wenn auch nicht mehr ganz jung, couragiert und modebewusst und gut in ihrem Beruf. In anderer Hinsicht eher nicht. Er konnte sich nicht vorstellen, dass Jane einen Mann jemals vor ein Rätsel stellte, nur um ihm anschließend mitzuteilen, dass es nie gelöst werden würde. Jane war eine Frau, die einem Mann Frieden schenkte. Die rudimentären Dialoge, die er mit ihr führte – sinnlich, beschränkt, freundlich –, waren denen mit seiner verstorbenen Frau sehr ähnlich.

Die Bibliothekarin ging zum Schalter an der Tür und knipste das große Licht aus. Sie schloss die Tür ab. Sie verschwand zwischen den Regalen und machte auch dort die Lampen aus, in gemächlichem Tempo. Die Rathausuhr schlug neun. Sie musste glauben, dass sie richtig ging. Seine Armbanduhr zeigte drei Minuten vor.

Es wurde Zeit, aufzustehen, Zeit für ihn zu gehen, Zeit, nach Walley zu fahren.

Als sie mit allen Lampen fertig war, kam sie und setzte sich zu ihm an den Tisch.

Er sagte: »Ich würde niemals auf eine Weise von Ihnen denken, die Sie unglücklich machen könnte.«

Das Löschen der Lampen hätte es nicht so dunkel machen dürfen. Sie hatten Hochsommer. Doch anscheinend waren schwere Regenwolken aufgezogen. Als Arthur zum letzten Mal die Straße zur Kenntnis genommen hatte, hatte er draußen helles Tageslicht gesehen: Leute vom Land beim Einkaufen, Jungen, die sich am Trinkbrunnen bespritzten, und junge Mädchen, die in ihren billigen geblümten Sommerkleidern auf und ab flanierten, um sich von den jungen Männern anschauen zu lassen, wo immer diese jungen Männer versammelt waren – auf den Stufen vor der Post, vor der Futterhandlung. Und als er jetzt wieder hinschaute, herrschte auf der Straße Aufruhr durch lauten Wind, der bereits erste Regentropfen herantrug. Die Mädchen kreischten und lachten und hielten sich die Handtäschchen über den Kopf, während sie unter schützende Dächer liefen, Verkäufer rollten Markisen ein und schleppten die Obstkörbe, die Ständer mit Sommerschuhen, die Gartengeräte herein, die auf den Gehwegen ausgestellt gewesen waren. Die Rathaustüren knallten, als die Farmersfrauen mit ihren Paketen und den Kindern an der Hand hineinliefen, um sich in die Damentoilette zu drängen. Jemand probierte die Tür zur Bücherei. Die Bibliothekarin sah hinüber, aber rührte sich nicht. Und bald fegte der Regen in langen Vorhängen durch die Straße, und der Wind peitschte gegen das Rathausdach und riss an den Baumwipfeln. Das wilde Rauschen dauerte ein paar Minuten an, bis der Wind an Kraft verlor. Dann war das Einzige, was noch zu hören war, das Geräusch des Regens, der jetzt senkrecht und so heftig niederprasselte, dass sie unter einem Wasserfall zu stehen schienen.

Wenn es in Walley auch so war, dachte er, würde Jane wissen, dass sie nicht mit ihm zu rechnen brauchte. Es war dies für lange Zeit sein letzter Gedanke an sie.

»Mrs Feare hat sich geweigert, meine Sachen zu waschen«, sagte er zu seiner eigenen Überraschung. »Sie hatte Angst davor, sie anzufassen.«

Die Bibliothekarin sagte mit einer seltsam zittrigen, beschämten und entschlossenen Stimme: »Ich finde, was Sie getan haben – ich finde, das war etwas ganz Bemerkenswertes.«

Der Regen prasselte so laut und beständig, dass er von einer Antwort befreit war. Da fiel es ihm leicht, sich ihr zuzuwenden und sie anzuschauen. Ihr Profil war von den Regenschlieren an den Fenstern schwach erleuchtet. Ihre Miene war ruhig und unbekümmert. Jedenfalls schien es ihm so. Ihm ging auf, dass er kaum etwas über sie wusste – was für eine Art Mensch sie eigentlich war oder was für Geheimnisse sie haben mochte. Er konnte nicht einmal einschätzen, welchen Stellenwert er für sie besaß. Er wusste nur, dass er einen gewissen Wert besaß und dass es nicht der gewöhnliche war.

Er konnte das Gefühl, das sie ihm vermittelte, nicht besser beschreiben, als man einen Geruch beschreiben kann. Wie nach versengtem Stromkabel. Wie nach verbrannten Weizenkörnern. Nein, nach bitterer Orange. Ich gebe auf.

Er hatte nicht geglaubt, dass er jemals in eine Situation wie diese geraten, einen so unwiderstehlichen Drang verspüren könnte. Doch anscheinend traf es ihn nicht unvorbereitet. Ohne ein zweites Mal oder auch nur ein einziges Mal zu überlegen, worauf er sich da einließ, sagte er: »Ich wünschte –«

Er hatte zu leise gesprochen. Sie hörte ihn nicht.

Er sprach lauter. Er sagte: »Ich wünschte, wir könnten heiraten.«

Da sah sie ihn an. Sie lachte, unterdrückte das Lachen jedoch rasch.

»Verzeihung«, sagte sie. »Verzeihung. Mir ging bloß gerade etwas durch den Kopf.«

»Und das wäre?«, fragte er.

»Ich dachte – ich werde ihn nie wiedersehen.«

Arthur sagte: »Sie irren sich.«

Die Märtyrer von Tolpuddle

Der Personenzug von Carstairs nach London wurde im Zweiten Weltkrieg eingestellt, und auch die Schienen waren herausgerissen worden. Es hieß, sie würden für den Krieg gebraucht. Als Louisa Mitte der fünfziger Jahre zu einem Herzspezialisten nach London fuhr, musste sie den Bus nehmen. Sie sollte nicht mehr Auto fahren.

Der Arzt, der Kardiologe, sagte, ihr Herz sei ein bisschen wackelig und ihr Puls ein wenig sprunghaft. Sie fand, das hörte sich an, als wäre ihr Herz ein Komiker und ihr Puls ein junges Hündchen an der Leine. Sie war nicht siebenundfünfzig Meilen gefahren, um sich veralbern zu lassen, aber sie sagte nichts, weil sie bereits durch eine Geschichte abgelenkt war, die sie im Wartezimmer gelesen hatte. Vielleicht war das, was sie gelesen hatte, schuld daran, dass ihr Puls sprunghaft war.

Im Lokalteil der Londoner Zeitung war sie auf die Überschrift LOKALE MÄRTYRER GEEHRT gestoßen und hatte nur, um die Zeit totzuschlagen, weiter-gelesen. Sie las, dass an dem Nachmittag im Victoria Park eine Zeremonie stattfinden sollte. Eine Zere-monie zu Ehren der Märtyrer von Tolpuddle. In der Zeitung stand, dass die Märtyrer von Tolpuddle nur wenigen Menschen bekannt seien, und auch Louisa hatte noch nie von ihnen gehört. Es waren Männer, die vor Gericht gestellt und für schuldig befunden worden waren, einen Schwur abgelegt zu haben, der verboten war. Für dieses seltsame, vor mehr als hun-dert Jahren im englischen Dorset begangene Verbre-chen waren sie nach Kanada deportiert worden, und ein paar von ihnen hatten sich schließlich hier in Lon-don niedergelassen, wo sie bis ans Ende ihrer Tage lebten und ohne besondere Beachtung oder spezielles Gedenken beerdigt wurden. Mittlerweile zählte man sie zu den frühesten Begründern der Gewerkschafts-bewegung, und der Gewerkschaftsrat, die Repräsen-tanten der Canadian Federation of Labor und die Pastoren einiger der Kirchen vor Ort hatten eine Feier-stunde anberaumt, die heute aus Anlass des hun-dertzwanzigsten Jahrestages ihrer Verhaftung abge-halten wurde.

Märtyrer ist ziemlich dick aufgetragen, dachte Louisa. Schließlich waren sie nicht hingerichtet wor-den.

Die Feier sollte um drei Uhr stattfinden, und die Hauptsprecher sollten einer der Pastoren aus der

Stadt und ein Mr John (Jack) Agnew sein, ein Gewerkschaftssprecher aus Toronto.

Es war Viertel nach zwei, als Louisa die Praxis verließ. Der Bus nach Carstairs fuhr erst um sechs. Sie hatte eigentlich vorgehabt, bei Simpsons im obersten Stockwerk Tee zu trinken und einen Happen zu essen und anschließend nach einem Hochzeitsgeschenk zu schauen oder, wenn die Zeit reichte, zu einer Nachmittagsvorstellung ins Kino zu gehen. Der Victoria Park lag zwischen der Arztpraxis und Simpsons, und sie beschloss, den Weg hindurch zu nehmen. Der Tag war heiß und der Schatten der Bäume angenehm. Sie konnte nicht umhin zu sehen, wo man die Stühle und ein kleines, mit gelbem Tuch verhängtes Rednerpodest aufgebaut hatte, das auf einer Seite mit einer kanadischen Fahne und auf der anderen, wie sie glaubte, mit einer Gewerkschaftsfahne geschmückt war. Eine Menschengruppe hatte sich versammelt, und Louisa gab dem Impuls nach, die eingeschlagene Richtung zu ändern, um sie sich näher anzuschauen. Einige waren alte Leute, sehr einfach, aber anständig gekleidet, die Frauen an diesem heißen Tag mit Kopftüchern, Europäer. Andere waren Fabrikarbeiter, die früher freibekommen hatten, Männer in kurzärmligen Hemden und Frauen in frischen Blusen und Hosen. Ein paar Frauen mussten von zu Hause gekommen sein, weil sie Sommerkleider und Sandalen trugen und kleine Kinder im Auge zu behalten versuchten. Louisa ging gerade durch den Kopf, dass sie vermutlich dem, wie sie gekleidet war – modisch wie immer, in beigefarbener Shantungseide mit einem ebenfalls seidenen, purpurroten Barett –, keinerlei Bedeutung beimaßen, als ihr Blick auf eine Frau fiel, die noch eleganter zurechtgemacht war als sie, in grüner Seide, das dunkle Haar mit einem grün-goldenen Schal streng zurückgebunden. Sie mochte vierzig sein – ihr Gesicht war müde, aber schön. Sie kam gleich auf Louisa zu, deutete lächelnd auf einen Stuhl und gab ihr ein vervielfältigtes Blatt Papier. Louisa konnte die violette Schrift nicht lesen. Sie versuchte, einen Blick auf einige Männer zu werfen, die sich neben dem Podest unterhielten. Waren die Redner dabei?

Die zufällige Namensgleichheit war eigentlich kaum der Rede wert. Weder der Vor- noch der Nachname war allzu ungewöhnlich.

Sie wusste nicht, warum sie sich hingesetzt hatte oder warum sie überhaupt hierhergekommen war. Sie begann eine leichte Übelkeit zu spüren, eine vertraute Unruhe. Die konnte ohne jeden Anlass entstehen. Aber wenn sie einmal eingesetzt hatte, nützte es nichts, sich zu sagen, dass nichts war. Es half nur noch, aufzustehen und so schnell wie möglich das Weite zu suchen, bevor sich noch mehr Leute hinsetzten und sie einengten.

Die grüne Frau fing sie ab und fragte, ob alles in Ordnung sei.

»Ich muss einen Bus bekommen«, sagte Louisa mit heiserer Stimme. Sie räusperte sich. »Einen Überlandbus«, sagte sie beherrschter und marschierte davon, nicht in die richtige Richtung, um zu Simpsons zu gelangen. Sie überlegte sich, dass sie dort auch gar nicht hin wollte. Sie würde auch nicht bei Birks nach dem Hochzeitsgeschenk schauen und nicht ins Kino gehen. Sie würde sich einfach in den Busbahnhof setzen, bis es Zeit war, nach Hause zu fahren.

Einen halben Block vor dem Busbahnhof fiel ihr ein, dass der Bus sie an diesem Morgen nicht dort abgesetzt hatte. Der Bahnhof wurde abgerissen und neu gebaut – ein paar Straßen weiter war eine Behelfsstation eingerichtet. Sie hatte nicht genau genug aufgepasst, an welcher Straße sie lag – an der York Street, östlich des eigentlichen Busdepots, oder an der King Street? In jedem Fall musste sie einen Umweg machen, da beide Straßen aufgerissen wurden, und sie war schon zu dem Schluss gelangt, dass sie sich verlaufen hatte, als ihr aufging, dass sie durch einen glücklichen Zufall zur Hinterseite der Behelfsstation gelangt war. Es war ein altes Gebäude – einer der hohen gelbgrauen Ziegelbauten aus der Zeit, als hier ein Wohngebiet gewesen war. Jetzt erfüllte es wahrscheinlich seinen letzten Zweck vor dem Abriss. Ringsum mussten einige Häuser abgerissen worden sein, um Raum für den großen Kiesplatz zu schaffen, auf dem die Busse hielten. Am Rand der Fläche standen noch ein paar Bäume und darunter ein paar Stuhlreihen, die ihr nicht aufgefallen waren, als sie am Vormittag aus dem Bus gestiegen war. Zwei Männer saßen auf der einstigen Veranda des Hauses, auf alten Autositzen. Sie trugen braune Hemden mit dem Firmenzeichen des Busunternehmens, aber sie zeigten sich ihrer Arbeit gegenüber eher lustlos, denn sie standen nicht auf, als sie fragte, ob der Bus nach Carstairs wie laut Fahrplan um sechs Uhr fahre und wo sie etwas zu trinken bekommen könne.

Sechs Uhr, soweit sie wussten.

Im Café unten an der Straße.

Drinnen steht ein Kühlschrank, aber da ist nur noch Cola und O-Saft drin.

In einem schmutzigen kleinen Warteraum, der nach verstopfter Toilette roch, nahm sie sich eine Coca-Cola aus dem Kühlschrank. Der Umzug des Busdepots in diesen schäbigen Bau musste die gesamte Belegschaft in einen Zustand teilnahmsloser Trägheit versetzt haben. In dem Raum, der als Büro diente, stand ein Ventilator, und sie sah im Vorübergehen, wie einige Zettel vom Schreibtisch geweht wurden. »Ach, Mist«, sagte das Bürofräulein und trampelte mit dem Absatz drauf.

Im Schatten der staubigen Stadtbäume waren alte Holzstühle mit geraden Rückenlehnen aufgestellt, die ursprünglich in verschiedenen Farben lackiert gewesen waren – sie sahen aus, als stammten sie aus mehreren Küchen. Vor ihnen hatte man alte Teppichreste und Gummibadematten ausgelegt, damit man seine Füße nicht auf den Kies stellen musste. Hinter der ersten Stuhlreihe meinte sie ein Schaf auf der Erde liegen zu sehen, aber es verwandelte sich in einen schmutzig weißen Hund, der angezockelt kam und sie einen Moment mit ernster, halb offizieller Miene betrachtete – kurz ihre Schuhe beschnüffelte und wieder wegging. Sie hatte nicht gesehen, ob es Strohhalme gab, und hatte keine Lust, noch einmal hinzugehen und nachzuschauen. Sie trank ihre Cola aus der Flasche, indem sie den Kopf zurücklehnte und die Augen schloss.

Als sie sie wieder aufschlug, saß ein Mann zwei Stühle weiter und sprach sie an.

»Ich bin so schnell gekommen, wie ich konnte«, sagte er. »Nancy hat gesagt, Sie wollten zum Bus. Ich habe mich gleich auf den Weg gemacht, als ich mit meiner Rede fertig war. Aber vom Busbahnhof ist nichts mehr da.«

»Nur vorübergehend«, sagte sie.

»Ich habe Sie gleich erkannt«, sagte er. »Trotz der – na ja, vielen Jahre. Als ich Sie sah, war ich gerade mit jemandem im Gespräch. Dann schaute ich wieder hin, und Sie waren verschwunden.«

»Ich kenne Sie nicht«, sagte Louisa.

»Nein«, sagte er. »Wohl nicht. Natürlich. Wie denn auch?«

Er trug eine hellbraune Hose, ein blassgelbes, kurzärmeliges Hemd, einen gelb- und cremefarbenen Ascotschal. Ein ziemlicher Dandy, für einen Gewerkschafter. Sein Haar war weiß, aber dicht und kraus, und legte sich in gleichmäßigen federnden Wellen von der Stirn nach hinten, seine Haut war gerötet, und sein Gesicht war von tiefen Falten durchzogen, von den Anstrengungen des Redenhaltens – und von Privatgesprächen, die er vermutlich mit ähnlicher Leidenschaft und Überredungskunst führte wie seine öffentlichen Reden. Er trug eine getönte Brille, die er jetzt abnahm, als wollte er, dass sie ihn besser sehen könne. Seine Augen waren von hellem Blau, leicht blutunterlaufen und ängstlich. Ein gutaussehender Mann, und abgesehen von einem kleinen Bauch über dem Gürtel noch schlank, aber sie fand dieses angepasste gute Aussehen – die makellose sportliche Kleidung, das effektvoll gewellte Haar, das auf Wirkung bedachte Mienenspiel – nicht sehr attraktiv. Ihr war ein Aussehen wie das von Arthur lieber. Die Zurückhaltung, die Würde seiner dunklen Anzüge, die manche Leute vielleicht als großtuerisch empfanden, ihr aber bewundernswert und unschuldig erschienen.

»Ich habe immer das Eis brechen wollen«, sagte er. »Ich wollte mit Ihnen sprechen. Ich hätte wenigstens vorbeikommen und Auf Wiedersehen sagen sollen. Die Gelegenheit wegzugehen ergab sich so plötzlich.«

Louisa hatte keine Ahnung, was sie darauf sagen

sollte. Er seufzte. Er sagte: »Sie müssen mir böse gewesen sein. Sind Sie mir immer noch böse?«

»Nein«, sagte sie und klammerte sich lächerlicherweise an die üblichen Höflichkeiten. »Wie geht es Grace? Wie geht es Ihrer Tochter? Lillian?«

»Grace geht es nicht so gut. Sie hat Arthritis. Und ihr Gewicht hilft nicht gerade. Lillian geht's gut. Sie ist verheiratet, aber sie unterrichtet weiterhin an der Highschool. Mathematik. Nicht gerade das Übliche für eine Frau.«

Wie hätte Louisa anfangen sollen, ihn zu korrigieren? Konnte sie sagen: Nein, Ihre Frau Grace hat im Krieg wieder geheiratet, sie hat einen Farmer geheiratet, einen Witwer. Bis dahin kam sie einmal die Woche zum Putzen zu uns ins Haus. Mrs Feare war zu alt geworden. Und Lillian hatte nie die Highschool abgeschlossen, wie konnte sie also Highschool-Lehrerin sein? Sie hat jung geheiratet, sie hat ein paar Kinder bekommen, sie arbeitet in der Drogerie. Sie hat Ihre Größe und Ihr Haar, blond gefärbt. Ich habe sie oft angeschaut und gedacht, sie müsse Ihnen ähnlich sehen. Als sie noch ein Kind war, habe ich ihr die Sachen geschenkt, aus denen meine Stieftochter herausgewachsen war.

Stattdessen sagte sie: »Die Frau im grünen Kleid – das war nicht Lillian?«

»Nancy? Oh, nein! Nancy ist mein Schutzengel. Sie hat im Blick, wo ich hinmuss und wann, ob ich meine

Rede dabeihabe und was ich esse und trinke und ob ich meine Tabletten genommen habe. Ich neige zu hohem Blutdruck. Nichts wirklich Ernstes. Aber ich lebe nicht gesund. Ich bin ständig unterwegs. Heute Abend muss ich von hier nach Ottawa fliegen, morgen habe ich eine schwierige Sitzung, morgen Abend muss ich zu irgendeinem Bankett.«

Louisa fühlte sich genötigt zu sagen: »Sie wussten, dass ich geheiratet habe? Ich war mit Arthur Doud verheiratet.«

Sie meinte, ihm eine gewisse Überraschung anzusehen. Aber er sagte: »Ja, das hatte ich gehört. Ja.«

»Wir haben auch hart gearbeitet«, sagte Louisa entschlossen. »Arthur ist vor sechs Jahren gestorben. Wir haben die Fabrik die ganzen dreißiger Jahre hindurch weitergeführt, auch wenn wir manchmal bloß noch drei Leute hatten. Wir hatten kein Geld für Reparaturen, und ich weiß noch, wie ich die Markisen vor den Büros zerschnitten habe und wie Arthur sie die Leiter hinaufgetragen und mit ihnen das Dach geflickt hat. Wir versuchten alles anzufertigen, was uns einfiel. Sogar Freiluft-Bowlingbahnen für diese Vergnügungsanlagen. Dann kam der Krieg, und wir konnten nicht schnell genug arbeiten. Wir konnten so viele Klaviere verkaufen, wie wir bauen konnten, aber wir bauten zusätzlich Radarkästen für die Navy. Ich blieb während der ganzen Jahre im Büro.«

»Das muss eine Umstellung gewesen sein«, sagte er

mit einer Stimme, die taktvoll klang. »Im Vergleich zur Bücherei.«

»Arbeit ist Arbeit«, sagte sie. »Ich arbeite immer noch. Meine Stieftochter Bea ist geschieden, sie macht mir schlecht und recht den Haushalt. Mein Sohn hat endlich sein Studium abgeschlossen – er soll sich in den Betrieb einarbeiten, aber er findet jeden Nachmittag eine Ausrede, um vorzeitig Feierabend zu machen. Wenn ich zum Abendessen nach Hause komme, bin ich zum Umfallen müde, und ich höre das Eis in ihren Gläsern klimpern und sie hinter der Hecke lachen. Ach, Mud, sagen sie, wenn sie mich sehen, ach, arme Mud, komm, setz dich zu uns, wir holen dir was zu trinken! Sie nennen mich Mud, weil mein Sohn mich so genannt hat, als er klein war. Aber sie sind beide keine kleinen Kinder mehr. Das Haus ist kühl, wenn ich heimkomme – es ist ein wunderschönes Haus, wie Sie sich vielleicht erinnern, in drei Stockwerken gebaut wie eine Hochzeitstorte. Mosaikfliesen in der Eingangshalle. Aber ich denke immer nur an die Fabrik, damit habe ich den Kopf voll. Was müssen wir tun, um uns über Wasser zu halten? Es gibt in Kanada jetzt nur noch fünf Fabriken, in denen Klaviere gebaut werden, und davon sind drei in Quebec, wo die Arbeitskräfte billig sind. Aber das wissen Sie zweifellos alles. Wenn ich mich in Gedanken mit Arthur bespreche, geht es immer um das gleiche Thema. Er ist mir immer noch sehr nahe, aber eine mystische Verbindung kann man es kaum nennen. Man sollte meinen, wenn man älter wird, füllt sich der Verstand mit dem, was man gemeinhin die spirituelle Seite der Dinge nennt, aber meiner scheint nur immer praktischer zu werden, immer nur alles Mögliche erledigen zu wollen. Aber was soll ich das einem Toten erzählen.«

Sie hielt inne, sie war verlegen. Dabei war sie gar nicht sicher, ob er alles mit angehört hatte, und wusste nicht einmal genau, ob sie das wirklich alles ausgesprochen hatte.

»Was mir den Weg bereitet hat –« sagte er. »Die eigentliche Starthilfe für alles, was ich später geschafft habe, war die Bücherei. Deshalb habe ich Ihnen einiges zu verdanken.«

Er legte die Hände auf seine Knie, ließ den Kopf sinken.

»Ach, Unsinn«, sagte er.

Er stöhnte und stieß dann ein Lachen aus.

»Mein Vater«, sagte er, »an meinen Vater werden Sie sich nicht erinnern?«

»Oh, doch.«

»Nun ja. Manchmal denke ich, er hatte die richtige Einstellung.«

Dann hob er den Kopf, schüttelte ihn und verkündete: »Liebe vergeht nicht.«

Sie reagierte ungeduldig und fast gekränkt. Das kommt dabei heraus, beim ständigen Redenhalten, dachte sie, ein Mensch, der solche Dinge sagen kann.

Liebe vergeht ständig oder wird jedenfalls durchkreuzt, überlagert – und ist so gut wie tot.

»Arthur kam und setzte sich in die Bücherei«, sagte sie. »Anfangs ärgerte ich mich sehr über ihn. Ich schaute ihm aufs Genick und dachte: Ha, wie wär's, wenn dich da ein Schlag träfe! Das würde Ihnen natürlich niemals einleuchten. Es wäre unbegreiflich. Und es stellte sich auch heraus, dass ich etwas ganz anderes wollte. Ich wollte ihn heiraten und ein normales Leben beginnen.

Ein normales Leben«, wiederholte sie – und auf einmal wurde ihr leicht ums Herz, ein umfassender Friede mit menschlicher Torheit durchströmte sie bis in die Haut ihrer fleckigen Hand, bis in ihre trockenen geschwollenen Finger, die nicht weit von seinen lagen, auf der Sitzfläche des Stuhls zwischen ihnen. Ein amouröses Auflodern der Zellen, alter Intentionen. *Ach, sie vergeht nicht.*

Über den Kiesplatz näherte sich eine Schar sonderbar gekleideter Menschen. Sie bewegten sich alle zusammen, ein schwarzer Pulk. Die Frauen zeigten ihr Haar nicht – ihre Köpfe waren von schwarzen Schals oder Hauben bedeckt. Die Männer trugen breitkrempige Hüte und schwarze Hosenträger. Die Kinder waren genauso gekleidet wie ihre Eltern, bis hin zu den Hauben und Hüten. Wie heiß ihnen in diesen Sachen sein musste – wie überhitzt und staubig und argwöhnisch und scheu sie wirkten.

»Die Märtyrer von Tolpuddle«, sagte er mit sanft scherzender, resignierter und mitfühlender Stimme. »Ah, ich glaube, ich sollte zu ihnen gehen und ein paar Worte mit ihnen wechseln.«

Diese Andeutung von Witz, die unsichere Liebenswürdigkeit erinnerten sie an einen anderen. An wen? Als sie seine breiten Schultern von hinten sah und das breite, flache Gesäß, fiel es ihr ein.

Jim Frarey.

Ach, was für ein Streich wurde ihr da gespielt, oder was für einen Streich spielte sie sich selbst! Sie richtete sich abrupt auf, die schwarzen Kleider vor ihr verschmolzen zu einer Pfütze. Ihr war schwindelig, und sie fühlte sich gedemütigt. Schluss jetzt.

Gar nicht nur Schwarz in Schwarz, jetzt, wo sie näher kamen. Sie erkannte Dunkelblau – das waren die Hemden der Männer – und Dunkelblau und Violett in einigen der Frauenkleider. Sie erkannte Gesichter – die der Männer hinter Bärten, die der Frauen in ihren tiefrandigen Hauben. Und nun ging ihr auf, was sie waren. Es waren Mennoniten.

Mennoniten lebten heute in diesem Teil des Landes, wo sie früher nie gelebt hatten. Es gab welche in der Umgebung von Bondi, einem Dorf nördlich von Carstairs. Sie würden mit demselben Bus heimfahren wie sie.

Er war nicht bei ihnen und auch nirgendwo mehr zu sehen.

Ein hoffnungsloser Verräter. Ein Handlungsreisender.

Sobald ihr klar war, dass es sich um Mennoniten handelte und nicht um irgendwelche verlorenen, nicht zu identifizierenden Fremden, sahen die Leute nicht mehr so scheu und bedrückt aus. Ja, sie wirkten im Grunde recht munter, reichten eine Bonbontüte herum, Erwachsene aßen Bonbons mit den Kindern. Sie ließen sich um Louisa herum auf den Stühlen nieder.

Kein Wunder, dass sie das Gefühl hatte, vor Nässe zu kleben. Sie war unter eine Welle geraten, die niemand anders bemerkt hatte. Man konnte über das Geschehene sagen, was man wollte – es lief darauf hinaus, dass sie unter eine Welle geraten war. Sie war untergegangen und wieder aufgetaucht, und geblieben war ein kalter Film auf der Haut, ein Pochen in den Ohren, ein Hohlraum in der Brust und Aufruhr im Magen. Was sie bedrohte, war Anarchie – allesverschlingende Konfusion. Jähe Schlupflöcher und Stegreiftricks und leuchtende, sich in Luft auflösende Tröstungen.

Doch diese mennonitische Geschäftigkeit ist ein Segen. Das Plumpsen von Hintern auf Stühle, das Knistern der Bonbontüte, das meditative Lutschen und die leisen Gespräche. Ohne Louisa anzusehen, hält ihr ein kleines Mädchen die Tüte hin, und Louisa nimmt sich ein Minztoffee. Sie ist überrascht, dass sie es in die Hand nehmen kann, dass ihre Lippen ein Dankeschön formen und dass sie dann genau das im Mund schmeckt, was sie erwartet hat. Sie lutscht es genau wie die anderen ohne Eile und gestattet dem Geschmack, ihr ein gewisses Fortbestehen zu verheißen.

Lichter sind angegangen, obwohl es noch nicht Abend ist. In den Bäumen über den Holzstühlen hat jemand Ketten mit kleinen bunten Glühbirnen aufgehängt, die sie bis jetzt nicht bemerkt hat. Sie erinnern sie an Feste. Karneval. Boote mit Sängern auf dem See.

»Wo sind wir hier?«, fragt sie die Frau neben sich.

Louisa war just an dem Tag, als Miss Tamblyn starb, im Commercial Hotel abgestiegen. Sie war damals Handlungsreisende für eine Firma, die Hüte, Schleifen, Taschentücher sowie Besätze und Damenunterwäsche an Einzelhändler vertrieb. Sie hörte im Hotel davon reden, und ihr kam der Gedanke, dass die Stadt bald eine neue Bibliothekarin brauchen würde. Sie wurde es zunehmend leid, ihre Warenkoffer in den Zug zu hieven und wieder hinaus, ihre Waren in Hotels vorzuführen, sie aus- und wieder einzupacken. Sie machte sich sofort auf, um mit den Leuten zu reden, die für die Bücherei zuständig waren. Einem Mr Doud und einem Mr Macleod. Sie hatten Namen wie Varietékünstler, ohne jedoch so auszusehen. Die Bezahlung war schlecht, aber sie hatte auch von den

Provisionen nicht gerade üppig leben können. Sie erzählte ihnen, sie habe in Toronto ihren Highschool-Abschluss gemacht und bei Eaton in der Buchabteilung gearbeitet, bevor sie Handlungsreisende wurde. Sie hielt es nicht für nötig, ihnen zu sagen, dass sie dort nur fünf Monate gearbeitet hatte, bis man bei ihr Tbc feststellte, und dass sie danach vier Jahre in einem Sanatorium verbracht hatte. Sie war schließlich von der Tbc geheilt, die Flecken waren trocken.

Im Hotel gab man ihr eines der Zimmer für Dauergäste, im zweiten Stock. Sie hatte einen Blick über die Dächer auf die schneebedeckten Hügel. Carstairs lag in einem Flusstal. Das Städtchen hatte drei- oder viertausend Einwohner und eine lange Hauptstraße, die bergab über den Fluss führte und dahinter wieder bergauf. Es gab eine Klavier- und Orgelfabrik.

Die Häuser waren solide gebaut, die Gärten waren weitläufig, und die Straßen waren von großen Ulmen und Ahornbäumen gesäumt. Sie war noch nie hier gewesen, wenn die Bäume belaubt waren. Dann musste es ganz anders aussehen. So vieles, das jetzt offen dalag, würde dann verborgen sein.

Sie freute sich über den neuen Anfang, sie war still und dankbar gestimmt. Sie hatte schon früher neue Anfänge gemacht, ohne dass sich ihre Hoffnungen erfüllt hatten, aber sie vertraute der schnellen Entscheidung, der unvorhergesehenen Wende, der Einzigartigkeit ihres Geschicks.

Die Stadt war von Pferdegeruch erfüllt. Als es Abend wurde, zogen große Pferde mit Scheuklappen und federgeschmückten Hufen die Schlitten über die Brücke, am Hotel vorbei in die unbeleuchteten Seitenstraßen hinein. Irgendwo draußen auf dem Land würden sie einander nicht mehr hören, würde sich das Läuten der anderen Glöckchen verlieren.

Ein echtes Leben

Ein Mann kam daher und verliebte sich in Dorrie
Beck. Zumindest wollte er sie heiraten. Das war die
Wahrheit.

»Wenn ihr Bruder noch am Leben wäre, hätte
sie niemals heiraten müssen«, sagte Millicent. Was
meinte sie damit? Nichts, wofür man sich zu schämen
hätte. Und auch nichts, was mit Geld zu tun hatte. Sie
meinte, es habe Liebe geherrscht, Güte habe Behaglichkeit geschaffen, und in dem armen, eher kümmer-
lichen Leben, das Dorrie und Albert miteinander
führten, seien sie nicht von Einsamkeit bedroht gewesen. Millicent, die in vielem clever und patent war,
zeigte sich in anderer Hinsicht unverbesserlich senti-
mental. Sie glaubte an liebevolle Zuneigung, die den
Sex ablöste.

Sie glaubte, was den Mann für Dorrie eingenommen hatte, war wohl ihre Art gewesen, mit Messer
und Gabel zu essen. Denn sie aß damit genauso wie
er. Dorrie hielt die Gabel in der Linken und benutzte

die rechte Hand nur zum Schneiden. Sie wechselte die Gabel nicht in einem fort von der linken in die rechte Hand, um damit zu essen. Das kam daher, dass sie als junges Mädchen das Whitby Ladies College besucht hatte. Ein letzter Schub des Beck'schen Geldes. Außerdem hatte sie sich dort eine wunderschöne Handschrift angeeignet, und auch die mochte ein Faktor gewesen sein, da das Liebeswerben nach der ersten Begegnung offenbar nur in Briefen erfolgte. Millicent liebte den Klang von Whitby Ladies *College*, und sie hegte – ohne dass jemand davon wusste – den Plan, eines Tages ihre eigene Tochter dort hinzuschicken.

Auch Millicent war keine ungebildete Frau. Sie war Lehrerin gewesen. Sie hatte zwei ernsthafte Anwärter abgewiesen – einen, weil sie seine Mutter nicht ausstehen konnte, einen, weil er ihr seine Zunge in den Mund zu stecken versuchte –, bevor sie Porters Antrag annahm, der neunzehn Jahre älter war als sie. Er besaß drei Farmen, und er versprach ihr ein Badezimmer im Haus, bevor das Jahr um war, sowie eine Esszimmer- und eine Chesterfieldsofagarnitur. In ihrer Hochzeitsnacht sagte er: »Jetzt musst du's nehmen, wie es kommt«, aber sie wusste, dass es nicht unfreundlich gemeint war.

Das war 1933.

Sie brachte drei Kinder zur Welt, ziemlich schnell hintereinander, und nach dem dritten entwickelte sie ein paar Zipperlein. Porter hatte den Anstand, sie fortan meistens in Ruhe zu lassen.

Das Haus der Becks stand auf Porters Land, aber er war nicht derjenige, der ihren Hof aufgekauft hatte. Er hatte Dorries und Alberts Haus von dem Mann gekauft, der es ihnen abgekauft hatte. So wohnten sie sozusagen in ihrem alten Haus bei Porter zur Miete. Aber es floss kein Geld. Als Albert noch lebte, war er immer zur Stelle gewesen, wenn wichtige Arbeiten anstanden – als sie den Zementboden in der Scheune gossen oder wenn sie das Heu einfuhren. Bei diesen Anlässen war Dorrie mitgekommen, und sie kam auch, wenn Millicent ein Kind zur Welt brachte oder den Hausputz machte. Sie besaß die Kraft, bemerkenswert schwere Möbel zu rücken, und traute sich manche Männerarbeit zu, wie das Einsetzen der Sturmfenster. Zu Beginn harter Arbeit – zum Beispiel wenn in einem ganzen Zimmer die Tapeten abzureißen waren – straffte sie die Schultern und holte tief und glücklich Luft. Sie glühte vor Entschlossenheit. Sie war eine große, kernige Frau mit kräftigen Beinen, kastanienbraunem Haar, einem breiten, schüchternen Gesicht und dunklen Sommersprossen, die wie Samtpünktchen waren. Ein Mann in der Gegend hatte ein Pferd nach ihr benannt.

Trotz ihrer Freude am Putzen gab sich Dorrie im eigenen Haus nicht viel damit ab. Das Haus, in dem sie und Albert gewohnt hatten – in dem sie nach seinem Tod allein lebte –, war von der Anlage her groß und stattlich, aber so gut wie unmöbliert. Möbel tauchten in Dorries Gesprächen auf – das Eichenbüfett, Mutters Kleiderschrank, das gedrechselte Bett –, aber an die Erwähnung war jedes Mal der Satz geknüpft: »Das ist bei der Auktion weggegangen.« Die Auktion klang wie eine Naturkatastrophe, so etwas wie eine Überschwemmung und ein Wirbelsturm zusammen, über das sich zu beschweren sinnlos wäre. Ihnen waren auch keine Teppiche geblieben und keine Bilder. An der Wand hing nur der Kalender von Nunns Lebensmittelgeschäft, wo Albert früher gearbeitet hatte. Durch das Fehlen dieser gewohnten Dinge – und das Vorhandensein anderer wie der Fallen und Gewehre und Bretter, auf denen Dorrie Kaninchen- und Bisamfelle streckte – hatten die Zimmer ihre Bestimmung verloren, und die Vorstellung, sie sauberzumachen, schien unsinnig. Einmal, im Sommer, entdeckte Millicent einen Hundehaufen oben auf dem Treppenabsatz. Sie entdeckte ihn nicht, als er frisch war, aber er war frisch genug, um wie ein Affront zu wirken. Den Sommer über wandelte er sich von braun zu grau. Er wurde steinern, würdig, beständig – und Millicent fand weniger und weniger Grund, ihn als irgendetwas anderes zu betrachten als etwas, was ein Recht hatte, da zu sein.

Der für den Haufen verantwortliche Hund war Delilah. Sie war schwarz, ein Labradorbastard. Sie jagte

Autos, und dabei sollte sie irgendwann ihren Tod finden. Es mag sein, dass sie und Dorrie nach Alberts Ableben ein wenig neben der Spur waren. Aber das war nichts, was man ihnen direkt anmerkte. Zuerst war es bloß, dass es keinen Mann gab, der nach Hause kam, und deshalb keine feste Essenszeit. Es gab keine Männersachen zu waschen – so dass die Vorstellung von regelmäßigen Waschtagen entfiel. Niemanden zum Reden, so dass Dorrie sich mehr mit Millicent oder mit beiden, Millicent und Porter, unterhielt. Sie redete über Albert und seine Arbeit: Er hatte Nunns Lieferwagen und später ihren Laster kreuz und quer durch die Gegend gefahren. Er hatte studiert, er war kein Dummkopf, aber als er aus dem Großen Krieg heimkehrte, hatte er gesundheitliche Probleme, so dass er dachte, es wäre für ihn das Beste, viel an der frischen Luft zu sein, und sich deshalb als Fahrer bei Nunn einstellen ließ und bis zu seinem Tod dort blieb. Er nahm Leute in die Stadt mit. Er fuhr Patienten aus dem Krankenhaus nach Hause. Er hatte eine verrückte Frau auf seiner Strecke, und einmal, als er ihre Einkäufe aus dem Laster holte, verspürte er plötzlich den Impuls, sich umzudrehen. Da stand sie mit einem Beil in der Hand, um ihm den Schädel zu spalten. Sie hatte sogar schon ausgeholt, und als er außer Reichweite sprang, musste sie ihren Schwung fortführen, so dass sie sauber in die Kiste mit den Lebensmitteln hackte, wo sie ein Pfund Butter spaltete. Er belieferte sie weiter, weil er es nicht übers Herz brachte, sie bei der Polizei anzuzeigen, die sie in die Anstalt einliefern würde. Sie nahm nie wieder das Beil in die Hand, schenkte ihm aber Küchlein, die mit bedenklich aussehenden Samen bestreut waren und die er am Ende der Einfahrt ins Gras warf. Andere Frauen, mehr als eine, waren nackt vor ihm aufgetaucht. Eine erhob sich aus einer mitten auf dem Küchenfußboden stehenden Wanne mit Badewasser, und Albert verbeugte sich tief und legte ihr die Einkäufe zu Füßen. »Sind manche Leute nicht unglaublich?«, fragte Dorrie. Und dann erzählte sie weiter von einem Junggesellen, dessen Haus so voller Ratten war, dass er seine Lebensmittel in einem Sack an den Küchenbalken aufhängen musste. Aber die Ratten liefen über die Balken und sprangen auf den Sack und klaubten ihn auf, so dass der Mann schließlich gezwungen war, seine Lebensmittel alle mit ins Bett zu nehmen.

»Albert hat immer gesagt, Leute, die allein leben, sind zu bedauern«, sagte Dorrie – als begriffe sie nicht, dass sie jetzt auch allein lebte. Albert war an Herzversagen gestorben – er hatte gerade noch Zeit gehabt, rechts ranzufahren und anzuhalten. Er war an einem wunderhübschen Fleck Erde gestorben, wo Färbereichen in einer Senke wuchsen und neben der Straße ein frischer, klarer Bach floss.

Dorrie sprach auch von anderen Dingen, die Albert ihr über die Becks und die früheren Zeiten erzählt hatte. Wie sie mit dem Floß den Fluss hinaufgekommen waren, die zwei Brüder, und am Big Bend eine Mühle gebaut hatten, als es dort noch nichts gab außer undurchdringlichem Wald. Und jetzt wieder nichts, bis auf die Ruinen ihrer Mühle und ihres Wehrs. Die Farm hatte nie zum Lebensunterhalt gedient, sondern war aus Liebhaberei entstanden, als sie das große Haus bauten und die Möbel aus Edinburgh kommen ließen. Die Betten, die Stühle, die geschnitzten Truhen, die in der Auktion weggingen. Sie schifften sie um Kap Hoorn, sagte Dorrie, und dann über den Huronsee und den Fluss hinauf. Ach, Dorrie, sagte Millicent, das ist unmöglich, und sie holte das Erdkundebuch aus der Schule vor, das sie behalten hatte, und zeigte ihr, warum das nicht sein konnte. Dann muss es ein Kanal gewesen sein, sagte Dorrie. Ich erinnere mich an einen Kanal. Der Panamakanal? Wahrscheinlich eher der Eriekanal, sagte Millicent.

»Ja«, sagte Dorrie. »Um Kap Hoorn und von da durch den Eriekanal.«

»Dorrie ist eine richtige Dame, egal, was die Leute sagen«, bemerkte Millicent, und Porter widersprach ihr nicht. Er war ihre absoluten persönlichen Urteile gewohnt. »Sie ist hundert Mal mehr eine Dame als Muriel Snow«, sagte Millicent und nannte damit die Person, die wohl als ihre beste Freundin gelten durfte. »Das sage ich, und ich liebe Muriel Snow von Herzen.«

Auch das war Porter zu hören gewohnt.

»Ich liebe Muriel Snow von Herzen, und ich würde jederzeit für sie einstehen«, pflegte Millicent zu sagen. »Ich liebe Muriel Snow, aber das heißt nicht, dass ich alles billige, was sie tut.«

Die Tatsache, dass sie rauchte. Und dass sie verdammter Mist sagte und Herrgott und kacken. *Da hätte ich mir fast in die Hose gekackt.*

Muriel Snow war nicht Millicents erste Wahl als beste Freundin gewesen. In der ersten Zeit ihrer Ehe hatte sie ihre Hoffnungen hoch gesteckt. Die Anwaltsfrau Mrs Nesbitt. Die Arztfrau Mrs Finnegan. Mrs Doud. Die ließen sie im sozialen Frauenverein der Kirche schuften wie ein Esel, aber zu ihren Teepartys luden sie sie nicht ein. Nie betrat sie ihre Häuser, es sei denn zu einer Versammlung. Porter war ein Farmer. Ganz gleich wie viele Farmen er besaß, ein Farmer. Das hätte ihr klar sein müssen.

Muriel lernte sie kennen, als sie beschloss, dass ihre Tochter Betty Jean Klavierstunden nehmen sollte. Muriel war die Musiklehrerin. Sie gab in den Schulen und bei Privatfamilien Unterricht. Da die Zeiten schlecht waren, nahm sie nur zwanzig Cents die Stunde. Sie spielte die Orgel in der Kirche und leitete einige Chöre, aber teils ohne Entgelt. Sie und Millicent verstanden sich so gut, dass sie bald so oft bei Millicent war wie Dorrie, auch wenn das Verhältnis ein anderes war.

Muriel war über dreißig und noch unverheiratet. Ihr Heiratswunsch war etwas, das sie offen zur Sprache brachte, im Scherz und in Form von Klagen, vor allem wenn Porter dabei war. »Kennst du keine Männer, Porter?«, fragte sie dann. »Nur einen einzigen anständigen Mann, den du für mich ausgraben könntest?« Porter antwortete meist, möglich wäre das schon, aber wer weiß, ob sie den dann überhaupt anständig fände. Im Sommer fuhr Muriel immer zu einer Schwester nach Montreal, und einmal fuhr sie zu Verwandten nach Philadelphia, die sie gar nicht persönlich kannte, nur aus Briefen. Das Erste, wovon sie nach der Rückkehr berichtete, war die Männersituation.

»Schrecklich. Sie heiraten alle jung, sie sind Katholiken, und die Frauen sterben nie – sie sind zu sehr damit beschäftigt, Kinder in die Welt zu setzen. Oh, sie hatten durchaus einen für mich organisiert, aber ich habe gleich erkannt, dass daraus nichts werden konnte. Er war einer von diesen Muttersöhnchen.

Einen hab ich dann noch kennengelernt, aber der hatte einen schrecklichen Fehler. Er schnitt sich nie die Fußnägel. Große gelbe Fußnägel. Na? Willst du mich nicht fragen, woher ich das weiß?«

Muriel war immer in Blautönen gekleidet. Eine Frau sollte sich eine Farbe aussuchen, die ihr wirklich steht, und dann immer nur die tragen, sagte sie. Wie das Parfüm. Es sollte dein Erkennungszeichen sein.

Blau gelte weithin als Farbe für Blondinen, aber das sei ein Irrtum. Blau mache eine Blondine oft noch blasser, als sie ohnehin schon sei. Es passe am besten zu einem warmen Hautton wie dem von Muriel – einer Haut, die schnell braun wurde und die Bräune nie ganz verlor. Es passe zu braunen Haaren und braunen Augen, ebenfalls wie ihren. An Kleidung spare sie nie – das sei ein Fehler. Ihre Fingernägel waren immer lackiert, mit einer kräftigen Kontrastfarbe, in Apricot oder Blutrubin oder sogar Gold. Sie war klein und rundlich, sie machte Gymnastik, um ihre schlanke Taille zu halten. Sie hatte einen dunklen Leberfleck vorne am Hals, wie ein Edelstein an einer unsichtbaren Kette, und einen zweiten wie eine Träne in einem Augenwinkel.

»Hübsch ist nicht das richtige Wort für dich«, hörte sich Millicent eines Tages sagen. »Sondern *betörend*.« Dann errötete sie über ihre Schmeichelei, weil sie wusste, dass sie kindisch und übertrieben klang.

Auch Muriel wurde ein wenig rot, aber vor Freude. Sie sog Bewunderung begierig auf, ja suchte sie nachgerade. Einmal schaute sie auf dem Weg zu einem Konzert in Walley vorbei, von dem sie sich Erfolge erhoffte. Sie trug ein Kleid, das eisblau schillerte.

»Und das ist noch nicht alles«, sagte sie. »Alles, was ich anhabe, ist neu, und alles aus Seide.«

Es war nicht wahr, dass sie nie einen Mann fand. Sie fand recht häufig einen, aber kaum jemals einen, den sie zum Abendessen mitbringen konnte. Sie fand sie an anderen Orten, in die sie mit ihren Chören zu Gruppenkonzerten fuhr, in Toronto bei Klavierabenden, zu denen sie dann und wann einen vielversprechenden Schüler mitnahm. Manchmal fand sie sie in den Häusern der Schüler selbst. Sie waren die Onkel, die Väter, die Großväter, und dass sie nicht zu Millicent hereinkommen wollten, sondern nur – die einen flüchtig, die anderen prahlerisch – aus dem wartenden Auto winkten, lag daran, dass sie verheiratet waren. Mit einer bettlägerigen Frau, einer Trinkerin oder einer Xanthippe? Mag sein. Manchmal blieb sie gänzlich unerwähnt – ein Gespenst. Die Männer begleiteten Muriel zu Musikabenden, da Liebe zur Musik sich als Ausrede anbot. Manchmal war sogar ein Kind, das vorspielte, als Anstandswauwau dabei. Sie gingen mit Muriel in entfernten Städten zum Essen aus. Sie wurden als Freunde bezeichnet. Millicent nahm sie in Schutz. Wem konnte es schaden, wenn es alles so offen geschah? Aber so war es nicht, nicht ganz, und es endete dann schließlich doch mit Missverständnissen, bösen Worten, Gemeinheiten. Und einer Verwarnung vom Schulamt. Miss Snow wird sich bessern müssen. Ein schlechtes Vorbild. Eine Ehefrau am Telefon. Miss Snow, ich bedaure, aber wir kündigen … Oder einfach Schweigen. Eine nicht eingehaltene Verabredung, eine Nachricht ohne Antwort, ein nie wieder zu erwähnender Name.

»Ich erwarte nicht sehr viel«, sagte Muriel. »Ich erwarte von einem Freund, dass er sich wie ein Freund verhält. Dann machen sie sich beim ersten Anzeichen von Ärger aus dem Staub, nachdem sie erst behauptet haben, sie würden immer zu mir stehen. Warum ist das so?«

»Ja, weißt du, Muriel«, sagte Millicent einmal, »eine Ehefrau ist eine Ehefrau. Freunde haben ist gut und schön, aber verheiratet ist verheiratet.«

Darauf explodierte Muriel und meinte, Millicent denke das Schlimmste von ihr wie alle anderen auch; und dürfe sie sich denn nie amüsieren, einfach unschuldig amüsieren? Sie knallte die Tür zu und fuhr mit ihrem Auto über die Callas, ganz bestimmt mit voller Absicht. Millicents Gesicht war einen Tag lang vom Weinen verquollen. Aber die Feindschaft hielt nicht an, und Muriel kam wieder, ebenfalls in Tränen aufgelöst, und nahm alle Schuld auf sich.

»Ich habe mich von Anfang an dumm benommen«, sagte sie und setzte sich ins Wohnzimmer ans Klavier. Mit der Zeit wurde Millicent das Muster vertraut. Wenn Muriel glücklich war oder einen neuen Freund hatte, spielte sie traurige, zärtliche Lieder wie »Flowers in the Forest«. Oder:

> »Sie zog sich an die Männertracht,
> Und lustig bunt war sie –«

Und wenn sie enttäuscht war, haute sie hart und schnell in die Tasten und sang höhnisch:

»Hey, Johnnie Cope, bist du schon wach?«

Manchmal lud Millicent Leute zum Essen ein (nicht allerdings die Finnegans oder die Nesbitts oder die Douds), und dann holte sie auch gern Dorrie und Muriel dazu. Dorrie half ihr hinterher, die Töpfe und Pfannen zu spülen, und Muriel konnte auf dem Klavier zur Unterhaltung beitragen.

Sie lud den anglikanischen Pfarrer zu Sonntag nach dem Abendgottesdienst ein, und er sollte den Freund mitbringen, der, wie sie gehört habe, bei ihm zu Besuch sei. Der anglikanische Pfarrer war Junggeselle, aber Muriel hatte ihn schon bald aufgegeben. Weder Fisch noch Fleisch, befand sie. Schade. Millicent mochte ihn, in erster Linie seiner Stimme wegen. Sie war anglikanisch aufgewachsen, und obwohl sie zur United Church übergetreten war, zu der sich Porter, wie er sagte, bekannte (wie alle anderen, wie alle wichtigen und angesehenen Leute der Stadt), waren ihr die anglikanischen Bräuche immer noch lieber. Der Abendgottesdienst, die Kirchenglocke, der Chor, der so feierlich, wie es eben ging, singend durch den Mittelgang schritt – anstatt dass sich alle bloß ungeordnet hineindrängten und hinsetzten. Am meisten liebte sie die Worte. *Wir bitten dich, o Herr, sei uns ar-*

men Sündern gnädig. Verschone die, o Herr, die sich zu ihren Sünden bekennen. Hilf denen, die Reue zeigen, wie du es versprochen hast …

Porter begleitete sie einmal, und es gefiel ihm gar nicht.

Die für dieses Abendessen getroffenen Vorbereitungen waren beträchtlich. Alles wurde vorgeholt: die Damastdecke, der silberne Vorlegelöffel, die schwarzen Dessertteller mit handgemalten Stiefmütterchen. Die Tischdecke musste gebügelt und das Silber musste poliert werden, und dann blieb die Sorge, dass eine kleine Spur Politur übersehen wurde, ein grauer Schimmer auf den Gabelzinken oder in den Trauben am oberen Rand der Hochzeitsteekanne. Millicent war den ganzen Sonntag zerrissen zwischen Vorfreude und Leiden, Hoffnung und Spannung. Die Dinge, die schiefgehen konnten, wurden ständig mehr. Die Bayerische Creme würde womöglich nicht fest werden (sie besaßen noch keinen Kühlschrank und mussten im Sommer die Sachen zum Kühlen im Keller auf den Boden stellen). Die Biskuittorte würde womöglich nicht formvollendet aufgehen. Und wenn sie aufging, wurde sie womöglich trocken. Die Hefebrötchen würden womöglich nach stockigem Mehl schmecken, und aus dem Salat konnte ein Käfer krabbeln. Nachmittags um fünf war sie vor Spannung und Sorge so aufgelöst, dass niemand es bei ihr in der Küche aushielt. Muriel war früher gekommen, um zu helfen, aber sie hatte die Kartoffeln nicht fein genug geschnitten und es geschafft, sich beim Möhrenreiben die Fingerknöchel aufzuschürfen, so dass sie beschimpft wurde, sie sei zu gar nichts nütze, und zum Klavierspielen geschickt wurde.

Muriel hatte sich herausgeputzt, sie trug ein türkisfarbenes Crêpekleid und duftete nach ihrem spanischen Parfüm. Den Pfarrer hatte sie zwar abgeschrieben, aber seinen Gast kannte sie noch nicht. Ein Junggeselle vielleicht, oder ein Witwer, da er allein unterwegs war. Reich, sonst würde er nicht reisen, nicht so weit. Er komme aus England, hieß es. Nein, hatte jemand gesagt, aus Australien.

Sie versuchte sich an den »Polowetzer Tänzen«.

Dorrie ließ auf sich warten. Dadurch verzögerte sich alles. Der Salat mit Aspik musste wieder in den Keller gebracht werden, damit er nicht zerfloss. Die Hefebrötchen, die zum Warmhalten im Ofen standen, mussten herausgeholt werden, damit sie nicht hart wurden. Die drei Männer saßen auf der Veranda – dort sollte das Mahl eingenommen werden, als kaltes Büfett – und tranken sprudelnde Limonade. Millicent hatte in ihrem Elternhaus gesehen, was Alkohol anrichtete – ihr Vater war seiner Trunksucht erlegen, als sie zehn war –, und sie hatte Porter vor der Heirat das Versprechen abgenommen, dass er nie wieder einen Tropfen anrühren würde. Natürlich tat er es trotzdem – er hatte eine Flasche im Kornspeicher stehen –, hielt sich aber, wenn er trank, auf Abstand, so dass sie wahrhaftig glaubte, er hätte das Versprechen gehalten. Dies war seinerzeit ein relativ übliches Muster, zumindest unter den Farmern – Trinken in der Scheune, Abstinenz im Haus. Die meisten Männer hätten das Gefühl gehabt, mit einer Frau, die keine solche Vorschrift machte, könne etwas nicht stimmen.

Doch als Muriel mit ihren hohen Absätzen und ihrem verführerischen Crêpekleid auf die Veranda kam, rief sie sofort: »Ach, mein Lieblingsgetränk! Gin mit Zitrone!« Sie nahm einen Schluck und schaute Porter schmollend an: »Schon wieder. Du hast mal wieder den Gin vergessen!« Dann wandte sie sich dem Pfarrer zu und fragte neckisch, ob er nicht einen Flachmann in der Tasche habe. Der Pfarrer reagierte galant oder vielleicht durch die Langeweile verwegen. Er wünschte, das wäre der Fall, sagte er.

Der Gast, der aufstand, um sich vorzustellen, war groß und dürr und bleich, mit einem Gesicht, das in Falten zu hängen schien, scharf geschnitten und melancholisch. Muriel ließ sich von ihrer Enttäuschung nicht beirren. Sie setzte sich neben ihn und versuchte lebhaft, ihn in ein Gespräch zu verwickeln. Sie erzählte ihm von ihrem Musikunterricht und ging schonungslos mit den Chören und Musikern des Ortes zu Gericht. Auch die Anglikaner schonte sie nicht. Sie zog den Pfarrer und Porter auf und erzählte von der lebenden Henne, die während eines Konzerts in der Landschule auf die Bühne gelaufen war.

Porter hatte seine Arbeiten früh erledigt, sich gewaschen und den guten Anzug angezogen, aber er schaute immer wieder unruhig zum Hof hinüber, als fiele ihm etwas ein, was noch ungetan war. Eine Kuh brüllte laut auf der Weide, und schließlich entschuldigte er sich und ging nachsehen, was mit ihr war. Er stellte fest, dass sich ihr Kalb unglücklich im Drahtzaun verfangen und erwürgt hatte. Als er mit frisch gewaschenen Händen wiederkam, erwähnte er nichts von diesem Verlust. »Kalb im Zaun verfangen«, war alles, was er sagte. Aber er verknüpfte das Missgeschick irgendwie mit dieser Lustbarkeit, mit den steifen Kleidern und dem Von-den-Knien-essen-Müssen. Er fand das unnatürlich.

»Diese Kühe sind wie ungezogene Kinder«, sagte Millicent. »Immer brauchen sie zur falschen Zeit unsere Aufmerksamkeit!« Ihre eigenen, schon vorher abgefütterten Kinder spähten durch das Treppengeländer, um zuzusehen, wie die Speisen auf die Veranda getragen wurden. »Ich glaube, wir werden ohne Dorrie anfangen müssen. Ihr Männer müsst schon ganz verhungert sein. Es ist nur ein einfaches kleines Büfett. Wir essen sonntagabends manchmal gern draußen.«

»Zu Tisch, zu Tisch!«, rief Muriel, die mitgeholfen hatte, die vielen Schüsseln hinauszutragen – den Kartoffelsalat, den Möhrensalat, den Krautsalat, den Salat mit Aspik, die gefüllten Eier, das kalte gebratene Hähnchen, die Lachspastete, die warmen Hefebrötchen und die verschiedenen Relishsorten. Als sie gerade alles hingestellt hatten, kam Dorrie um die Hausecke. Sie wirkte erhitzt von ihrem Gang über das Feld oder vor Aufregung. Sie trug ihr gutes Sommerkleid, aus marineblauem Organdy mit weißen Punkten und einem weißen Kragen, passend für ein kleines Mädchen oder eine alte Dame. Fäden hingen lose, wo sie die kaputte Spitze vom Kragen gerissen hatte, statt sie zu flicken, und trotz der Hitze lugte aus einem Ärmel ein Unterhemdträger. Ihre Schuhe waren vor so kurzer Zeit so nachlässig geputzt worden, dass sie weiße Farbspuren im Gras hinterließen.

»Ich wäre rechtzeitig da gewesen«, sagte Dorrie, »aber ich musste eine verwilderte Katze erschießen. Sie streifte bei mir ums Haus und machte einen unglaublichen Radau. Ich bin sicher, sie hatte Tollwut.«

Sie hatte sich das Haar nass gemacht und mit Haarklemmen in Wellen gelegt. Damit und mit ihrem rosig glänzenden Gesicht sah sie aus wie eine Puppe mit Porzellankopf und -gliedern, die an einen fest mit Stroh ausgestopften Stoffkörper genäht waren.

»Zuerst dachte ich, sie sei vielleicht läufig, aber dann verhielt sie sich eigentlich nicht so. Sie rieb sich nicht so mit dem Bauch am Boden, wie ich es sonst sehe. Und mir fiel auf, dass sie spuckte. Deshalb dachte ich, das einzig Richtige wäre, sie zu erschießen. Danach habe ich sie in einen Sack gesteckt und Fred Nunn angerufen und ihn gebeten, sie nach Walley zu bringen, zum Tierarzt. Ich möchte wissen, ob sie wirklich Tollwut hatte, und Fred ist jede Ausrede recht, um sich ins Auto zu setzen. Ich hab ihm gesagt, er soll den Sack einfach vor die Tür legen, wenn der Tierarzt am Sonntagabend nicht zu Hause ist.«

»Was er wohl denkt, was da drin ist?«, sagte Muriel. »Ein Geschenk?«

»Nein. Ich habe vorsichtshalber einen Zettel dran gesteckt. Sie hat eindeutig gespuckt und gesabbert.« Dorrie fasste sich ins Gesicht, um zu zeigen, wo der Sabber gewesen war. »Ich hoffe, Sie haben einen angenehmen Aufenthalt«, sagte sie zum Pfarrer, der seit drei Jahren im Ort war und ihren Bruder beerdigt hatte.

»Mr Speirs ist derjenige, der zu Besuch ist, Dorrie«, sagte Millicent. Dorrie nickte zur Begrüßung und zeigte sich von ihrem Fehler nicht peinlich berührt. Sie sagte, sie habe die Katze für ein verwildertes Tier gehalten, weil das Fell ganz verfilzt und verdreckt gewesen sei und weil eine verwilderte Katze nicht in die Nähe eines Wohnhauses kommen würde, wenn sie nicht tollwütig wäre.

»Aber ich werde vorsichtshalber eine Erklärung in die Zeitung setzen. Es sollte mir leidtun, wenn sie jemandes Haustier war. Ich hab vor drei Monaten selbst meinen Liebling verloren – meine Hündin Delilah. Sie wurde von einem Auto überfahren.«

Es war seltsam, das Wort Liebling für diesen Hund zu verwenden, für die große schwarze Delilah, die mit ihr kreuz und quer durch die Gegend gesprungen und mit so wilder Freude über die Felder getollt war, um Autos zu verbellen. Dorrie hatte bei ihrem Tod nicht wahnsinnig traurig gewirkt; sie hatte sogar gesagt, sie habe eines Tages damit gerechnet. Doch als Millicent jetzt hörte, wie sie »Haustier« sagte, dachte sie, sie habe ihre Trauer vielleicht bloß nicht gezeigt.

»Kommen Sie, nehmen Sie sich, oder wir werden alle verhungern müssen«, sagte Muriel zu Mr Speirs. »Sie sind der Gast, Sie müssen den Anfang machen. Wenn das Eigelb dunkel aussieht, dann nur von dem, was die Hennen gegessen haben – Sie werden sich nicht dran vergiften. Ich selbst habe die Möhren für den Salat gerieben, wenn Sie also ein bisschen Blut finden, dann nur, wo ich mir im Überschwang ein bisschen Haut abgerieben habe. Und jetzt sollte ich lieber still sein, sonst bringt Millicent mich um.«

Millicent lachte schon ungehalten und sagte: »Ach, stimmt doch gar nicht! Ach, ist doch nicht wahr!«

Mr Speirs hatte Dorries Worten aufmerksam gelauscht. Vielleicht war Muriel deshalb so kess. Millicent dachte, Dorrie sei vielleicht etwas Neues für ihn, eine wilde kanadische Frau, die in der Gegend herumballerte. Vermutlich studierte er sie, damit er nach

Hause fahren und sie seinen Freunden in England beschreiben konnte.

Dorrie schwieg beim Essen, und sie langte tüchtig zu. Mr Speirs langte ebenfalls tüchtig zu – Millicent freute sich, das zu sehen –, und er schien ohnehin ein schweigsamer Mensch zu sein. Der Pfarrer hielt das Gespräch in Gang, indem er von einem Buch erzählte, das er gerade las. Es hieß *The Oregon Trail*.

»Schrecklich, diese Entbehrungen«, sagte er.

Millicent sagte, sie habe davon gehört. »Ich habe Verwandte draußen in Oregon, aber ich weiß nicht mehr, in welcher Stadt«, sagte sie. »Ich frage mich, ob sie auf derselben Strecke nach Oregon gereist sind.«

Der Pfarrer erwiderte, wenn sie vor hundert Jahren ausgezogen seien, dann höchstwahrscheinlich ja.

»Ach, ich glaube nicht, dass es so lange her ist«, sagte sie. »Sie hießen Rafferty.«

»Ein Rafferty hat mal Brieftauben gehabt, für Wettflüge«, sagte Porter mit plötzlicher Begeisterung. »Das ist lange her, als es noch öfter so was gab. War 'ne Menge Geld drin, damals. Na ja, er merkt, dass er ein Problem mit dem Taubenschlag hat, die Tauben gehen nicht gleich rein, und das heißt, sie berühren den Draht nicht und werden nicht gezählt. Deshalb nahm er ein Ei, das eine seiner Tauben ausbrütete, und blies es aus und sperrte einen Käfer darin ein. Und der Käfer im Ei machte einen solchen Krach, dass die Taube natürlich glaubte, eins ihrer Eier wollte platzen. Und sie flog schnurstracks nach Haus und trippelte über den Draht, und alle, die auf sie gewettet hatten, kriegten einen Haufen Geld. Er natürlich auch. Das war allerdings noch drüben in Irland, und der Mann, der die Geschichte erzählt hat, der hat auf die Art das Geld zusammengebracht, um nach Kanada auszuwandern.«

Millicent glaubte keine Sekunde, dass der Mann wirklich Rafferty geheißen hatte. Das war bloß ein Aufhänger gewesen.

»Sie haben also ein Gewehr im Haus?«, sagte der Pfarrer zu Dorrie. »Heißt das, Sie haben Angst vor Landstreichern und dergleichen?«

Dorrie legte Messer und Gabel hin, kaute sorgfältig einen Bissen klein und schluckte. »Ich habe es, weil ich's zum Schießen brauche«, sagte sie.

Nach einer Pause fügte sie hinzu, dass sie Murmeltiere und Kaninchen schieße. Die Murmeltiere bringe sie ans andere Ende der Stadt und verkaufe sie an die Nerzfarm. Den Kaninchen ziehe sie das Fell ab und verkaufe es dann an einen Laden in Walley, der bei Touristen guten Umsatz mache. Sie esse Kaninchenfleisch gern gebraten oder gekocht, aber sie könne unmöglich alles selber verbrauchen, weshalb sie oft Kaninchen, ausgenommen und gehäutet, Familien bringe, die von der Fürsorge lebten. Häufig werde das Geschenk abgelehnt. Die Leute meinten, es wäre genauso schlimm, wie wenn man Hund oder Katze essen würde. Obwohl selbst das, glaube sie, in China nicht unüblich sei.

»Das ist wahr«, sagte Mr Speirs. »Ich habe beides schon gegessen.«

»Na, dann wissen Sie ja Bescheid«, sagte Dorrie. »Die Leute sind voreingenommen.«

Er fragte nach den Fellen und meinte, sie müssten doch sehr sorgfältig abgezogen werden, und Dorrie bejahte das und sagte, man brauche dazu ein Messer, auf das man sich verlassen könne. Sie beschrieb genüsslich den ersten sauberen Längsschnitt am Bauch. »Bei Bisamratten ist das noch schwieriger, weil man sorgfältiger mit dem Fell umgehen muss; es ist wertvoller«, sagte sie. »Es ist ein viel dichteres Fell. Wasserdicht.«

»Die Bisamratten schießen Sie nicht?«, fragte Mr Speirs.

Nein, nein, sagte Dorrie. Sie fange sie in Fallen. Ja, in Fallen, sagte Mr Speirs, und Dorrie beschrieb ihm ihre liebste Falle, an der sie noch kleine Verbesserungen angebracht hatte. Sie hatte dran gedacht, sich die patentieren zu lassen, war aber nie dazu gekommen. Sie erzählte von den Wasserläufen im Frühling, dem verzweigten Flusssystem, das sie abging, Tag für Tag meilenweit, wenn der Schnee größtenteils geschmolzen war, die Bäume aber noch kein Laub hatten und das Fell der Bisamratten am besten war. Millicent wusste zwar, dass Dorrie diese Dinge tat, aber sie hatte geglaubt, sie mache es wegen des Geldes. Wenn man sie jetzt reden hörte, klang es, als liebe sie dieses Leben wirklich. Die Kriebelmücken schon da, das kalte Wasser bis über den Stiefelrand, die ertrunkenen Ratten. Und Mr Speirs hörte zu wie ein alter Hund, ein Jagdhund vielleicht, der bis eben mit halb geschlossenen Augen dagesessen hat und dem es nur durch seine hohe Meinung von sich gelungen ist, nicht in ungehörige Apathie zu versinken. Nun aber hat er eine Witterung von etwas aufgenommen, für das außer ihm keiner eine Ader hat – seine Augen öffnen sich weit, und seine Nase zittert, seine Muskeln zucken, und ihm laufen, weil in ihm die Erinnerung an einen Tag voll Übermut und Hingabe geweckt wird, aufgeregte Wellen über die Haut. Wie weit, fragte er, und wie hoch ist das Wasser, was wiegen sie, und mit wie vielen am Tag können Sie rechnen, und nimmt man für Bisamratten immer noch dieselbe Art Messer?

Muriel bat den Pfarrer um eine Zigarette und bekam eine, rauchte ein paar Züge und drückte sie mitten in der Bayerischen Creme aus.

»Damit ich sie nicht mehr esse und dick werde«, sagte sie. Sie stand auf und begann beim Abdecken zu helfen, landete aber bald am Klavier, abermals bei den »Polowetzer Tänzen«.

Millicent freute sich, dass ein Gespräch mit dem Gast entstanden war, auch wenn ihr der Reiz daran vollkommen entging. Außerdem fand sie, dass das

Essen gut gewesen war und sie sich wegen nichts zu schämen brauchte, keines komischen Geschmacks und keines klebrigen Tassenhenkels.

»Ich hatte geglaubt, die Fallensteller wären alle weiter im Norden«, sagte Mr Speirs. »Ich dachte, sie jagen nördlich des Polarkreises oder zumindest auf dem präkambrischen Schild.«

»Früher wollte ich mal nach da oben gehen«, sagte Dorrie. Ihre Stimme war zum ersten Mal vor Verlegenheit belegt – oder vor Erregung. »Ich dachte, ich könnte in einer Hütte leben und den ganzen Winter Fallen aufstellen. Aber ich hatte meinen Bruder. Ich konnte meinen Bruder nicht allein lassen. Und hier kenne ich mich aus.«

Gegen Ende des Winters kam Dorrie mit einem großen Stück weißem Satin zu Millicent und sagte, sie beabsichtige, sich ein Hochzeitskleid zu nähen. Das war das erste Mal, dass jemand was von einer Hochzeit hörte – sie sagte, sie solle im Mai sein – und dass Mr Speirs' Vorname erwähnt wurde. Er hieß Wilkinson. Wilkie.

Wann und wo hatte Dorrie ihn gesehen, seit jenem Abendessen auf der Veranda? Nirgends. Er war zurück nach Australien gefahren, wo er Land besaß. Zwischen ihnen waren Briefe hin und her gegangen.

Der Tisch im Esszimmer wurde an die Wand geschoben und der Fußboden mit Bettlaken ausgelegt. Auf ihnen wurde der Satinstoff ausgebreitet. Sein schimmernder Glanz, seine helle Empfindlichkeit gaben dem ganzen Haus etwas Feierliches. Die Kinder kamen, um ihn anzuschauen, und Millicent rief, sie sollten machen, dass sie wegkämen. Sie hatte Angst davor, den ersten Schnitt zu tun. Auch Dorrie, die sich so leicht damit tat, Tieren die Haut aufzuschlitzen, legte die Schere hin. Sie gestand, dass ihr die Hände zitterten.

Übers Telefon wurde Muriel gebeten, nach der Schule vorbeizukommen. Sie schlug die Hand aufs Herz, als sie die Neuigkeit erfuhr, und nannte Dorrie eine ganz raffinierte, eine Kleopatra, die einen Millionär bezirzt hatte.

»Ich wette, er ist Millionär«, sagte sie. »Land in Australien – was heißt das? Bestimmt keine Schweinefarm! Ich kann nur hoffen, dass er vielleicht einen Bruder hat. Oh, Dorrie, ich bin so gemein, ich habe dir nicht einmal gratuliert!«

Sie überhäufte Dorrie mit lauten Küssen – und Dorrie hielt dabei still wie eine Fünfjährige.

Dorrie hatte gesagt, sie und Mr Speirs hätten vor, »sich irgendwie trauen zu lassen«. Was meinst du damit, fragte Millicent, wollt ihr euch kirchlich trauen lassen, meinst du das, und Dorrie sagte ja.

Muriel machte den ersten Schnitt in den Satin und sagte, irgendjemand müsse es ja tun, obwohl sie den

Schnitt vielleicht, wenn sie ihn noch einmal machte, nicht ganz an derselben Stelle ansetzen würde.

Die Frauen gewöhnten sich bald an Fehler. Fehler und Korrekturen. Jeden Tag am späten Nachmittag, wenn Muriel dazu kam, wagten sie sich mit zusammengebissenen Zähnen und grimmigen Parolen an eine neue Etappe – Schneiden, Stecken, Heften, Nähen. Sie mussten das Schnittmuster während der Arbeit abändern, um unvorhergesehene Probleme zu bewältigen, wie zu eng geschnittene Ärmel, das Raffen des schweren Satins an der Taille oder die Eigenheiten von Dorries Figur. Dorrie störte nur bei der Arbeit, deshalb teilten sie ihr Aufgaben zu wie Reste aufkehren und aufspulen. Immer wenn sie an der Nähmaschine saß, klemmte sie die Zunge zwischen die Zähne. Manchmal hatte sie nichts zu tun, dann ging sie in Millicents Haus von Zimmer zu Zimmer und blieb stehen, um aus dem Fenster auf den Schnee und Graupel zu starren, auf das sich lange hinziehende Ende des Winters. Oder sie stellte sich in ihrer wollenen Unterwäsche, die deutlich ihren Körpergeruch verströmte, geduldig wie ein braves Tier hin, während sie den Stoff an ihr zurechtzogen und -zupften.

Muriel hatte die Zuständigkeit für Kleiderfragen übernommen. Sie wusste, was sich gehörte. Dorrie musste mehr haben als nur ein Hochzeitskleid. Sie brauchte ein Reisekostüm und ein Hochzeitsnachthemd und einen passenden Morgenrock und natürlich komplett neue Unterwäsche. Seidenstrümpfe und einen Büstenhalter – den ersten, den Dorrie je getragen hatte.

Dorrie hatte von alldem nichts gewusst. »Für mich war das Hochzeitskleid die größte Hürde«, sagte sie. »Weiter konnte ich nicht denken.«

Der Schnee schmolz, die Flüsse schwollen an, im kalten Wasser draußen mussten die Bisamratten schwimmen, geschmeidig und flink mit ihrem Schatz auf dem Rücken. Falls Dorrie an ihre Fallen dachte, ließ sie sich nichts anmerken. Der einzige Weg, den sie dieser Tage machte, war der von ihrem Haus über das Feld zu Millicent.

Durch die Erfahrung kühn geworden, schnitt Muriel ein Damenkostüm aus feiner rotbrauner Wolle mit Futter zu. Sie vernachlässigte ihre Chorproben sträflich.

Millicent war diejenige, die sich über das Hochzeitsessen den Kopf zerbrach. Es sollte im Brunswick Hotel stattfinden. Doch wen konnten sie einladen, außer dem Pfarrer? Viele Leute kannten Dorrie, aber sie kannten sie nur als die Frau, die gehäutete Kaninchen vor Türen deponierte, die mit Hund und Gewehr durch Wald und Feld streifte und mit hohen Gummistiefeln durch die Schmelzwasserflüsse watete. Nur wenige Leute wussten etwas über die alten Becks, obwohl sich alle an Albert erinnerten und ihn gemocht hatten. Dorrie war nicht ganz eine Witzfigur – irgendetwas bewahrte sie davor, vielleicht Alberts Beliebtheit oder ihre eigene Schroffheit und Würde –, aber die Nachricht von ihrer bevorstehenden Heirat hatte eine Menge Interesse geweckt, von nicht eben mitfühlender Natur. Man fand die Vorstellung abwegig, ein wenig skandalös, und hielt die Sache möglicherweise für einen Spaß. Porter erzählte, es würden Wetten darüber abgeschlossen, ob der Mann auftauchen würde.

Schließlich fielen Millicent ein paar Verwandte ein, die zu Alberts Beerdigung gekommen waren. Ganz gewöhnliche, ehrbare Leute. Dorrie hatte ihre Adressen, man verschickte Einladungen. Auch an die Gebrüder Nunn vom Lebensmittelgeschäft, für die Albert gearbeitet hatte, und an ihre Frauen. An ein paar von Alberts Freunden vom Bocciaspielen und deren Frauen. Und die Leute von der Nerzfarm, an die Dorrie ihre Murmeltiere verkaufte? Die Frau aus der Konditorei, die den Zuckerguss für die Torte machen sollte?

Die Torte wurde im Haus gebacken und dann in die Konditorei zu der Frau gebracht, die in Chicago einen Kurs für Tortenverzierungen absolviert hatte. Die Torte sollte mit weißen Röschen, verschnörkelten Muscheln, Herzen und Girlanden und silbernen Blättern verziert werden und mit diesen winzigen silbernen Zuckerkugeln, an denen man sich einen Zahn abbrechen kann. Zunächst aber musste die Torte angerührt und gebacken werden, und da konnten Dorries starke Arme zum Einsatz kommen und einen Teig rühren und rühren, bis er so fest war, dass er nur noch aus kandierten Früchten und Rosinen und Korinthen zu bestehen schien, die von ganz wenig würzigem Teig wie von Klebstoff zusammengehalten wurden. Als Dorrie die große Kuchenschüssel vor den Bauch nahm und den Rührlöffel in die Hand, hörte Millicent aus ihrem Mund den ersten zufriedenen Seufzer seit langem.

Muriel beschloss, dass es eine Brautjungfer geben müsse oder eine verheiratete Brautführerin. Sie konnte es nicht sein, weil sie die Orgel spielen würde. »O Perfect Love.« Und den Mendelssohn.

Es würde Millicent sein müssen. Muriel ließ kein Nein gelten. Sie brachte eines ihrer Abendkleider mit, ein langes himmelblaues Kleid, das sie an der Taille aufriss – wie selbstgewiss und unbekümmert sie mittlerweile ans Schneidern ging! –, und machte den Vorschlag, dort einen Spitzenbund aus dunklerem Blau einzusetzen und dazu ein passendes Spitzenbolero anzufertigen. Es wird aussehen wie neu und dir wunderbar stehen, sagte sie.

Millicent lachte, als sie es zum ersten Mal anprobierte, und sagte: »Mit dem Anblick können wir die Tauben verscheuchen!« Aber sie freute sich. Sie und Porter hatten keine sehr feierliche Hochzeit gehabt – nur die Zeremonie im Pfarrhaus, denn sie hatten beschlossen, das auf diese Weise gesparte Geld in Möbel zu stecken. »Ich denke, ich werde noch so ein Dingsda brauchen«, sagte sie. »Irgendetwas auf den Kopf.«

»Ihr Schleier«, rief Muriel. »Was ist mit Dorries Schleier? Wir waren so mit Hochzeitskleidern beschäftigt, dass wir den Schleier ganz vergessen haben!«

An diesem Punkt ließ Dorrie sich überraschend vernehmen und sagte, sie werde unter keinen Umständen einen Schleier tragen. Sie könne es nicht aushalten, sich mit Tüll verhüllen zu lassen, das würde sich anfühlen wie Spinnweben. Als sie »Spinnweben« sagte, schreckten Muriel und Millicent zusammen, weil im Ort Witze über Spinnweben an anderen Stellen kursierten.

»Sie hat recht«, sagte Muriel. »Ein Schleier wäre zu viel.« Sie überlegte, was sonst ginge. Ein Blumenkranz? Nein, auch zu viel. Ein breitkrempiger Strohhut? Ja, sie mussten einen alten Sommerhut finden und mit weißem Satin beziehen. Dann noch einen und den mit dunkelblauer Spitze beziehen.

»Hier ist die Speisekarte«, sagte Millicent zweifelnd. »Hühnerragout in Königinpastete, kleine runde Brötchen, verschiedene Fleischsorten in Aspik, der Salat mit den Äpfeln und Walnüssen, rosa und weißes Eis zur Torte –«

Im Gedanken an die Torte sagte Muriel: »Hat er zufällig ein Schwert, Dorrie?«

Dorrie fragte: »Wer?«

»Wilkie. Dein Wilkie. Hat er ein Schwert?«

»Wozu sollte er ein Schwert brauchen?«, fragte Millicent.

»Ich dachte nur, vielleicht«, sagte Muriel.

»Das kann ich dir nicht sagen«, antwortete Dorrie.

Darauf folgte ein Moment, in dem sie alle still wurden, weil sie an den Bräutigam denken mussten. Sie mussten ihn ins Zimmer lassen und mitten in dieses Chaos setzen. Sommerhüte. Hühnerragout. Silberne Blätter. Sie wurden von Zweifeln geplagt. Jedenfalls Millicent und Muriel. Sie trauten sich kaum, einander anzusehen.

»Ich dachte bloß, weil er Engländer ist, oder was auch immer«, sagte Muriel.

Millicent sagte: »Er ist trotzdem ein guter Mann.«

Die Hochzeit wurde für den zweiten Samstag im Mai angesetzt. Mr Speirs sollte am Mittwoch eintreffen und beim Pfarrer unterkommen. Am Sonntag davor sollte Dorrie zu Millicent und Porter zum Abendessen kommen. Muriel war auch da. Dorrie erschien nicht, und sie fingen schließlich ohne sie an.

Mitten beim Essen stand Millicent auf. »Ich gehe rüber«, sagte sie. »Sie muss zusehen, dass sie bei ihrer Hochzeit pünktlicher ist.«

»Ich kann dir Gesellschaft leisten«, sagte Muriel.

Millicent sagte danke, lieber nicht. Zwei könnten es schlimmer machen.

Was schlimmer machen?

Sie wusste es nicht.

Sie ging allein über das Feld. Es war ein warmer Tag, und die Hintertür zu Dorries Haus stand offen. Zwischen dem Haus und der Stelle, wo früher die Scheune gestanden hatte, war ein Walnusshain, in dem die Äste noch kahl waren, weil Walnussbäume zu den allerletzten gehören, die grün werden. Das heiße Sonnenlicht wirkte unnatürlich, wie es durch die kahlen Zweige strömte. Ihre Füße machten kein Geräusch im Gras.

Und dort auf der hinteren Veranda stand Alberts alter Sessel, der den ganzen Winter nicht hereingeholt worden war.

Was sie bedrückte, war der Gedanke, Dorrie könnte etwas zugestoßen sein. Irgendetwas mit einem Gewehr. Vielleicht beim Ausputzen des Laufs. Das kam immer mal vor. Oder vielleicht lag sie irgendwo auf einem Feld oder im Wald inmitten von altem toten Laub und neuem Lauch und Blutwurz. Gestürzt, beim Klettern über einen Zaun. Weil sie noch ein letztes Mal hinaus musste. Und dann hatte sich nach all den Malen, wo es gutgegangen ist, ein Schuss gelöst. Millicent hatte sich noch nie Sorgen dieser Art um Dorrie gemacht, und sie wusste, dass Dorrie in mancher Hinsicht äußerst umsichtig und sachkundig war. Vermutlich kam es daher, dass das, was in diesem Jahr geschehen war, alles möglich zu machen schien. Die bevorstehende Heirat, ein so unvorhergesehenes Glück, konnte auch an Katastrophen glauben machen.

Dabei war es nicht unbedingt ein Unfall, was sie beschäftigte. Nicht wirklich. Unter diesen nervösen, bangen Phantasien von Unfällen verbarg sie das, wovor sie wirklich Angst hatte.

An der offenen Tür rief sie Dorries Namen. Und sie war so gefasst auf die Stille, die folgen musste, die grausige Stille und Gleichgültigkeit eines Hauses, das jüngst von einem Menschen verlassen wurde, dem ein Unglück zugestoßen ist (oder eines Hauses, in dem noch der Leichnam des Menschen liegt, dem ein Unglück zugestoßen ist oder der es gar verschuldet hat) – sie war so sehr auf das Schlimmste gefasst, dass sie erschrak und dass ihr die Knie weich wurden, als sie Dorrie leibhaftig erblickte, in abgewetzter Arbeitshose und Hemd.

»Wir haben auf dich gewartet«, sagte sie. »Wir haben dich zum Abendessen erwartet.«

Dorrie sagte: »Ich muss die Zeit vergessen haben.«

»Ach, sind deine Uhren alle stehengeblieben?«, fragte Millicent, die ihren Schock überwand, als sie durch den hinteren, mit dem vertrauten mysteriösen Unrat gefüllten Flur geführt wurde. Sie konnte Essen auf dem Herd riechen.

Die Küche war dunkel, weil der große, wild wuchernde Flieder ans Fenster drückte. Dorrie kochte auf dem alten, seit jeher zum Haus gehörenden Holzofen, und sie hatte einen dieser alten Küchentische mit einer Schublade für das Besteck. Es war eine Erleichterung zu sehen, dass der Kalender an der Wand von diesem Jahr war.

Dorrie hatte ein Abendessen auf dem Herd. Sie war dabei, eine rote Gemüsezwiebel zu hacken, um sie zu den Speckwürfeln und Kartoffelscheiben zu geben, die sie in der Pfanne briet. Da sah man, wie sie die Zeit vergessen hatte.

»Lass dich nicht stören«, sagte Millicent. »Mach ruhig dein Essen fertig. Ich hatte schon ein paar Happen gegessen, bevor ich es mir in den Kopf setzte, dich suchen zu gehen.«

»Ich habe Tee gekocht«, sagte Dorrie. Er stand zum Warmhalten hinten auf dem Herd, und als sie ihn einschenkte, war er wie Tinte.

»Ich kann nicht weg«, sagte sie und kratzte dabei Speck los, der in der Pfanne brutzelte. »Ich kann hier nicht weg.«

Millicent beschloss, darauf so einzugehen wie auf die Ankündigung eines Kindes, dass es nicht zur Schule gehen könne.

»Na, das wird ja eine hübsche Nachricht für Mr Speirs sein«, sagte sie, »wenn er nach der weiten Reise hier ankommt.«

Dorrie trat etwas zurück, weil das Fett spritzte.

»Nimm das lieber von der Hitze«, sagte Millicent. »Ich kann nicht weg.«

»Das habe ich eben schon gehört.«

Dorrie nahm die Pfanne vom Herd und schob das fertige Essen auf einen Teller. Sie gab Ketchup dazu und ein paar dicke Scheiben Brot, die sie mit dem in der Pfanne verbliebenen Fett tränkte. Sie setzte sich zum Essen hin und sprach nicht.

Auch Millicent hatte sich hingesetzt und wartete ab. Schließlich sagte sie: »Nenn einen Grund.«

Dorrie zuckte die Achseln und kaute.

»Vielleicht weißt du etwas, was ich nicht weiß«, sagte Millicent. »Was hast du erfahren? Ist er arm?«

Dorrie schüttelte den Kopf. »Reich«, sagte sie.

Also hatte Muriel recht.

»Viele Frauen würden alles darum geben.«

»Das ist mir egal«, sagte Dorrie. Sie kaute und schluckte und wiederholte: »Das ist mir egal.«

Millicent musste etwas wagen, auch wenn sie sich genierte.

»Wenn du an das denkst, von dem ich glaube, dass du daran denken könntest, dann machst du dir vielleicht grundlos Sorgen. Oft wenn sie älter werden, lassen sie einen von sich aus damit in Frieden.«

»Ach, das ist es nicht! Das weiß ich doch alles.«

Ach, wirklich, dachte Millicent, und wenn ja, woher? Dorrie bildete sich vielleicht ein, Bescheid zu wissen, von den Tieren. Millicent hatte manches Mal gedacht, wenn Frauen wirklich Bescheid wüssten, dann würde keine jemals heiraten.

Trotzdem sagte sie: »Die Ehe holt dich aus dir heraus und schenkt dir ein echtes Leben.«

»Ich habe ein Leben«, sagte Dorrie.

»Na schön«, sagte Millicent, als gäbe sie nach. Sie saß da und trank ihren gallebitteren Tee. Sie hatte eine Eingebung. Sie ließ ein wenig Zeit verstreichen, dann sagte sie: »Das musst du wissen, du ganz allein. Aber dann bleibt das Problem, wo du wohnen sollst. Hier kannst du nicht wohnen. Als Porter und ich hörten, dass du heiraten willst, haben wir das Haus zum Verkauf angeboten, und wir haben es verkauft.«

Dorrie sagte wie aus der Pistole geschossen: »Du lügst.«

»Wir wollten nicht, dass es leer steht und Landstreicher hier unterkriechen. Also haben wir es verkauft.«

»So einen Streich würdet ihr mir niemals spielen.«

»Wieso Streich, wenn du heiraten wolltest?«

Millicent glaubte bereits selbst, was sie behauptet hatte. Es konnte sich schon bald bewahrheiten. Sie konnten das Haus billig genug anbieten, dann würde es irgendwer kaufen. Man konnte es noch renovieren. Oder man konnte es abreißen und die Ziegel und das Balkenwerk wieder verwenden. Porter würde sich freuen, es vom Hals zu haben.

Dorrie sagte: »Ihr würdet mich nicht aus meinem Haus vertreiben.«

Millicent schwieg.

»Du lügst, oder?«, sagte Dorrie.

»Gib mir deine Bibel«, sagte Millicent. »Ich werde darauf schwören.«

Dorrie schaute sich wirklich um. Sie sagte: »Ich weiß nicht, wo sie ist.«

»Dorrie, hör zu. Es ist alles nur zu deinem Besten. Es sieht vielleicht aus, als ob ich dich vor die Tür setze, Dorrie, aber im Grunde helfe ich dir nur, das zu tun, wozu du allein nicht ganz imstande bist.«

»Ach«, sagte Dorrie. »Warum?«

Weil die Hochzeitstorte fertig ist, dachte Millicent, und weil das Satinkleid fertig ist und das Hochzeitsmahl bestellt ist und die Einladungen verschickt sind. Weil man sich die viele Arbeit gemacht hat. Manche Leute würden vielleicht sagen, das sei kein Grund, aber die Leute, die das sagten, waren auch nicht die, die sich die Arbeit gemacht hatten. So viel Mühe durfte einfach nicht für die Katz sein.

Aber es war mehr als das, denn sie glaubte an das, was sie gesagt hatte, als sie Dorrie erzählte, dass ihr auf diese Weise ein echtes Leben beschert würde. Und was meinte Dorrie mit »hier«? Wenn sie damit sagen wollte, dass sie Heimweh haben würde, dann bitte! Heimweh war nichts, das nicht zu überwinden war. Auf das »hier« würde Millicent nichts geben. Niemand hatte ein Recht auf ein Leben »hier«, wenn er ein Angebot bekommen hatte wie Dorrie. Es war wie eine Sünde, ein solches Angebot auszuschlagen. Aus Starrsinn, aus Angst und Dummheit.

Sie hatte langsam den Eindruck, Dorrie in die Enge getrieben zu haben. Dorrie schien aufgeben zu wollen oder die Idee aufzugeben in sich einsickern zu lassen. Vielleicht. Sie saß still wie ein Stock da, aber es bestand immer eine Möglichkeit, dass der Stock im Innern weich war.

Doch dann war Millicent diejenige, die plötzlich zu weinen anfing. »Ach, Dorrie«, sagte sie. »Mach keine Dummheit!« Sie standen beide auf und fielen sich in die Arme, und dann musste Dorrie das Trösten übernehmen, das Tätscheln und gebieterische Zureden, während Millicent weinte und mehrmals ein paar Wörter wiederholte, die keinen Zusammenhang besaßen. *Glücklich. Hilfe. Lächerlich.*

»Ich werde mich um Albert kümmern«, sagte sie, als sie sich einigermaßen beruhigt hatte. »Ich werde Blumen hinbringen. Und ich werde Muriel Snow nichts hiervon sagen. Auch Porter nicht. Das muss keiner wissen.«

Dorrie sagte nichts. Sie wirkte ein bisschen verloren, ein bisschen abwesend, so als wäre sie damit beschäftigt, etwas zu drehen und zu wenden und sich mit seinem Gewicht und seiner Fremdheit abzufinden.

»Dieser Tee ist ungenießbar«, sagte Millicent. »Können wir nicht einen machen, den man trinken kann?« Sie stand auf und goss den Inhalt ihrer Tasse in den Schmutzwassereimer.

Vor ihr stand Dorrie im trüben Licht des Fensters – starrsinnig, gehorsam, kindisch, weiblich –, eine ganz und gar rätselhafte Person, die einen in den Wahnsinn treiben konnte und die Millicent jetzt offenbar besiegt hatte, so dass sie sich auf die Reise schicken ließ. Wobei Dorries Opfer, dachte Millicent, größer war, als sie sich vorgestellt hatte. Sie versuchte, ihr einen ernsten, aber aufmunternden Blick zu schenken, der ihre Tränen vergessen machte. Sie sagte: »Die Würfel sind gefallen.«

Dorrie ging zu Fuß zu ihrer Hochzeit.

Niemand hatte von ihrer Absicht gewusst. Als Porter und Millicent mit dem Auto vor ihrem Haus hielten, um sie abzuholen, war Millicent noch voll Sorge.

»Hup mal«, sagte sie. »Sie muss doch fertig sein.«

Porter sagte: »Ist sie das nicht, da vorne?«

Sie war es. Sie trug einen hellgrauen Mantel von Albert über ihrem Satinkleid und in einer Hand den Sommerhut, in der anderen einen Fliederstrauß. Als sie anhielten, sagte sie: »Nein, ich brauche die Bewegung. Damit ich einen klaren Kopf bekomme.«

Sie hatten keine andere Wahl, als weiterzufahren und an der Kirche zu warten und zuzusehen, wie sie die Straße hinaufmarschierte und die Leute neugierig aus den Geschäften kamen. Ein paar Autos hupten fröhlich, und einige Leute winkten ihr zu und riefen: »Hoch lebe die Braut!« Als sie sich der Kirche näherte, blieb sie stehen, um Alberts Mantel auszuziehen, und da erstrahlte sie im vollen Glanz wie die Salzsäule in der Bibel.

Muriel saß in der Kirche an der Orgel, deshalb blieb es ihr erspart, im letzten Moment zu entdecken, dass sie die Handschuhe ganz vergessen hatten und dass Dorrie die Fliederzweige in den bloßen Händen trug. Auch Mr Speirs war in der Kirche gewesen, aber er war wider alle Regeln herausgekommen und hatte den Pfarrer dort allein stehen lassen. Er war genauso dürr und gelb und raubtierhaft, wie Millicent ihn in Erinnerung hatte, aber als er sah, wie Dorrie den alten Mantel hinten in Porters Auto warf und sich den Hut aufsetzte – Millicent musste herbeilaufen und ihn zurechtrücken –, machte er einen hochzufriedenen Eindruck. Millicent hatte ein Bild vor Augen, von ihm und Dorrie hoch im Sattel, hoch auf dem Rücken geschmückter Elefanten, die sie mit schweren Schritten vorantrugen, hinfort ins Abenteuer. Eine Vision. Sie fühlte sich von Optimismus und Erleichterung erfüllt, und sie flüsterte Dorrie zu: »Er wird dir die Welt zu Füßen legen! Er wird dich zur Königin machen!«

»Ich bin so dick geworden wie die Königin von Tonga«, schrieb Dorrie aus Australien, einige Jahre später. Ein Foto zeigte, dass sie nicht übertrieb. Ihr Haar war weiß, ihre Haut braun, als wären ihre Sommersprossen gewandert und ineinandergeflossen. Sie trug ein weites Gewand in den Farben tropischer Blumen. Der Krieg war gekommen und hatte allen Reiseideen ein Ende gesetzt, und als er vorbei war, lag Wilkie im Sterben. Dorrie blieb in Queensland, auf einem großen Landsitz, wo sie Zuckerrohr und Ananas anbaute, und Baumwolle, Erdnüsse, Tabak. Sie ritt regelmäßig aus, trotz ihrer Leibesfülle, und hatte einen Flugschein gemacht. Sie unternahm ein paar Reisen im Südpazifik. Sie hatte Krokodile gejagt. Sie starb in den fünfziger Jahren in Neuseeland beim Aufstieg auf einen Vulkan.

Millicent erzählte allen Leuten, was sie versprochen hatte, nicht zu sagen. Natürlich nahm sie das Verdienst für sich in Anspruch und sprach ohne Reue von ihrer Eingebung, ihrer List. »Einer musste den Stier bei den Hörnern packen«, sagte sie. Sie hatte das Gefühl, ein Leben ermöglicht zu haben – bei Dorrie mehr als bei ihren eigenen Kindern. Sie hatte Glück geschaffen, oder etwas nahe daran. Sie vergaß, wie sie geweint hatte, ohne zu wissen weshalb.

Die Hochzeit hatte auch für Muriel Konsequenzen. Sie reichte ihre Kündigung ein, sie ging nach Alberta. »Ich geb mir ein Jahr«, sagte sie. Und binnen dieses Jahres fand sie einen Mann – der anders war als alle, mit denen sie bis dahin je zu tun gehabt hatte. Ein Witwer mit zwei kleinen Kindern. Ein christlicher Pfarrer. Millicent war verwundert, als Muriel ihn so beschrieb. Waren nicht alle Pfarrer christlich? Als sie einmal zu Besuch kamen – mittlerweile mit zwei weiteren Kindern, ihren gemeinsamen –, verstand sie den Sinn des Attributs. Rauchen und Trinken und Fluchen waren passé, und Make-up ebenfalls sowie die Art von Musik, die Muriel früher gespielt hatte. Sie spielte jetzt gerade solche Kirchenlieder, über die sie sich früher lustig gemacht hatte. Sie trug alle möglichen Farben und hatte eine schlechte Dauerwelle – ihr ergrauendes Haar stand in krausen Büscheln über der Stirn. »Wenn ich an mein Leben früher denke, dreht sich mir bei vielem einfach der Magen um«, sagte sie, und Millicent bekam den Eindruck, sie und Porter würden im Wesentlichen zu diesen magenumdrehenden Zeiten gerechnet.

Das Haus wurde weder verkauft noch vermietet. Es wurde auch nicht abgerissen, und es war so solide gebaut, dass lange nicht von Verfall die Rede sein konnte. Es stand noch viele Jahre und machte einen überzeugenden Eindruck. Zwischen den Ziegeln kann ein verzweigtes Netz aus Rissen entstehen, ohne dass die Wand einstürzt. Schiebefenster verziehen sich, ohne dass die Scheiben herausfallen. Die Türen waren abgeschlossen, aber vermutlich stiegen trotzdem Kinder ein und verschmierten die Wände und zerschlugen das Geschirr, das Dorrie zurückgelassen hatte. Millicent ging nie hinein, um nachzuschauen.

Es gab etwas, das Dorrie und Albert früher immer

zusammen gemacht hatten und das Dorrie später allein weitermachte. Es musste angefangen haben, als sie noch Kinder waren. Jedes Jahr im Herbst sammelten sie – erst zu zweit und später Dorrie allein – die Walnüsse auf, die von den Bäumen gefallen waren. Sie setzten die Arbeit fort, bis die gesammelten Walnüsse weniger und weniger wurden und sie einigermaßen sicher waren, dass sie die letzte oder die vorletzte gefunden hatten. Dann zählten sie die Nüsse und schrieben die Zahl an die Kellerwand. Das Datum, das Jahr, die Zahl. Die Walnüsse fanden keine Verwendung, nachdem sie gesammelt waren. Sie wurden einfach an den Feldrand gekippt, wo sie verrotteten.

Millicent führte diese nutzlose Arbeit nicht fort. Sie hatte genügend anderes zu tun und ihre Kinder auch. Aber zu der Jahreszeit, wenn die Walnüsse im Gras lagen, erinnerte sie sich an diesen Brauch und daran, wie Dorrie gedacht haben musste, dass sie sich bis zu ihrem Tod daran halten würde. Ein Leben der Bräuche, der Jahreszeiten. Die Walnüsse fallen von den Bäumen, die Bisamratten schwimmen im Fluss. Dorrie musste geglaubt haben, dass ihr bestimmt war, so zu leben, mit ihrer leichten Verschrobenheit, ihrer erträglichen Einsamkeit. Wahrscheinlich hätte sie sich wieder einen Hund angeschafft.

Aber das wollte ich nicht zulassen, denkt Millicent. Sie hatte es nicht zulassen wollen, und bestimmt war das richtig so. Sie ist sehr alt geworden, sie lebt heute noch, obwohl Porter schon vor Jahrzehnten gestorben ist. Sie nimmt das Haus nicht oft wahr. Es ist einfach da. Aber dann und wann sieht sie seine rissige Fassade und die leeren, schiefen Fenster. Die Walnussbäume dahinter, die ein ums andere Jahr ihr zartes Blätterdach verlieren.

Ich sollte es abreißen und die Ziegel verkaufen, sagt sie und wirkt erstaunt, dass sie es nicht schon längst getan hat.

Die albanische Jungfrau

In den Bergen, in Maltsia e Madhe, musste sie versucht haben, ihnen ihren Namen zu nennen, und sie machten »Lottar« daraus. Sie hatte eine Wunde am Bein, von einem Sturz auf spitze Felsen, als ihr Führer erschossen wurde. Sie hatte Fieber. Wie lange es dauerte, sie in einem Teppich auf dem Rücken eines Pferdes durch die Berge zu bringen, wusste sie nicht. Sie gaben ihr dann und wann Wasser zu trinken, und manchmal *raki*, eine Art Branntwein, sehr stark. Sie konnte Pinien riechen. Eine Zeitlang waren sie auf einem Boot, und sie wachte auf und sah die Sterne aufscheinen und verbleichen und wanken – unstete Lichterhaufen, von denen ihr übel wurde. Später begriff sie, dass sie auf dem See gewesen sein mussten. Auf dem Skutari- oder Schkoder- oder Shkodrasee. Sie gingen im Schilf an Land. In dem Teppich lebte jede Menge Ungeziefer, das unter den Lappen kroch, mit dem ihr Bein verbunden war.

Am Ende ihrer Reise, von dem sie nicht wusste,

dass es das Ende war, lag sie in einer kleinen Stein-
hütte, einem Nebengebäude des großen Hauses, der
kula. Es war die Hütte für die Kranken und Sterben-
den. Nicht für die Geburten, die erledigten die Frauen
hier in den Kornfeldern oder am Wegrand, wenn sie
ihre Körbe zum Markt trugen.

Sie lag, vermutlich wochenlang, auf einem Bett aus
Farnwedeln. Sie waren bequem und hatten den Vorzug, dass sie sich leicht wechseln ließen, wenn sie
blutig oder beschmutzt waren. Eine alte Frau namens Tima pflegte sie. Sie verschloss die Wunde mit
einer Paste aus Bienenwachs, Olivenöl und Pinien-
harz. Mehrmals am Tag wurden die Verbände abgenommen, die Wunde mit Raki ausgewaschen. Lottar
konnte schwarze Spitzengardinen an den Balken hängen sehen und dachte, sie wäre in ihrem Zimmer zu
Hause und ihre Mutter (die tot war) pflegte sie. »Warum hast du diese Gardinen aufgehängt?«, fragte sie.
»Sie sind hässlich.«

Was sie sah, waren in Wirklichkeit Spinnweben,
dick und pelzig vom Rauch – uralte Spinnweben, die
von einem Jahr zum anderen ungestört blieben.

Im Fieberwahn hatte sie auch das Gefühl, als
presste ihr jemand ein breites Brett auf das Gesicht –
so etwas wie einen Sargdeckel. Aber als sie zu sich
kam, erfuhr sie, dass es nur ein Kruzifix gewesen
war, ein hölzernes Kruzifix, das ein Mann ihr hinhielt,
damit sie es küsste. Der Mann war ein Priester, ein

Franziskaner. Er war ein hochgewachsener, wild aussehender Mann mit schwarzen Augenbrauen und schwarzem Schnurrbart und einem starken Geruch, und er trug außer dem Kruzifix eine Pistole bei sich, die, wie sie später erfuhr, ein Browning Revolver war. Er erkannte an ihrem Aussehen, dass sie eine Gavurin – eine Nichtmuslimin – war, aber er kam nicht auf die Idee, dass sie eine Ungläubige sein könnte. Er sprach ein wenig Englisch, aber mit einem solchen Akzent, dass sie ihn nicht verstand. Und sie konnte damals die Sprache der Ghegs nicht. Doch als das Fieber nachließ und er es bei ihr mit ein paar Worten Italienisch probierte, konnten sie sich unterhalten, weil sie auf der Schule Italienisch gelernt hatte und ein halbes Jahr durch Italien gereist war. Er verstand so viel mehr als alle anderen um sie herum, dass sie von ihm zunächst erwartete, er müsse alles verstehen. Welches ist die nächste Stadt?, fragte sie ihn, und er sagte Skutari. Dann gehen Sie bitte hin, sagte sie – gehen Sie und finden Sie das britische Konsulat, wenn es eins gibt. Ich bin aus dem britischen Empire. Sagen Sie ihnen, dass ich hier bin. Oder wenn es kein britisches Konsulat gibt, gehen Sie zur Polizei.

Sie verstand nicht, dass man unter gar keinen Umständen zur Polizei gehen würde. Sie wusste nicht, dass sie jetzt zu diesem Stamm gehörte, dieser *kula*, obwohl es keine Absicht gewesen war, sie gefangen zu nehmen, sondern ein peinliches Missgeschick.

Es ist eine bodenlose Schande, eine Frau anzugreifen. Als sie ihren Führer erschossen hatten, hatten sie geglaubt, dass sie ihr Pferd umdrehen und die Bergstraße hinunter fliehen würde, zurück nach Bar. Aber ihr Pferd scheute, als der Schuss fiel, es stolperte im Gefels, und sie stürzte und verletzte sich am Bein. Da blieb ihnen keine Wahl, als sie mitzunehmen, zurück über die Grenze zwischen Crna Gora (was Schwarzer Fels heißt, oder Montenegro) und Maltsia e Madhe.

»Aber warum haben sie den Führer ausgeraubt und nicht mich?«, fragte sie, natürlich davon ausgehend, das Motiv sei Raub gewesen. Sie dachte daran, wie verhungert sie aussahen, der Mann und sein Pferd, und an die flatternden weißen Lumpen seines Kopfbundes.

»Oh, sie sind keine Räuber!«, sagte der Franziskaner schockiert. »Sie sind ehrliche Männer. Sie haben ihn erschossen, weil er ihr Blutsfeind ist. Sie leben mit seinem Haus in Blutrache. Das ist ihr Gesetz.«

Er erzählte ihr, dass der Mann, der erschossen worden war, ihr Führer, einen Mann aus dieser Kula ermordet hatte. Das hatte er getan, weil der Mann, den er ermordet hatte, einen Mann aus seiner Kula ermordet hatte. So werde es weitergehen, es gehe schon lange Zeit so, es würden immer neue Söhne geboren. Sie glauben, dass ihnen mehr Söhne geboren werden als anderen Völkern der Welt, und das zu diesem Zweck.

»Ja, es ist schrecklich«, schloss der Franziskaner. »Aber sie tun es für ihre Ehre, die Ehre ihrer Familie. Sie sind stets bereit, für ihre Ehre zu sterben.«

Sie sagte, ihr Führer könne wohl nicht so bereit gewesen sein, wenn er nach Crna Gora geflohen sei.

»Aber es hat ihm nichts geholfen, oder?«, sagte der Franziskaner. »Selbst wenn er nach Amerika gegangen wäre, hätte ihm das nicht geholfen.«

In Triest war sie an Bord eines Dampfschiffs gegangen, um die dalmatinische Küste entlangzufahren. Von ihren Freunden Mr und Mrs Cozzens begleitet, die sie in Italien getroffen hatte, und von deren Freund Dr. Lamb, der aus England zu ihnen gestoßen war. Sie legten in dem kleinen Hafen Bar an, den die Italiener Antivari nennen, und stiegen für die Nacht im Europahotel ab. Nach dem Essen gingen sie auf die Terrasse hinaus, aber Mrs Cozzens hatte Angst, sich zu erkälten, deshalb gingen sie wieder hinein und spielten Karten. Nachts regnete es. Sie wachte auf und lauschte dem Regen und fühlte sich furchtbar enttäuscht, so dass in ihr ein Hass auf ältere Leute aufstieg, vor allem auf Dr. Lamb, denn sie glaubte, die Cozzens hätten ihn aus England kommen lassen, um sie kennenzulernen. Sie dachten wahrscheinlich, sie sei reich. Eine Erbin aus Übersee, der sie ihren Akzent fast verzeihen konnten. Diese Leute aßen zu viel, und dann mussten sie Tabletten nehmen. Und fremde

Orte flößten ihnen Angst ein – wozu waren sie hergekommen? Am nächsten Morgen würde sie wieder mit ihnen an Bord gehen müssen, sonst würden sie Theater machen. Sie würde nie die Straße über die Berge nach Cetinje, der Hauptstadt von Montenegro, nehmen – man hatte ihnen aus Gründen der Vorsicht davon abgeraten. Sie würde nie den Glockenturm zu sehen bekommen, an dem einst die Türkenköpfe gehangen hatten, oder die Platane, unter der der Dichterfürst seine Audienzen für das Volk abgehalten hatte. Sie konnte nicht wieder einschlafen, deshalb beschloss sie beim ersten Licht, nach unten zu gehen und, selbst wenn es noch regnete, ein kleines Stück die Straße hinter der Stadt hinaufzuwandern, nur um die Ruinen zu sehen, von denen sie wusste, dass sie dort im Olivenhain lagen, und die österreichische Festung auf ihrem Felsen und das dunkle Antlitz des Berges Lovćen.

Das Wetter spielte mit, und auch der Mann an der Rezeption, der fast unverzüglich einen zerlumpten, aber gutgelaunten Führer und dessen unterernährtes Pferd herbeizauberte. Sie brachen auf – sie zu Pferd, der Mann zu Fuß voraus. Die Straße schlängelte sich steil durch eine Unzahl von Felsen, die Sonne wurde schnell heißer, und die Schatten zwischendurch waren kalt und schwarz. Sie wurde hungrig und dachte, sie würde bald umkehren müssen. Sie wollte mit ihren Reisegefährten frühstücken, die spät aufstanden.

Ohne Zweifel hatte es eine Suche nach ihr gegeben, nachdem man die Leiche des Führers gefunden hatte. Die zuständige Behörde musste alarmiert worden sein – was immer die zuständige Behörde war. Das Schiff musste zur vorgesehenen Zeit abgefahren, ihre Freunde mussten mitgefahren sein. Das Hotel hatte ihre Pässe nicht einbehalten. Daheim in Kanada würde niemand auf die Idee kommen, Nachforschungen anzustellen. Sie schrieb niemandem regelmäßig, sie hatte sich mit ihrem Bruder überworfen, ihre Eltern waren verstorben. Du wirst nicht nach Hause kommen, bis dein Erbe verbraucht ist, hatte ihr Bruder gesagt, und wer soll dann für dich sorgen?

Als sie auf dem Pferd durch den Pinienwald getragen wurde, wachte sie auf und merkte, dass sie trotz der Schmerzen und vielleicht wegen des Raki in einem Zustand ungläubiger Ergebung schwebte. Sie heftete die Augen auf das Bündel, das am Sattel des Mannes vor ihr baumelte und dem Pferd gegen den Rücken schlug. Es enthielt etwas ungefähr Kohlkopfgroßes, in ein steifes, rostig aussehendes Tuch gehüllt.

Diese Geschichte hörte ich im alten St. Joseph's Hospital in Victoria von Charlotte, einer Freundin von der Art, wie sie für meine erste Zeit dort typisch war. Meine Freundschaften damals waren irgendwie zugleich intim und unbeständig. Ich wusste nie, warum Leute mir etwas erzählten oder was ich glauben sollte.

Ich war mit Blumen und Pralinen ins Krankenhaus gekommen. Charlotte hob ihren Kopf mit dem kurzgeschorenen, flauschigen weißen Haar den Rosen entgegen. »Bah!«, sagte sie. »Sie duften nicht! Jedenfalls rieche ich nichts. Aber hübsch sind sie natürlich.«

»Die Pralinen müssen Sie selber essen«, sagte sie. »Mir schmeckt alles nach Teer. Ich weiß nicht, woher ich weiß, wie Teer schmeckt, aber so kommt es mir vor.«

Sie hatte Fieber. Ihre Hand fühlte sich in meiner heiß und angeschwollen an. Man hatte ihr das Haar ganz kurz geschnitten, und dadurch sah sie aus, als wäre sie im Gesicht und am Hals schmaler geworden. Der Teil ihres Körpers, der unter den Krankenhausdecken war, wirkte so groß und massig wie immer.

»Aber Sie müssen nicht meinen, ich sei undankbar«, sagte sie. »Nehmen Sie Platz. Holen Sie sich den Stuhl von da – sie braucht ihn nicht.«

Im Zimmer lagen noch zwei Frauen. Eine war bloß eine graugelbe Haarmähne auf dem Kissen, und die zweite war auf einem Stuhl festgeschnallt, sie wand sich und grunzte.

»Es ist schrecklich hier«, sagte Charlotte. »Aber wir müssen unser Möglichstes tun, um uns damit abzufinden. Ich freue mich sehr, dass Sie gekommen sind. Die da drüben schreit die ganze Nacht.« Sie nickte zum Bett am Fenster hin. »Wir müssen Gott danken, dass sie jetzt schläft. Ich mache Tag und Nacht kein

Auge zu, aber ich habe die Zeit bisher sehr gut genutzt. Und wissen Sie, was ich gemacht habe? Ich habe mir eine Geschichte ausgedacht, für einen Film! Ich habe sie jetzt ganz im Kopf, und ich möchte, dass Sie sie sich anhören. Sie werden beurteilen können, ob sie wirklich für einen Film geeignet ist. Ich glaube schon. Ich hätte gern Jennifer Jones als Hauptdarstellerin. Aber ich weiß nicht recht. Sie scheint nicht mehr den alten Elan zu haben. Seit sie diesen Multimillionär geheiratet hat.

Hören Sie zu«, fuhr sie fort. »(Ach, könnten Sie das Kissen ein bisschen höher schieben, hinter meinen Kopf?) Die Geschichte spielt in Albanien, im nördlichen Albanien oder Maltsia e Madhe, wie es dortzulande heißt, in den zwanziger Jahren, als dort noch sehr primitive Zustände herrschten. Sie handelt von einer jungen Frau, die allein reist. In der Geschichte heißt sie Lottar.«

Ich blieb sitzen und hörte zu. Charlotte beugte sich vor und schaukelte sogar ein wenig auf ihrem harten Bett, wenn sie etwas unterstreichen wollte. Ihre geschwollenen Hände fuhren auf und ab, sie riss ihre blauen Augen gebieterisch auf und ließ sich dann von Zeit zu Zeit wieder in die Kissen sinken, wo sie die Lider schloss, bis sie die Geschichte wieder klar vor Augen hatte. Ah, ja, sagte sie. Ja, ja. Und fuhr fort.

»Ja, ja«, sagte sie schließlich. »Ich weiß, wie es weitergeht, aber das reicht für jetzt. Sie werden wiederkommen müssen. Morgen. Kommen Sie wieder?«

Ich sagte, ja, morgen, und sie schien, ohne mich zu hören, eingeschlafen zu sein.

Die *kula* war ein massiver, unverputzter Steinbau mit einem Stall im Untergeschoss und Wohnquartieren darüber. Drumherum führte eine Veranda, und darauf saß immer eine alte Frau mit einer Art Spule, die wie ein Vogel von einer Hand zur anderen flog und einen Schweif aus glänzend schwarzem, geflochtenem Band hinter sich herzog, Meile auf Meile schwarzen Zopf, der die Hosen aller Männer zierte. Andere Frauen arbeiteten an Webrahmen oder nähten Ledersandalen zusammen. Mit Strickzeug saß keine da, weil niemand darauf gekommen wäre, sich zum Stricken hinzusetzen. Diese Frauen strickten, wenn sie mit auf den Rücken geschnallten Wasserkübeln zur Quelle gingen und zurück oder wenn sie zu den Feldern oder in den Buchenwald liefen, wo sie Fallholz sammelten. Sie strickten Strümpfe – schwarz und weiß, rot und weiß, mit Zickzackmustern wie zuckenden Blitzen. Frauenhände durften niemals ruhen. Vor Tagesanbruch kneteten sie den Brotteig im geschwärzten Holztrog, formten auf der Rückseite von Backschaufeln Laibe daraus und buken diese über dem Feuer. (Es war ungesäuertes Maisbrot, das heiß gegessen wurde und im Magen aufging wie ein Bovist.) Dann mussten sie die kula ausfegen und die schmutzigen Farnwedel hinauswerfen und Arme voll frischer Farnwedel für das nächste Nachtlager aufhäufen. Mit dieser Aufgabe wurde Lottar oft betraut, weil sie für alles andere zu ungeschickt war. Kleine Mädchen rührten den Joghurt, damit er beim Säuern keine Klumpen bildete. Größere Mädchen schlachteten vielleicht ein Kitz und nähten ihm den Bauch zu, den sie mit wildem Sandlauch und Salbei und Äpfeln gefüllt hatten. Oder sie gingen zusammen, die Frauen und die Mädchen aller Altersgruppen, zum nahen kalten Flüsschen, dessen Wasser klar war wie Glas, und wuschen die weißen Kopftücher der Männer. Sie übernahmen die Tabakernte und hängten die reifen Blätter zum Trocknen in den abgedunkelten Schuppen. Sie hackten zwischen dem Mais und den Gurken, molken die Mutterschafe.

Die Frauen wirkten streng, aber waren es eigentlich nicht. Sie waren nur beschäftigt und stolz auf sich und darauf bedacht, gegen andere zu bestehen. Wer konnte die schwerste Holzladung tragen, am schnellsten stricken, die meisten Reihen Mais hacken? Tima, die Lottar während ihrer Krankheit gepflegt hatte, war die eindrucksvollste Arbeiterin von allen. Sie konnte mit einer Ladung Holz auf dem Rücken, die zehnmal so groß aussah wie sie, den Hang zur Kula hinaufrennen. Und im Fluss sprang sie von Stein zu Stein und drosch auf die Tücher ein, als wären sie die

Körper von Feinden. »Oh, Tima, Tima!«, riefen die anderen Frauen mit ironischer Bewunderung, und »Oh, Lottar, Lottar!« in fast dem gleichen Ton, wenn Lottar, am anderen Ende der Nützlichkeitsskala, die Wäsche stromabwärts davontreiben ließ. Manchmal schlugen sie Lottar mit einem Stock, wie sie ihre Esel schlugen, aber das geschah eher aus Verzweiflung als aus Grausamkeit. Manchmal sagten die jungen Frauen: »Sprich deine Sprache!«, und dann sprach sie zu ihrer Unterhaltung Englisch. Sie verzogen die Gesichter und spuckten aus, weil es so seltsam klang. Sie versuchte ihnen einzelne Wörter beizubringen – »hand« und »nose« und so fort. Doch sie nahmen sie als Witze, wiederholten die Wörter füreinander und wollten sich ausschütten vor Lachen.

Frauen waren mit Frauen zusammen und Männer mit Männern, abgesehen von einigen Stunden in der Nacht (Frauen, die mit diesen Stunden geneckt wurden, genierten sich und leugneten alles, und manchmal setzte es Ohrfeigen) und bei den Mahlzeiten, wo die Frauen den Männern das Essen servierten. Was die Männer den ganzen Tag machten, ging die Frauen nichts an. Männer stellten ihre Munition her und pflegten ausgiebig ihre Schusswaffen, von denen einige sehr schön anzusehen waren, mit Silbergravuren verziert. Sie sprengten auch Felsen, um die Straße frei zu machen, und trugen Verantwortung für die Pferde. Überall, wo sie waren, wurde viel gelacht und manchmal gesungen und mit Platzpatronen geballert. Wenn sie zu Hause waren, wirkten sie wie auf Urlaub, doch ständig mussten einige zu einer Strafexpedition losreiten oder zu einer Ratsversammlung, die man einberufen hatte, um irgendeiner speziellen Mordwelle ein Ende zu setzen. Von den Frauen glaubte keine an den Erfolg dieser Versammlungen – sie lachten und sagten, das bedeute nur wieder zwanzig Tote mehr. Wenn ein junger Mann zu seinem ersten Mord aufbrach, machten die Frauen viel Aufhebens um seine Kleider und seine Frisur, um ihm Mut zu machen. Wenn er unverrichteter Dinge heimkehrte, würde ihn keine Frau heiraten – eine Frau, die etwas auf sich hielt, würde sich schämen, einen Mann zu heiraten, der noch niemanden umgebracht hatte –, und alle waren bestrebt, neue Bräute ins Haus zu bekommen, die mit der Arbeit halfen.

Eines Abends, als Lottar einem Mann das Essen servierte – einem Gast, zu den Mahlzeiten um den flachen Tisch, die *sofra*, waren stets Gäste geladen –, fielen ihr seine kleinen Hände auf, und seine unbehaarten Handgelenke. Dabei war er nicht jung, kein Heranwachsender. Ein runzliges, ledriges Gesicht ohne Schnurrbart. Sie lauschte bei den Gesprächen auf seine Stimme, und die erschien ihr heiser, aber fraulich. Aber er rauchte, er aß mit den Männern, er trug eine Schusswaffe.

»Ist das ein Mann?«, fragte Lottar die Frau, die mit

ihr das Essen auftrug. Die Frau schüttelte den Kopf, weil sie nicht sprechen wollte, wo die Männer sie hören konnten. Aber die jungen Mädchen, die ihre Frage zufällig mit angehört hatten, waren weniger diplomatisch. »Ist das ein Mann? Ist das ein Mann?«, äfften sie Lottar nach. »Ach, Lottar, bist du blöd! Erkennst du nicht einmal eine Jungfrau, wenn du eine siehst?«

Deshalb fragte sie nicht weiter. Aber als sie das nächste Mal den Franziskaner sah, lief sie hinter ihm her, um ihm ihre Frage zu stellen. Was ist eine Jungfrau? Sie musste hinter ihm herlaufen, weil er nicht mehr zu ihr kam, um sich mit ihr zu unterhalten wie in der kleinen Hütte, als sie krank war. Sie war immer beschäftigt, wenn er in die Kula kam, und er konnte ohnehin nicht viel Zeit bei den Frauen verbringen – sein Platz war bei den Männern. Sie lief hinter ihm her, als sie ihn weggehen sah, mit großen Schritten auf dem Pfad zwischen den Sumachbäumen hindurch, der zu der schmucklosen Holzkirche und der angebauten Klause führte, in der er wohnte.

Er sagte, das sei eine Frau, aber eine Frau, die wie ein Mann geworden sei. Die nicht heiraten wolle und vor Zeugen schwöre, es nie zu tun. Und seither trage sie Männerkleider und besitze ein eigenes Gewehr und ein Pferd, wenn sie sich eins leisten könne, und lebe, wie sie wolle. Gewöhnlich sei sie arm und habe keine Frau, die für sie arbeite. Aber sie werde von nie-

143

mandem belästigt, und sie dürfe mit den Männern an der Sofra essen.

Lottar bedrängte den Priester nicht mehr, nach Skutari zu gehen. Sie hatte mittlerweile begriffen, dass es dahin sehr weit sein musste. Manchmal fragte sie ihn, ob er etwas gehört habe, ob jemand nach ihr suche, und er sagte jedes Mal ernst: Nein, niemand. Wenn sie daran dachte, wie sie sich in den ersten Wochen verhalten hatte – wie sie Befehle erteilt und ohne jede Verlegenheit Englisch gesprochen hatte, und wie sicher sie gewesen war, dass ihr besonderer Fall Aufmerksamkeit verdiente –, schämte sie sich, wie wenig sie damals begriffen hatte. Und je länger sie in der Kula wohnte, je besser sie die Sprache beherrschte und sich an die Arbeit gewöhnte, umso seltsamer kam es ihr vor, wieder fortzugehen. Eines Tages würde sie gehen müssen, aber unmöglich jetzt. Wie sollte sie mitten in der Tabakernte, bei der Sumachernte oder während der Vorbereitungen für das Fest der Überführung der Gebeine des heiligen Nikolaus gehen?

In den Tabakfeldern zogen sie ihre Westen und Blusen aus und arbeiteten halb nackt in der Sonne, zwischen den hohen Pflanzenreihen versteckt. Der Tabaksaft war schwarz und klebrig wie Melasse, und er lief ihnen über die Arme und verschmierte ihnen die Brüste. In der Abenddämmerung gingen sie zum Fluss hinunter und schrubbten sich sauber. Sie planschten im kalten Wasser, die Mädchen und die großen, breiten Frauen zusammen. Sie versuchten sich gegenseitig umzuschubsen, und dabei wurde Lottars Name im gleichen Ton gerufen wie alle anderen Namen, zur Warnung und im Triumph, ohne Verachtung: »Lottar, pass auf! Lottar!«

Sie weihten sie in Dinge ein. Sie erzählten ihr, dass wenn Kinder hier starben, die *Striga* schuld war. Selbst Erwachsene welken und sterben bisweilen, wenn die Striga sie verzaubert. Die Striga sieht aus wie eine normale Frau, deshalb erkennt man sie nicht. Sie trinkt Blut. Um sie zu fangen, muss man am Ostersonntag in der Kirche ein Kreuz auf die Schwelle legen, wenn alle drinnen sind. Dann kann die Frau, die eine Striga ist, nicht hinaus. Man kann aber auch der Frau, die man unter Verdacht hat, folgen und sie beobachten, wie sie das Blut erbricht. Wenn es einem gelingt, etwas von diesem Blut mit einer Silbermünze aufzukratzen, und man diese Münze immer bei sich trägt, kann eine Striga einem nie wieder etwas anhaben.

Wenn man bei Vollmond Haare schneidet, werden sie weiß.

Wenn du Schmerzen in den Armen und Beinen hast, schneide dir ein wenig von deinem Haupthaar und vom Haar in deinen Achselhöhlen ab und verbrenne es – dann werden die Schmerzen vergehen.

Die Dämonen, die nachts herauskommen und Irrlichter aufblitzen lassen, um Reisende zu verwirren, heißen *Oras*. Du musst dich hinhocken und den Kopf bedecken, sonst führen sie dich über einen Felsrand. Sie fangen einem auch die Pferde weg und reiten sie zu Tode.

Der Tabak war abgeerntet, die Schafe waren von den Berghängen geholt worden, Tiere und Menschen hatten die kalten regnerischen und verschneiten Wochen zusammengepfercht in der Kula verlebt, als eines Tages im warmen Schein der ersten Frühlingssonne die Frauen Lottar holten und sie zu einem Stuhl auf der Veranda führten. Dort rasierten sie ihr, mit großer Feierlichkeit und Freude, das Haar über der Stirn. Dann kämmten sie schwarze, Blasen schlagende Farbe in das verbliebene Haar. Die Farbe war fettig – das Haar wurde so steif, dass sie es zu Flügeln und Knoten formen konnten, fest wie Blutwurst. Alle scharten sich um sie herum, um zu mäkeln und zu bewundern. Sie bestäubten ihr das Gesicht mit Mehl und kleideten sie in Sachen, die sie aus einer der großen geschnitzten Truhen hervorgeholt hatten. Wozu, fragte sie, während sie unter einer goldbestickten weißen Bluse, einem roten Mieder mit fransenbesetzten Schulterstücken, einer über zehn Meter langen, beinahe einen Meter breiten gestreiften Seidenschärpe und einem schwarzroten Wollrock verschwand, und die Frauen ihr Kette um Kette aus falschem Gold über die Haare und um den Hals hängten. Damit du schön bist, sagten sie. Und als sie fertig waren, sagten sie: »Seht ihr! Sie ist schön!« Die es sagten, klangen triumphierend, als trumpften sie gegen andere auf, die wohl Zweifel daran geäußert hatten, dass die Verwandlung glücken könne. Sie drückten auf die Muskeln in ihren Armen, die sie vom Unkrautjäten und Holzschleppen bekommen hatte, und tätschelten ihre breite, bemehlte Stirn. Dann kreischten sie auf, weil sie etwas ganz Wichtiges vergessen hatten – die schwarze Farbe, die die Augenbrauen über der Nase zu einem langen Strich verband.

»Der Priester kommt!«, rief eines der Mädchen, das sie offenbar als Wachtposten aufgestellt hatten, und die Frau, die gerade den schwarzen Strich zog, sagte: »Ha, er kann uns nichts anhaben!« Aber die übrigen wichen zurück.

Der Franziskaner feuerte wie immer ein paar Platzpatronen ab, um seine Ankunft anzukündigen, und die Männer des Hauses feuerten ebenfalls Platzpatronen ab, um ihn zu begrüßen. Aber diesmal blieb er nicht bei den Männern. Er stieg sofort auf die Veranda und rief: »Schande! Schande! Schande über euch, über euch alle! Schande!«

»Ich weiß, weshalb ihr Lottar die Haare gefärbt habt«, sagte er zu den Frauen. »Ich weiß, warum ihr sie in Brautkleider gesteckt habt. Alles für einen dreckigen Muslim!«

»Du! Du da in deiner bunten Pracht«, sagte er zu

Lottar. »Weißt du nicht, wozu das ist? Weißt du nicht, dass sie dich an einen Muslim verkauft haben? Er kommt heute aus Vuthaj. Er wird noch vor dem Abend da sein!«

»Na und?«, sagte eine der Frauen kühn. »Sie konnten nicht mehr als drei Napoleons für sie kriegen. Irgendwen muss sie doch heiraten.«

Der Franziskaner befahl ihr zu schweigen. »Willst du das?«, sagte er zu Lottar. »Einen Ungläubigen heiraten und mit ihm nach Vuthaj gehen?«

Lottar verneinte. Sie hatte das Gefühl, sich unter dem Gewicht ihrer gefetteten Haare und ihres Putzes kaum bewegen und kaum den Mund aufmachen zu können. Unter diesem Gewicht kämpfte sie wie jemand, der sich bei Gefahr aus dem Tiefschlaf zu reißen versucht. Die Vorstellung, einen Muslim heiraten zu sollen, war noch zu fremd, um als Gefahr zu erscheinen – was sie begriff, war, dass sie vom Priester getrennt werden sollte und dann nie wieder eine Erklärung von ihm würde erbitten können.

»Wusstest du, dass du verheiratet werden sollst?«, fragte er sie. »Ist das etwas, was du willst, verheiratet sein?«

Nein, sagte sie. Nein. Und der Franziskaner klatschte in die Hände. »Zieht ihr den goldenen Tand aus!«, sagte er. »Zieht ihr die Sachen aus! Ich werde sie zur Jungfrau machen!«

»Wenn du Jungfrau wirst, wird alles gut«, sagte er

an sie gewandt. »Dann braucht der Muslim niemanden zu erschießen. Aber du musst schwören, niemals zu einem Mann zu gehen. Das musst du vor Zeugen schwören. *Per quri e per kruch.* Beim Stein und beim Kreuz. Verstehst du das? Ich werde es nicht zulassen, dass sie dich mit einem Muslim verheiraten, aber ich will nicht, dass auf diesem Land noch mehr geschossen wird.«

Das war eines der Dinge, gegen die der Franziskaner sich mit aller Macht wehrte – dass Frauen an Muslims verkauft wurden. Es machte ihn rasend, dass sie sich so leicht von ihrem Glauben lösten. Sie verkauften Mädchen wie Lottar, die sonst nirgendwo einen Preis erzielen konnten, und Witwen, die nur Töchter zur Welt gebracht hatten.

Langsam und beleidigt zogen die Frauen ihr die prächtigen Kleider aus. Sie holten Männerhosen hervor, abgetragen und ohne Zopf, dazu ein Hemd und einen Kopfbund. Lottar zog die Sachen an. Eine Frau mit einer hässlichen großen Schere säbelte Lottar den größten Teil der verbliebenen Haare ab, was wegen der klebrigen Farbe nicht einfach war.

»Morgen wärst du eine Braut gewesen«, sagten sie zu ihr. Einige von ihnen wirkten traurig, einige verächtlich. »Jetzt wirst du nie einen Sohn haben.«

Die kleinen Mädchen schnappten sich die abgeschnittenen Haare und arrangierten sie auf ihren Köpfen zu allerlei Knoten und Fransen.

Lottar legte den Schwur vor zwölf Zeugen ab. Selbstverständlich waren das alles Männer, die über die neue Wendung der Dinge genauso verärgert wirkten wie die Frauen. Den Muslim bekam sie nicht zu Gesicht. Der Franziskaner machte den Männern Vorhaltungen und sagte, wenn so etwas nicht aufhörte, würde er den Kirchhof sperren und sie zwingen, ihre Toten in ungeweihter Erde zu bestatten. Lottar saß ein Stück von allen entfernt, in ihren ungewohnten Kleidern. Es war seltsam und unangenehm, untätig zu sein. Als der Franziskaner mit seiner Strafpredigt fertig war, kam er zu ihr, stellte sich vor sie hin und schaute auf sie herunter. Er atmete schwer vor Zorn, oder weil ihn die Predigt so angestrengt hatte.

»Also dann«, sagte er. »So.« Er griff in eine Innenfalte seines Gewands und holte eine Zigarette hervor und gab sie ihr. Sie roch nach seiner Haut.

Eine Schwester brachte Charlotte das Abendessen, eine leichte Mahlzeit bestehend aus Suppe und Dosenpfirsichen. Charlotte nahm den Deckel von der Suppe, roch daran und drehte den Kopf weg. »Gehen Sie jetzt, sehen Sie sich diesen Fraß nicht an«, sagte sie. »Kommen Sie morgen wieder – Sie wissen, dass die Geschichte noch nicht zu Ende ist.«

Die Schwester ging mit mir zur Tür, und sowie wir auf dem Korridor waren, sagte sie: »Diejenigen, die zu Hause am wenigsten haben, stellen sich immer am meisten an. Sie ist nicht gerade einfach, aber man kann irgendwie nicht umhin, sie zu bewundern. Sie sind keine Verwandte, oder?«

Oh, nein, sagte ich. Nein.

»Als sie eingeliefert wurde, haben wir nur gestaunt. Wir zogen ihr die Sachen aus, und irgendwer sagte, ach, was für hübsche Armbänder, und da wollte sie sie gleich verkaufen! Ihr *Mann* ist vielleicht eine Marke. Kennen Sie ihn? Die zwei sind wirklich einmalig.«

Charlottes Mann Gjurdhi war vor weniger als einer Woche eines kalten Morgens allein in meinen Buchladen gekommen. Er zog eine Karre voller Bücher hinter sich her, die er in eine Decke gehüllt hatte. Er hatte schon einmal versucht, mir Bücher zu verkaufen, in ihrer Wohnung, und ich dachte, es wären vielleicht wieder dieselben. Damals war ich verwirrt gewesen, aber jetzt in meinem eigenen Laden konnte ich energischer sein. Ich sagte, nein, ich handelte nicht mit antiquarischen Büchern, ich hätte kein Interesse. Gjurdhi nickte kurz, als hätte ich ihm das nicht sagen müssen und als wäre es für unser Gespräch ohne Bedeutung. Er nahm weiter Buch um Buch in die Hand, forderte mich auf, die Qualität der Einbände zu fühlen, und bestand darauf, dass ich die Schönheit der Illustrationen begutachtete und mich von den Erscheinungsjahren beeindrucken ließ. Ich musste meine Ablehnung mehrmals wiederholen, und ich hörte, wie ich gegen meinen Willen Entschuldigungen anfügte. Er beschloss, jede Ablehnung so zu verstehen, als bezöge sie sich nur auf ein einzelnes Buch, hob schlicht das nächste auf und sagte eifrig: »Auch dies! Dies ist sehr schön. Sie werden es sehen. Und es ist sehr alt. Sehen Sie, was für ein wunderschönes altes Buch!«

Etliche davon waren Reisebücher, aus der Zeit um die Jahrhundertwende. Nicht allzu alt also, und auch nicht besonders schön, mit ihren dunklen, körnigen Fotografien. *Ein Treck durch die schwarzen Gipfel. Hochalbanien. Unbekannte Länder Südeuropas.*

»Sie werden ins Antiquariat gehen müssen«, sagte ich. »In der Fort Street. Das ist nicht mehr weit von hier.«

Er stieß einen Laut der Empörung aus, vielleicht um deutlich zu machen, dass er selbst wusste, wo es war, oder dass er es dort bereits erfolglos probiert hatte oder dass die meisten dieser Bücher auf die eine oder andere Weise ohnehin daher stammten.

»Wie geht es Charlotte?«, fragte ich teilnehmend. Ich hatte sie länger nicht gesehen, obwohl sie immer recht häufig ins Geschäft gekommen war. Sie brachte mir öfter kleine Geschenke – Kaffeebohnen mit Schokoladenguss als Energiespender; ein Stück reine Glyzerinseife gegen das Austrocknen der Haut durch den Umgang mit so viel Papier. Einen Briefbeschwerer, in den Gesteinsproben aus British Columbia eingelassen waren, einen Bleistift, der im Dunkeln leuchtete (damit ich Rechnungen schreiben konnte, wenn das Licht ausfiel). Sie trank mit mir Kaffee, plauderte und schlenderte diskret beschäftigt im Laden umher, wenn ich zu tun hatte. Den ganzen dunklen, windigen Herbst hindurch trug sie das Samtcape, in dem ich sie das erste Mal gesehen hatte, und schützte es vor Regen mit einem übertrieben großen uralten schwarzen Schirm. Das Cape nannte sie ihr Zelt. Wenn sie sah, dass mich ein Kunde zu sehr mit Beschlag belegte, tippte sie mich auf die Schulter und sagte: »Ich stehle mich jetzt einfach leise mit meinem Zelt davon. Wir reden ein andermal.«

Einmal fragte mich ein Kunde frei heraus: »Wer ist die Frau? Ich habe sie schon häufiger mit ihrem Mann in der Stadt gesehen. Ich nehme an, dass er ihr Mann ist. Ich dachte, sie wären fahrende Händler.«

Konnte Charlotte das mit angehört haben, fragte ich mich. Konnte sie im Verhalten meiner neuen Angestellten eine gewisse Kühle bemerkt haben? (Charlotte jedenfalls war ausnehmend kühl zu ihr.) Vielleicht hatte ich einfach zu häufig anderweitig zu tun gehabt. Ich glaubte nicht wirklich, dass die Besuche aufgehört hatten. Mir war der Gedanke lieber, dass eine Pause länger geworden war, ohne dass dies notwendigerweise etwas mit mir zu tun hatte. Ich war ohnehin überarbeitet und müde, in der Vorweihnachtszeit. Eine angenehme Überraschung war die Menge der Bücher, die über den Ladentisch gingen.

»Ich möchte niemandem Übles nachsagen«, hatte die Angestellte zu mir gesagt. »Aber ich glaube, Sie sollten wissen, dass diese Frau und ihr Mann in vielen Geschäften der Stadt Ladenverbot haben. Man verdächtigt sie des Diebstahls. Ich weiß es nicht. Er trägt diesen Regenmantel mit den weiten Ärmeln, und sie hat ihr Cape. Mit Sicherheit weiß ich nur, dass sie früher in der Weihnachtszeit in fremden Gärten Stechpalmenzweige geschnitten haben. Die haben sie dann in großen Mietshäusern von Tür zu Tür zu verkaufen versucht.«

An jenem kalten Morgen fragte ich Gjurdhi, nachdem ich ihm keines der Bücher in seinem Karren abgenommen hatte, noch ein zweites Mal, wie es Charlotte gehe. Er sagte, sie sei krank. Sein Ton war unfreundlich, als gehe es mich nichts an.

»Bringen Sie ihr ein Buch mit«, sagte ich. Ich suchte ein Taschenbuch mit leichten Versen aus. »Bringen Sie ihr das – sagen Sie ihr, ich hoffe, dass es ihr gefällt. Sagen Sie ihr, ich hoffe, dass sie bald gesund wird. Vielleicht schaffe ich es, mal vorbeizuschauen.«

Er steckte das Buch in sein Bündel auf dem Karren. Vermutlich würde er es sofort zu verhökern versuchen.

»Nicht zu Haus«, sagte er. »Im Krankenhaus.«

Mir war, jedes Mal wenn er sich über den Karren gebeugt hatte, ein großes hölzernes Kruzifix aufgefallen, das unter dem Mantel hervorschaukelte und wieder drunter geschoben werden musste. Jetzt geschah es erneut, und ich sagte in meiner Verwirrung und Zerknirschtheit gedankenlos: »Ach, ist das schön! Was für schönes dunkles Holz! Als stammte es aus dem Mittelalter.«

Er zog es über den Kopf und sagte: »Sehr alt. Sehr schön. Eichenholz. Ja.«

Er drückte es mir in die Hand, und sobald mir klar wurde, was er wollte, schob ich es in seine zurück.

»*Wunderbares* Holz«, sagte ich. Als er es wegsteckte, fühlte ich mich gerettet, wenn auch zerknirscht und gereizt.

»Ach, ich hoffe, Charlotte ist nicht allzu krank!«, sagte ich.

Er lächelte hochmütig und klopfte sich auf die Brust – vielleicht, um mir die Ursache von Charlottes Leiden zu zeigen, vielleicht nur, um die Haut zu fühlen, die dort erneut entblößt war.

Dann entfernte er sich mitsamt dem Kruzifix, den Büchern und dem Karren aus meinem Laden. Ich hatte das Gefühl, auf beiden Seiten waren Beleidigungen ausgesprochen, Kränkungen erlitten worden.

Oben hinter dem Tabakfeld lag ein Buchenwald, in den Lottar oft gegangen war, um Reisig für das Feuer zu sammeln. Dahinter stieg ein grasiger Abhang auf – eine Gebirgswiese –, und am oberen Rand der Wiese, ungefähr eine halbe Stunde Aufstieg von der Kula, stand eine kleine Wetterschutzhütte aus Stein, eine primitive Hütte ohne Fenster, mit einem niedrigen, türlosen Eingang, einer Feuerecke ohne Schornstein. Schafe stellten sich dort unter; der Fußboden war mit ihrem Kot übersät.

In dieser Hütte kam sie unter, nachdem sie zur Jungfrau geworden war. Der Vorfall mit dem muslimischen Bräutigam hatte sich im Frühjahr ereignet, ungefähr ein Jahr, nachdem sie nach Maltsia e Madhe gekommen war, und es war die Zeit, in der die Schafe auf die hohen Weiden getrieben wurden. Lottar musste die Herde im Auge behalten und zusehen, dass kein Schaf in einen Abgrund stürzte oder sich zu weit entfernte. Und sie musste jeden Abend die Mutterschafe melken. Man erwartete von ihr, dass sie Wölfe tötete, wenn sie in die Nähe kamen. Aber es kamen keine, niemand, der zurzeit in der Kula lebte, hatte je einen Wolf gesehen. Die einzigen wilden Tiere, die Lottar zu sehen bekam, waren ein Rotfuchs, einmal am Bach, und die Kaninchen, die reichlich und arglos waren. Sie lernte, sie zu schießen, zu häuten und zu kochen, indem sie sie ausnahm, wie sie es bei den Schlachtermädchen in der Kula gesehen hatte, und anschließend die fleischigeren Stücke in ihrem Topf über dem Feuer schmorte, mit ein paar Sandlauchzwiebeln.

Sie mochte nicht in der Schutzhütte schlafen, deshalb errichtete sie an der Außenwand ein Dach aus Ästen als Verlängerung des Hüttendachs. Darunter hatte sie ihren Farnhaufen und einen Filzläufer, den man ihr mitgegeben hatte und den sie zum Schlafen über den Farn breitete. Am Ungeziefer störte sie sich nicht mehr. Zwischen den unverputzten Steinen hatte man ein paar Haken eingeschlagen. Sie wusste nicht, wozu sie da waren, aber sie eigneten sich gut zum Aufhängen der Milcheimer und der paar Kochtöpfe, die man ihr überlassen hatte. Sie holte sich das Wasser aus dem Bach, in dem sie ihren Kopfbund wusch und dann und wann auch sich selbst, mehr um sich in der Hitze zu erfrischen als aus Sorge um ihre Schmutzigkeit.

Alles war anders. Sie sah die Frauen nicht mehr. Sie verlor die Gewohnheit, ständig zu arbeiten. Die kleinen Mädchen kamen abends herauf, um die Milch abzuholen. So weit von der Kula und ihren Müttern entfernt, wurden sie recht ausgelassen. Sie kletterten auf das Dach und brachen dabei immer wieder durch das von Lottar verfertigte Gerüst aus Ästen. Sie sprangen in die Farnwedel und schnappten sich manchmal einen Arm voll, drehten ihn zu einem primitiven Ball und bewarfen sich damit, bis er auseinanderfiel. Sie spielten so schön, dass Lottar sie beim Einbruch der Dämmerung fortjagen musste, indem sie sie daran erinnerte, wie sehr sie sich in der Dunkelheit im Buchenwald fürchteten. Sie glaubte, dass sie den ganzen Weg durch den Wald rannten und dabei ihre Milch zur Hälfte verschütteten.

Dann und wann brachten sie ihr Maismehl, das sie mit Wasser anrührte und auf ihrer Schaufel über dem Feuer buk. Einmal hatten sie einen Leckerbissen für sie, einen Schafskopf – Lottar fragte sich, ob sie ihn stibitzt hatten –, den sie im Topf kochte. Sie durfte einen Teil der Milch behalten, die sie, anstatt sie frisch zu trinken, meistens sauer werden ließ und zu Joghurt verrührte, in den sie ihr Brot tunkte. So mochte sie es jetzt am liebsten.

Oft kamen die Männer, kurz nachdem die kleinen Mädchen bergab gelaufen waren, durch den Wald hinauf. Anscheinend war das einer ihrer Sommerbräuche. Sie saßen gern am Bachufer und verschossen Platzpatronen und tranken Raki und sangen, und manchmal redeten sie und rauchten sie bloß. Sie machten den Aufstieg nicht, um nach ihr zu sehen. Aber da sie nun einmal kamen, brachten sie Kaffee und Tabak als Geschenke und wetteiferten um die besten Ratschläge, wie sie das Dach ihres Unterstands sichern müsse, damit es nicht einkrachte, wie sie ihr Feuer bauen müsse, damit es die ganze Nacht brannte, wie sie ihre Flinte benutzen müsse.

Dabei handelte es sich um eine alte italienische Martiniflinte, die man ihr gegeben hatte, als sie die Kula verließ. Manche Männer sagten, sie bringe Pech, weil sie einem Jungen gehört hatte, der erschossen worden war, bevor er selbst überhaupt jemanden erschossen hatte. Andere meinten, Martinis brächten überhaupt Pech und seien kaum zu gebrauchen.

Eine Mauser müsse man haben, wegen Treffsicherheit und weil sie ein Mehrlader sei.

Aber Mauserkugeln seien zu klein, um ausreichend Schaden anzurichten. Es gebe Männer, die voller Mauserlöcher durch die Gegend liefen – man könne den Wind durch sie pfeifen hören, wenn sie vorbeikämen.

Nichts hält wirklich dem Vergleich mit einem schweren Steinschlossgewehr stand, das gut mit Pulver, Kugeln und Nägeln gestopft ist.

Wenn sie nicht über Schusswaffen fachsimpelten, redeten die Männer über die Morde der letzten Zeit und erzählten Witze. Einer erzählte einen Witz über einen Zauberer. Ein Zauberer wurde von einem Pascha im Kerker gehalten. Der Pascha ließ ihn herausholen, damit er seinen Gästen etwas vorzauberte. Bringt mir eine Schüssel mit Wasser, sagte der Zauberer. Nun ist dieses Wasser das Meer. Und welchen Hafen am Meer soll ich euch zeigen? Zeig uns einen Hafen auf der Insel Malta, sagten sie. Und schon war er da. Häuser und Kirchen und ein Dampfer, der gerade ablegen wollte. Möchtet ihr jetzt sehen, wie ich an Bord dieses Dampfers gehe? Der Pascha lachte. Nur zu! Also stellte der Zauberer seinen Fuß in die Wasserschüssel und ging an Bord und fuhr nach Amerika! Wie findet ihr das!

»Es gibt keine echten Zauberer«, sagte der Franziskaner, der an diesem Abend, wie häufiger mal, mit den Männern heraufgekommen war. »Wenn du gesagt hättest ein Heiliger, wäre die Geschichte schon eher zu glauben.« Seine Stimme war streng, doch Lottar hatte den Eindruck, dass er glücklich war, so wie sie alle, so wie selbst sie es sein durfte, mit den Männern und ihm zusammen, auch wenn er ihr keine Beachtung schenkte. Der starke Tabak, den sie ihr zu rauchen gaben, machte sie schwindelig, und sie musste sich ins Gras legen.

Es kam die Zeit, da Lottar daran denken musste, sich ins Innere ihres Häuschens zurückzuziehen. Die Morgen waren kalt, die Farnwedel von Tau getränkt, und das Weinlaub wurde gelb. Sie nahm die Schaufel und schabte den Schafskot vom Boden, um ihre Bettstatt drinnen einzurichten. Sie begann die Lücken zwischen den Steinen mit Gras und Blättern und Lehm zu verstopfen.

Als die Männer kamen, fragten sie, wozu sie das mache. Für den Winter, sagte sie, und sie lachten.

»Hier kann niemand im Winter wohnen«, sagten sie. Sie zeigten ihr, wie hoch der Schnee liegen würde, indem sie die Hände ans Brustbein hielten. Und die Schafe werden auch vom Berg hinuntergeholt worden sein.

»Es wird keine Arbeit für dich da sein – und was

willst du essen?«, sagten sie. »Glaubst du, die Frauen werden dir Brot und Joghurt abgeben, für nichts?«

»Wie kann ich in die Kula zurückgehen?«, fragte Lottar. »Ich bin eine Jungfrau, wo sollte ich schlafen? Was gäbe es für mich zu tun?«

»Sie hat recht«, sagten sie freundlich, zunächst an sie gerichtet, dann sprachen sie untereinander. »Eine Jungfrau, die zu einer Kula gehört, bekommt meistens ein Stück Land, auf dem sie für sich alleine leben kann. Aber diese hier gehört nicht richtig zur Kula, sie hat keinen Vater, der ihr etwas schenken könnte. Was soll sie tun?«

Bald darauf – und mitten am Tag, wenn sonst nie Besucher kamen – stieg der Franziskaner zur Wiese hinauf, ganz allein.

»Ich traue ihnen nicht«, sagte er. »Ich glaube, sie werden wieder versuchen, dich an einen Muslim zu verkaufen. Obwohl du deinen Schwur geleistet hast. Sie werden versuchen, aus dir ein wenig Geld herauszuschlagen. Wenn sie einen Christen für dich finden könnten, wäre es vielleicht nicht so schlimm, aber ich bin sicher, es wird ein Ungläubiger sein.«

Sie saßen im Gras und tranken Kaffee. Der Franziskaner sagte: »Hast du Habseligkeiten, die du mitnehmen willst? Nein. Wir brechen bald auf.«

»Wer wird die Mutterschafe melken?«, fragte Lottar. Einige der Mutterschafe machten sich schon auf den Weg bergab; sie würden auf sie warten.

»Lass sie«, sagte der Franziskaner.

Auf diese Weise verließ sie nicht nur die Schafe, sondern auch ihre Schutzhütte, die Wiese, den wilden Wein und die Sumachbäume und die Bergeschen, die Wacholdersträucher und die Zwergeichen, die sie den ganzen Sommer angeschaut hatte, das Kaninchenfell, das sie als Kissen benutzt hatte, und den Topf, in dem sie ihren Kaffee aufgebrüht hatte, den Stapel Holz, das sie erst am selben Vormittag gesammelt hatte, die Steine um ihr Feuer – jeder einzelne durch seine besondere Form und Farbe vertraut. Sie begriff, dass sie fortgehen würde, weil der Franziskaner so ernst war, aber sie begriff es nicht so, dass sie sich umschaute, um alles ein letztes Mal anzusehen. Doch das war ohnehin nicht nötig. Sie würde nichts davon jemals vergessen.

Als sie in den Buchenwald traten, sagte der Franziskaner: »Jetzt müssen wir sehr leise sein. Ich werde einen anderen Weg nehmen, der nicht so dicht an der Kula vorbeiführt. Wenn wir jemanden auf dem Weg hören, werden wir uns verstecken.«

Dann wanderten sie stundenlang stumm durch die Buchen mit ihrer glatten Elefantenrinde und die Eichen mit ihrem schwarzen Geäst und die trockenen Pinien. Auf und ab, über Gebirgskämme hinweg, auf Wegen, von deren Existenz Lottar nichts gewusst hatte. Der Franziskaner machte niemals halt und sprach nie von Rasten. Als sie schließlich aus den Bäumen hervortraten, war Lottar überrascht, dass der Himmel noch so hell war.

Der Franziskaner holte einen Brotlaib und ein Messer aus einer Tasche in seinem Gewand, und sie aßen im Gehen.

Sie kamen an ein trockenes Flussbett mit einem Grund aus Steinen, die nicht flach und leicht zu begehen waren, sondern wild verstreut, ein stiller Strom aus Geröll zwischen Mais- und Tabakfeldern. Sie konnten Hundegebell hören, und manchmal menschliche Stimmen. Der Mais und die Tabakpflanzen, die noch nicht abgeerntet waren, standen höher als ihre Köpfe, und sie liefen in ihrem Schutz durch den ausgetrockneten Fluss, während das Tageslicht gänzlich schwand. Als sie nicht mehr weitergehen konnten und die Dunkelheit ihnen sicheren Schutz bot, setzten sie sich auf die weißen Steine im Flussbett.

»Wo bringst du mich hin?«, fragte Lottar da endlich. Beim Aufbruch hatte sie gedacht, sie schlügen die Richtung zur Kirche und zum Haus des Priesters ein, doch mittlerweile hatte sie verstanden, dass dies nicht sein konnte. Sie waren viel zu weit gelaufen.

»Ich bringe dich zum Haus des Bischofs«, sagte der Franziskaner. »Er wird wissen, was mit dir zu tun ist.«

»Warum nicht in dein Haus?«, fragte Lottar. »Ich könnte als Dienerin in deinem Haus wohnen.«

»Das ist verboten – ich darf keine Dienerin im Haus haben. Kein Priester darf das. Der jetzige Bischof erlaubt nicht einmal eine alte Frau. Und er hat recht, eine Frau im Haus bringt nur Scherereien.«

Als der Mond aufgegangen war, gingen sie weiter. Sie liefen und machten Rast, liefen und machten Rast, ohne jedoch zu schlafen oder sich auch nur einen bequemen Platz zum Hinlegen zu suchen. Ihre Füße waren zäh und ihre Sandalen so gut eingelaufen, dass sie keine Blasen bekamen. Beide waren es gewohnt, große Strecken zu Fuß zurückzulegen – der Franziskaner in seiner weitläufigen Gemeinde und Lottar, wenn sie der Schafherde folgte.

Mit der Zeit wurde der Franziskaner weniger ernst – vielleicht weniger besorgt – und redete mit ihr beinahe wie in der ersten Zeit ihrer Bekanntschaft. Er sprach Italienisch, obwohl sie die Sprache der Ghegs mittlerweile fast fließend beherrschte.

»Ich bin in Italien geboren«, sagte er. »Meine Eltern waren Ghegs, aber als ich jung war, habe ich in Italien gelebt, und dort bin ich auch Priester geworden. Vor Jahren war ich noch einmal zu Besuch dort, da habe ich mir den Schnurrbart abrasiert, warum, weiß ich nicht mehr. Oh, doch, ich weiß es wohl – ich habe es getan, weil sie mich im Dorf auslachten. Und als ich wiederkam, traute ich mich im Madhe nicht mehr, mein Gesicht zu zeigen. Dort ist ein Mann ohne Bart eine Schande. Ich setzte mich in Skutari in ein Zimmer, bis er wieder gewachsen war.«

»Gehen wir nach Skutari?«

»Ja, das ist die Stadt, wo der Bischof ist. Er wird eine Botschaft schicken, die besagt, dass ich richtig gehandelt habe, indem ich mit dir fortging, auch wenn es Diebstahl ist. Sie sind Barbaren, im Madhe. Sie kommen mitten in der Messe an und zupfen dich am Ärmel und bitten dich, einen Brief für sie zu schreiben. Hast du gesehen, was sie auf die Gräber setzen? Die Kreuze? Sie machen das Kreuz zu einem spindeldürren Mann mit einem Gewehr auf den Armen. Hast du das nicht gesehen?« Er lachte und schüttelte den Kopf und sagte: »Ich weiß nicht, was ich mit ihnen machen soll. Aber sie sind trotzdem gute Menschen – sie würden nie jemanden hintergehen.«

»Aber du dachtest doch, sie könnten trotz meines Schwures versuchen, mich zu verkaufen.«

»Ja, natürlich. Aber eine Frau zu verkaufen ist ein Mittel, an Geld zu kommen. Und sie sind so arm.«

Da ging Lottar auf, dass sie sich in Skutari in einer ungewohnten Position befinden würde – sie würde nicht mehr machtlos sein. Sobald sie dort ankamen, konnte sie ihm weglaufen. Sie konnte jemanden suchen, der Englisch sprach, sie konnte das britische Konsulat finden. Wenn nicht das, dann das französische.

Vor dem Morgengrauen war das Gras tropfnass, und die Nacht wurde sehr kalt. Doch als die Sonne aufstieg, hörte Lottar auf zu zittern, und binnen einer Stunde war ihr heiß. Sie liefen den ganzen Tag weiter.

Sie aßen den Rest Brot und tranken aus jedem Bach, den sie fanden und der noch Wasser führte. Den ausgetrockneten Fluss und die Berge hatten sie weit hinter sich gelassen. Lottar schaute sich um und sah eine Wand aus schroffen Felsen, an deren Fuß sich ein wenig Grün schmiegte. Dieses Grün waren der Wald und die Wiesen, von denen sie gedacht hatte, dass sie so hoch lagen. Nun folgten sie Wegen durch die heißen Felder, immer in Hörweite von bellenden Hunden. Sie begegneten Leuten auf den Wegen.

Als Erstes sagte der Franziskaner: »Sprich mit niemandem – sie werden sich wundern, wer du bist.« Aber er musste antworten, wenn sie gegrüßt wurden.

»Geht es hier nach Skutari? Wir sind auf dem Weg nach Skutari zum Bischof. Das hier ist mein Diener, der mit mir aus den Bergen gekommen ist.«

Und zu Lottar sagte er: »Das ist in Ordnung so. In diesen Sachen siehst du wie ein Diener aus. Aber sprich nicht mit ihnen – wenn sie dich sprechen hören, werden sie aufhorchen.«

Ich hatte die Wände meines Buchladens in einem klaren, hellen Gelb gestrichen. Gelb steht für geistige Neugier. Das musste mir jemand gesagt haben. Ich eröffnete das Geschäft im März 1964. In Victoria, in British Columbia.

Dort saß ich am Schreibtisch, hinter mir in den Regalen mein Sortiment. Die Verlagsvertreter hatten mir geraten, Bücher über Hunde und Pferde, über Segeln und Gartenbau in die Regale zu stellen, Vogelbücher und Blumenbücher – sie behaupteten, das sei alles, was die Leute in Victoria kaufen würden. Ich hielt mich nicht an ihren Rat und bestellte Belletristik und Lyrik und Bücher über Sufismus und die Relativitätstheorie und die Linear B. Und diese Bücher hatte ich, als sie eintrafen, so aufgestellt, dass Politikwissenschaft ohne harten Bruch in Philosophie übergehen konnte und Philosophie in Religion und dass die Dichter, die miteinander harmonierten, Seite an Seite stehen konnten und die Anordnung der Bücherregale – wie ich glaubte – ein mehr oder weniger natürliches Schweifen der Gedanken reflektierte, bei dem ständig neue und vergessene Schätze zu entdecken waren. Ich hatte mir all diese Mühe gemacht – und was nun? Nun wartete ich, und ich fühlte mich wie eine Frau, die sich für ein Fest extravagant zurechtgemacht hat, vielleicht sogar mit Schmuck aus der Pfandleihe oder dem Familientresor, nur um festzustellen, dass bloß ein paar Nachbarn zusammen Karten spielten. Dass es nur falschen Hasen und Kartoffelbrei in der Küche zu essen gab, und ein Glas prickelnden Roséwein.

Das Geschäft war oft mehrere Stunden lang leer, und wenn tatsächlich Leute hereinkamen, dann meistens, um nach einem Buch zu fragen, an das sie sich aus der Sonntagsschulbücherei erinnerten oder aus

Großmutters Bücherschrank, oder das sie vor zwanzig Jahren in einem ausländischen Hotel liegengelassen hatten. Den Titel hatten sie gewöhnlich vergessen, aber dafür erzählten sie mir dann die Geschichte. Es handelt von diesem kleinen Mädchen, das mit seinem Vater nach Australien geht, um auf seinem ererbten Claim Gold zu schürfen. Es handelt von dieser Frau, die in Alaska ganz allein ein Kind zur Welt gebracht hat. Es handelt von einem Wettrennen zwischen einem alten Klipper und dem ersten Dampfschiff, vor Urzeiten, in den 1840ern.

Na ja. Ich dachte halt, ich frag mal.

Und damit gingen sie wieder, ohne einen Blick auf die Reichtümer ringsum.

Ein paar Leute zeigten sich immerhin enthusiastisch und dankbar: Was für ein wunderbarer Zuwachs für die Stadt. Sie schauten sich um und schmökerten eine halbe Stunde oder eine ganze, um dann fünfundsiebzig Cents auszugeben.

Es braucht Zeit.

Ich hatte eine Einzimmerwohnung mit Kochnische in einem alten Haus an einer Ecke mit dem Namen »The Dardanelles« gefunden. Das Bett ließ sich an die Wand klappen. Aber ich machte mir gewöhnlich nicht die Mühe, es hochzuklappen, weil ich nie Besuch hatte. Und der Haken erschien mir nicht stabil. Ich befürchtete, das Bett könnte irgendwann von der Wand springen, wenn ich gerade meine Dosensuppe oder gebackene Kartoffel zum Abendbrot aß. Am Ende würde es mich noch erschlagen. Außerdem ließ ich stets das Fenster offen, weil ich einen leisen Gasgeruch wahrzunehmen glaubte, selbst wenn beide Flammen und der Ofen ausgestellt waren. Da ich daheim das Fenster und im Geschäft die Tür offen hatte, um Kunden anzulocken, musste ich mich stets dick einmummeln, in meinen schwarzen Wollpullover oder meinen roten Cordmorgenmantel (ein Kleidungsstück, das einmal sämtliche Taschentücher und Unterhosen meines verlorenen Ehemannes hellrosa gefärbt hatte). Es fiel mir schwer, mich auch nur für die Zeit von diesen wärmenden Kleidungsstücken zu trennen, die ihre Wäsche kostete. Ich war fast immer müde, ich war unterernährt, und mich fröstelte.

Aber ich verlor den Mut nicht. Ich hatte in meinem Leben eine radikale Veränderung vollzogen, und darauf war ich trotz der Trauer, die mich noch täglich befiel, stolz. Ich hatte das Gefühl, endlich mit einer neuen, wahren Haut auf die Welt gekommen zu sein. Wenn ich am Schreibtisch saß, trank ich meine Tasse Kaffee oder dünne rote Suppe so langsam, dass ich eine Stunde daran hatte, und hielt die Tasse mit beiden Händen fest, solange sie noch Wärme abgab. Ich las, aber ohne Ziel oder Engagement. Ich las verstreute Sätze in den Büchern, die ich immer schon hatte lesen wollen. Oft erschienen mir diese Sätze so befriedigend oder so schwer fassbar und schön, dass ich nicht anders konnte, als alle umgebenden Worte zu ignorieren und mich einem eigenartigen Zustand zu überlassen. Ich war wach und verträumt, von allen bestimmten Menschen abgeschnitten, aber der Stadt an sich unablässig gewärtig – und sie erschien mir als ein seltsamer Ort.

Eine Kleinstadt, hier am äußersten westlichen Zipfel des Landes. Kitschige Winkel für Touristen. Die Tudor-Ladenfassaden und Doppeldeckerbusse und Blumenkübel und Fahrten mit der Pferdekutsche: beinahe beleidigend. Doch dazu das Licht vom Meer in den Straßen, die hageren und gesunden alten Leute, die sich auf ihrem täglichen Spaziergang über die mit Ginster bewachsenen Klippen in den Wind lehnen, die schäbigen, etwas skurrilen Bungalows mit ihren Schuppentannen und Ziersträuchern in den Gärten. Im Frühling blühen Kastanienbäume, Rot- und Weißdornbäume an den Straßen tragen ihre Blüten, dickblättrige Büsche bringen üppigen rosa und rosenroten Flor hervor, wie man ihn im Hinterland nie zu sehen bekäme. Wie eine Stadt aus einer Geschichte, fand ich – wie die verpflanzte Stadt am Meer aus einer Geschichte, die in Neuseeland spielt oder Tasmanien. Aber dennoch hat sie etwas Nordamerikanisches. Schließlich stammen so viele Einwohner aus Winnipeg oder Saskatchewan. Zur Mittagszeit weht der Essensgeruch aus armen, schlichten Miethäusern. Brutzelndes Fleisch, dünstendes Gemüse –

Bauernessen, das zur Tagesmitte in engen Kochnischen zubereitet wird.

Wie konnte ich das festmachen, was mir so gefiel? Es war gewiss nicht das, wonach eine frischgebackene Geschäftsfrau auf der Suche wäre – Betriebsamkeit und Energie, die Hoffnung auf kommerziellen Erfolg weckten. *Nicht viel los* lautete die Botschaft, die mir die Stadt vermittelte. Und wenn jemand, der ein Geschäft eröffnet, sich nicht an der Botschaft *Nicht viel los* stört, könnte man wohl fragen: Was geht in ihm vor? Man eröffnet ein Geschäft, um etwas zu verkaufen, man hofft darauf, viel zu tun zu haben, damit man vergrößern muss, wiederum mehr verkauft und reich wird, bis man eines Tages gar nicht mehr selbst hinter der Ladentheke stehen muss. Stimmt das nicht? Aber gibt es auch Leute, die einen Laden aufmachen, weil sie hoffen, dort aufgehoben zu sein, zwischen den Dingen, die sie am meisten schätzen – Wolle oder Teetassen oder Bücher –, und die lediglich die Vorstellung haben, sich auf bequeme Weise zu verwirklichen? Zu einem Teil des Straßenbilds zu werden, der Straße selbst, zu einem festen Fleck auf der Landkarte, die man von der Stadt im Kopf hat, und schließlich zum Bestandteil der allgemeinen Erinnerung. Sie werden vormittags dasitzen und Kaffee trinken, sie werden zu Weihnachten den vertrauten Schmuck hervorholen, sie werden im Frühling die Schaufenster putzen, bevor sie die neuen Waren auslegen. Für diese

Leute sind Läden das, was für andere eine Hütte im Wald wäre – ein Zufluchtsort und ein Daseinsgrund.

Ein paar Kunden braucht man natürlich. Die Miete wird fällig, und die Ware bezahlt sich nicht von selbst. Ich hatte ein wenig Geld geerbt – das hatte es mir ermöglicht, hierherzukommen und den Laden einzurichten –, aber wenn das Geschäft nicht zumindest ein bisschen anzog, konnte ich mich nur bis zum Sommer halten. Das war mir klar. Ich freute mich, dass allmählich mehr Leute kamen, als es wärmer wurde. Ich verkaufte mehr Bücher, es begann sich abzuzeichnen, dass ich überleben konnte. Zum Ende des Schuljahres waren an den Schulen Buchpreise ausgesetzt, und das brachte die Lehrer mit ihren Listen und ihrem Lob und ihrer bedauerlichen Erwartung, dass sie Rabatt bekämen. Die Leute, die zum Blättern und Schmökern kamen, kauften regelmäßig, und einige von ihnen wurden zu Freunden – beziehungsweise zu der Sorte Freunde, die ich hier hatte, wo es schien, als wäre ich damit zufrieden, Tag für Tag mit Leuten zu reden, ohne je ihre Namen zu erfahren.

Als Lottar und der Priester die Stadt Skutari zum ersten Mal erblickten, schien sie über der sumpfigen Ebene zu schweben, und ihre Kuppeln und Türme schimmerten, als wären sie aus Nebel. Doch als sie sie am frühen Abend betraten, verflüchtigte sich diese Ruhe vollkommen. Die mit großen, groben Kopfsteinen gepflasterten Straßen wimmelten von Menschen und Eselskarren, herumstreunenden Hunden und Schweinen, die irgendwohin getrieben wurden, und über allem schwebte der Geruch von Feuer und Essen und Dung und etwas Widerlichem – wie verrottenden Tierhäuten. Ein Mann spazierte mit einem Papagei auf der Schulter dahin. Der Vogel schien Flüche in einer unbekannten Sprache zu kreischen. Der Franziskaner hielt mehrmals Leute an, um sie nach dem Weg zur Bischofsresidenz zu fragen, aber sie schoben sich, ohne zu antworten, an ihm vorbei oder lachten ihn aus oder sagten ein paar Worte, die er nicht verstand. Ein junger Bursche sagte, er würde ihm den Weg zeigen, gegen Geld.

»Wir haben kein Geld«, sagte der Franziskaner. Er zog Lottar in einen Hauseingang, und dort setzten sie sich hin, um auszuruhen. »In Maltsia e Madhe«, sagte er, »würden viele von diesen Leuten, die so viel auf sich halten, bald ein anderes Lied singen.«

Lottar hatte die Idee verworfen, ihm davonzulaufen. Zum einen hätte sie nicht besser nach dem Weg fragen können als er. Zum andern hatte sie das Gefühl, sie seien Verbündete, die in dieser Stadt nicht zu überleben vermochten, wenn sie sich aus den Augen verloren. Sie hatte nicht gewusst, wie sehr sie vom Geruch seiner Haut, der bekümmerten Entschlossenheit seiner langen Schritte, dem Schwung seines schwarzen Schnurrbarts abhängig war.

Der Franziskaner sprang auf und sagte, er wisse jetzt wieder – er wisse wieder, wie man zur Bischofs-residenz komme. Er eilte vor ihr durch schmale, mit hohen Mauern gesäumte Hintergassen, in denen nichts von den Häusern oder Innenhöfen zu sehen war – nur Mauern und Tore. Das Kopfsteinpflaster war so ver-worfen, dass man darauf nicht besser laufen konnte als in dem trockenen Flussbett. Aber er hatte recht, er stieß einen Triumphschrei aus, sie waren am Tor zur Bischofsresidenz angelangt.

Ein Diener öffnete das Tor und ließ sie ein, aber erst nach einem schrillen Wortwechsel. Lottar musste sich gleich hinter dem Tor auf die Erde setzen, und der Franziskaner wurde ins Haus geleitet, zum Bischof. Bald darauf wurde jemand durch die Straßen zum britischen Konsulat gesandt (ohne dass man es Lottar mitteilte) und kehrte mit dem Hausdiener des Kon-suls zurück. Da war es bereits dunkel, und der Diener des Konsuls hatte eine Laterne dabei. Lottar wurde wieder einmal davongeleitet. Sie folgte dem Diener und seiner Laterne zum Konsulat.

Eine Wanne mit heißem Wasser für sie zum Baden, draußen im Hof. Ihre Kleider wurden ihr weggenom-men. Wahrscheinlich verbrannt. Ihre fettigen, schwar-zen, ungezieferverseuchten Haare abgeschnitten. Pe-troleum über ihren Schädel gegossen. Sie musste ihre Geschichte erzählen – die Geschichte, wie sie nach Maltsia e Madhe gekommen war –, und das fiel ihr schwer, weil sie nicht mehr gewohnt war, Englisch zu sprechen, aber auch, weil das alles so lange her und so unwichtig zu sein schien. Sie musste lernen, auf einer Matratze zu schlafen, auf einem Stuhl zu sitzen, mit Messer und Gabel zu essen.

Sobald wie möglich brachte man sie auf ein Schiff.

Charlotte hielt inne. Sie sagte: »Was dann kam, ist uninteressant.«

Ich war nach Victoria gekommen, weil ich mich nirgendwo sonst weiter von London in Ontario entfernen konnte, ohne Kanada zu verlassen. In London hatten mein Mann Donald und ich eine Souterrainwohnung in unserem Haus an ein Ehepaar namens Nelson und Sylvia vermietet. Nelson war Anglistikstudent an der Universität und Sylvia war Krankenschwester. Donald war Dermatologe, und ich schrieb an einer Dissertation über Mary Shelley – ohne große Eile. Ich hatte Donald kennengelernt, als ich ihn wegen eines Hautausschlags am Hals aufsuchte. Er war acht Jahre älter als ich – ein großer, sommersprossiger Mann, der leicht rot wurde und intelligenter war, als er aussah. Ein Dermatologe erlebt Kummer und Verzweiflung, auch wenn die Probleme, mit denen er konfrontiert wird, vielleicht nicht in der gleichen Kategorie rangieren wie Tumoren und Thrombosen. Er bekommt Sabotage von innen her zu sehen und zutiefst unglückliche Schicksale. Er sieht, wie Fragen von Liebe und Glück von einer Fläche gereizter Zellen beherrscht werden. Diese Erfahrung hatte Donald gütig gestimmt, auf zurückhaltende, unpersönliche Art. Er sagte, mein Ausschlag sei wahrscheinlich auf Stress zurückzuführen und er könne sehen, dass ich eine wundervolle Frau sein würde, wenn ich nur ein paar Probleme in den Griff bekäme.

Wir luden Sylvia und Nelson zu uns nach oben zum Essen ein, und Sylvia erzählte uns von der winzigen Kleinstadt, aus der sie beide stammten, in Nord-Ontario. Sie erzählte, dass Nelson immer der Klügste in der Klasse und ihrer Schule und wahrscheinlich in der ganzen Stadt gewesen sei. Als sie das sagte, schaute Nelson sie mit einer vollkommen ausdruckslosen, vernichtenden Miene an, einer Miene, die mit unendlicher Geduld und leisester Neugier auf eine Erklärung zu warten schien, bis Sylvia lachte und sagte: »Ich mache natürlich nur Spaß.«

Wenn Sylvia im Krankenhaus Spätschicht hatte, lud ich Nelson manchmal ohne besonderen Anlass ein, mit uns zu essen. Wir gewöhnten uns an sein Schweigen und seine mäßigen Tischmanieren und an die Tatsache, dass er weder Reis noch Nudeln, noch Auberginen, Oliven, Krabben, Avocados oder Paprika aß, und zweifellos auch etliches andere nicht, weil man diese Lebensmittel in der kleinen Stadt in Nord-Ontario nicht kannte.

Nelson sah älter aus, als er war. Er war klein und

untersetzt, von fahler Hautfarbe, ernst, und in seinen Zügen lag eine Andeutung von gereiftem Hohn und lauernder Streitlust, so dass man ihn eher für einen Hockeytrainer oder einen intelligenten, ungebildeten, aufrichtigen und unflätigen Vormann einer Baukolonne gehalten hätte als für einen schüchternen zweiundzwanzigjährigen Studenten.

In der Liebe war er nicht schüchtern. Ich fand ihn erfinderisch und zielstrebig. Die Verlockung war beidseitig, und es war für uns beide die erste Affäre. Auf einer Party hatte ich einmal jemanden sagen hören, eines der schönen Dinge am Verheiratetsein sei, dass man richtige Affären haben könne – eine Affäre vor der Ehe laufe immer Gefahr, nichts zu sein als der Weg in die Ehe. Diese Äußerung entsetzte mich, und mir wurde angst und bange bei dem Gedanken, das Leben könnte sich als so trostlos und trivial erweisen. Doch als meine eigene Affäre mit Nelson begann, staunte ich nur noch. Sie hatte nichts Trostloses oder Triviales, da war nur Schonungslosigkeit und Klarheit der Begierde und prickelndes Gaukelspiel.

Nelson war derjenige, der sich zuerst der Angelegenheit stellte. Eines Nachmittags drehte er sich auf den Rücken und sagte heiser und herausfordernd: »Wir werden weggehen müssen.«

Ich dachte, er meinte, er und Sylvia würden weggehen müssen, weil sie nicht mehr in diesem Haus leben konnten. Aber er meinte sich und mich. »Wir« hieß er und ich. Natürlich hatten er und ich »wir« gesagt, wo es um unsere Verabredungen, unser Vergehen ging. Jetzt hatte er es zum »Wir« unserer Entscheidung gemacht – vielleicht für ein gemeinsames Leben.

Meine Dissertation hatte eigentlich die späten Romane Mary Shelleys zum Thema, die keiner kennt. *Lodore*, *Perkin Warbeck*, *The Last Man*. Aber in Wirklichkeit interessierte ich mich mehr für Marys Leben vor der Zeit, in der sie ihre bitteren Lektionen lernte und ihren Sohn entschlossen zum Baronet erzog. Ich las mit Vorliebe von den anderen Frauen, die sie gehasst oder beneidet oder die schlicht in ihrem Umfeld gelebt hatten: Harriet, Shelleys erste Frau, und Fanny Imlay, Marys Halbschwester, die vielleicht ebenfalls in Shelley verliebt gewesen war, und Marys Stiefschwester, Mary Jane Clairmont, die meinen Namen – Claire – annahm und Mary und Shelley in ihren Flitterwochen ohne Trauschein begleitete, damit sie Byron weiter nachstellen konnte. Ich hatte mich mit Donald oft über die stürmische Mary und den verheirateten Shelley unterhalten und über ihre Treffen am Grab von Marys Mutter, über die Selbstmorde von Harriet und Fanny und die Hartnäckigkeit Claires, die ein Kind von Byron bekam. Nelson gegenüber erwähnte ich jedoch von alledem nichts, teils weil wir wenig Zeit zum Reden hatten und teils weil ich nicht wollte, dass er glaubte, ich würde aus diesem Wirrwarr von Liebe und Verzweiflung, Betrug und Selbstinszenierung irgendwann Trost oder gar Anregungen beziehen. Ich wollte es selbst nicht glauben. Und Nelson war kein Liebhaber des neunzehnten Jahrhunderts oder der Romantik. Das sagte er deutlich. Er sagte, er wolle über die Muckraker-Bewegung arbeiten. Vielleicht sollte das ein Witz sein.

Sylvia verhielt sich nicht wie Harriet. Ihr Empfinden war nicht von Literatur beeinflusst oder verstellt, und als sie dahinterkam, was gelaufen war, brach aus ihr ein gesunder Zorn hervor.

»Du Vollidiot«, sagte sie zu Nelson.

»Du falsche Schlange«, sagte sie zu mir.

Wir saßen zu viert in unserem Wohnzimmer. Donald reinigte und stopfte in einem fort seine Pfeife, klopfte sie aus, steckte sie an, umsorgte und inspizierte sie, zog daran, steckte sie abermals an – alles so sehr wie jemand im Film, dass es mir seinetwegen peinlich war. Dann packte er ein paar Bücher und die neueste Ausgabe von *Macleans* in seine Aktentasche, ging ins Bad, um seinen Rasierer zu holen, und ins Schlafzimmer, um seinen Pyjama zu holen, und verließ das Haus.

Er begab sich geradewegs in die Wohnung einer jungen Witwe, die in seiner Klinik als Sekretärin arbeitete. In einem Brief, den er mir später schrieb, sagte er, dass diese Frau für ihn bis zu jenem Abend nie etwas anderes als eine Freundin gewesen war, doch da sei ihm plötzlich aufgegangen, wie angenehm es sein müsse, eine freundliche und vernünftige, *unneurotische* Frau zu lieben.

Sylvia musste um elf bei der Arbeit sein. Nelson begleitete sie normalerweise zum Krankenhaus – sie hatten kein Auto. An diesem Abend teilte sie ihm mit, sie würde sich lieber von einem Stinktier begleiten lassen.

Damit waren Nelson und ich allein. Die Szene hatte viel weniger Zeit beansprucht, als ich erwartet hatte. Nelson wirkte niedergeschlagen, aber erleichtert, und ich hatte zwar das Gefühl, dass an diesem Abend gründlich mit meiner Vorstellung von der Liebe als mitreißende Flut, als grandioses und aufwühlendes Erlebnis, aufgeräumt worden war, wusste aber, dass ich es auf keinen Fall zeigen durfte.

Wir legten uns aufs Bett, um über unsere Pläne zu reden, und gingen bald dazu über, uns zu lieben, weil das für uns das Gewohnte war. Irgendwann in der Nacht wachte Nelson auf und beschloss, dass es das Beste sei, sich nach unten ins eigene Bett zu begeben.

Ich stand im Dunkeln auf, zog mich an, packte einen Koffer, schrieb einen kurzen Brief und ging zum Telefon an der Ecke und bestellte ein Taxi. Ich nahm den Sechs-Uhr-Zug nach Toronto, der gleich Anschluss nach Vancouver hatte. Es war billiger, den Zug zu nehmen, wenn man bereit war, drei Nächte durchzufahren, und das war ich.

So saß ich am traurigen, langsam dahinschleichenden Vormittag im Tagesabteil und fuhr durch den steilen Fraser Canyon in das regennasse Fraser Valley, wo über allem Rauch hing, den kleinen, tropfenden Häusern, den braunen Kletterpflanzen, den dornigen Büschen und den zusammengedrängten Schafen. Dieses Erdbeben in meinem Leben hatte sich im Dezember ereignet. Weihnachten fiel für mich aus. Der Winter mit seinen Schneewehen und Eiszapfen und belebenden Schneestürmen fiel aus, zu Gunsten dieser trüben Jahreszeit voll Matsch und Regen. Ich litt unter Verstopfung, ich wusste, dass ich Mundgeruch hatte, ich hatte Krämpfe in Armen und Beinen, und meine Stimmung war auf dem Nullpunkt. Und dachte ich damals nicht: Was für ein Unfug ist es zu glauben, ein Mann wäre so anders als der andere, wo doch das Leben letztlich nur darauf hinausläuft, eine anständige Tasse Kaffee zu bekommen und ein Zimmer, in dem man sich ausstrecken kann. Dachte ich damals nicht, dass sich Nelson, selbst wenn er hier neben mir säße, in einen grauen Fremden verwandelt haben würde, dessen Verlassenheit und Missbehagen lediglich eine Fortführung der meinen war?

Nein. Nein. Nelson würde für mich immer noch Nelson sein. Ich hatte mich nicht verändert, was seine Haut und seinen Geruch und seine gefährlichen Augen anging. Anscheinend war mir bei Nelson am ehesten sein Äußeres präsent, während es bei Donald die inneren Regungen und Sympathien waren, die bemühte Freundlichkeit und die geheimen Zweifel, von denen ich durch Betteln und stille Duldung erfahren hatte. Wenn ich meine Liebe für diese beiden Männer nehmen und auf einen einzigen Mann richten könnte, wäre ich eine glückliche Frau. Wenn ich allen auf der Welt so bis ins Kleinste zugetan wäre wie Nelson und so ruhig und ohne sinnliche Begierde, wie ich nunmehr Donald liebte, wäre ich eine Heilige. Stattdessen hatte ich doppelt, scheinbar mutwillig zugeschlagen.

Die regelmäßigen Kunden, die sich zu so etwas wie Freunden entwickelt hatten, waren: eine Frau mittleren Alters, die als Bilanzbuchhalterin arbeitete, aber vorzugsweise solche Bücher las wie *Sechs existentialistische Denker* und *Die Bedeutung der Bedeutung*; ein Provinzbeamter, der prächtige, teure Pornographiebücher einer Art bestellte, die mir bis dahin vollkommen unbekannt gewesen war (ihre reich bebilderten orientalischen oder etruskischen Beispiele erschienen mir grotesk und uninteressant, verglichen mit Nelsons und meinen einfachen, wirksamen, schmerzlich vermissten Ritualen); ein Notar, der hinter seiner Kanzlei am Fuß der Johnson Street wohnte (»Ich wohne im Slum«, erzählte er mir. »Ich warte nur darauf, dass eines Nachts so ein Riesenkraftmeier bei mir um die Ecke torkelt und ›Ste-el-la‹ brüllt.«); und die Frau, die ich später als Charlotte kannte – beim Notar hieß sie nur die Herzogin. Füreinander hatten diese Menschen alle nicht viel übrig, und ein früher Versuch von mir, die Buchhalterin und den Notar miteinander ins Gespräch zu bringen, war nicht von Erfolg gekrönt.

»Verschonen Sie mich mit Damen mit welken, geschminkten Visagen«, sagte der Notar, als er das nächste Mal in den Laden kam. »Ich hoffe, Sie haben sie heute Abend nicht wieder irgendwo in einer Ecke versteckt.«

Es stimmte zwar, dass die Buchhalterin ihr schmales, kluges, fünfzig Jahre altes Gesicht ungeschickt schminkte und sich Augenbrauen malte, die wie zwei dicke Tuschestriche aussahen. Aber was bildete sich der Notar eigentlich ein, mit seinen nikotingelben Zahnstummeln und den vernarbten Wangen?

»Ich hatte den Eindruck, er ist ein ziemlich seichter Mensch«, sagte die Buchhalterin, als hätte sie die über sie gemachten Bemerkungen erraten und tapfer abgewehrt.

Das war's dann wohl mit meinen Verkupplungsversuchen, schrieb ich an Donald. *Und was habe ich mir überhaupt dabei gedacht?* Ich schrieb Donald regelmäßig, schilderte ihm den Laden und die Stadt und sogar, so gut ich konnte, meine eigenen unerklärbaren Gefühle. Er lebte mit Helen, der Sekretärin, zusammen. Auch an Nelson schrieb ich, der vielleicht allein lebte oder auch nicht, der sich vielleicht mit Sylvia versöhnt hatte oder auch nicht. Ich glaubte es nicht. Ich schätzte sie als Frau ein, die an unverzeihliches Verhalten und eindeutige Lösungen glaubte. Er hatte eine neue Adresse. Ich hatte in der Stadtbücherei im Londoner Telefonbuch nachgeschaut. Donald schrieb mir nach anfänglichem Zögern wieder. Er schrieb unpersönliche, mäßig interessante Briefe über gemeinsame Bekannte oder Vorkommnisse in der Klinik. Nelson schrieb überhaupt nicht. Ich ging dazu über, ihm eingeschriebene Briefe zu schicken. Da wusste ich wenigstens, dass er sie abholte.

Charlotte und Gjurdhi mussten den Laden gemeinsam betreten haben, aber ich begriff nicht, dass sie zusammengehörten, bis es für sie Zeit wurde zu gehen. Charlotte war eine dicke, formlose, aber flinke Frau von rosiger Gesichtsfarbe, mit leuchtend blauen Augen und einer dichten Mähne glänzender weißer Haare, die sie wie ein Mädchen offen trug, in Wellen bis über die Schultern. Obwohl es recht warm war, trug sie ein Cape aus dunkelgrauem Samt mit einem schäbigen grauen Pelzbesatz – ein Gewand, das aussah, als gehöre es oder habe es einmal auf die Bühne gehört. Darunter waren ein weites Hemd und karierte Wollhosen zu sehen, und an den breiten, bloßen, staubigen Füßen trug sie Sandalen. Sie klirrte, als trüge sie eine verborgene Rüstung. Ihr nach einem Buch ausgestreckter Arm verriet, was da so klirrte. Armreife – jede Menge, breit und schmal, geschwärzt oder blitzblank. Einige waren mit großen eckigen Steinen besetzt, in der Farbe von Karamell oder Blut.

»Kaum vorzustellen, dass die alte Schwindlerin immer noch durch die Weltgeschichte geistert«, sagte sie zu mir, als knüpfte sie an ein flüchtiges, aber angenehmes Gespräch an.

Sie hatte ein Buch von Anaïs Nin in der Hand.

»Machen Sie sich nichts draus«, sagte sie. »Ich sage schreckliche Dinge. Im Grunde mag ich die Frau sogar. Er ist derjenige, den ich nicht ausstehen kann.«

»Henry Miller?«, fragte ich, weil ich ihr allmählich folgen konnte.

»Genau.« Sie ließ sich weiter über Henry Miller aus, Paris, Kalifornien, in spöttischem, energischem, halb liebevollem Ton. Sie schien zum mindesten Tür an Tür mit den Leuten gelebt zu haben, von denen sie sprach. Schließlich fragte ich naiv, ob das der Fall sei.

»Nein, nein. Ich habe nur das Gefühl, sie alle zu kennen. Nicht persönlich. Oder doch persönlich. Wie soll man sie sonst kennen? Ich meine, ich bin ihnen nie von Angesicht zu Angesicht begegnet. Aber in ihren Büchern? Entspricht das nicht auch ihrer Absicht? Ich kenne sie. Ich kenne sie so gut, dass sie mich langweilen. Wie andere Bekannte auch. Geht es Ihnen nicht ähnlich?«

Sie schlenderte hinüber zu dem Tisch, auf dem ich die Taschenbücher von New Directions ausgelegt hatte.

»Das ist also der neue Haufen«, sagte sie. »Meine

Güte«, sagte sie und machte große Augen beim Anblick der Bilder von Ginsberg und Corso und Ferlinghetti. Sie begann so interessiert zu lesen, dass ich das Nächste, was sie sagte, für eine Zeile aus einem Gedicht hielt.

»Auf dem Weg hier vorbei habe ich Sie gesehen«, sagte sie. Sie legte das Buch hin, und mir ging auf, dass sie mich meinte. »Ich habe Sie hier sitzen sehen, und ich habe mir gedacht, dass eine junge Frau wie Sie wahrscheinlich manchmal gern draußen wäre. In der Sonne. Sie hätten nicht vielleicht Lust, mich einzustellen, damit ich mich hier hinsetze und Sie mal rauskämen?«

»Nun, das würde ich gerne tun –«, sagte ich.

»Ich bin nicht gerade dumm. Eigentlich sogar ziemlich gebildet. Fragen Sie mich nur, von wem Ovids *Metamorphosen* sind. Schon gut, Sie brauchen nicht zu lachen.«

»Das würde ich gerne tun, aber ich kann es mir wirklich nicht leisten.«

»Na ja. Dagegen ist wohl nichts zu sagen. Ich mache nicht viel her. Und ich würde wahrscheinlich einiges verpatzen. Ich würde mich mit den Leuten anlegen, wenn sie Bücher kaufen, die ich nicht leiden kann.« Sie wirkte nicht enttäuscht. Sie nahm *The Dud Avocado* in die Hand und sagte: »Da! Das muss ich kaufen, wegen des Titels.«

Sie stieß einen leisen Pfiff aus, und der Mann, an

den er gerichtet zu sein schien, blickte von dem Tisch mit Büchern auf, die er betrachtet hatte, ziemlich weit hinten im Laden. Ich war mir seiner Anwesenheit bewusst gewesen, aber ich hatte ihn nicht mit ihr in Verbindung gebracht. Ich hielt ihn bloß für einen der Männer, die zufällig von der Straße hereinkommen und sich umschauen, als versuchten sie zu ergründen, was für ein Geschäft dies ist oder wozu die Bücher da sind. Kein Penner oder Bettler und bestimmt niemand, vor dem man Angst haben musste – nur einer von etlichen schäbigen, vollkommen unkommunikativen alten Männern, die beinahe wie die Tauben zum Stadtbild gehören und den ganzen Tag ruhelos in einem bestimmten Bezirk umherlaufen und nie den Leuten ins Gesicht sehen. Er trug einen Mantel, der ihm bis an die Knöchel reichte, aus einem glänzenden, gummierten, leberfarbenen Material, und eine braune Samtkappe mit einer Troddel. Eine Kappe, wie sie wohl ein tatteriger alter Gelehrter oder ein Geistlicher in einem alten englischen Film getragen haben mochte. Es gab also eine Ähnlichkeit zwischen ihnen – sie trugen beide Sachen, die ausrangierte Kostüme aus einer Requisitenkiste hätten sein können. Aber aus der Nähe wirkte er um Jahre älter als sie. Ein langes, gelbliches Gesicht, tabakbraune Hängeaugen, ein unappetitlicher, zottiger Schnurrbart. Ein paar schwache Relikte einstiger Stattlichkeit oder Manneskraft. Eine unterdrückte Wildheit. Er kam auf ihren –

halb ernst, halb wie ein Witz wirkenden – Pfiff hin herbei und stand stumm und geduldig wie ein Hund oder ein Esel daneben, während die Frau sich zu zahlen anschickte.

Damals erhob die Provinz British Columbia eine Verkaufssteuer auf Bücher. In diesem Fall betrug sie vier Cents.

»Die kann ich nicht bezahlen«, sagte sie. »Eine Steuer auf Bücher, das finde ich unmoralisch. Ich würde lieber ins Gefängnis gehen. Stimmen Sie mir nicht zu?«

Ich stimmte ihr zu. Ich wies sie nicht – wie ich es bei jedem anderen getan hätte – darauf hin, dass der Laden mit dieser Begründung nicht um die Steuer herumkommen würde.

»Hör mich einer an«, sagte sie. »Sehen Sie, was diese Regierung mit den Leuten macht? Sie macht sie zu *Volksrednern*.«

Sie steckte das Buch in die Tasche, ohne die vier Cents zu bezahlen, und sie zahlte die Steuer auch künftig nie.

Ich beschrieb die zwei dem Notar. Er wusste sofort, wen ich meinte.

»Ich nenne sie die Herzogin und den Algerier«, sagte er. »Ich kenne ihre Vorgeschichte nicht. Ich finde, er könnte ein ehemaliger Terrorist sein. Sie laufen mit einem Karren durch die Stadt, wie Lumpensammler.«

Ich bekam eine Karte mit einer Einladung zum Abendessen an einem Sonntag. Sie war mit Charlotte unterzeichnet, ohne Familienname, aber Wortwahl und Handschrift waren recht förmlich.

Mein Mann Gjurdhi und ich würden uns freuen –

Bis zu diesem Zeitpunkt hatte ich keine solche Einladung gewollt, und ich hätte es als unangenehm und störend empfunden, eine zu bekommen. Deshalb war ich überrascht, wie sehr ich mich freute. Charlotte bot unzweifelhaft eine Verheißung; sie war anders als die anderen, die ich nur im Laden zu sehen wünschte.

Das Haus, in dem sie wohnten, lag in der Pandora Street. Es war mit senffarbenem Zierputz versehen und hatte ein winziges gefliestes Foyer, das mich an eine öffentliche Toilette erinnerte. Es stank jedoch nicht, und die Wohnung war nicht richtig dreckig, nur wahnsinnig unaufgeräumt. Bücher lagen in Stapeln an den Wänden, und überall hingen schlaffe gemusterte Stoffreste, um die Tapete zu verdecken. Vor dem Fenster hing ein Bambusrollo, die Glühbirnen waren mit buntem – bestimmt leicht entflammbarem – Papier verkleidet, das mit Nadeln festgesteckt war.

»Wie lieb von Ihnen, dass Sie gekommen sind«, rief Charlotte. »Wir haben befürchtet, Sie würden tausend interessantere Dinge zu tun haben, als uns alte Leutchen zu besuchen. Wo können Sie sich setzen? Wie wäre es hier?« Sie nahm einen Stapel Zeitschriften von einem Korbsessel. »Ist er bequem? Er macht so interessante Geräusche, der Korb. Manchmal sitze ich hier ganz allein, und dann fängt der Sessel an zu knarren und zu knacken, als ob wirklich jemand darauf hin und her rutschte. Ich könnte sagen, es sei ein Geist, aber ich kann mich nicht dazu durchringen, solchen Unsinn zu glauben. Ich hab's versucht.«

Gjurdhi schenkte einen süßen gelben Wein aus. Für mich ein langstieliges Glas, das nicht entstaubt worden war, für Charlotte ein Whiskyglas, für sich selbst einen Plastikbecher. Mir schien es unmöglich, dass aus der winzigen Kochnische, wo Lebensmittel und Töpfe und Geschirr bunt durcheinander gestapelt waren, ein Essen kommen sollte, aber es roch lecker nach Brathähnchen, und schon bald trug Gjurdhi den ersten Gang auf – Platten mit frischen Gurkenscheiben, Schüsseln mit Joghurt. Ich saß auf dem Korbsessel und Charlotte auf dem einzigen Lehnstuhl. Gjurdhi saß auf dem Fußboden. Charlotte trug ihre Hose und ein rosenrotes T-Shirt, unter dem sich ihr ungestützter Busen abzeichnete. Sie hatte sich die Fußnägel passend zum T-Shirt lackiert. Ihre Armreife schlugen laut gegen den Teller, wenn sie sich Gurke nahm. (Wir aßen mit den Fingern.) Gjurdhi trug seine Kappe und einen dunkelroten seidigen Hausmantel über der Hose. Mit dem Muster hatten sich Flecken vermengt.

Nach der Gurke aßen wir Hähnchen mit Rosinen

und goldenen Gewürzen und Sauerteigbrot und Reis. Charlotte und ich bekamen Gabeln, aber Gjurdhi nahm seinen Reis mit Brot auf. Ich dachte in den folgenden Jahren oft an dieses Mahl zurück, als ähnliche Mahlzeiten, die gleiche formlose Art zu sitzen und zu essen, und zu einem gewissen Maß selbst die Einrichtung des Zimmers und seine Unordnung modern und vertraut geworden waren. Mein Bekanntenkreis, ich eingeschlossen, verzichtete – eine Zeitlang – auf Esstische, einheitliche Weingläser und bis zu einem gewissen Grad auf Bestecke und Stühle. Wenn ich irgendwo eingeladen war oder mich selbst darin versuchte, Gäste auf diese Weise zu unterhalten, dachte ich häufig an Charlotte und Gjurdhi und den Beigeschmack echter Entbehrung zurück, an die Authentizität des Prekären, die diese beiden so anders machte als all diese späteren Nachahmungen. Damals war mir das alles völlig neu, und ich war zugleich verunsichert und entzückt. Ich hoffte, mich der Exotik würdig zu erweisen, aber nicht über Gebühr strapaziert zu werden.

Bald wandte sich das Gespräch Mary Shelley zu. Ich führte die Titel der späten Romane auf, und Charlotte sagte träumerisch: »Per-kin War-beck. War das nicht derjenige – war das nicht derjenige, der vorgab, ein kleiner Prinz zu sein, und der im Tower ermordet wurde?«

Sie war der einzige Mensch, dem ich je begegnet

war – und der kein Historiker, kein Historiker der Tudorzeit war –, der das wusste.

»Daraus könnte man gut einen Film machen«, sagte sie. »Glauben Sie nicht? Die Frage, die sich mir bei solchen Hochstaplern immer aufdrängt, ist, für wen halten die sich eigentlich selbst? Glauben sie an ihre Behauptung, oder was? Aber noch besser wäre ein Film über Mary Shelleys eigenes Leben, oder? Es wundert mich, dass den noch keiner gedreht hat. Was meinen Sie, wer sollte Mary spielen? Nein. Nein, fangen wir lieber zuerst mit Harriet an. Wer müsste Harriet spielen?

Eine, die sich als Ertrunkene gut macht«, sagte sie und riss ein goldenes Stück vom Hähnchen ab. »Elizabeth Taylor? Zu kleine Rolle. Susannah York?

Wer war der Vater?«, sinnierte sie und meinte Harriets ungeborenes Kind. »Ich glaube nicht, dass es Shelley war. Das habe ich nie geglaubt. Sie?«

Das war alles sehr nett, sehr amüsant, aber ich hatte gehofft, wir würden zu Erklärungen vordringen – persönlichen Bekenntnissen, wenn auch nicht gleich Vertraulichkeiten. So etwas durfte man bei solchen Anlässen doch erwarten. Hatte Sylvia nicht an meinem Tisch von der Stadt in Nord-Ontario erzählt und davon, dass Nelson der Schlaueste an der ganzen Schule war? Es erstaunte mich, festzustellen, wie sehr ich darauf brannte, endlich meine Geschichte zu erzählen. Donald und Nelson – ich freute mich darauf, jemandem die Wahrheit, oder wenigstens einen Teil der Wahrheit, in all ihrer verletzenden Komplexität zu erzählen, jemandem, der nicht überrascht oder empört sein würde. Ich hätte gern in guter Gesellschaft über mein Verhalten nachgedacht. Hatte ich Donald als Vaterfigur benutzt – oder als Elternersatz, da meine Eltern beide verstorben waren? Hatte ich ihn verlassen, weil ich auf *sie* wütend war, weil sie mich verlassen hatten? Was bedeutete Nelsons seltsames Schweigen, und war es jetzt endgültig? (Andererseits glaubte ich, lieber niemandem von dem Brief erzählen zu wollen, der letzte Woche an mich zurückgegangen war, mit der Bemerkung »unbekannt verzogen«.)

Das war aber nicht das, was Charlotte im Sinn hatte. Es ergab sich keine Gelegenheit zu einem Austausch. Nach dem Hähnchen wurden das Weinglas, das Whiskyglas und der Plastikbecher abgeräumt und mit einem extrem süßen rosafarbenen Sorbet gefüllt, das sich leichter trinken als mit dem Löffel essen ließ. Dann folgten kleine Tassen mit unglaublich starkem Kaffee. Als der Raum dunkler wurde, zündete Gjurdhi zwei Kerzen an, und eine davon bekam ich ins Bad mit, das sich als Klo mit Dusche erwies. Charlotte sagte, das Licht sei ausgefallen.

»Irgendwelche Reparaturen«, sagte sie. »Oder sie haben keine Lust. Ich glaube wirklich, sie schalten den Strom nach Lust und Laune ein und aus. Aber zum Glück haben wir unseren Gasherd. Solange wir den

Gasherd haben, können wir über ihre Launen lachen. Ich bedaure nur, dass wir keine Musik haben können. Ich wollte Ihnen ein paar alte politische Lieder vorspielen – ›I dreamed I saw Joe Hill last night‹«, sang sie in einem spöttischen Bariton. »Kennen Sie das?«

Ich kannte es in der Tat. Donald und ich hatten es gesungen, wenn er beschwipst war. Normalerweise hatten die Leute, die »Joe Hill« sangen, wenn auch vage, so doch erkennbare politische Sympathien, aber bei Charlotte konnte ich mir das nicht vorstellen. Sie würde nicht nach Sympathien oder Prinzipien handeln. Sie würde mit dem spielen, was andere Leute ernst nahmen. Ich war nicht sicher, was ich von ihr halten sollte. Ich spürte nicht einfach Zuneigung oder Hochachtung. Sondern eher den Wunsch, mich mit Selbstverständlichkeit in ihrem Element zu bewegen. Heiter zu sein, selbstironisch, leicht maliziös, unauslöschbar.

Gjurdhi war seinerseits dazu übergegangen, mir ein paar von den Büchern zu zeigen. Wie war es dazu gekommen? Wahrscheinlich durch eine Bemerkung von mir – wie viele es seien oder dergleichen –, als ich auf dem Weg von der Toilette zurück ins Zimmer über einige stolperte. Er holte Bücher mit Leder- und Kunstledereinbänden hervor – woher sollte ich den Unterschied kennen? –, mit marmoriertem Vorsatzpapier, Aquarellfrontispizen, Stahlstichen. Zuerst glaubte ich, von mir wäre nichts verlangt als Bewunderung, und bewunderte alles. Aber dicht an meinem Ohr wurden Zahlen genannt – Geldbeträge –, waren das die ersten deutlichen Worte, die ich Gjurdhi je hatte sagen hören?

»Ich handle nur mit neuen Büchern«, sagte ich. »Diese sind wunderschön, aber ich verstehe wirklich nichts davon. Das ist ein ganz anderes Geschäft, mit solchen Büchern.«

Gjurdhi schüttelte den Kopf, als hätte ich ihn nicht verstanden, und als wollte er sich jetzt erneut, diesmal deutlich, zu erklären versuchen. Er wiederholte den Preis mit mehr Nachdruck in der Stimme. Dachte er, ich wolle mit ihm feilschen? Oder erzählte er mir vielleicht, wie viel er für das Buch ausgegeben hatte? Es konnte auch sein, dass wir ein spekulatives Gespräch über den Preis führten, den es erzielen könnte – und nicht darüber, ob ich es kaufen sollte.

Ich sagte immer wieder nein und ja und bemühte mich, diese Antworten passend abzuwechseln. *Nein*, ich kann sie nicht für meinen Laden nehmen. *Ja*, sie sind sehr schön. *Nein*, wirklich, es tut mir leid, ich bin nicht die Richtige, um das zu beurteilen.

»Wenn wir in einem anderen Land lebten, hätten Gjurdhi und ich vielleicht etwas machen können«, sagte Charlotte unterdessen. »Oder wenn wenigstens die Filmwirtschaft hierzulande je in Gang gekommen wäre. Das hätte ich liebend gerne gemacht. Beim Film gearbeitet. Als Komparsen. Oder vielleicht sind wir nicht farblos genug, um als Komparsen zu taugen, vielleicht hätten sie uns kleine Rollen gegeben. Ich glaube, Komparsen müssen Leute sein, die in der Menge nicht auffallen, damit man sie immer wieder einsetzen kann. Gjurdhi und ich sind einprägsamer. Gjurdhi vor allem – aus dem Gesicht ließe sich was machen.«

Sie schenkte dem zweiten Gespräch, das entstanden war, keinerlei Beachtung, sondern redete weiter mit mir und schüttelte gelegentlich nachsichtig den Kopf über Gjurdhi, wie um zu zeigen, dass sie sein Verhalten anziehend, wenn auch vielleicht aufdringlich fand. Ich musste leise mit ihm reden, zu einer Seite hin, und ihr dabei ständig zur Antwort zunicken.

»Sie sollten sie wirklich ins Antiquariat bringen«, sagte ich. »Ja, sie sind sehr schön. Bücher wie diese kommen für mich nicht in Frage.«

Gjurdhi jammerte nicht, er hatte nichts Schmeichelndes. Er war eher gebieterisch. Als wollte er mir etwas befehlen und würde empört sein, wenn ich dem nicht nachkäme. In meiner Verwirrung nahm ich mir noch von dem gelben Wein und schenkte ihn mir in das ungespülte Sorbetglas. Das war vermutlich eine schwere Beleidigung. Gjurdhi wirkte schrecklich verstimmt.

»Können Sie sich in modernen Romanen Illustrationen vorstellen?«, sagte Charlotte, sich endlich darauf einlassend, die beiden Gespräche zu verknüpfen.

»Zum Beispiel bei Norman Mailer? Sie müssten abstrakt sein. Meinen Sie nicht? So was wie Stacheldraht und Kleckse?«

Ich ging mit Kopfschmerzen nach Hause, war gereizt und fühlte mich unzulänglich. Ich war schlicht verklemmt, wenn Kaufen und Verkaufen mit Gastfreundschaft vermengt wurde. Ich hatte mich vielleicht ungeschickt verhalten, ich hatte sie enttäuscht. Und sie hatten mich enttäuscht. Warum hatten sie mich eingeladen?

Ich hatte Heimweh nach Donald, wegen »Joe Hill«.

Außerdem überkam mich Sehnsucht nach Nelson, verursacht durch einen Ausdruck, den ich in Charlottes Gesicht wahrnahm, als ich ging. Ein genießerischer zufriedener Blick, von dem ich wusste, dass er mit Gjurdhi zu tun hatte, obwohl ich es kaum glauben wollte. Sobald ich die Treppe hinunter war, dachte ich, sobald ich aus dem Gebäude auf die Straße hinaustrat, würde oben ein geiles und knochiges, schlangenglattes, gelbliches, liederliches altes Tier, ein räudiger, aber ungestümer alter Tiger zwischen den Büchern und dem schmutzigen Geschirr umherspringen und auf altbekannte Weise wüten.

Einen oder zwei Tage darauf bekam ich einen Brief von Donald. Er wollte sich scheiden lassen, damit er Helen heiraten konnte.

Ich stellte eine Aushilfe ein, eine Studentin, für ein paar Stunden am Nachmittag, damit ich zur Bank gehen und die Büroarbeit erledigen konnte. Als Charlotte sie zum ersten Mal sah, trat sie zu ihr an den Schreibtisch und klopfte auf einen Stapel Bücher, der zum schnellen Verkauf bereitlag.

»Schicken die Chefs jetzt ihre kleinen Angestellten los, so was zu kaufen?«, sagte sie. Das junge Mädchen lächelte vorsichtig und gab keine Antwort.

Charlotte hatte recht. Es war ein Buch mit dem Titel *Psycho-Kybernetik*, über die Entwicklung eines positiven Selbstbildes.

»Sie waren schlau, sie an meiner Stelle zu nehmen«, sagte Charlotte. »Sie sieht viel flotter aus, und sie wird nicht den Mund aufreißen und die Kunden abschrecken. Sie wird ihre Ansichten für sich behalten.«

»Über diese Frau muss ich Ihnen etwas erzählen«, sagte die Aushilfe, nachdem Charlotte gegangen war.

Was dann kam, ist uninteressant.

»Was heißt das?«, fragte ich. Aber ich war nicht ganz bei der Sache gewesen, an diesem dritten Nachmittag im Krankenhaus. Im letzten Abschnitt von Charlottes Geschichte hatte ich an eine Sonderbestellung gedacht, die nicht gekommen war, ein Buch über Kreuzfahrten im Mittelmeer. Und ich hatte an den Notar gedacht, der am Abend zuvor zusammengeschlagen worden war, in seinem Büro in der Johnson

Street. Er war nicht tot, aber es konnte sein, dass er erblindet war. Ein Raubüberfall? Oder ein Racheakt, eine Gräueltat, die mit einer Ebene seines Lebens zu tun hatte, von der ich nichts ahnte?

Melodrama und Durcheinander ließen den Ort für mich normaler erscheinen, aber weniger greifbar.

»Natürlich ist das interessant«, entgegnete ich. »Alles. Es ist eine faszinierende Geschichte.«

»Faszinierend«, wiederholte Charlotte affektiert. Sie verzog das Gesicht, so dass sie aussah wie ein Baby, das einen Löffel voll Brei wieder ausspuckt. Ihre Augen, die noch fest auf mich gerichtet waren, schienen die Farbe zu verlieren, ihr kindliches, leuchtendes und selbstherrliches Blau. Gereiztheit wandelte sich zu Entrüstung. Zu einem Ausdruck wütender Entrüstung und unsäglicher Müdigkeit – wie sie Leute vielleicht vor dem Spiegel zeigen, aber kaum jemals voreinander. Vermutlich aufgrund der Gedanken, die mir ohnehin durch den Kopf gingen, fiel mir ein, dass Charlotte sterben könnte. Sie konnte jeden Moment sterben. In diesem Moment. Jetzt.

Sie zeigte auf das Wasserglas mit dem krummen Plastikhalm. Ich hielt ihr das Glas so hin, dass sie trinken konnte, und stützte ihr den Kopf. Ich konnte die Wärme ihrer Kopfhaut spüren, ein Pochen unten am Hinterkopf. Sie trank gierig, und der schreckliche Ausdruck wich aus ihrem Gesicht.

Sie sagte: »Abgestanden.«

»Ich glaube, daraus ließe sich ein ausgezeichneter Film machen«, sagte ich und ließ sie sachte wieder auf die Kissen sinken. Sie packte mein Handgelenk und ließ wieder los.

»Wo haben Sie die Idee her?«, fragte ich.

»Aus dem Leben«, sagte Charlotte undeutlich. »Warten Sie einen Augenblick.« Sie wandte den Kopf ab, als müsste sie ungestört etwas ordnen. Dann fing sie sich und erzählte noch ein wenig weiter.

Charlotte starb nicht. Zumindest starb sie nicht im Krankenhaus. Als ich am nächsten Nachmittag, ziemlich spät, hinkam, war ihr Bett leer und frisch bezogen. Die Schwester, die sich bereits mit mir unterhalten hatte, versuchte gerade bei der an den Stuhl geschnallten Frau Fieber zu messen. Sie lachte, als sie mein Gesicht sah.

»Oh, nein!«, sagte sie. »Das nicht. Sie ist heute Morgen entlassen worden. Ihr Mann hat sie abgeholt. Wir wollten sie in eine Langzeitklinik draußen in Saanich überweisen, und er sollte sie hinbringen. Er sagte, das Taxi warte unten vor der Tür. Dann haben wir durch einen Anruf erfahren, dass sie da überhaupt nicht aufgetaucht sind! Sie waren beim Abschied bester Stimmung. Er brachte ihr einen Haufen Geld, und sie warf die Scheine in die Luft. Ich weiß nicht, vielleicht waren es bloß einzelne Dollarscheine. Aber wir haben keine Ahnung, wo sie abgeblieben sind.«

Ich machte mich zum Wohnhaus in der Pandora Street auf. Ich dachte, sie wären vielleicht einfach nach Hause gefahren. Vielleicht hatten sie die Wegbeschreibung zum Pflegeheim verloren und mochten nicht fragen. Vielleicht hatten sie beschlossen, um jeden Preis zusammen in ihrer Wohnung zu bleiben. Vielleicht hatten sie das Gas aufgedreht.

Zuerst konnte ich das Haus nicht finden und dachte, ich hätte mich in der Nummer geirrt. Aber ich erinnerte mich noch an den Eckladen und an einige der Häuser. Das Haus war verändert – das war die Erklärung. Es war nun rosa verputzt; man hatte große neue Fenster und Glastüren eingebaut; kleine Balkons mit gusseisernem Geländer. Die eleganten Balkons waren weiß gestrichen, das ganze Haus sah aus wie ein Eiscafé. Zweifellos war es auch innen renoviert worden, und man hatte die Mieten heraufgesetzt, so dass Leute wie Charlotte und Gjurdhi keine Hoffnung mehr hatten, dort wohnen bleiben zu können. Ich las die Namen an der Tür, und natürlich war ihrer verschwunden. Sie mussten schon vor einiger Zeit ausgezogen sein.

Das umgebaute Wohnhaus schien eine Botschaft für mich zu haben. Sie hatte das Verschwinden zum Inhalt. Ich wusste, dass Charlotte und Gjurdhi nicht wirklich verschwunden waren – sie waren irgendwo, tot oder lebendig. Aber für mich waren sie verschwunden. Und deshalb – nicht etwa, weil ich ihren

Verlust nicht verschmerzen konnte – wurde ich von einem Entsetzen erfasst, das mich weit mehr verunsicherte als alle kleinen Anwandlungen von Reue, die mir im Lauf des letzten Jahres zu schaffen gemacht hatten. Ich hatte den Boden unter den Füßen verloren. Ich musste in meinen Laden zurück, damit meine Aushilfe Feierabend machen konnte, aber ich hatte das Gefühl, genauso gut einen anderen Weg einschlagen zu können, irgendeinen x-beliebigen Weg. Meine Verbindung war in Gefahr – das war alles. Manchmal reißt unsere Verbindung, sie ist gefährdet, scheint fast verloren. Anblicke und Straßen geben sich fremd, die Luft wird dünn. Hätten wir dann nicht lieber ein Geschick, in das wir uns fügen müssen, etwas, das einen Anspruch auf uns erhebt, egal was, alles andere als diese dürftigen Optionen, diese austauschbaren Tage?

Auf einmal ließ ich mich gehen und malte mir ein Leben mit Nelson aus. Wenn ich es mir genau ausgemalt hätte, dann wäre dies dabei herausgekommen:

Er kommt nach Victoria. Aber ihm sagt die Vorstellung nicht zu, im Geschäft zu arbeiten, andere Leute zu bedienen. Er findet einen Posten als Lehrer an einer Jungenschule, einer Nobelschule, wo die Unterschichtszähigkeit in seinem Aussehen, seine verletzenden Umgangsformen ihn bald zum Liebling werden lassen.

Wir ziehen aus der Wohnung in The Dardanelles in

einen geräumigen Bungalow ein paar Straßen vom Meer. Wir heiraten.

Doch das ist der Anfang einer Phase der Entfremdung. Ich werde schwanger. Nelson verliebt sich in die Mutter eines Schülers. Ich verliebe mich in einen Assistenzarzt, den ich im Kreißsaal kennenlerne.

Wir überwinden das alles – Nelson und ich zusammen. Wir bekommen ein zweites Kind. Wir finden Freunde, Möbel, Rituale. Wir gehen zu bestimmten Jahreszeiten auf zu viele Partys und reden regelmäßig davon, ein neues Leben beginnen zu wollen, irgendwo weit weg, wo wir niemanden kennen.

Wir werden uns fremd und wieder nah – fremd, nah –, immer und immer wieder.

Als ich in den Laden trat, fiel mir auf, dass in der Nähe der Tür ein Mann stand, der halb ins Schaufenster blickte, halb die Straße hinauf und dann in meine Richtung. Es war ein kleiner Mann im Trenchcoat und mit Filzhut. Ich hatte den Eindruck, er sei verkleidet. Aus Spaß verkleidet. Er kam auf mich zu und stieß mich an der Schulter an, und ich schrie auf, als hätte ich den Schock meines Lebens bekommen, und damit hatte ich ganz recht. Denn es war wirklich Nelson, der gekommen war, um mich zurückzuholen. Oder zumindest, um mich zu stellen und zu sehen, was passieren würde.

Wir sind sehr glücklich geworden.
Ich habe mich oft vollkommen allein gefühlt.
Es gibt in diesem Leben immer etwas zu entdecken.
Die Tage und die Jahre sind in einer Art Nebel verflogen.
Im Ganzen bin ich zufrieden.

Als Lottar den Hof des Bischofs verließ, war sie in einen langen Umhang gehüllt, den man ihr gegeben hatte, vielleicht, um ihre zerlumpten Kleider zu verdecken, vielleicht, um ihren Geruch einzudämmen. Der Diener des Konsuls sprach Englisch mit ihr, als er ihr sagte, wohin sie gingen. Sie konnte ihn verstehen, aber sie konnte nicht antworten. Es war noch nicht ganz dunkel. Sie konnte im Bischofsgarten noch die blassen Formen von Rosen und Apfelsinen erkennen.

Der Diener des Bischofs hielt ihnen das Tor auf.

Den Bischof hatte sie nie zu Gesicht bekommen. Und den Franziskaner hatte sie nicht mehr gesehen, seit er dem Diener des Bischofs ins Haus gefolgt war. Jetzt, im Gehen, rief sie nach ihm. Sie wusste keinen Namen, den sie hätte rufen können, deshalb rief sie: »Xoti! Xoti! Xoti!«, was in der Sprache der Ghegs »Führer« oder »Meister« heißt. Aber es kam keine Antwort, und der Konsulatsdiener schwang seine Laterne ungeduldig in die Richtung, in die sie gehen sollte. Ihr Licht fiel zufällig auf den Franziskaner, der halb verborgen hinter einem Baum stand. Es war ein kleiner Apfelsinenbaum. Sein Gesicht blickte in dem

Lichtschein bleich wie die Apfelsinen aus den Zweigen, alle dunkle Farbe wie ausgewaschen. Es war ein fahles Gesicht, das da im Baum hing, der wehmütige Ausdruck völlig unpersönlich und ohne jeden Anspruch, wie der Ausdruck, den man im Gesicht eines frommen, aber stolzen Apostels in einem Kirchenfenster sehen mochte. Dann war es fort, und aus ihrem Körper war alle Luft entwichen, zu spät, wie sie wusste.

Sie rief und rief nach ihm, und als das Schiff im Hafen von Triest anlegte, wartete er am Kai.

Offene Geheimnisse

An einem Samstagmorgen
Nach einem Regenguss
Zog die alte Miss Johnstone
Mit sieben Mädchen zum Fluss.

»Und beinahe wären sie gar nicht losgegangen«, sagte Frances. »Wegen des Wolkenbruchs am Samstagmorgen. Sie stellten sich eine halbe Stunde im Keller der United Church unter, und sie sagte fröhlich: Ach, das hört gleich wieder auf – meine Ausflüge fallen nie ins Wasser! Ich wette, jetzt wünscht sie, er wäre ausgefallen. Dann wäre das nun eine ganz andere Geschichte.«

Es hörte tatsächlich auf zu regnen, sie marschierten tatsächlich los, und es wurde, kaum waren sie unterwegs, so heiß, dass Miss Johnstone sie an einem Farmhaus haltmachen ließ, wo die Frau ihnen Coca-Cola brachte und der Mann ihnen erlaubte, den Gartenschlauch anzustellen und sich abzukühlen. Sie rissen einander den Schlauch aus den Händen und tollten herum, und Frances behauptete, Mary Kaye hätte gesagt, Heather Bell sei die Schlimmste gewesen, die Übermütigste. Sie habe sich den Schlauch geschnappt und den Wasserstrahl auf die anderen gerichtet, auf alle verbotenen Stellen.

»Sie werden versuchen, sie als arme Unschuld hinzustellen, aber dem widersprechen die Tatsachen völlig«, sagte Frances. »Es könnte sein, dass alles abgesprochen war, dass sie mit jemandem eine Verabredung hatte. Ich meine, mit einem Mann.«

Maureen sagte: »Das halte ich für ziemlich weit hergeholt.«

»Jedenfalls glaube ich nicht, dass sie ertrunken ist«, sagte Frances. »Das glaube ich einfach nicht.«

Die Wasserfälle am Peregrine River waren nicht zu vergleichen mit denen, die man sonst auf Bildern sieht. Sie waren bloß Wasser, das über Kalksteinstufen stürzte, von denen keine mehr als gerade einmal übermannshoch war. Hinter dem niederprasselnden Vorhang aus Wasser gab es einen kleinen Platz, auf den man sich stellen konnte, und in den Kalkfelsen ringsum lagen glattwandige Becken nicht viel größer als Badewannen, in denen das Wasser gefangen und warm war. Man müsste schon ziemlich entschlossen sein, um darin zu ertrinken. Trotzdem hatten sie dort nachgeschaut – die anderen Mädchen waren herumgelaufen und hatten Heathers Namen gerufen und alle Wasserbecken inspiziert, ja sie hatten sogar die

Köpfe in die trockene Höhle hinter dem lauten Vorhang aus Wasser gesteckt. Sie waren rufend auf dem nackten Fels umhergesprungen und waren schließlich von Kopf bis Fuß durchnässt, weil sie immer wieder durch den Vorhang hinein und hinaus getaucht waren. Bis Miss Johnstone laut schrie und sie zurückbeorderte.

Sie waren Lucille Chambers
Und Betsy und Eva Trowell
Und Ginny Bos und Robin Sands
und Mary Kaye Trevelyan und die arme Heather Bell.

»Mehr als sieben hatte sie nicht zusammenbekommen«, sagte Frances. »Und für jede gab es einen Grund. Robin Sands als Arzttochter. Lucille Chambers als Pastorentochter. Die kommen nicht drum herum. Die Trowells – sind vom Land. Immer froh, wenn sie irgendwo dabei sein können. Ginny Bos, das gelenkige Äffchen – die ist zum Schwimmen und zum Blödsinnmachen dabei. Mary Kaye wohnt neben Miss Johnstone. Das sagt genug. Und Heather Bell ist gerade zugezogen. *Und* ihre *Mutter* war ebenfalls übers Wochenende weg – ja, die hat die Gelegenheit beim Schopf gepackt, selbst auf Entdeckungsreise zu gehen.«

Seit Heather Bells Verschwinden während des alljähr-
lichen Wanderausflugs der C. G. I. T. – »Canadian
Girls in Training« – zu den Wasserfällen am Peregrine
River waren etwa 24 Stunden vergangen. Mary Johnstone, die derzeit Anfang sechzig war, hatte die Wanderung schon viele Jahre durchgeführt, schon seit vor
dem Krieg. Früher waren jedes Jahr mindestens zwei
Dutzend Mädchen an einem Samstagmorgen im Juni
auf der County Road hinausgezogen. Alle in marine-
blauen Shorts und weißen Blusen, mit roten Halstüchern. Auch Maureen war dabei gewesen, vor mehr
als zwanzig Jahren.

Miss Johnstone ließ sie jedes Mal dasselbe Lied an-
stimmen.

> *Für die Schönheit, die auf Erden wohnt,*
> *Für die Schönheit hoch am Himmel droben,*
> *Für die Liebe, die uns von Geburt belohnt,*
> *Dafür lasset Gott uns loben –*

Und jedes Mal war leise, aber deutlich neben den
Worten des Kirchenlieds ein anderer Text zu hören:

> *Für den Anblick von Miss Johnstones Po,*
> *Wie er watschelt sacht auf stillen Straßen.*
> *Wir sind die Idioten, die singen so froh –*
> *Ach, wie wir die Kröte hassen.*

Ob sich noch sonst jemand in Maureens Alter an diesen Text erinnerte? Alle, die noch in der Stadt wohnten, waren Mütter – sie hatten Töchter, die alt genug waren, mit auf die Wanderung zu gehen, und älter. Sie würden sich mütterlich korrekt über die ordinäre Sprache aufregen. Durch Kinder veränderte man sich. Durch sie stand man so klar auf der Seite der Erwachsenen, dass bestimmte Züge – Züge von früher – vollständig ausgemerzt und abgelegt werden konnten. Beruf und Ehe taten es nicht ganz – die erreichten bloß, dass man sich so *verhielt*, als wüsste man davon nichts mehr.

Maureen hatte keine Kinder.

Maureen saß mit Frances Wall bei Kaffee und Zigaretten am Frühstückstisch, der in die alte Speisekammer gequetscht worden war, unter die hohen Glasschränke. Das war 1965, in Maureens Haus in Carstairs. Sie wohnte seit acht Jahren in dem Haus, aber sie hatte noch immer das Gefühl, sich darin auf ziemlich schmaler Spur zu bewegen, von einem Platz, an dem sie sich heimisch fühlte, zu einem anderen. Dieses Eckchen hatte sie sich eingerichtet, damit es neben dem großen Tisch im Esszimmer einen zweiten Essplatz gab, und den Wintergarten hatte sie mit neuen chintzbezogenen Sitzmöbeln ausgestattet. Es kostete immer viel Mühe, ihren Mann zu Neuerungen zu bewegen. Die großen Zimmer nach vorne standen voll mit teuren, schweren Möbeln aus Eiche und

Nussbaum, und an den Fenstern hingen Brokatvorhänge in Grün und Altrosa, wie in einem nobel wirkenden Hotel – dort etwas zu verändern war undenkbar.

Frances arbeitete für Maureen im Haus, aber nicht wie eine Bedienstete. Sie waren Cousinen, obschon Frances fast eine Generation älter war. Sie hatte schon viele Jahre in dem Haus gearbeitet, als Maureen einzog – sie hatte für die erste Frau gearbeitet. Manchmal sagte sie »Missus« zu Maureen. Es war ein Scherz, halb freundlich gemeint und halb nicht. Wie viel haben die Koteletts gekostet, Missus? Oh, da haben sie dich aber übers Ohr gehauen! Frances sagte Maureen auch gern, dass sie mittschiffs allmählich breit werde und dass ihr die Hochfrisur nicht stehe, so auftoupiert und mit Spray gesichert wie eine umgekehrte Rührschüssel. Und das, obwohl Frances selbst dick war wie ein Mops, mit grauem Haar, das ihr wie Dorngestrüpp um den Kopf stand, und einem unscheinbaren, dummdreisten Gesicht. Maureen fand sich eigentlich nicht schüchtern – ihr Aussehen war stattlich –, und inkompetent war sie gewiss nicht, hatte sie doch die Kanzlei ihres Mannes gemanagt, bevor sie (wie sie und er beide gern sagten) zur Herrin seines Hauses »befördert« worden war. Sie dachte manchmal, sie sollte versuchen, Frances zu mehr Respekt zu erziehen – aber sie brauchte jemanden zum Kabbeln und Spaßmachen im Haus. Mit anderen

Frauen zu klatschen war wegen der Position ihres Mannes unmöglich, und sie glaubte auch nicht, dass es ihrer Natur entsprochen hätte, aber Frances ließ sie ziemlich viele Gehässigkeiten und wilde, überzeugte Herzlosigkeiten durchgehen.

(Zum Beispiel das, was Frances über Heather Bells Mutter und über Mary Johnstone und den Wanderausflug allgemein äußerte. Frances glaubte sich dazu befugt, weil Mary Kaye Trevelyan ihre Enkelin war.)

Mary Johnstone war eine Frau, deren Namen man in Carstairs kaum in den Mund nehmen durfte, ohne das Wort »wunderbar« hinzuzufügen. Sie hatte Kinderlähmung gehabt und war fast daran gestorben, im Alter von dreizehn oder vierzehn Jahren. Daher die kurzen Beine, der kurze, breite Rumpf, die schiefen Schultern und der leicht verdrehte Hals, weswegen ihr Kopf stets ein wenig zu einer Seite geneigt war. Sie hatte Buchhalterin gelernt, sie hatte bei Douds in der Fabrik eine Stelle im Büro gefunden, und sie hatte ihre Freizeit jungen Mädchen gewidmet, wobei sie oft betonte, dass ihr noch kein schlechtes Mädchen untergekommen war, sondern nur manche, die irregeleitet waren. Jedes Mal, wenn Maureen Mary Johnstone auf der Straße oder in einem Geschäft begegnete, schrumpfte sie innerlich. Zuerst kamen das forschende Lächeln, die zudringlich in den deinen lesenden Augen, die Freude an jedem Wetter – ob Wind oder Hagel, Sonne oder Regen, jedes hatte etwas für sich –, und dann lachend die Frage: *Und was treiben Sie so, Mrs Stephens?* Mary Johnstone ließ es sich nie nehmen, »Mrs Stephens« zu sagen, aber sie sagte es, als wäre es eine Anrede in einem Spiel und als dächte sie die ganze Zeit: Es ist nur Maureen Coulter. (Die Coulters waren genau wie die von Frances erwähnten Trowells – vom Land. Nicht mehr, nicht weniger.) *Was haben Sie in letzter Zeit Interessantes getrieben, Mrs Stephens?*

Maureen hatte dann immer das Gefühl, ihr werde ein Messer auf die Brust gesetzt und sie könne nichts dagegen tun; sie werde zu irgendetwas herausgefordert, wahrscheinlich ihrer glücklichen Heirat und ihres hochgewachsenen, gesunden Körpers wegen, dessen einziger Fluch ein verborgener war – ihre Eileiter waren abgebunden, um sie empfängnisunfähig zu machen –, und wegen ihrer rosigen Haut und kastanienbraunen Haare und wegen ihrer Kleidung, auf die sie viel Geld und Zeit verwendete. So als stehe sie in Mary Johnstones Schuld und habe etwas niemals genauer Bestimmtes gutzumachen. Oder als könne Mary Johnstone mehr Mängel an ihr finden, als Maureen sich selbst eingestehen möchte.

Auch Frances konnte Mary Johnstone nicht leiden, schlicht und einfach deswegen, weil sie niemanden leiden konnte, der sich zu wichtig nahm.

Miss Johnstone hatte sie vor dem Frühstück auf eine kleine Wanderung mitgenommen – wie jedes Jahr –, auf den Felsen, den Kalksteinblock, der hoch über dem Peregrine River aufragte und in diesem Teil des Landes eine solche Seltenheit war, dass er keinen anderen Namen hatte als »The Rock«. Am Sonntagmorgen mussten immer alle mit auf diese Wanderung, auch wenn sie noch ganz benommen waren von dem Versuch, die ganze Nacht wach zu bleiben, und halb krank vom Rauchen mitgeschmuggelter Zigaretten. Und zitterten, weil die Sonne die Tiefe des Waldes noch nicht wärmte. Der Weg war kaum ein Pfad zu nennen – man musste über morsche Baumstämme klettern und durch Farnkraut und anderes Kraut waten, das Miss Johnstone für sie als Maiäpfel, wilden Storchschnabel und kanadischen Ingwer identifizierte. Letzteren zog sie raus und knabberte die Wurzel an, ohne sie richtig zu säubern. Seht, was die Natur uns schenkt.

Ich hab meinen Pullover vergessen, sagte Heather auf halbem Wege nach oben. Kann ich zurücklaufen und ihn holen?

Früher hätte Miss Johnstone wahrscheinlich nein gesagt. Beweg dich tüchtig, dann wirst du auch ohne warm, hätte sie gesagt. Diesmal war sie offenbar verunsichert gewesen, wegen der schwindenden Popularität ihrer Wanderausflüge, für die sie dem Fernsehen, berufstätigen Müttern und lascher Erziehung die Schuld gab. Sie sagte ja.

Ja, aber beeil dich. Dass du uns schnell wieder einholst.

Und das hatte Heather Bell dann nicht getan. Auf dem Fels ließen sie die Aussicht auf sich wirken (Maureen entsann sich, dass sie sich zwischen den Bierflaschen und Bonbonpapieren nach Parisern umgesehen hatten – sagte man noch so dazu?), und da hatte Heather sie noch nicht eingeholt. Auf dem Rückweg begegneten sie ihr nicht. Sie war nicht im großen Zelt und nicht in dem kleinen Zelt, in dem Miss Johnstone geschlafen hatte, und nicht zwischen den Zelten. Sie war in keinem der Unterstände oder Liebesnester in den Zedern um den Zeltplatz. Dieser Suche setzte Miss Johnstone schnell ein Ende.

»Pfannkuchen«, rief sie. »Pfannkuchen und Kaffee! Mal sehen, ob der Duft von Pfannkuchen und Kaffee unser Fräulein Übermut nicht aus ihrem Versteck lockt.«

Sie mussten sich hinsetzen und essen – nachdem Miss Johnstone das Tischgebet gesprochen hatte und Gott für alles im Wald und zu Hause gedankt hatte –, und während sie aßen, rief Miss Johnstone: »Mm-jammjamm!«

»Die frische Luft macht uns hungrig, nicht wahr!«, sagte sie mit lauter Stimme. »Sind das nicht die besten Pfannkuchen, die ihr je gegessen habt? Heather muss sich beeilen, sonst kriegt sie keinen mehr ab. Heather? Hörst du mich? Keinen einzigen mehr!«

215

Sobald sie mit dem Essen fertig waren, fragte Robin Sands, ob sie jetzt gehen könnten, ob sie losgehen dürften, um Heather zu suchen.

»Erst wird gespült, mein Fräulein«, sagte Miss Johnstone. »Auch wenn ihr zu Hause bei euch nie ein Spültuch in die Hand nehmt.«

Robin brach fast in Tränen aus. Niemand redete je in diesem Ton mit ihr.

Als alles aufgeräumt war, ließ Miss Johnstone sie gehen, und da liefen sie noch einmal zu den Wasserfällen. Aber Miss Johnstone holte sie schon nach kurzer Zeit zurück und befahl ihnen, sich nass, wie sie waren, in einen Halbkreis zu setzen. Sie setzte sich im Schneidersitz vor die Mädchen und rief lauthals, wer immer sie höre, sei herzlich eingeladen, sich ihnen anzuschließen. »Auch wer sich hier noch irgendwo versteckt und uns zum Narren halten will, ist herzlich willkommen! Komm jetzt raus, und wir stellen keine Fragen! Sonst müssen wir eben einfach ohne dich weitermachen!«

Damit hob sie zu ihrer Rede an, ihrer »Predigt zum Sonntagmorgen auf dem Wanderausflug«, ohne jede Sorge oder Bedenken. Sie predigte und predigte und stellte hin und wieder eine Frage, um sich zu versichern, dass sie zuhörten. Die Sonne trocknete ihre Shorts, und Heather Bell kam nicht wieder. Sie tauchte nicht aus den Bäumen auf, und Miss Johnstone hörte nicht auf zu predigen. Sie entließ sie erst, als Mr Trowell mit seinem Laster auf den Zeltplatz gefahren kam und das Eis für das Mittagessen brachte.

Auch da erteilte sie ihnen keine Erlaubnis aufzustehen, aber sie ließen sich nicht mehr halten. Sie sprangen auf und rannten zum Laster. Sie fingen alle gleichzeitig an zu erzählen. Jupiter, der Hund der Trowells, sprang über die Ladeklappe, und Eva Trowell nahm ihn in die Arme und fing an zu heulen, als wäre er der Vermisste.

Miss Johnstone erhob sich und kam zu ihnen und rief Mr Trowell über das Geschrei der Mädchen hinweg zu:

»Eine ist auf die glorreiche Idee gekommen, verlorenzugehen!«

Daraufhin zogen die Suchmannschaften los. Douds machte zu, damit jeder, der wollte, mitgehen konnte. Man nahm Hunde mit. Man sprach davon, den Fluss unterhalb der Wasserfälle mit Netzen abzusuchen.

Als der Polizist zu Heather Bells Mutter fuhr, um ihr den Vorfall zu melden, war sie gerade von ihrem eigenen Wochenende zurück und trug noch ein rückenfreies Sommerkleid und Stöckelschuhe.

»Dann sehen Sie mal zu, dass Sie sie finden«, sagte sie. »Dafür sind Sie ja da.«

Sie arbeitete in der Klinik – sie war Krankenschwester. »Entweder geschieden oder schon immer unverheiratet«, sagte Frances. »Einer für alle und alle für einen, das ist ihre Devise.«

Maureens Mann rief nach ihr, und sie eilte in den Wintergarten. Nach seinem Schlaganfall vor zwei Jahren, im Alter von neunundsechzig, hatte er seine Anwaltskanzlei aufgegeben, aber er hatte immer noch Briefe zu schreiben und dieses und jenes für alte Mandanten zu bearbeiten, die sich niemals mit jemand Neuem abgefunden hätten. Maureen tippte seine gesamte Korrespondenz und half ihm täglich mit seinen Pflichten, wie er es nannte.

»Wamachu dahinn?«, sagte er. Manchmal war seine Sprache undeutlich, deshalb musste sie bei ihm bleiben und für Leute, die ihn nicht gut kannten, dolmetschen. Wenn er mit ihr allein war, gab er sich weniger Mühe, und sein Ton wurde oft unwirsch und klagend.

»Frances und ich haben uns unterhalten«, sagte Maureen.

»Wo-über?«

»Dies und das.«

»Jaah.«

Er zog das Wort missmutig in die Länge, wie um zu sagen, dass er wohl wisse, worüber sie sich unterhalten hätten, und dass es ihn nicht interessiere. Klatsch, Gerüchte, die kaltherzige Lust an Katastrophen. Er hatte nie viel reden mögen, weder jetzt noch in den Zeiten, als er ohne Probleme sprechen konnte – selbst seine Rügen waren kurz, eine Sache von Ton und Andeutung. So als beriefe er sich auf einen Glaubensschatz, auf Regeln, die anständigen Menschen, ja vielleicht allen Menschen bekannt waren, selbst denen, die sich ihr Leben lang nicht an sie hielten. Er wirkte, wenn er sich in dieser Form äußern musste, immer leicht gequält, leicht peinlich berührt der Betroffenen wegen und gleichzeitig ehrfurchterregend. Seine Rügen waren außerordentlich wirksam.

In Carstairs gewöhnten sich die Leute gerade die Anrede Anwalt Soundso für Rechtsanwälte ab, die bislang wie die Ärzte stets mit Titel angeredet worden waren. Die jüngeren Anwälte wurden nie mehr Anwalt genannt, aber von Maureens Mann wurde stets als Anwalt Stephens gesprochen. Selbst Maureen nannte ihn in Gedanken oft so, obwohl sie ihn mit Alvin anredete. Er war noch immer jeden Tag so angezogen wie früher, als er in seine Kanzlei ging – dreiteiliger Anzug in Grau oder Braun –, und seine Sachen schienen, obwohl sie genug Geld kosteten, nie gut zu sitzen oder die Konturen seines langen, plumpen Körpers zu glätten. Sie schienen auch nie ganz frei zu sein von einem feinen Geriesel aus Zigarettenasche, Krümeln, vielleicht sogar Hautschüppchen. Ihm sackte der Kopf nach vorn und wackelte, sein Gesicht war schlaff und sorgenvoll, der Ausdruck verschlagen und abwesend – man konnte nie sicher sein, welches von beidem. Den Leuten gefiel das – es gefiel ihnen, dass er ein bisschen verlottert und verloren wirkte und dann plötzlich mit irgendeinem imposanten Detail aufwartete. Er kennt das Gesetz, sagten sie. Er muss nicht nachsehen. Er hat alles im Kopf. Sein Schlaganfall hatte ihr Vertrauen nicht beeinträchtigt und hatte im Grunde auch weder seine Erscheinung noch sein Verhalten wesentlich verändert, nur das bereits Vorhandene stärker betont.

Alle glaubten, wenn er sich geschickt angestellt hätte, hätte er es zum Richter bringen können. Er hätte es zum Senator bringen können. Aber er war zu ehrenhaft. Er katzbuckelte niemals. Einen wie ihn fand man selten.

Maureen setzte sich zu ihm auf einen Lederpuff, um mitzustenographieren. In der Kanzlei war sein Name für sie »das Goldstück« gewesen, weil sie intelligent und zuverlässig war und sogar in der Lage, eigenständig Urkunden zu entwerfen und Briefe zu verfassen. Selbst bei ihm zu Hause hatten seine Frau und die beiden Kinder Helena und Gordon sie so genannt. Die Kinder sagten es immer noch manchmal, auch jetzt, wo sie erwachsen waren und anderswo lebten. Helena sagte es liebevoll und provokant, Gordon mit ernster, selbstgefälliger Güte. Helena war eine rastlose alleinstehende Frau, die selten heimkam und sich, wenn sie kam, mit ihnen stritt. Gordon war Dozent an einer Militärakademie und kam gern mit Frau und Kindern nach Carstairs, wo er nicht müde wurde, die provinziellen Tugenden des Ortes und seines Vaters und Maureens anzupreisen.

Maureen konnte es immer noch genießen, das

Goldstück zu sein. Oder zumindest war es ihr bequem. Ein Teil ihrer Gedanken konnte sich abspalten und selbständig machen. So dachte sie jetzt daran, wie das lange Abenteuer der Nacht im Zeltlager begann, begleitet von Miss Johnstones hingebungsvollem Schnarchen, und an das Ziel – bis zum Morgengrauen wach zu bleiben – und die vielen Ideen und Tricks, mit denen sie das zu erreichen suchten, auch wenn sie nie gehört hatte, dass sie es tatsächlich schafften. Die Mädchen spielten Karten, sie erzählten Witze, sie rauchten Zigaretten, und gegen Mitternacht begann das große Spiel »Wahrheit oder Pflicht«. Typische Pflichten waren: das Pyjamaoberteil ausziehen und die Brüste zeigen; eine Zigarettenkippe essen; Dreck schlucken; den Kopf in einen Wasserbottich stecken und bis hundert zu zählen versuchen; vor Miss Johnstones Zelt pinkeln. Fragen, die man wahrheitsgemäß beantworten musste, waren: Hasst du deine Mutter? Vater? Schwester? Bruder? Wie viele Pimmel hast du schon gesehen, und wem gehörten die? Hast du schon mal gelogen? Geklaut? Was Totes angefasst? Maureen verspürte sofort wieder die leichte Übelkeit und den Schwindel, die von zu vielen und zu schnell gerauchten Zigaretten herrührten, und in der Nase hatte sie den Rauchgeruch unter dem schweren, mit der Sonne des Tages getränkten Zeltstoff, den Geruch der Mädchen, die stundenlang im Fluss gebadet und im Uferschilf Versteck gespielt hatten und anschließend die Blutegel an den Beinen hatten abbrennen müssen.

Sie dachte daran, wie laut sie damals gewesen war. Eine Kreischerin, ein Wagehals. Kurz vor der Highschool hatte sie eine Neigung zu Übermut entwickelt, der echt oder gespielt oder halb und halb sein konnte. Dieser verging bald, und ihr kühner Leib verschwand in diesem fülligen, und sie wurde ein fleißiges, schüchternes junges Mädchen, das leicht errötete. Sie entwickelte die Eigenschaften, die ihr Mann später erkannte und wertschätzte, als er sie einstellte und ihr die Ehe antrug.

Deine Pflicht ist, du musst weglaufen. Konnte das sein? Es gibt Zeiten, da sind Mädchen voller Mut, und keine Pflicht ist ihnen schwer genug. Sie wollen Heldinnen sein, um jeden Preis. Sie wollen es mit einem Streich weiter treiben als je einer zuvor. Unbekümmert sein, unerschrocken, Chaos anrichten – das war die verlorene Hoffnung der Mädchen.

Vom chintzbezogenen Lederpuff an der Seite ihres Mannes blickte sie hinaus auf die alten Blutbuchen und sah hinter ihnen nicht den sonnigen Rasen, sondern die wild wachsenden Bäume am Fluss – die dicht stehenden Zedern und die Eichen mit ihrem glänzenden Laub und die silbrigen Pappeln. Eine struppige Wand mit versteckten Eingängen und versteckten Pfaden dahinter, wo Tiere wandelten und manchmal einsame Menschen, die dort anders wurden als draußen, mit anderen Verantwortungen, Gewissheiten, Absichten im Gepäck. Sie konnte sich vorstellen zu verschwinden. Aber natürlich verschwand man nicht einfach, und immer war jemand da, der deinen Weg kreuzte und schon bevor ihr euch begegnetet voller Pläne für dich steckte.

Als sie am Nachmittag zum Postamt ging, um die Briefe ihres Mannes abzuschicken, vernahm Maureen zwei neue Meldungen. Man hatte ein hellhaariges Mädchen gesehen, wie es Sonntagmittag gegen eins ein Stück nördlich von Walley am Bluewater Highway in ein schwarzes Auto eingestiegen war. Vielleicht war sie getrampt. Oder hatte auf ein bestimmtes Auto gewartet. Das war zwanzig Meilen von den Wasserfällen entfernt, ein Weg von gut fünf Stunden zu Fuß, quer über Land. Das war zu schaffen. Oder vielleicht hatte sie sich von einem anderen Auto mitnehmen lassen.

Aber ein paar Leute, die auf einem abgelegenen Landfriedhof im nordöstlichsten Winkel des Bezirks ihre Familiengräber pflegten, hatten mitten am Nachmittag einen Schrei gehört, einen schrillen Schrei. *Wer war das?*, hatten sie einander gefragt, das wussten sie noch. Nicht *was*, sondern *wer*. *Wer war das?* Allerdings hatten sie sich später überlegt, dass es vielleicht ein Fuchs gewesen war.

Außerdem war das Gras an einer Stelle unweit des Zeltplatzes niedergetrampelt, und dort lagen auch frische Zigarettenkippen herum. Aber was bewies das schon – es waren immer Leute da draußen. Liebespaare. Halbstarke, die dummes Zeug im Kopf hatten.

Und vielleicht hat ein Mann sie dort getroffen,
Der mit einem Messer in den Wald gekommen.
Er fand sie, und ihr half kein Hoffen,
Das Leben hat er ihr genommen.

Doch mancher weiß es anders schon
Ob Freund ob Fremder, die Flucht war geplant.
Ein schwarzes Auto trug sie davon,
Und was dann kam, bleibt unbekannt.

Dienstagmorgen, als Frances das Frühstück richtete und Maureen ihrem Mann beim Anziehen half, hörten sie ein Klopfen an der Haustür, von jemandem, der die Klingel nicht sah oder ihr nicht traute. Es kam gelegentlich vor, dass Leute so früh hereinschauten, aber es war problematisch, weil Anwalt Stephens in der Frühe zumeist größere Schwierigkeiten mit dem Sprechen hatte und auch sein Verstand ein wenig Zeit zum Aufwärmen brauchte.

Durch die körnige Scheibe in der Haustür sah Maureen die verschwommenen Umrisse eines Mannes und einer Frau. Sie hatten sich fein gemacht, die Frau jedenfalls – sie trug einen Hut. Das hieß, es war etwas Ernstes. Doch was für die Betroffenen etwas Ernstes war, konnte für andere trotzdem eine Lappalie sein. Es hatte schon Morddrohungen gegeben, weil nicht klar war, wem eine Kommode gehörte, und es konnte passieren, dass einem Grundstückseigentümer eine Ader platzte, weil eine Auffahrt eine Handbreit über seinen Besitz ging. Verschwundenes Feuerholz, bellende Hunde, ein böser Brief – all das konnte die Leute in Wallung bringen und sie zu ihnen führen. *Geh damit zu Anwalt Stephens. Geh hin und frag, was das Gesetz dazu sagt.*

Natürlich bestand die leise Möglichkeit, dass dieses Paar in Sachen Religion unterwegs war.

Dem war nicht so.

»Wir möchten zum Anwalt«, sagte die Frau.

»Nun«, sagte Maureen. »Es ist noch sehr früh.« Sie wusste nicht gleich, wer sie waren.

»Tut mir leid, aber wir haben ihm etwas zu sagen«, erklärte die Frau und war bereits irgendwie in die Eingangsdiele getreten, und Maureen war einen Schritt zurück getreten. Der Mann schüttelte verlegen oder entschuldigend den Kopf und zeigte an, dass er keine andere Wahl hatte, als seiner Frau zu folgen.

Die Diele füllte sich mit dem Geruch von Rasierseife, Cremedeodorant und billigem Parfüm aus der Drogerie. Maiglöckchen. Und jetzt erkannte Maureen auch die Leute.

Es war Marian Hubbert. Sie sah nur anders aus, in einem blauen Kostüm, das für dieses Wetter zu warm war – und mit braunen Stoffhandschuhen und einem braunen Federhut. In der Stadt sah man sie gewöhnlich mit langen Stoffhosen oder sogar einer Art Männerarbeitshose. Sie war eine stämmige Person ungefähr in Maureens Alter – sie waren zusammen auf der Highschool gewesen, wenn auch ein, zwei Jahre auseinander. Marian war plump gebaut, aber flink, und ihr ergrautes Haar war so kurz geschnitten, dass man im Nacken die Borsten sah. Sie hatte eine laute Stimme und meistens ein ziemlich ungestümes Auftreten. Jetzt war sie eher gedämpft.

Der Mann an ihrer Seite war der Mann, den sie vor nicht allzu langer Zeit geheiratet hatte. Vor zwei Jahren vielleicht. Er war groß und wirkte jungenhaft, in einem billigen cremefarbenen Jackett mit zu dick gepolsterten Schultern. Welliges braunes Haar, mit einem nassen Kamm fixiert. »Verzeihen Sie«, sagte er mit leiser Stimme – die seine Frau vielleicht nicht hören sollte –, als Maureen sie ins Esszimmer führte. Aus der Nähe waren seine Augen nicht so jung – sie sahen nach Anspannung und Trockenheit oder Verwirrung aus. Vielleicht war er nicht besonders intelligent. Maureen fiel ein, dass Marian ihn angeblich über eine Anzeige kennengelernt hatte. *Frau mit Farm, schuldenfrei. Geschäftsfrau mit Farm* hätte es auch heißen können, denn Marian Hubbert trug den Spitznamen »Corset Lady«. Viele, viele Jahre lang hatte sie maßgeschneiderte Korsetts verkauft, und vielleicht machte sie das immer noch, für die schwindende Zahl der

Frauen, die so etwas noch trugen. Maureen stellte sie sich beim Maßnehmen vor, zupackend wie eine Krankenschwester, herrisch und sachlich nüchtern beleidigend. Aber zu ihren alten Eltern, die bis ins hohe Alter draußen auf der Farm gelebt und jede Menge Leiden gehabt hatten, war sie gut gewesen. Und jetzt meldete sich noch eine andere Geschichte, eine weniger böse, über ihren Mann. Er hatte den Bus gefahren, der alte Leute zur Bewegungstherapie ins Hallenbad nach Walley brachte – das war es, wie sie sich kennengelernt hatten. Maureen hatte sogar noch ein Bild von ihm vor Augen – wie er den alten Vater auf den Armen in Dr. Sands Praxis getragen hatte. Marian wie sie vorauseilte, die Handtasche am Riemen schwingend, um ihm die Tür aufzureißen.

Maureen ging. Sie bat Frances, das Frühstück ins Esszimmer zu bringen und zwei Kaffeetassen mehr zu decken, und meldete den Besuch dann ihrem Mann.

»Es ist Marian Hubbert, so hieß sie wenigstens früher«, sagte sie. »Und der Mann, den sie geheiratet hat, wie immer er heißt.«

»Slater«, sagte ihr Mann in dem gleichen trockenen Ton, mit dem er die Klauseln eines Kauf- oder Pachtvertrags aufzählte, obwohl man es nicht für möglich gehalten hätte, dass er sie noch so ohne weiteres bereit hatte. »Theo.«

»Du bist besser auf dem Laufenden als ich«, sagte Maureen.

Er fragte, ob sein Haferbrei fertig sei. »Beim Essen hören«, sagte er.

Frances brachte den Haferbrei, und er machte sich sogleich darüber her. Haferbrei mit reichlich Sahne und braunem Zucker war sein Leibgericht, winters wie sommers.

Als sie den Kaffee brachte, wollte Frances im Zimmer bleiben, doch Marian sah sie so unverwandt an, dass sie in die Küche zurückkehrte.

Aha, dachte Maureen. Sie kann sich besser durchsetzen als ich.

Marian Hubbert war eine Frau ohne einen einzigen sichtbaren Vorzug. Sie hatte ein grobes Gesicht mit schlaffen Wangen – und erinnerte Maureen irgendwie an einen Hund. Nicht unbedingt einen hässlichen Hund. Kein richtig hässliches Gesicht. Nur ein grobes und entschlossenes. Überall jedoch wo sie hinkam präsentierte sich Marian – wie jetzt in Maureens Esszimmer –, so als hätte sie absolute Rechte. An ihr kam man nicht vorbei.

Sie hatte ein dickes Make-up aufgelegt, und vielleicht war das ein weiterer Grund, weshalb Maureen sie nicht gleich erkannt hatte. Es war hell und rosig und passte nicht zu ihrer bräunlichen Haut, ihren schwarzen, schweren Augenbrauen. Sie sah damit seltsam aus, aber nicht lächerlich. Es wirkte, als könnte sie es, wie Hut und Kostüm, aufgelegt haben, um zu demonstrieren, dass sie sich genauso zurechtzumachen verstand wie andere Frauen; dass sie wusste, was erwartet wurde. Doch vielleicht war es ein Versuch, sich hübsch zu machen. Vielleicht sah sie sich durch den hellen Puder, der an ihren Wangen haftete, und durch den dicken rosa Lippenstift verwandelt – vielleicht hatte sie sich, als sie fertig war, kokett zu ihrem Mann umgedreht, um sich ihm zu zeigen. Als er anstelle seiner Frau die Frage nach Zucker im Kaffee beantwortete, musste er bei dem Wort *Würfel* fast kichern.

Er sagte, sooft es ging, bitte und danke. Er sagte: »Vielen Dank, ja, bitte. Danke. Für mich auch so. Danke.«

»Wir haben von diesem Mädchen erst erfahren, als alle anderen anscheinend längst Bescheid wussten«, sagte Marian gerade. »Ich meine, wir wussten nicht einmal, dass jemand vermisst wurde und nichts. Nicht, bis wir gestern in die Stadt gekommen sind. Gestern? Montag? Gestern war Montag. Ich bringe die Tage ganz durcheinander, weil ich im Moment Schmerztabletten nehme.«

Marian war keine Frau, die einem erzählte, dass sie Tabletten nahm, und es dabei beließ. Sie würde auf jeden Fall erzählen, weshalb.

»Also, ich hatte ein dickes Furunkel im Genick, dahinten«, sagte sie. Sie verdrehte den Kopf, um ihnen die Kompresse zu zeigen. »Das quälte mich furchtbar, und ich kriegte obendrein noch Kopfschmerzen, und ich glaube, die hingen damit zusammen. Sonntag ging es mir dann so schlecht, dass ich mir einfach einen heißen Lappen auf den Nacken legte und ein paar Schmerztabletten nahm und mich dann lang machte. Er hatte den Tag frei, aber jetzt wo er arbeitet, hat er immer viel zu tun, wenn er zu Hause ist. Er arbeitet im Atomkraftwerk.«

»Douglas Point?«, fragte Anwalt Stephens und blickte kurz von seinem Haferbrei auf. Bei der Erwähnung des neuen Atomkraftwerks am Douglas Point zeigten alle Männer eine gewisse Neugier, ja Hochachtung – und selbst Anwalt Stephens war keine Ausnahme.

»Da arbeitet er jetzt«, sagte Marian. Wie viele Frauen vom Land und auch viele Frauen aus Carstairs sprach sie von ihrem Mann als *er* – es wurde mit besonderer Betonung gesprochen –, anstatt seinen Namen zu nennen. Maureen hatte sich selbst ein paarmal dabei ertappt, hatte es sich aber wieder abgewöhnt, ohne dass sie erst jemand darauf hätte hinweisen müssen.

»Er musste den Kühen das Salz rausbringen«, sagte Marian, »und dann musste er noch mal los, um am Zaun zu arbeiten. Es war ein ganzes Stück zu laufen, deshalb nahm er den Laster. Aber Bounder ließ er da. Er fuhr ohne ihn los. Bounder ist unser Hund. Bounder entfernt sich nicht weit vom Haus, wenn er nicht gefahren wird. Er ließ ihn sozusagen als Wache zurück, weil er wusste, dass ich mich drinnen hingelegt hatte. Ich hatte ein paar 222er genommen und hab eher gedöst als richtig geschlafen, und dann habe ich Bounder bellen gehört. Ich bin hellwach geworden. Von Bounders Gebelle.«

Da war sie aufgestanden, hatte sich den Morgen-mantel übergezogen und war nach unten gegangen. Sie hatte bloß in Unterwäsche im Bett gelegen. Sie schaute zur Haustür hinaus, auf die Zufahrt, aber da war niemand. Bounder war auch nicht zu sehen, und er bellte mittlerweile auch nicht mehr. Er hörte auf, wenn es jemand war, den er kannte. Oder jemand, der bloß auf der Straße vorbeiging. Trotzdem war sie noch nicht beruhigt. Sie schaute aus den Küchenfens-tern, die zum Garten an der Seite hinausgingen, aber nicht nach hinten. Da war auch keiner. Den Hinter-hof konnte sie von der Küche aus nicht sehen – dazu musste man nach draußen, durch die sogenannte Hinterküche. Das war bloß eine Art Mehrzweckraum, wie ein angebauter Schuppen, der mit allem Mög-lichen vollgestellt war. Dort gab es ein Fenster nach hinten, aber da konnte man nicht ran und nicht raus-gucken, weil Pappkartons davor aufgetürmt waren und die alten Sprungfedern vom Sofa hochkant da-vorstanden. Man musste ganz durchgehen und die Tür aufmachen, um rauszugucken. Und sie meinte an der Tür auch ein kratzendes Geräusch zu hören. Vielleicht Bounder. Vielleicht nicht.

In der stickigen Rumpelkammer war es so heiß, dass sie kaum Luft bekam. Unter ihrem Morgenmantel klebte sie vor Schweiß. Sie sagte sich: Na, wenigstens hast du kein Fieber, du schwitzt wie ein Schwein.

Weil die Not, wieder Luft zum Atmen zu bekommen, größer war als ihre Angst vor dem, was da draußen sein mochte, stieß sie die Tür auf. Die ging nach außen auf, so dass der Mann, der sich dagegenstemmte, weggeschoben wurde. Er taumelte, aber er fiel nicht hin. Und sie erkannte ihn. Es war Mr Siddicup, aus der Stadt.

Bounder kannte ihn natürlich, weil er oft vorbeikam und manchmal auf seinen Spaziergängen quer über ihr Land lief, wovon sie ihn auch nie abhielten. Manchmal kam er direkt über ihren Hof – aber nur, weil er es nicht mehr besser wusste. Sie brüllte ihn nie an, wie manche anderen Leute. Sie hatte ihn sogar schon eingeladen, sich auf die Stufen zu setzen und auszuruhen, wenn er müde war; sie hatte ihm eine Zigarette angeboten. Die Zigarette nahm er immer an. Aber setzen wollte er sich nie.

Bounder schnüffelte bloß herum und wedelte mit dem Schwanz. Bounder war nicht wählerisch.

Maureen kannte Mr Siddicup, alle kannten ihn. Er war früher der Klavierstimmer bei Douds gewesen. Er war früher ein würdevoller, sarkastischer kleiner Engländer gewesen, mit einer netten Frau. Sie lasen Bücher aus der Bücherei und waren für ihren Garten bekannt, vor allem die Erdbeeren und die Rosen. Dann hatte vor einigen Jahren eine Pechsträhne eingesetzt. Mr Siddicup musste sich einer Kehlkopfoperation unterziehen – höchstwahrscheinlich wegen Krebs –, und danach konnte er nicht mehr sprechen, nur noch Pfeif- und Grunzlaute von sich geben. Doud hatte ihn schon in Rente geschickt – sie hatten inzwischen eine elektronische Methode zum Klavierstimmen, die besser war als das menschliche Ohr. Seine Frau verstarb plötzlich. Danach kamen die Veränderungen im Galopp – er degenerierte in wenigen Monaten von einem anständigen alten Mann zu einem missmutigen und ziemlich verkommenen Greis. Schmutzige Bartstoppeln, Sabbertropfen auf den Sachen, ein saurer, rauchiger Geruch und in den Augen ständiger Argwohn, manchmal Abscheu. Wenn er beim Kaufmann nicht das fand, was er suchte, oder wenn sie die Waren umgestellt hatten, warf er absichtlich Konservenbüchsen und Cornflakes-Packungen um. Im Café war er nicht mehr gern gesehen, und in die Bücherei ging er überhaupt nicht mehr. Eine Zeitlang bekam er noch Besuch von Frauen aus der Gemeindegruppe seiner Frau, die ihm ein Fleischgericht brachten oder Gebäck. Aber der Geruch im Haus war widerlich und die Unordnung krankhaft – selbst für einen allein lebenden Mann unverzeihlich –, und er zeigte sich alles andere als dankbar. Er schmiss die Kuchen- und Bratenreste auf den Gehsteig vor seinem Haus und zerbrach dabei das Geschirr. Keine Frau war scharf darauf, dass der Witz die Runde machte, nicht einmal Mr Siddicup könne ihr Essen herunterbringen. Deshalb ließen sie ihn in Ruhe. Wenn man mit dem Auto unterwegs war, sah man ihn manchmal irgendwo mucksmäuschenstill stehen, in einem Graben, fast ganz im hohen Gras versteckt, während die Autos vorübersausten. Oder man begegnete ihm in einer Stadt, die meilenweit von zu Hause entfernt war. Und dort ging dann etwas Seltsames mit ihm vor. Wenn sein Gesicht sich auf die unausweichliche Überraschung, auf die freudige Begrüßung zwischen Leuten einstellte, die in einem Ort wohnen und sich in einem anderen treffen, nahm es fast wieder den alten Ausdruck an. Dann sah es wirklich so aus, als hätte er Hoffnung, dass der Moment sich öffnet, dass Worte den Durchbruch schaffen, ja dass die Veränderungen vielleicht ausgelöscht würden, hier, an einem anderen Ort – dass ihm seine Stimme und seine Frau und sein alter stabiler Platz im Leben wiedergeschenkt werden könnten.

Die Leute waren generell nicht unfreundlich. Sie zeigten bis zu einem gewissen Punkt Geduld. Marian sagte, es wäre ihr niemals eingefallen, ihn zu verjagen.

Sie sagte, diesmal habe er ziemlich wild ausgesehen. Nicht nur so, wie er aussah, wenn er versuchte etwas herauszubringen und es nicht kommen wollte, oder wenn er auf Kinder wütend war, die ihn hänselten. Sein Kopf habe auf und ab gewackelt, und sein Ge-

sicht sei verquollen gewesen wie bei einem schreienden Säugling.

Na, na, habe sie gesagt. Na, Mr Siddicup, was ist
denn los? Was wollen Sie mir sagen? Möchten Sie eine
Zigarette? Wollen Sie mir sagen, dass heute Sonntag
ist und Ihnen die Zigaretten ausgegangen sind?

Er habe den Kopf hin und her geschüttelt, dann auf
und ab genickt, dann wieder hin und her geschüttelt.

Nun mal los. Entscheiden Sie sich, habe Marian gesagt.

Er habe nichts gesagt als *ah, ahh*. Er habe sich mit
beiden Händen an den Kopf gefasst und die Mütze
runtergeschlagen. Dann sei er ein Stück zurückgetre-
ten und habe begonnen, im Zickzack zwischen der
Pumpe und der Wäscheleine über den Hof zu laufen
und immer noch diese Laute auszustoßen – *ah, ahh* –,
aus denen sich einfach keine Worte bilden wollten.

An dieser Stelle schob Marian ihren Stuhl so heftig
zurück, dass er beinahe umkippte. Sie stand auf und
fing an, ihnen genau vorzumachen, wie Mr Siddicup
sich aufgeführt hatte. Sie torkelte und kauerte sich
nieder und schlug sich mit den Händen an den Kopf,
ohne allerdings ihren Hut zu verschieben. Vor dem
Büfett, vor dem silbernen Teeservice, das man Anwalt
Stephens als Anerkennung für seine jahrelange Mitarbeit in der Law Society geschenkt hatte, gab sie diese
Schau zum Besten. Ihr Mann hielt seine Kaffeetasse
mit beiden Händen fest und zwang sich, ihr unver-

wandt und ehrerbietig zuzusehen. Irgendetwas zuckte in seinem Gesicht – ein Tick, ein Nerv, der in seiner Wange zitterte. Sie ließ ihn trotz ihrer Darbietungen nicht aus den Augen, und ihr Blick sagte: Warte ab. Sei still.

Anwalt Stephens hatte, soweit Maureen sehen konnte, nicht ein einziges Mal aufgeblickt.

So hat er gemacht, sagte Marian, als sie sich wieder setzte. So habe er gemacht, und weil sie sich selbst nicht wohl gefühlt habe, sei sie auf die Idee gekommen, dass er vielleicht Schmerzen habe.

Mr Siddicup. Mr Siddicup. Wollen Sie mir sagen, dass Ihnen der Kopf wehtut? Soll ich Ihnen eine Tablette holen? Soll ich Sie zum Arzt bringen?

Keine Antwort. Er habe nicht innegehalten, um ihr zuzuhören. *Ah, ahh.*

Irgendwann sei er an der Pumpe stehengeblieben. Sie hatten jetzt fließend Wasser im Haus, hatten die Pumpe draußen aber noch in Betrieb und füllten dort Bounders Trinknapf. Als Mr Siddicup merkte, was er vor sich hatte, machte er sich an die Arbeit. Er nahm den Schwengel und pumpte wie verrückt auf und ab. Es hing kein Becher zum Trinken da, so wie früher. Aber sobald Wasser kam, hielt er den Kopf darunter. Es spritzte und hörte auf zu laufen, weil er nicht weiter pumpte. Also pumpte er wieder los und hielt den Kopf wieder drunter und immer so weiter, Pumpen, Drunterhalten, dass sich das Wasser über Kopf und Gesicht, über Brust und Schultern ergoss, bis er triefte, und dabei noch immer, wenn er konnte, diese Laute. Bounder war ganz aus dem Häuschen und sprang umher und stieß mit ihm zusammen und kläffte und winselte mitleidig.

Das reicht, ihr zwei!, schrie Marian. Lass die Pumpe los! Lass los und sei still!

Nur Bounder hörte auf sie. Mr Siddicup musste weitermachen, bis er so durchnässt und geblendet war, dass er den Schwengel nicht mehr fand. Da wurde er still. Und dann hob er einen Arm, er hob ihn und zeigte hinter sich ungefähr in die Richtung des Waldes am Fluss. Er zeigte dorthin und stieß seine Laute aus. Zu dem Zeitpunkt habe sie nicht begriffen, was das sollte. Sie habe erst später darüber nachgedacht. Dann hörte er damit auf und setzte sich still auf das Brunnendach, nass und zitternd, den Kopf zwischen den Händen.

Vielleicht ist es doch etwas ganz Simples, dachte sie. Vielleicht beschwert er sich, dass kein Becher da ist.

Wenn Sie einen Becher wollen, dann geh ich Ihnen einen holen. Deshalb müssen Sie sich nicht wie ein Kleinkind aufführen. Bleiben Sie hier, ich hole Ihnen einen Becher.

Sie ging in die Küche und nahm einen Becher. Und dann kam ihr noch eine Idee. Sie schmierte ihm ein paar Grahamcracker mit Butter und Marmelade. Grahamcracker aßen Kinder gern, aber auch alte

Leute. Das wusste sie noch von ihrer Mutter und ihrem Papa.

Dann ging sie wieder zur Tür und schob sie mit vollen Händen auf. Aber von ihm war nichts mehr zu sehen. Im Hof war keiner außer Bounder, der so dreinschaute wie immer, wenn er wusste, dass er sich blamiert hatte.

Wo ist er hin, Bounder? In welche Richtung ist er gegangen?

Bounder schämte sich und maulte und zeigte keine Reaktion. Er schlich an seinen Platz im Schatten des Hauses, im Dreck, an der Grundmauer.

Mr Siddicup! Mr Siddicup! Gucken Sie mal, was ich für Sie habe!

Totenstille. Und ihr pochte der Schädel. Sie fing an, die Cracker selbst zu essen, aber das hätte sie nicht tun dürfen – nach ein paar Happen war ihr speiübel.

Sie schluckte noch zwei Tabletten und legte sich wieder nach oben. Die Fenster auf und die Jalousien zu. Jetzt wünschte sie sich sehnlichst, sie hätten im Sonderverkauf bei Canadian Tire einen Ventilator gekauft. Aber sie schlief auch ohne ein, und als sie wieder aufwachte, war es schon fast dunkel. Sie konnte den Rasenmäher hören – er, ihr Mann, mähte draußen noch den Rasen am Haus. Sie ging in die Küche hinunter und sah, dass er kalte Kartoffeln klein geschnitten und ein Ei gekocht und ein paar Lauchzwiebeln geerntet hatte, für einen Salat. Er war nicht so wie manche anderen Männer – ein hoffnungsloser Fall in der Küche, der darauf wartete, dass seine Frau sich vom Krankenbett erhob, um ihm eine Mahlzeit zu bereiten. Sie stocherte im Salat, aber konnte nichts essen. Noch eine Tablette und ab nach oben und geschlafen wie eine Tote bis zum nächsten Morgen.

Wir müssen mit dir zum Arzt, sagte er dann. Er rief bei der Arbeit an. Ich muss meine Frau zum Arzt fahren.

Marian schlug vor, sie könnte einfach eine Nadel abkochen, und dann könnte er ihn aufstechen. Aber er konnte den Gedanken, ihr weh zu tun, nicht ertragen und hatte auch die Befürchtung, er könnte etwas verkehrt machen. Also stiegen sie in den Laster und fuhren in die Stadt zu Dr. Sands. Dr. Sands war unterwegs, sie mussten warten. Andere Wartende erzählten ihnen die Neuigkeit. Alle staunten, dass sie nichts davon wussten. Aber sie hatten kein Radio gehört. Sie war diejenige, die es immer anstellte, und sie konnte in ihrem Zustand keinen Lärm ertragen. Und ihnen waren auch keine Männertrupps auf der Straße oder sonst etwas Besonderes aufgefallen.

Dr. Sands heilte das Furunkel, aber er stach es nicht auf. Er behandelte Furunkel mit einem kräftigen Schlag, gab ihnen flink eins auf den Kopf, während man noch dachte, er würde es sich bloß ansehen. So!, sagte er, das ist weniger Aufstand als mit der Nadel und tut auch nicht so weh, weil man nicht erst Zeit hat, sich zu ängstigen. Er räumte den Eiter aus und legte eine Kompresse an und versprach ihr, sie werde sich bald besser fühlen.

Und so war es, aber müde war sie noch. Sie war dermaßen antriebslos und so duselig im Kopf, dass sie wieder ins Bett ging und schlief, bis ihr Mann gegen vier mit einer Tasse Tee nach oben kam. Das war der Punkt, an dem ihr die Mädchen einfielen, die am Samstagmorgen mit Miss Johnstone hereingeschaut hatten, weil sie durstig waren. Sie hatte jede Menge Coca-Cola dagehabt und hatte sie ihnen in geblümten Gläsern gebracht, mit Eiswürfeln. Miss Johnstone hatte nur Wasser gewollt. *Er* hatte sie mit dem Schlauch spielen lassen, sie waren herumgesprungen und hatten sich gegenseitig nass gespritzt und großen Spaß gehabt. Sie hatten über die Wasserstrahlen zu springen versucht und es ziemlich wild getrieben, wenn Miss Johnstone nicht hinsah. Er hatte ihnen den Schlauch regelrecht entwinden und sie ein paarmal bespritzen müssen, bis sie spurten.

Sie habe versucht sich vorzustellen, welches der Mädchen es gewesen sein musste. Sie kenne die Pfarrerstochter und Dr. Sands Tochter und die Trowellmädchen – mit ihren kleinen Schafsaugen würde man eine Trowell überall erkennen. Aber welche von den anderen? Eine war sehr laut gewesen und hochgesprungen, um an den Schlauch zu kommen, als er ihn wegnahm, und eine hatte Rad geschlagen, daran erinnerte sie sich, und eine war ein hübsches kleines Ding, dünn mit blonden Haaren. Aber vielleicht denke sie da an Robin Sands – Robin war blond. Abends habe sie ihren Mann gefragt, ob er wisse, welche von ihnen es sei, aber er sei noch schlimmer als sie – er kenne die Leute hier nicht und habe keine von ihnen herauspicken können.

Sie habe ihm auch von Mr Siddicup erzählt. Das sei ihr alles plötzlich wieder eingefallen. Wie aufgeregt er war, das Pumpen, wie er gezeigt und gestikuliert hatte. Es habe sie gequält, was das wohl geheißen habe. Sie hätten darüber geredet und herumgerätselt und so viele Gedanken gewälzt, dass sie kaum schlafen konnten. Bis sie schließlich zu ihm gesagt habe: Ich weiß, was wir tun müssen. Wir müssen zu Anwalt Stephens gehen und mit ihm reden.

Und so seien sie aufgestanden und so schnell wie möglich hergekommen.

»Politei«, sagte Anwalt Stephens jetzt. »Politei. Da hättet ihr hin-nüssen.«

Darauf antwortete der Mann. Er sagte: »Wir wussten nicht, ob wir das hätten tun sollen oder nicht.« Seine Hände lagen auf dem Tisch, die gespreizten Finger waren auf die Decke gepresst, dass sich der Stoff verzog.

»Keine Anklage«, sagte Anwalt Stephens. »Information.«

Er hatte schon vor dem Schlaganfall in diesen Kürzeln gesprochen. Und Maureen war schon vor langer Zeit aufgefallen, wie nur ein paar Worte von ihm, keineswegs in freundlichem Ton gesagt – sondern in einem schroffen, tadelnden Ton –, Leute aufmuntern und ihnen eine Last von den Schultern nehmen konnten.

Sie war in Gedanken bei dem anderen Grund gewesen, weshalb die Frauen ihre Besuche bei Mr Siddicup eingestellt hatten. Ihnen war die Kleidung unangenehm. Frauenkleider, Unterwäsche – alte zerschlissene Unterröcke und Büstenhalter und ausgeleierte Schlüpfer und knubbelige Strümpfe, die über Stühlen hingen oder an einer Leine über der Heizung oder einfach in einem Haufen auf dem Tisch lagen. All diese Sachen mussten natürlich seiner Frau gehört haben, und zuerst sah es so aus, als wasche und trockne er sie und sortiere sie aus, ehe er sie aus dem Haus schaffte. Aber sie blieben Woche um Woche da, und die Frauen begannen sich zu fragen: Wollte er etwas damit sagen, indem er sie herumliegen ließ? Zog er die Sachen selber an, direkt auf der Haut? War er pervers?

Nun würde das alles ans Licht kommen, und sie würden es gegen ihn verwenden.

Pervers. Vielleicht hatten sie recht. Vielleicht würde er sie an die Stelle führen, wo er Heather im Sexrausch erwürgt oder zu Tode geprügelt hatte, oder vielleicht würden sie etwas von ihr bei ihm im Haus finden. Dann würden die Leute mit hässlicher, hohler Stimme sagen, nein, das überrasche sie nicht. *Mich hat das nicht überrascht, Sie?*

Anwalt Stephens hatte eine Frage über die Arbeitsstelle am Douglas Point gestellt, und Marian sagte: »Er arbeitet in der Wartungsabteilung. Jeden Tag, wenn er rauskommt, muss er durch die Röntgenkontrolle, und sogar die Lappen, mit denen er sich die Stiefel putzt, müssen vergraben werden.«

Als Maureen die Tür hinter den beiden schloss und ihre Gestalten durch die gekörnte Scheibe davonwackeln sah, war sie nicht recht zufrieden. Sie stieg die drei Stufen zum Treppenabsatz hoch, an dem ein kleines Bogenfenster war. Sie schaute ihnen nach.

Nirgends war ein Auto oder Laster zu sehen oder was sie sonst hatten. Sie mussten ihn in der Hauptstraße abgestellt haben oder auf dem Platz hinter dem Rathaus. Möglicherweise wollten sie nicht, dass er vor Anwalt Stephens' Haus gesehen wurde.

Im Rathaus war auch die Polizeiwache. Tatsächlich wandten sie sich zuerst auch in die Richtung, doch dann überquerten sie die Straße diagonal und setzten sich, noch in Maureens Blickweite, auf das Steinmäuerchen, das den alten Friedhof und die Grünanlage umgab, die Pioneer Park hieß.

Wieso verspürten sie das Bedürfnis, sich hinzusetzen, nachdem sie gerade mindestens eine Stunde im

Esszimmer gesessen hatten? Sie redeten nicht miteinander und sahen sich nicht an, wirkten aber einträchtig, so als legten sie bei gemeinsamer Schwerstarbeit eine Pause ein.

Wenn Anwalt Stephens in Erinnerungen schwelgte, erzählte er gern, wie sich die Leute früher auf dem Mäuerchen ausgeruht hatten. Farmersfrauen, die zu Fuß in die Stadt kommen mussten, um Geflügel oder Butter zu verkaufen. Landmädchen auf dem Weg zur Highschool, bevor es einen Schulbus oder dergleichen gab. Sie machten dort halt und versteckten ihre Galoschen und holten sie auf dem Heimweg wieder hervor.

Zu anderen Zeiten hatte er keine Geduld für Erinnerungen.

»Alte Zeiten. Wer will die wiederhaben?«

Jetzt zog Marian ein paar Nadeln heraus und nahm vorsichtig den Hut ab. Das war es also – ihr Hut drückte. Sie setzte ihn sich auf den Schoß, und ihr Mann streckte die Hand aus. Er nahm ihn ihr ab, als wäre er darauf bedacht, ihr alles abzunehmen, was sie belasten könnte. Er legte ihn sich auf den Schoß. Er beugte sich vor und fing an, ihn wie tröstend zu streicheln. Er streichelte den Hut aus hässlichen braunen Federn, als beruhigte er ein kleines verschrecktes Huhn.

Aber Marian wollte das nicht. Sie sagte etwas zu ihm und legte ihre Hand fest auf seine. So wie eine Mutter schon mal ein dummes Kind, das Unfug macht, zur Räson bringt – mit einem Ausbruch von Widerwillen, einem kurzen Aussetzen ihrer strapazierten Liebe.

Maureen erschrak. Ihre Knochen zogen sich zusammen.

Ihr Mann kam aus dem Esszimmer. Sie wollte nicht, dass er sie dabei ertappte, wie sie die beiden beobachtete. Sie drehte die Vase mit den Trockengräsern auf der Fensterbank um. Sie sagte: »Ich dachte, sie würde nie aufhören zu reden.«

Er hatte nichts gemerkt. Seine Gedanken waren woanders.

»Komm hier runter«, sagte er.

Bald nach ihrer Heirat hatte Maureens Mann erwähnt, dass er und die erste Mrs Stephens nicht mehr miteinander geschlafen hatten, nachdem Helena, das zweite Kind, geboren war. »Wir hatten unseren Sohn und unsere Tochter«, sagte er und meinte damit, dass es nicht nötig war, sich weiter zu bemühen. Maureen hatte damals nicht verstanden, dass er für sie vielleicht einen ähnlichen Schlusspunkt im Sinn hatte. Sie war verliebt, als sie ihn heiratete. Zwar hatte sie sich gewundert, als er ihr im Büro zum ersten Mal den Arm um die Taille legte, und geglaubt, er wolle sie nur in eine andere Richtung führen, weil er meinte, sie wäre auf dem Weg zur falschen Tür – aber zu diesem Schluss war sie aufgrund seiner Korrektheit gelangt, nicht, weil sie sich nicht danach gesehnt hatte, seinen Arm dort zu spüren. Leute, die glaubten, sie gehe eine vorteilhafte, wenn auch freundliche Verbindung ein, hätten gestaunt, wie glücklich sie auf ihrer Hochzeitsreise war – und das, obwohl sie Bridge spielen lernen musste. Sie kannte seine Macht – seine Art, sie auszuüben, wie seine Art, sie zu kontrollieren. Sie fand ihn attraktiv und stieß sich nicht an seinem Alter, seiner Plumpheit, den Nikotinflecken an seinen Zähnen und Fingern. Seine Haut war warm. Als sie ein paar Jahre verheiratet waren, erlitt sie eine Fehlgeburt, bei der sie so viel Blut verlor, dass man ihr die Eileiter abband, um zu verhindern, dass so etwas je wieder geschah. Damit war das Intimleben mit ihrem Mann beendet gewesen. Es schien, als hätte er sich im Wesentlichen ihr zuliebe darauf eingelassen, weil er meinte, dass es nicht richtig sei, einer Frau die Möglichkeit zu versagen, ein Kind zu bekommen.

Manchmal bedrängte sie ihn ein wenig, und dann sagte er: »Na, Maureen. Was soll das denn?« Oder er sagte ihr, sie solle sich wie eine Erwachsene benehmen. »Werd endlich erwachsen« war ein Befehl, den er von seinen Kindern übernommen hatte und weiter verwandte, als sie es schon längst nicht mehr taten, ja sogar schon aus dem Haus waren.

Sie fühlte sich gedemütigt, wenn er das sagte, und ihre Augen füllten sich mit Tränen. Er war ein Mann, der Tränen mehr als alles andere verabscheute.

Und jetzt, dachte sie, wie wäre ich froh, wenn ich zu diesem Zustand zurückkönnte! Denn der Appetit ihres Mannes war wieder erwacht – oder er hatte vielmehr einen völlig neuen Appetit entwickelt. Von der etwas unbeholfenen Zeremonie, der förmlichen Zuneigung ihrer frühen gemeinsamen Zeit war jetzt nichts mehr übrig. Jetzt verschwamm sein Blick, und sein Gesicht wirkte bekümmert. Er sprach schroff mit ihr und in drohendem Ton, und manchmal schob und schubste er sie oder versuchte gar, von hinten die Finger in sie hineinzubohren. Das alles wäre keineswegs nötig, um sie zur Eile anzutreiben – sie war ohnedies bestrebt, ihn so schnell wie möglich ins Schlafzimmer zu bugsieren, weil sie befürchtete, er würde sich sonst anderswo vorbeibenehmen. Sein ehemaliges Büro im Parterre war zu einem Schlafzimmer mit Bad umgebaut worden, damit er nicht die Treppe hinauf musste. Zum Glück ließ sich das Zimmer abschließen, damit Frances nicht hereinplatzen konnte. Aber manchmal klingelte das Telefon, dann konnte es sein, dass Frances sie suchen kommen musste. Wenn sie dann vor der Tür stand, konnten ihr die Geräusche nicht entgehen – Anwalt Stephens' Keuchen und Grunzen und Rumschikanieren, das empörte Zischen, mit dem er Maureen befahl, dies oder das zu tun, seine Schläge gegen Schluss, und das Kommando, das er dann bellte, ein Kommando, das für jeden außer Maureen unverständlich sein mochte, seine

Not aber trotzdem deutlich zum Ausdruck brachte, wie Geräusche auf der Toilette.

»Sa wasäuisch! Los, wasäuisch!«

Dieser Befehl kam von einem Mann, der einst Helena Stubenarrest gegeben hatte, weil sie zu ihrem Bruder »Scheißkerl« gesagt hatte.

Maureen kannte Wörter genug, aber es fiel ihr in ihrem gebeutelten Zustand schwer, ausgerechnet die passenden zu finden und sie in einem Ton herauszubringen, der überzeugend klang. Sie versuchte es aber. Es war ihr vor allem wichtig, ihm weiterzuhelfen.

Hinterher sank er in den kurzen Schlaf, der die Begebenheit aus seinem Gedächtnis zu löschen schien. Maureen flüchtete ins Bad. Dort nahm sie die erste Säuberung vor und eilte dann nach oben, um einige Sachen zu wechseln. Oft musste sie sich dabei am Geländer festhalten, so hohl und schwach fühlte sie sich. Und sie musste den Mund zupressen, nicht um zu verhindern, dass ihr ein Protestgeheul entwich, sondern um einen lang gezogenen, jämmerlichen Klagelaut zu unterdrücken, der sich angehört hätte, als käme er von einem geprügelten Hund.

Heute überstand sie die Sache besser als gewöhnlich. Sie konnte in den Badezimmerspiegel schauen und ihre Augenbrauen, ihre Lippen und Wangen so zurechtschieben, dass ihr Ausdruck sich normalisierte. So, das hätten wir hinter uns, schien sie zu sagen. Sogar mittendrin hatte sie schon an andere Dinge denken können. Sie hatte daran gedacht, dass sie einen Pudding kochen wollte, und überlegt, ob sie genug Milch und Eier hatten. Und während ihr Mann sich austobte, hatte sie die ganze Zeit an die Finger gedacht, die sich in den Federn bewegten, an die Hand der Frau, die sich auf die des Mannes legte und sie niederdrückte.

> *So wollen wir von Heather Bell singen*
> *Bis auch für uns die Zeit abläuft.*
> *Im grünen Wald ging sie verloren,*
> *Ihr junges Leben kaum begonnen.*

»Jemand hat schon ein Gedicht verfasst und aufgeschrieben«, sagte Frances. »Ich habe es hier, sauber getippt.«

»Ich habe gedacht, ich könnte einen Pudding kochen«, sagte Maureen.

Wie viel hatte Frances von dem gehört, was Marian Hubbert gesagt hatte? Wahrscheinlich alles. Sie klang ganz kurzatmig von der Anstrengung, es alles für sich zu behalten. Sie hielt Maureen die getippten Zeilen vors Gesicht, und Maureen sagte: »Es ist zu lang, ich habe keine Zeit.« Sie begann die Eier zu trennen.

»Es ist gut«, sagte Frances. »Es ist so gut, dass man es vertonen könnte.«

Sie las es laut vor. Maureen sagte: »Ich muss mich konzentrieren.«

»Das heißt wohl, ich soll abmarschieren«, sagte Frances und ging den Wintergarten putzen.

Und Maureen konnte den Frieden der Küche genießen – die alten weißen Fliesen und hohen gelb gestrichenen Wände, die Schüsseln und Töpfe und Geräte vertraut und tröstlich, für sie wie vermutlich schon für ihre Vorgängerin.

Was Mary Johnstone den Mädchen in ihrer Predigt erzählte, war immer mehr oder weniger das Gleiche, und die meisten wussten, was sie zu erwarten hatten. Sie konnten sogar vorausgeplante Grimassen schneiden. Miss Johnstone erzählte ihnen, wie Jesus ihr erschienen war und mit ihr gesprochen hatte, als sie in der eisernen Lunge lag. Sie meinte nicht in einem Traum, sagte sie, oder als Vision und auch nicht in ihren Fieberphantasien. Sie meinte, dass er zu ihr gekommen sei und sie ihn erkannt habe, aber daran nichts Merkwürdiges gefunden habe. Sie hatte ihn sofort erkannt, obwohl er einen weißen Kittel trug wie ein Arzt. Sie hatte gedacht: Ah, das ist vernünftig, sonst hätten sie ihn nicht reingelassen. So hatte sie das aufgefasst. In der eisernen Lunge sei sie zugleich klar im Kopf und dumm gewesen, wie man eben ist, wenn einem so etwas passiert. (Damit meinte sie Jesus, nicht die Kinderlähmung.) Jesus hatte gesagt: »Du musst wieder an den Ball, Mary.« Mehr nicht. Sie war eine gute Softballspielerin gewesen, und er hatte eine Sprache benutzt, von der er wusste, dass sie sie verstehen würde. Dann war er fortgegangen. Und sie hatte sich dem Leben in die Arme geworfen, wie er es ihr befohlen hatte.

Anschließend folgten weitere Themen, über die Einmaligkeit und Besonderheit jedes ihrer Leben und Körper, und das führte natürlich weiter zu dem, was Mary Johnstone als »offene Aussprache« bezeichnete, über Jungs und Triebe. (Dies war der Teil, in dem sie die Grimassen schnitten – während Miss Johnstone von Jesus redete, waren sie zu verlegen.) Und über Alkohol und Zigaretten und wie eins zum andern führen kann. Die Mädchen hielten sie für verrückt – wo sie doch nicht einmal merkte, dass sie sich gestern Abend halb krank geraucht hatten. Sie stanken nach Rauch, und sie sprach es mit keinem Wort an.

Sie war wohl auch – verrückt. Aber alle ließen sie über Jesus im Krankenhaus reden, weil sie fanden, sie habe ein Recht, daran zu glauben.

Aber angenommen, man sah tatsächlich etwas? Nicht gerade Jesus, aber irgendetwas? Maureen ist das schon passiert. Manchmal beim Einschlafen, wenn sie noch nicht ganz schläft, noch nicht richtig träumt, hat sie etwas erhascht. Und manchmal sogar tagsüber, während dem, was sie für ihr normales Leben hält. Dann kann es sein, dass sie sich dabei ertappt, wie sie auf einer Steintreppe sitzt und Kirschen isst und zusieht, wie ein Mann mit einem Päckchen die Treppe heraufkommt. Sie hat weder die Treppe noch den Mann je gesehen, aber einen Augenblick lang scheinen sie Teil eines anderen Lebens zu sein, das sie führt, eines Lebens, das genauso lang und kompliziert und seltsam und öde ist wie dieses. Und sie ist nicht überrascht. Es ist bloß ein Zufall, ein rasch korrigierter Fehler, dass sie von beiden Leben gleichzeitig erfährt. Es wirkte so normal, denkt sie hinterher. Die Kirschen. Das Päckchen.

Was sie jetzt sieht, hat nichts mit ihrem eigenen Leben zu tun. Sie sieht eine der wurstfingerigen Hände, die sich in ihr Tischtuch gepresst und in den Federn gewühlt haben, und diese Hand wird widerstandslos, aber durch einen fremden Willen niedergedrückt – wird auf die heiße Platte gedrückt, auf der Maureen den Pudding im Wasserbad rührt, und wird dort bloß eine oder zwei Sekunden festgehalten, gerade lange genug, um die Haut an der roten Spirale zu versengen, um sie zu versengen, aber nicht zu verstümmeln. Das geschieht schweigend und einvernehmlich – ein kurzer, barbarischer und notwendiger Akt. So will es ihr scheinen. Die bestrafte Hand dunkel wie ein Handschuh oder der Schatten einer Hand, die Finger gespreizt. Immer noch in denselben Sachen. Cremefarbener Ärmel, mattes Blau.

Maureen hört ihren Mann in der Eingangsdiele rumoren, deshalb stellt sie den Herd aus und legt den Löffel hin und geht zu ihm. Er hat seine Kleider geordnet. Er ist fertig zum Ausgehen. Sie weiß, ohne zu fragen, wohin er gehen will. Auf die Polizei, um zu erfahren, was gemeldet worden ist, was unternommen wird.

»Vielleicht sollte ich dich fahren«, sagt sie. »Es ist heiß draußen.«

Er schüttelt den Kopf, er murmelt.

»Oder ich könnte zu Fuß mitgehen.«

Nein. Er hat einen ernsten Gang zu tun, und von einer Ehefrau begleitet oder chauffiert zu werden würde ihn erniedrigen.

Sie öffnet ihm die Haustür, und er sagt: »Danke schön«, in seinem steifen, leicht reumütigen Ton. Im Vorbeigehen beugt er sich vor und schürzt in der Luft dicht an ihrer Wange die Lippen.

Sie sind weg, auf dem Mäuerchen sitzt jetzt niemand mehr.

Heather Bell wird nicht gefunden werden. Keine Leiche, keine Spur. Sie ist davongeweht wie Asche. Das ausgehängte Foto von ihr wird in öffentlichen Gebäuden verblassen. Das verkniffene Lächeln, das in einem Mundwinkel festgebissen ist, wie um ein respektloses Lachen zu unterdrücken, wird mit ihrem Verschwinden in Verbindung zu stehen scheinen, anstatt mit ihrem Spott für den Schulfotografen. Man wird darin immer eine Andeutung sehen, eine Andeutung ihres eigenen freien Willens.

Mr Siddicup wird keine Hilfe sein. Er wird zwischen Umnachtung und Wutausbrüchen schwanken. Sie werden nichts finden, wenn sie sein Haus durchsuchen, es sei denn, man zählte die alte Unterwäsche seiner Frau, und wenn sie seinen Garten umgraben, werden die einzigen Knochen, die sie finden, die alten Knochen sein, die von Hunden vergraben wurden. Viele Leute werden weiterhin glauben, dass er etwas getan oder gesehen hat. *Er hatte etwas damit zu tun.* Wenn er in die Heilanstalt eingewiesen wird – das Provincial Asylum, das inzwischen den Namen Therapeutisches Zentrum trägt –, werden in der Lokalzeitung Leserbriefe erscheinen, die von Sicherungsverwahrung reden und von Stalltüren, die erst abgeschlossen werden, wenn das Pferd gestohlen ist.

Es werden auch Briefe von Mary Johnstone in der Zeitung stehen, die erklären, warum sie sich so verhalten hat, wie sie es tat, warum sie sich an jenem Sonntag besten Gewissens so verhalten hat. Am Ende wird der Chefredakteur ihr mitteilen müssen, dass das Thema Heather Bell überholt und beileibe nicht das Einzige ist, wofür die Stadt bekannt sein möchte, und dass es nicht das Schlimmste von der Welt sein wird, wenn es keine Wanderausflüge mehr gibt, und dass man die Geschichte doch nicht ewig wiederkäuen kann.

Maureen ist noch eine junge Frau, auch wenn sie das nicht meint, und sie hat ein Leben vor sich. Zuerst einen Tod – der steht bald bevor –, dann eine neue Ehe, neue Orte und Häuser. In Küchen, die Hunderte und Tausende von Meilen entfernt sind, wird sie zuschauen, wie sich hinten an einem Holzlöffel die weiche Haut bildet, und ihr Gedächtnis wird aufflackern, doch ganz enthüllen wird es ihr diesen Moment nicht, in dem sie in ein offenes Geheimnis zu blicken scheint, etwas, das erst erstaunlich wirkt, wenn einem einfällt, davon erzählen zu wollen.

Das Jack Randa Hotel

Auf der Rollbahn in Honolulu verliert der Flieger Geschwindigkeit, verliert Mut, stottert, schert aus auf die Wiese und kommt holpernd zum Stehen. Nur wenige Meter vorm Meer, wie es scheint. An Bord lacht alles. Zuerst Stille, dann das Lachen. Gail lachte mit. Dann stellten sich alle aufgeregt einander vor. Neben Gail sitzen Larry und Phyllis aus Spokane.

Larry und Phyllis sind auf der Reise zu einem Turnier linkshändiger Golfspieler auf den Fidschi-Inseln, wie viele andere Paare in diesem Flieger. Larry ist der linkshändige Golfspieler – Phyllis ist die Ehefrau, die ihn zum Zuschauen und Jubeln begleitet, und zum Vergnügen.

Sie sitzen an Bord – Gail und die linkshändigen Golfer – und bekommen einen Mittagsimbiss im Picknickkarton. Keine Getränke. Grausame Hitze. Aus dem Cockpit kommen witzige und verwirrende Ansagen. *Ein kleines Problem. Wir bitten um Ihr Verständnis. Nichts Ernstes, aber es sieht aus, als müssten wir hier noch eine Weile schmoren.* Phyllis hat schreckliche Kopfschmerzen, die Larry zu lindern versucht, indem er mit seinen Fingern Druck auf Punkte an ihrem Handgelenk und ihrer Handfläche ausübt.

»Es bringt nichts«, sagt Phyllis. »Jetzt hätte ich schon mit Suzy in New Orleans sein können.«

Larry sagt: »Armer Schatz.«

Gail fällt das harte Blitzen von Brillantringen auf, als Phyllis die Hand wegzieht. Ehefrauen haben Brillantringe und Kopfschmerzen, denkt Gail. Immer noch. Jedenfalls die wirklich erfolgreichen. Sie haben wohlgenährte Gatten, linkshändige Golfer, lebenslang der Beschwichtigung verschrieben.

Irgendwann werden die Passagiere, die nicht nach Fidschi wollen, sondern weiter nach Sydney, aus dem Flugzeug geholt. Sie werden zum Terminal geführt, und dort wandern sie von ihrem Flugbegleiter verlassen umher, holen ihr Gepäck, gehen durch den Zoll und versuchen die Fluglinie zu finden, von der es heißt, dass sie ihre Tickets annehmen wird. Nach einer Weile werden sie von einem Begrüßungskomitee eines Inselhotels überfallen, das nicht aufhören will, hawaiianische Lieder zu singen und ihnen Blumenketten umzuhängen. Doch schließlich finden sie sich in einem anderen Flugzeug wieder. Sie essen und trinken und schlafen, und die Schlangen vor den Toiletten werden länger, in den Gängen sammelt sich der Müll, und die Stewards und Stewardessen verstecken sich in ihren Kabäuschen und plaudern über Kinder und Geliebte. Dann kommen der tröstlich helle Morgen und tief unten die gelbsandige Küste Australiens und die falsche Tageszeit, und selbst die bestgekleideten, bestaussehenden Passagiere sind abgespannt und grantig, benommen wie nach einer langen Überfahrt im Zwischendeck. Bevor sie den Flieger verlassen dürfen, wird noch ein letzter Anschlag verübt. Behaarte Männer in Shorts dringen ein und besprühen alles mit Insektengift.

»So werden wir vielleicht eines Tages auch im Himmel empfangen«, hört sich Gail schon zu Will sagen. »Irgendwelche Leute überhäufen dich mit Blumen, die du nicht haben willst, alle haben Kopfschmerzen und Verstopfung, und am Ende musst du dich gegen Erdenkeime besprühen lassen.«

Ihre alte Gewohnheit, sich für Will schlagfertige und leichtherzige Dinge auszudenken.

Nach Wills Fortgang kam es Gail vor, als füllte sich ihr Geschäft mit Frauen. Nicht unbedingt Kleiderkäuferinnen. Das war ihr egal. Es war wie in den längst vergangenen Zeiten, vor Will. Frauen saßen in uralten Sesseln neben Gails Bügelbrett und Zuschneidetisch, hinter den ausgeblichenen Batikgardinen, und tranken Kaffee. Gail fing wieder an, die Kaffeebohnen selbst zu mahlen, wie früher. Die Schneiderpuppe war bald mit Perlen behängt und stellenweise mit obszönen Graffiti bekritzelt. Man erzählte sich Geschichten über Männer, zumeist über Männer, die gegangen waren. Von Lügen und Ungerechtigkeiten und Streitereien. Seitensprünge, die so entsetzlich waren – und dabei so typisch –, dass man sich nur vor Lachen biegen konnte, wenn man davon hörte. Männer hielten blödsinnige Reden *(Es tut mir leid, aber ich fühle mich an diese Ehe nicht mehr gebunden.)* Sie boten ihren Frauen Autos und Möbel zum Kauf an, die von den Frauen selbst bezahlt worden waren. Sie liefen mit stolzgeschwellter Brust umher, weil sie es geschafft hatten, ein taufrisches Weiblein zu schwängern, das jünger war als ihre eigenen Kinder. Sie waren gemein und kindisch. Was blieb einem übrig, als ihnen abzuschwören? In aller Ehre, aus Stolz und zum eigenen Schutz?

Gail verging schon bald die Freude an diesem Tun. Zu viel Kaffee konnte die Haut röten. Unter den Frauen brach ein verdeckter Krieg aus, als sich herausstellte, dass eine von ihnen eine Partnerschaftsanzeige aufgegeben hatte. Gail wechselte von Kaffee mit den Freundinnen zu Drinks mit Cleata, Wills Mutter. Wider Erwarten brachte ihr das Ernüchterung. Ein Rest Übermut zeigte sich noch in den Zetteln, die sie an ihre Tür hängte, damit sie an Sommernachmittagen früher gehen konnte. (Ihre Angestellte, Donalda, war im Urlaub, und es lohnte sich nicht, eine weitere einzustellen.)

Bin in der Oper.
Bin in der Klapse.
Bin Sack und Asche einkaufen.

Eigentlich stammten die Sprüche gar nicht von ihr, sondern von Will, der sie damals in ihrer Anfangszeit aufgeschrieben und an ihre Tür gepinnt hatte, wenn sie nach oben entfliehen wollten. Ihr war zu Ohren gekommen, dass Leute, die von weither kamen, um ein Kleid für eine Hochzeit zu kaufen, oder Mädchen, die sich für das College einkleiden wollten, den frivolen Ton nicht billigten. Das war ihr gleich.

Auf Cleatas Veranda wurde Gail ruhig, sie schöpfte verhalten Hoffnung. Wie die meisten richtigen Trinker blieb Cleata immer bei einem Getränk – in ihrem Fall Scotch – und schien Abwechslungen komisch zu finden. Doch machte sie Gail einen Gin Tonic oder einen Bacardi mit Soda. Sie schenkte ihr zum ersten Mal Tequila ein. »Himmlisch ist das«, sagte Gail manchmal und meinte nicht nur den Drink, sondern die vor Insekten geschützte Veranda und den von Hecken umgebenen Garten, das alte Haus hinter ihnen mit den Fensterläden, gebohnerten Fußböden, unpraktisch hohen Küchenschränken und altmodischen Blümchengardinen. (Cleata hatte nichts fürs Renovieren übrig.) Dies war das Haus, in dem Will geboren war und Cleata ebenfalls, und als Will zum ersten Mal Gail dorthin mitgebracht hatte, hatte sie gedacht: So leben wirklich zivilisierte Menschen. Die Nachlässigkeit und Wohlanständigkeit, der Respekt für alte Bücher und altes Geschirr. Die absurden Dinge, über die Will und Cleata sich ganz natürlich unterhielten. Und die Dinge, über die sie und Cleata sich nicht unterhielten – Wills derzeitige Abtrünnigkeit, die Krankheit, die schuld ist, dass Cleatas Arme und Beine unter ihrer tiefen Bräune wie lackierte Stöcklein aussehen und ihre von den lose zurückgesteckten weißen Haaren umrahmten Wangen hohl sind. Sie und Will haben das gleiche leicht äffische Gesicht, mit verträumten, spöttischen dunklen Augen.

Stattdessen erzählte Cleata von dem Buch, das sie gerade las, *The Anglo-Saxon Chronicle*. Sie behauptete, das finstere Mittelalter sei nicht etwa finster, weil es unerforschlich sei, sondern weil wir nichts von dem, was wir darüber erführen, behalten könnten, und zwar wegen der Namen.

»Caedwalla«, sagte sie. »Egfrith. Das sind einfach keine Namen, die uns heute noch leicht von der Zunge gehen.«

Gail versuchte sich ins Gedächtnis zu rufen, in welchen Epochen oder Jahrhunderten das finstere Mittelalter geherrscht hatte, aber ihre Unwissenheit war ihr nicht peinlich. Cleata machte sich ohnehin lustig über diese ganzen Geschichten.

»Aelfflaed«, sagte Cleata und buchstabierte den Namen. »Aelfflaed, was für ein Name für eine Heldin!«

Wenn Cleata an Will schrieb, schrieb sie wahrscheinlich von Aelfflaed und Egfrith. Nicht von Gail. Nicht: *Gail war hier und sah in so einer Art seidigem grauen Sommer-Pyjama sehr hübsch aus. Sie war gut in Form, machte recht geistreiche Bemerkungen* ... Genau wie sie nie zu Gail sagen würde: »Ich habe meine Zweifel, was die Turteltauben angeht. Wenn ich zwischen den Zeilen lese, kann ich nicht umhin, mich zu fragen, ob nicht langsam die Desillusionierung einsetzt ...«

Als Gail Will und Cleata kennenlernte, waren sie ihr vorgekommen wie Figuren aus einem Buch. Ein Sohn, der, allem Anschein nach zufrieden, noch in mittleren Jahren bei seiner Mutter wohnte. Gail sah darin ein Leben, das förmlich und absurd und beneidenswert war und zumindest nach außen hin zölibatär, züchtig und sicher wirkte. Sie sieht es immer noch ein wenig so, obwohl Will in Wahrheit nicht immer zu Hause gelebt hat und weder zölibatär noch heimlich homosexuell ist. Er war jahrelang fort gewesen, hatte – als Angestellter beim National Film Board und der Canadian Broadcasting Corporation – sein eigenes Leben gelebt und seinen Posten erst kurz zuvor aufgegeben, um nach Walley zurückzukehren und Lehrer zu werden. Was hatte ihn zur Kündigung veranlasst? Dies und das, sagte er. Machiavellis hier wie dort. Imperiales Gehabe. Erschöpfung.

Gail war eines Sommers in den siebziger Jahren nach Walley gekommen. Ihr damaliger Freund war

Bootsbauer, und sie verkaufte Kleidung, die sie selbst schneiderte – Capes mit Applikationen, Blusen mit bauschigen Ärmeln, lange bunte Röcke. Als der Winter kam, räumte man ihr hinten im Kunsthandwerksladen einen Platz ein. Sie lernte, wie man Ponchos und dicke Socken aus Bolivien und Guatemala importierte. Sie fand Frauen vor Ort, die für sie Pullover strickten. Eines Tages sprach Will sie auf der Straße an und bat sie, ihm mit den Kostümen für das Stück zu helfen, das er inszenierte. – *Wir sind noch einmal davongekommen.* Ihr Freund zog nach Vancouver.

Sie erzählte Will schon früh einiges von sich, falls er sonst auf die Idee käme, dass sie mit ihrem stabilen Körperbau und ihrer rosigen Haut und der breiten sanftmütigen Stirn genau die richtige Frau zur Gründung einer Familie wäre. Sie erzählte ihm, dass sie einmal ein Kind gehabt hatte. Als sie und ihr Freund in einem geborgten Laster Möbel transportiert hatten, von Thunder Bay nach Toronto, war Kohlenmonoxid eingedrungen, gerade so viel, dass ihnen übel wurde, aber andererseits so viel, dass das Baby, das sieben Wochen alt war, erstickt war. Danach wurde Gail krank – sie bekam eine Unterleibsentzündung. Sie beschloss, kein Kind mehr zu bekommen, und da das ohnehin schwierig gewesen wäre, ließ sie sich die Gebärmutter herausnehmen.

Will bewunderte sie. Und sagte ihr das. Er fühlte sich nicht verpflichtet zu sagen: Oh, wie tragisch! Er machte nicht die leiseste Bemerkung darüber, dass der Tod eine Folge der Entscheidungen war, die Gail getroffen hatte. Damals war er von ihr betört. Er fand sie mutig und großzügig und einfallsreich und begabt. Die Kostüme, die sie für ihn entwarf und nähte, waren perfekt, unfassbar gut. Gail fand, diese Sicht ihrer Person, ihres Lebens zeigte eine rührende Unschuld. Ihr schien, dass sie, weit davon entfernt, ein freier, großzügiger Geist zu sein, oft ängstlich und verzagt gewesen war und viel Zeit damit zugebracht hatte, Wäsche zu waschen und sich Sorgen ums Geld zu machen und in dem Gefühl zu leben, sie stehe bei jedem Mann, der etwas mit ihr anfing, tief in der Schuld. Sie hatte damals nicht den Eindruck, in Will verliebt zu sein, aber ihr gefiel sein Aussehen – sein kraftvoller Körper, den er so aufrecht hielt, dass er größer wirkte, als er war, sein zurückgeworfener Kopf, die glänzende hohe Stirn, das ergrauende weiche Kraushaar. Sie beobachtete ihn gern bei den Proben oder wenn er sich mit seinen Schülern unterhielt. Wie fähig und unerschrocken er als Regisseur wirkte, wie beeindruckend als Persönlichkeit, wenn er durch die Highschool-Korridore oder die Straßen von Walley ging. Und dann die leicht altmodischen, bewundernden Gefühle, die er für sie hegte, seine Zuvorkommenheit als Liebhaber, der fremdartige Reiz seines Hauses und seines Lebens mit Cleata – das alles vermittelte Gail das Gefühl, einmalig herzlich an einem

Ort aufgenommen zu werden, an den sie womöglich gar nicht wirklich gehörte. Das machte ihr damals nichts aus – sie hatte am längeren Hebel gesessen.

Und wann hatte das aufgehört? Als es ihm zur Gewohnheit wurde, mit ihr zu schlafen, nachdem sie zusammengezogen waren; als sie so viel Arbeit in das Häuschen am Fluss steckten und sich herausstellte, dass sie sich bei solchen Arbeiten geschickter anstellte als er?

War sie ein Mensch, der glaubte, einer müsse am längeren Hebel sitzen?

Es kam eine Zeit, da konnte schon der Ton seiner Stimme, die sagte: »Dein Schnürsenkel ist offen«, wenn sie auf einem Spaziergang vor ihm ging – da konnte schon der Ton allein –, sie mit Verzweiflung erfüllen, weil sie daraus hörte, dass sie auf ein trostloses Terrain geraten waren, wo seine Enttäuschung über sie grenzenlos war und wo es zwecklos war, gegen seine Verachtung für sie anzugehen. Irgendwann geriet sie aus dem Tritt und wurde von Zorn übermannt – dann durchlebten sie Tage und Nächte grimmiger Hoffnungslosigkeit. Bis der Durchbruch kam, die süße Versöhnung, die Witze und die verwirrte Erleichterung. So ging es in ihrem Leben fort – sie verstand es weder richtig, noch hätte sie sagen können, ob es genauso lief wie bei allen anderen. Aber die friedlichen Phasen schienen länger zu werden, die Gefahren schienen zurückzuweichen, und sie hatte nicht die leiseste Ahnung, dass er darauf lauerte, jemanden wie diese Neue kennenzulernen, diese Sandy, die ihm genauso fremd und betörend erscheinen würde wie seinerzeit Gail.

Wahrscheinlich hatte auch Will keine Ahnung davon gehabt.

Er hatte nie viel über Sandy – Sandra – zu sagen gehabt, die im vergangenen Jahr mit einem Austauschprogramm nach Walley gekommen war, um zu sehen, wie an kanadischen Schulen Schauspiel unterrichtet wurde. Er hatte gesagt, sie sei eine junge Janitscharin. Dann hatte er gesagt, sie würde den Ausdruck aber vielleicht gar nicht kennen. Sehr bald hatte sich mit ihrem Namen eine knisternde Spannung oder Gefahr verbunden. Gail wurden Informationen zugetragen. Sie erfuhr, dass Sandy Will vor seiner Klasse herausgefordert hatte. Sandy hatte gesagt, die Stücke, die er aufführen wolle, seien »nicht relevant«. Oder vielleicht »nicht revolutionär«.

»Aber er mag sie«, sagte einer seiner Schüler. »O ja, er ist ganz hin und weg von ihr.«

Sandy blieb nicht lange in Walley. Sie reiste weiter, um an anderen Schulen beim Schauspielunterricht zu hospitieren. Aber sie schrieb Will, und vermutlich schrieb er wieder. Denn es stellte sich heraus, dass sie sich ineinander verliebt hatten. Will und Sandy hatten sich ernsthaft ineinander verliebt, und am Ende des Schuljahres folgte Will ihr nach Australien.

Sie liebten sich. Als Will es ihr sagte, rauchte Gail gerade einen Joint. Sie hatte wieder damit angefangen, weil das Zusammensein mit Will sie so nervös machte.

»Du meinst, es liegt nicht an mir?«, sagte Gail. »Du meinst, ich bin nicht die Schuldige?«

Sie war vor Erleichterung wie berauscht. Sie steigerte sich in eine verwegene, ausgelassene Stimmung hinein und verwirrte Will so, dass er mit ihr ins Bett ging.

Am nächsten Morgen vermieden sie es nach Möglichkeit, sich gleichzeitig im selben Zimmer aufzuhalten. Sie kamen überein, sich nicht zu schreiben. Vielleicht später, sagte Will. Gail sagte: »Wie du meinst.«

Doch eines Tages sah Gail bei Cleata seine Schrift auf einem Umschlag, der ganz gewiss so hingelegt worden war, dass sie ihn finden musste. Cleata hatte ihn hingelegt – Cleata, die nie ein Wort über die Flüchtigen sagte. Gail schrieb sich den Absender ab: 16 Eyre Rd., Toowong, Brisbane, Queensland, Australia.

Erst beim Anblick von Wills Handschrift ging ihr auf, wie sinnlos alles für sie geworden war. Dieses schmucklose, prävictorianische Haus in Walley und die Veranda und die Drinks und der Trompetenbaum, den sie immerfort anschaute, hinten in Cleatas Garten. Alle Bäume und Straßen in Walley, alle befreienden Ausblicke auf den See und die Gemütlichkeit ihres Ladens. Sinnlose Ausschneidepuppen, Attrappen und Kulissen. Die Wirklichkeit fand, vor ihr verborgen, in Australien statt.

Das war der Grund, weshalb sie sich in dem Flugzeug neben der Frau mit den Brillantringen wiederfand. Ihre eigenen Hände tragen keine Ringe, keinen Lack auf den Nägeln – ihre Haut ist von der vielen Arbeit mit Stoffen trocken geworden. Früher hatte sie die Kleider, die sie schneiderte, als »Handarbeit« bezeichnet, bis Will ihr den Ausdruck verleidete. Sie kann immer noch nicht recht einsehen, was daran verkehrt war.

Sie verkaufte den Laden – an Donalda, die ihn schon lange hatte kaufen wollen. Sie nahm das Geld, und sie buchte einen Flug nach Australien und erzählte niemandem, wohin die Reise ging. Sie schwindelte, erzählte von einem langen Urlaub, der in England beginnen sollte. Dann für den Winter irgendwo nach Griechenland, und danach wer weiß?

Am Abend vor ihrer Abreise unterzog sie sich einer Verwandlung. Sie schnitt sich das schwere rötlich graue Haar ab und tönte das verbliebene dunkelbraun. Das Farbergebnis war seltsam – ein tiefes Kastanienbraun, offensichtlich künstlich, aber viel zu trist, um irgendwie glamourös zu wirken. Sie suchte sich aus ihrem Laden – obwohl das Inventar ihr nicht mehr gehörte – ein Kleid in einem Stil aus, den sie normalerweise nie wählen würde, ein dunkelblaues Jackenkleid aus Polyester im Leinen-Look mit roten und gelben Blitzstreifen. Sie ist groß, mit breiten Hüften, und sie trägt normalerweise Sachen, die weit und fließend fallen. Dieses Outfit macht ihre Schultern breit und schneidet ihre Beine an einer wenig schmeichelhaften Stelle über den Knien ab. In welchen Frauentyp hat sie sich verwandeln wollen? In den Typ, mit dem eine Frau wie Phyllis gern Bridge spielte? Wenn ja, dann hat sie ihr Ziel verfehlt. Sie hat erreicht, dass sie wie eine Frau aussieht, die den größten Teil ihres Lebens in Uniform zugebracht hat, in einem ehrenwerten, schlecht bezahlten Job (vielleicht in einer Krankenhauskantine?), und die jetzt zu viel Geld für ein flottes Kleid ausgegeben hat, das sich im Urlaub ihres Lebens als unpassend und unbequem erweisen wird.

Das macht nichts. Es ist eine Verkleidung.

Im Waschraum am Flughafen, auf einem neuen Kontinent, sieht sie, dass die dunkle, am Abend vorher nicht vollständig ausgespülte Haartönung sich mit ihrem Schweiß vermischt hat und ihr den Hals hinunterrinnt.

Gail ist in Brisbane gelandet, immer noch nicht auf die neue Uhrzeit eingestellt, und leidet unter der irrsinnig heißen Sonne. Sie trägt immer noch ihr scheußliches Kleid, aber sie hat sich die Haare gewaschen, so dass die Farbe nicht mehr verläuft.

Sie hat ein Taxi genommen. Müde wie sie ist, kann

sie nicht rasten, kann sie nicht ruhen, bis sie gesehen hat, wo die beiden wohnen. Sie hat bereits einen Stadtplan gekauft und die Eyre Road gefunden. Eine kurze kurvige Straße. Sie lässt sich an der Ecke absetzen, wo es ein kleines Lebensmittelgeschäft gibt. Das dürfte der Laden sein, wo sie ihre Milch kaufen, oder andere Sachen, die einem zwischendurch ausgehen. Spülmittel. Aspirin. Tampons.

Dass Gail Sandy nie kennengelernt hat, war natürlich ein bedrohliches Zeichen. Offenbar hat Will sehr schnell etwas geahnt. Spätere Versuche, ihm eine Beschreibung zu entlocken, brachten nicht viel. Eher groß als klein. Eher dünn als dick. Eher blond als dunkel. Vor Gails geistigem Auge entstand das Bild eines dieser langbeinigen, kurzhaarigen, dynamischen und knabenhaft attraktiven Mädchen. Dieser *Frauen.* Aber sie würde Sandy nicht erkennen, wenn sie ihr begegnete.

Würde jemand Gail erkennen? Mit ihrer Sonnenbrille und ihrem komischen Haar fühlt sie sich so verändert, als wäre sie unsichtbar. Auch die Tatsache, dass sie in einem fremden Land ist, hat sie verwandelt. Sie ist noch nicht darauf eingestimmt. Wenn sie erst eingestimmt ist, wird sie die Kühnheiten, die sie sich jetzt zutraut, womöglich nicht mehr wagen. Sie muss sofort durch diese Straße gehen, das Haus anschauen, sonst wird sie es vielleicht gar nicht mehr fertigbringen.

Die Straße, in die das Taxi eingebogen ist, führt steil

vom braunen Fluss bergauf. Die Eyre Road verläuft oben auf einem Kamm. Sie hat keinen Bürgersteig, nur einen staubigen Fußpfad. Keine Fußgänger, keine vorbeifahrenden Autos, kein Schatten. Zäune aus Brettern oder einer Art Astgeflecht – Akazien? – und in einigen Fällen hohe, blühende Hecken. Nein, die Blüten sind in Wirklichkeit rosaviolette oder purpurne Blätter. Bäume, die Gail nicht kennt, hängen über die Zäune. Sie haben harte staubige Blätter, schuppige oder faserige Rinde, verbreiten eine Atmosphäre dekorativer Schäbigkeit. Sie haben etwas Gleichgültiges oder vage Böswilliges, das sie mit den Tropen assoziiert. Vor ihr auf dem Pfad trippeln zwei Perlhühner, stolz und grotesk.

Das Haus, in dem Will und Sandy wohnen, ist hinter einem blassgrün gestrichenen Bretterzaun versteckt. Gails Herz krampft sich zusammen – ihr Herz wird grausam umklammert, als sie diesen Zaun sieht, dieses Grün.

Die Straße ist eine Sackgasse, deshalb muss sie umkehren. Sie geht noch einmal am Haus vorbei. Der Zaun hat ein Doppeltor, durch das ein Auto aus- und einfahren kann. Und ein Briefschlitz ist da auch. Genauso einen hat sie vorher schon bemerkt, in einem Zaun vor einem anderen Haus. Der ist ihr aufgefallen, weil eine Zeitung herausragte. Demnach ist der Briefkasten nicht sehr tief, und eine Hand, die hineinschlüpft, könnte einen hochkant stehenden Umschlag greifen. Sofern die Post noch nicht von einem der Hausbewohner herausgeholt wurde. Gail steckt wirklich eine Hand hinein. Sie kann nicht anders. Und sie stößt auf einen Brief, ganz wie sie sich das gedacht hat. Den steckt sie in ihre Handtasche.

Vom Laden an der Ecke aus ruft sie ein Taxi an. »Aus welchem Teil der USA sind Sie?«, fragt sie der Mann dort.

»Texas«, sagt sie. Sie hat eine Ahnung, dass es hier gerngesehen ist, wenn jemand aus Texas kommt, und tatsächlich zieht der Mann die Augenbrauen hoch und pfeift.

»Hab ich mir gedacht«, sagt er.

Auf dem Umschlag ist Wills Schrift. Kein Brief an Will also, sondern ein Brief von ihm. Ein Brief, adressiert an Ms Catherine Thornaby, 491 Hawtre Street. Ebenfalls in Brisbane. Quer über die Anschrift hat jemand anders gekrakelt: »Zurück an Absender, Empfänger am 13. Sept. verstorben.« Einen Augenblick lang glaubt Gail in ihrer Verwirrung, das heiße, Will sei verstorben.

Sie muss sich beruhigen, sammeln, eine Weile aus der Sonne gehen.

Nichtsdestotrotz nimmt sie, sobald sie den Brief in ihrem Hotelzimmer gelesen und sich frisch gemacht hat, noch einmal ein Taxi, diesmal in die Hawtre Street, und findet wie erwartet ein Schild im Fenster vor: »Wohnung zu vermieten.«

Doch was steht in dem Brief, den Will an Ms Catherine Thornaby in der Hawtre Street geschrieben hat?

Liebe Ms Thornaby,
Sie kennen mich nicht, aber ich hoffe, dass wir uns, wenn
ich erklärt habe, wer ich bin, einmal treffen können. Ich
glaube, ich könnte ein kanadischer Verwandter von Ihnen
sein, denn mein Großvater ist irgendwann in den siebziger
Jahren des letzten Jahrhunderts aus Northumberland nach
Kanada ausgewandert, etwa zur gleichen Zeit, als ein
Bruder von ihm nach Australien ging. Mein Großvater
hieß William, wie ich, sein Bruder hieß Thomas. Natürlich
habe ich keinen Beweis dafür, dass Sie eine Nachfahrin die-
ses Thomas sind. Ich habe schlicht in das Brisbaner Tele-
fonbuch geschaut und zu meiner Freude eine Thornaby
gefunden, die sich genauso schreibt wie ich. Früher fand ich
diese Suche nach alten Verwandten unvorstellbar dämlich
und langweilig, aber jetzt, wo ich selbst damit anfange, ent-
decke ich darin etwas merkwürdig Aufregendes. Vielleicht
ist es mein Alter – ich bin 56 –, das mich auf einmal drängt,
Verbindungen zu suchen. Außerdem habe ich mehr Zeit
und Muße, als ich gewohnt bin. Meine Frau arbeitet hier
an einem Theater, das sie Tag und Nacht auf Trab hält.
Sie ist eine hochintelligente, dynamische junge Frau. (Sie
schimpft mit mir, wenn ich ein weibliches Wesen über 18 als
Mädchen bezeichne, und ist selbst erst 28!) In Kanada war
ich an einer Highschool Lehrer für Schauspiel, aber in
Australien habe ich bisher noch keine Arbeit gefunden.

Meine Frau. Er bemüht sich, bei der möglichen Cousine einen ehrenwerten Eindruck zu machen.

Lieber Mr Thornaby,
es könnte sein, dass unser gemeinsamer Name häufiger
vorkommt, als Sie vermuten, auch wenn ich zurzeit Ihre
einzige Namensvetterin im Brisbaner Telefonbuch bin.
Vielleicht ist Ihnen nicht bekannt, dass der Name von
Thorn Abbey kommt, einer Ruine, die bis heute in Nor-
thumberland zu besichtigen ist. Die Schreibweise variiert –
Thornaby, Thornby, Thornabbey, Thornabby. Im Mittel-
alter wurde der Name des Adelsherrn von allen, die auf
seinem Land arbeiteten, als Familienname angenommen,
einschließlich der Tagelöhner, Schmiede, Schreiner etc.
Folglich leben in aller Welt verstreut eine Unzahl von
Leuten, die sich eines Namens bedienen, auf den sie –
streng genommen – kein Anrecht besitzen. Nur wer seine
Abstammung zur Familie im zwölften Jahrhundert zu-
rückführen kann, zählt zu den echten, Wappen führenden
Thornabys. Besitzt also die Berechtigung, das Familien-
wappen zu benutzen. Zu diesen Thornabys gehöre ich,
und da Sie weder etwas von dem Wappen erwähnen noch
Ihre Ahnenreihe weiter als bis zu jenem William zurück-
verfolgen, nehme ich an, dass Sie nicht dazugehören. Mein
Großvater hieß Jonathan.

Dies schreibt Gail auf einer alten tragbaren Schreibmaschine, die sie im Secondhandladen an ihrer Straße erstanden hat. Mittlerweile wohnt sie in der Hawtre Street 491, in einem Wohnhaus mit dem Namen Miramar. Es ist ein zweigeschossiges Haus mit schmuddeligem cremefarbenem Putz und gedrehten Säulen beidseits eines vergitterten Eingangs. Der Baustil ist entfernt maurisch oder spanisch oder kalifornisch, wie der mancher alter Kinos. Der Hausverwalter beschrieb die Wohnung als sehr modern.

»Eine ältere Dame hat drin gewohnt, aber sie ist ins Krankenhaus gekommen. Als sie starb, ist jemand gekommen und hat ihre persönliche Habe abgeholt, aber die Möbel, die zur Grundausstattung der Wohnung gehören, sind noch da. Aus welchem Teil der USA sind Sie?«

Oklahoma, sagte Gail. Mrs Massie aus Oklahoma.

Der Hausverwalter sieht aus wie ungefähr siebzig. Er trägt eine Brille, die seine Augen vergrößert, und er hat einen schnellen, aber recht unsicheren, leicht vorgebeugten Gang. Er spricht von Schwierigkeiten – der Zunahme ausländischer Elemente in der Bevölkerung, die es einem schwermacht, gute Handwerker zu finden; der Nachlässigkeit einiger Mieter; den bösen Passanten, die ständig Müll auf den Rasen werfen. Gail fragt ihn, ob er dem Postamt schon Bescheid gegeben habe. Er sagt, das habe er längst vorgehabt, aber die Dame habe kaum Post bekommen. Nur einmal einen Brief. Seltsamerweise sei er genau einen Tag nach ihrem Tod gekommen. Er habe ihn zurückgeschickt.

»Ich mach's«, sagte Gail. »Ich gebe auf der Post Bescheid.«

»Ich werde aber unterschreiben müssen. Bringen Sie mir eins von diesen Formularen mit, dann unterschreibe ich es, und Sie können es einreichen. Da wäre ich dankbar.«

Die Wände der Wohnung sind weiß gestrichen – das muss das Moderne daran sein. Sie ist mit Bambusrollos ausgestattet, einer winzigen Küche, einer grünen Schlafcouch, einem Tisch, einer Kommode und zwei Stühlen. An der Wand ein Bild, das ein Gemälde oder ein koloriertes Foto sein könnte. Eine gelblich grüne Wüstenlandschaft mit Felsen und Beifußgestrüpp und fernen grauen Bergen. Gail ist sich sicher, es schon einmal gesehen zu haben.

Die Miete hat sie bar bezahlt. Eine Zeitlang war sie damit beschäftigt, Bettwäsche und Handtücher und Lebensmittel zu besorgen, ein paar Töpfe, ein bisschen Geschirr, die Schreibmaschine. Sie musste ein Konto eröffnen, aus einer Reisenden zu einer Einwohnerin des Landes werden. Kaum einen Straßenblock entfernt liegen Geschäfte. Ein Supermarkt, ein Secondhandladen, eine Drogerie, eine Teestube. Es sind allesamt bescheidene Unternehmen, die bunte Papierstreifen in den Eingängen hängen haben und über den Bürgersteigen hölzerne Vordächer. Ihr Angebot ist beschränkt. Die Teestube hat nur zwei Tische, der Secondhandladen hat kaum mehr zu bieten als das aussortierte Allerlei eines einzelnen gewöhnlichen Haushalts. Im Lebensmittelladen stehen die Cornflakes-Packungen und in der Drogerie die Hustensaftflaschen einzeln auf den Regalen, als wären sie von besonderem Wert oder besonderer Bedeutung.

Doch sie hat alles gefunden, was sie braucht. Im Secondhandladen hat sie ein paar weite geblümte Baumwollkleider gefunden, eine Strohtasche für ihre Einkäufe. Jetzt sieht sie aus wie die anderen Frauen, denen sie auf der Straße begegnet. Hausfrauen mittleren Alters mit bloßen, aber blassen Armen und Beinen, die frühmorgens oder spätnachmittags einkaufen gehen. Sie hat sich auch einen breitkrempigen Strohhut gekauft wie die anderen Frauen, um ihr Gesicht vor der Sonne zu schützen. Verschattete, weiche, sommersprossige, blinzelnde Gesichter.

Abends gegen sechs bricht ganz plötzlich die Nacht herein, und sie muss eine Beschäftigung für die Abendstunden finden. In der Wohnung gibt es keinen Fernseher. Doch ein Stückchen hinter den Geschäften gibt es eine Leihbücherei, die eine alte Frau in ihrem Wohnzimmer unterhält. Diese Frau trägt ein Haarnetz und trotz der Hitze lange graue Baumwollstrümpfe. (Wo kann man heute noch graue Baumwollstrümpfe finden?) Sie sieht unterernährt aus und hat farblose, schmale, ernste Lippen. Sie ist es, in die Gail sich hineinversetzt, als sie den Brief von Catherine Thornaby schreibt. In Gedanken nennt sie die

277

Frau mit der Bücherei jedes Mal so, wenn sie sie sieht, also fast jeden Tag, weil man nur ein Buch auf einmal ausleihen darf und Gail meistens ein Buch pro Nacht liest. Sie denkt: Da ist Catherine Thornaby, tot und ein paar Straßen weiter in eine neue Existenz geschlüpft.

Das ganze Drumherum über Wappen führende und nicht Wappen führende Thornabys hat Gail aus einem Buch. Nicht aus einem der Bücher, die sie jetzt liest, sondern aus einem, das sie in ihrer Jugend gelesen hat. Der Held war der nicht Wappen führende, aber hochverdiente Erbe eines großen Vermögens. Wie das Buch hieß, weiß sie nicht mehr. Damals lebte sie mit Leuten zusammen, die in einem fort *Steppenwolf* oder *Der Wüstenplanet* oder Texte von Krischnamurti lasen, und schämte sich dafür, dass sie historische Romane las. Sie glaubt nicht, dass Will ein solches Buch gelesen oder sich solches Wissen angeeignet haben würde. Und sie ist sich sicher, dass er antworten wird, um Catherine zurechtzuweisen.

Sie wartet und liest die Bücher aus der Leihbücherei, die aus einer noch früheren Zeit zu stammen scheinen als die Romane, die sie vor zwanzig Jahren gelesen hat. Manche davon hatte sie sich aus der öffentlichen Bücherei in Winnipeg geholt, bevor sie von zu Hause wegging, und schon damals hatten sie altmodisch gewirkt. *The Girl of the Limberlost. The Blue Castle. Maria Chapdelaine.* Solche Bücher erinnern sie naturgemäß an ihr Leben vor Will. Dieses Leben hatte es gegeben, und sie konnte durchaus etwas daraus herüberretten, wenn sie wollte. Sie hat eine Schwester in Winnipeg. Sie hat eine Tante dort, in einem Pflegeheim, die noch immer Bücher auf Russisch liest. Gails Großeltern sind aus Russland eingewandert, ihre Eltern konnten noch Russisch sprechen, sie heißt in Wirklichkeit nicht Gail, sondern Galya. Sie hat sich von ihrer Familie losgesagt – oder die sich von ihr –, als sie mit achtzehn von zu Hause weggegangen ist, um durch das Land zu ziehen, wie es damals üblich war. Zunächst mit Freunden, dann mit einem festen Freund, dann mit dem nächsten. Sie hat Perlen aufgezogen und Schals gebatikt und sie auf der Straße verkauft.

Liebe Ms Thornaby,
haben Sie Dank für Ihre Aufklärung über den wichtigen
Unterschied zwischen den Wappen führenden und nicht
Wappen führenden Thornabys. Ich entnehme Ihren
Worten, dass Sie einen starken Verdacht hegen, ich könnte
mich als einer der Letzteren entpuppen. Verzeihen Sie bitte
vielmals – ich hatte nicht die Absicht, so heiligen Grund zu
betreten oder das Wappen der Thornabys auf meinem
T-Shirt zu tragen. In meiner Heimat legen wir nicht viel
Wert auf solche Dinge, und ich dachte, in Australien
wäre das nicht anders, aber wie ich sehe, habe ich mich
getäuscht. Vielleicht sind Sie bereits zu fortgeschrittenen
Alters, um den Wertewandel bemerkt zu haben. Im Gegen-

satz zu mir, der ich im Lehrberuf tätig war und zudem
ständig mit den forschen Argumenten einer jungen Ehefrau
konfrontiert bin.
Ich hatte schlicht die unschuldige Absicht, Kontakt zu
einem Menschen in diesem Land zu knüpfen, der außer-
halb des Theater- und Universitätsmilieus lebt, dem meine
Frau und ich nicht zu entkommen scheinen. Ich habe eine
Mutter in Kanada, die mir fehlt. Um ehrlich zu sein, hat
Ihr Brief mich ein wenig an sie erinnert. Sie wäre imstande,
einen solchen Brief im Scherz zu verfassen, aber ich be-
zweifle, dass Sie scherzen. Mir klingt er eher wie ein Fall
von übertriebenem Ahnenstolz.

Wenn er beleidigt und auf eine bestimmte Weise be-
fremdet ist – auf eine Weise, die schwer vorherzuse-
hen und für die meisten Leute schwer zu erkennen
ist –, wird Will grob sarkastisch. Die Ironie verlässt
ihn. Er schlägt um sich und erreicht damit, dass die
Betroffenen peinlich berührt sind, nicht wegen ihres
Verhaltens, wie er es beabsichtigt, sondern seinetwil-
len. Es kommt selten vor, und wenn, dann bedeutet es
meistens, dass er sich extrem verkannt fühlt. Es bedeutet, dass er sich nicht einmal mehr selbst mag.

Darum also geht es. So sieht es Gail. Vielleicht wurde
er neben Sandy und ihren jungen Freunden mit ihrem
ungestümen Selbstvertrauen, ihrer taktlosen Selbst-
gerechtigkeit deprimiert. Weil sein Scharfsinn nicht
ankam, seine Passionen überholt waren. Und er keine

Möglichkeit fand, von ihnen wahrgenommen zu werden. So dass sein Stolz darauf, mit Sandy zusammen zu sein, allmählich schal wurde.

So sieht sie es. Er ist unsicher und unglücklich und sucht eine neue Bekanntschaft. Er ist auf Familienbande verfallen, hier in diesem Land unaufhörlicher Blüte und kiebiger Vögel und sengend heißer Tage und urplötzlich pechschwarzer Nächte.

Lieber Mr Thornaby,
haben Sie wirklich erwartet, dass ich, bloß weil ich denselben Familiennamen habe wie Sie, die Tür aufreiße und den »roten Teppich« auslege – wie Sie, meine ich, in Amerika sagen, wozu Kanada wohl eindeutig gehört? Es mag sein, dass Sie hier eine zweite Mutter suchen, aber das verpflichtet mich wohl kaum dazu, eine zu sein. Übrigens täuschen Sie sich in meinem Alter – ich bin einige Jahre jünger als Sie, deshalb machen Sie sich bitte kein Bild von mir als ältliche Jungfer mit Haarnetz und grauen Baumwollstrümpfen. Ich kenne die Welt wahrscheinlich genauso gut wie Sie. Als Einkäuferin für Damenmode für ein großes Kaufhaus komme ich viel herum. Deshalb sind meine Vorstellungen nicht so überholt, wie Sie glauben.
Sie sagen nicht, ob Ihre vielbeschäftigte, forsche junge Frau an dieser familiären Freundschaft teilhaben soll. Es überrascht mich, dass Sie den Wunsch nach weiteren Kontakten hegen. In den Medien lese und höre ich ständig von diesen »Mai-Dezember-Beziehungen« und wie belebend sie wir-

*ken und wie glücklich sich die Männer in die Häuslichkeit
und Elternschaft finden. (Ohne dass jemals von den »Probe-
läufen« mit gleichaltrigen Frauen die Rede ist oder ein
Wort darüber verloren wird, wie diese Frauen sich mit
ihrem Leben in Einsamkeit abfinden!) Vielleicht sollten Sie
Vater werden, um Ihren »Familiensinn« zu befriedigen!*

Gail staunt darüber, wie flüssig sie schreibt. Das
Briefeschreiben ist ihr immer schwergefallen, und
die Resultate waren langweilig und von zweifelhafter
Qualität, mit vielen Bindestrichen und unvollendeten
Sätzen und Entschuldigungen für fehlende Zeit. Woher hat sie diesen geschliffenen, maliziösen Stil – aus
irgendeinem Buch, wie den Unsinn mit den Wappen? Als sie abends im Dunkeln zur Post geht, um den
Brief abzuschicken, fühlt sie sich mutig und zufrieden. Aber am nächsten Morgen wacht sie früh mit
dem Gefühl auf, ganz gewiss zu weit gegangen zu sein.
Darauf wird er niemals antworten, sie wird nie wieder
von ihm hören.

Sie steht auf und geht aus dem Haus, macht einen
Morgenspaziergang. Die Geschäfte sind noch geschlossen, in der Wohnzimmerbücherei sind, so gut es eben
geht, die lädierten Jalousien heruntergelassen. Sie
läuft bis hinunter zum Fluss, wo neben einem Hotel
ein schmaler Park liegt. Später am Tag könnte sie sich
dort nicht aufhalten, weil sich unter den Vordächern
des Hotels immer lärmende Biertrinker drängen und

der Park in Hörweite oder sogar in Flaschenwurfweite liegt. Jetzt sind die Veranden leer, die Türen sind geschlossen, und sie geht hinein, unter die Bäume. Das braune Flusswasser fließt träge zwischen den Mangrovenstümpfen hindurch. Vögel fliegen über das Wasser und lassen sich auf dem Hoteldach nieder. Es sind keine Möwen, wie sie anfangs gedacht hat. Sie sind kleiner als Möwen, und ihre leuchtend weißen Flügel und Bäuche sind mit Rosa durchsetzt.

In dem Park sitzen zwei Männer – einer auf einer Bank, einer im Rollstuhl neben der Bank. Sie erkennt die beiden – sie wohnen bei ihr im Haus und gehen jeden Tag spazieren. Einmal hat sie ihnen die Gittertür aufgehalten, um sie durchzulassen. Sie hat sie in den Geschäften gesehen und in der Teestube am Fenster. Der Mann im Rollstuhl sieht ziemlich alt und krank aus. Die Haut in seinem Gesicht ist blasig wie alte, aufgeplatzte Farbe. Er trägt eine dunkle Brille und ein rabenschwarzes Toupet und darauf eine schwarze Baskenmütze. Sein ganzer Körper ist in eine Decke gehüllt. Auch später am Tag, wenn die Sonne heiß ist – jedes Mal wenn sie die beiden gesehen hat –, ist er in seine karierte Decke gehüllt. Der Mann, der den Rollstuhl schiebt und der jetzt auf der Bank sitzt, ist jung genug, um wie ein zu groß gewordenes Kind auszusehen. Er ist hochgewachsen, mit kräftigen Armen und Beinen, ohne männlich zu wirken. Ein junger Riese, von seiner Körpergröße verwirrt. Stark, aber nicht

sportlich, mit einer vielleicht von Schüchternheit aus-
gelösten Steifheit in den dicken Armen und Beinen
und dem dicken Hals. Rote Haare, nicht nur auf dem
Kopf, sondern auch auf den bloßen Armen und über
den Hemdknöpfen.

Im Vorbeigehen hält Gail inne, sie sagt guten Morgen. Der junge Mann antwortet fast unhörbar. Es
scheint seine Gewohnheit zu sein, mit hoheitsvoller
Gleichgültigkeit in die Welt hinauszusehen, aber sie
hat den Eindruck, auf ihren Gruß hin ist er verlegen
oder ängstlich zusammengezuckt. Trotzdem spricht
sie ihn erneut an und sagt: »Was sind das für Vögel,
die ich überall sehe?«

»Galahs«, sagt der junge Mann, so dass es in ihren
Ohren fast so klingt wie ihr Kindername. Sie will ihn
gerade bitten, den Namen noch einmal zu wiederholen, als der alte Mann unvermittelt einen Strom
von Flüchen ausstößt. Wegen seines australischen Ak-
zents, in dem auch noch ein europäischer mitschwingt,
sind seine Worte verworren und für sie nicht zu verstehen, aber die geballte Bösartigkeit ist nicht zu über-
hören. Und die Flüche sind an sie gerichtet – der Alte
hat sich vorgebeugt, er versucht sogar krampfhaft,
sich aus den Gurten zu befreien, die ihn festhalten. Er
möchte sie anspringen, sich auf sie stürzen und sie
verjagen. Der junge Mann bringt keine Entschuldi-
gung hervor und nimmt keine Notiz von Gail, sondern beugt sich zu dem alten Mann vor und schiebt

ihn mit Worten, die sie nicht hören kann, sanft zurück. Sie sieht ein, dass sie keine Erklärung bekommen wird. Sie geht weiter.

Zehn Tage ohne Brief. Ohne ein Wort. Sie weiß nicht, was sie tun soll. Sie geht jeden Tag spazieren – das ist im Wesentlichen alles, was sie macht. Das Miramar liegt nur ungefähr eine Meile von Wills Straße entfernt. Sie betritt die Straße nie wieder und auch nicht den Laden, in dem sie dem Mann gesagt hat, sie stamme aus Texas. Sie kann sich nicht vorstellen, woher sie am ersten Tag den Mut genommen hat. Allerdings geht sie durch die benachbarten Straßen. Diese Straßen führen jeweils auf Hügelkämmen entlang. Zwischen den Kämmen, an denen die Häuser kleben, liegen steile Schluchten voller Vögel und Bäume. Auch wenn die Sonne heiß wird, verstummen die Vögel nicht. Elstern führen ihr beunruhigendes Gespräch fort, fliegen von Zeit zu Zeit auf und schießen drohend auf ihren hellen Hut zu. Die Vögel mit dem Namen, der wie ihrer klingt, stoßen törichte Schreie aus, wenn sie aufstieben und ihre Bögen fliegen und im Laub verschwinden. Sie läuft, bis sie von der Hitze benommen und verschwitzt ist und einen Sonnenstich zu bekommen fürchtet. Sie fröstelt trotz der Hitze – vor Angst, vor Sehnsucht, Wills ach so vertraute Gestalt zu sehen, dieses eine eher kleine, muntere, frei ausschreitende Paket, das alles enthält, was ihr auf der Welt Schmerz oder Frieden bringen kann.

Lieber Mr Thornaby,
dies ist nur ein kurzer Brief, um mich bei Ihnen zu ent-
schuldigen, für den Fall dass meine Antworten an Sie
unhöflich und übereilt waren, denn das werden sie gewiss
gewesen sein. Ich habe in letzter Zeit einiges durchgemacht
und mich jetzt zur Erholung beurlauben lassen. Unter
solchen Umständen verhält man sich nicht immer so, wie
man möchte, und sieht die Dinge nicht so rational …

Eines Tages geht sie am Hotel und dem Park vorbei.
Auf den Veranden hallt der Lärm der Nachmittags-
trinker. Im Park sind alle Bäume aufgeblüht. Die Blüten haben eine Farbe, die sie kennt, sich aber nie an
Bäumen hätte vorstellen können – ein silbriger Blau-
ton, oder ein silbriges Lila, so zart und schön, dass
man meinen könnte, rundum müsste alles vor Staunen schweigen und in Andacht versinken, aber anscheinend ist dem nicht so.

Als sie wieder im Miramar ankommt, trifft sie den
jungen Mann mit den roten Haaren auf dem Korridor
im Parterre an, vor der Tür zu der Wohnung, in der er
mit dem alten Mann wohnt. Durch die geschlossene
Wohnungstür dringen die Geräusche einer Tirade.

Diesmal lächelt der junge Mann ihr zu. Sie bleibt
stehen, und sie lauschen beide.

Gail sagt: »Wenn Sie sich mal einen Augenblick
hinsetzen möchten, während Sie warten, Sie sind
oben immer willkommen.«

Er schüttelt den Kopf, lächelt aber weiter, wie über einen gemeinsamen Witz. Sie glaubt, noch etwas sagen zu müssen, bevor sie ihn dort zurücklässt, deshalb fragt sie ihn nach den Bäumen im Park. »Diese Bäume am Hotel«, sagt sie. »Wo ich Sie neulich am Morgen getroffen habe. Die stehen jetzt alle in voller Blüte. Wie heißen sie?«

Er sagt ein Wort, das sie nicht versteht. Sie bittet ihn, es noch einmal zu sagen. »Jack Randa«, sagt er. »Das ist das Hotel Jack Randa.«

Liebe Ms Thornaby,
ich war verreist, und als ich wiederkam, lagen Ihre beiden Briefe für mich da. Ich habe sie in der falschen Reihenfolge geöffnet, obwohl das wirklich ohne Bedeutung ist.
Meine Mutter ist gestorben. Ich bin zu ihrer Beerdigung nach Kanada »heimgefahren«. Es ist kalt dort, Herbst. Vieles hat sich verändert. Warum ich das Bedürfnis habe, Ihnen das zu erzählen, weiß ich schlicht nicht. Wir haben uns von Anfang an gründlich missverstanden. Selbst wenn ich Ihre erklärenden Zeilen nach dem ersten Brief nicht bekommen hätte, hätte ich mich auf seltsame Weise über den ersten Brief gefreut. Ich hatte Ihnen einen sehr schnippischen und unfreundlichen Brief geschrieben, und Sie haben mir im gleichen Ton zurückgeschrieben. Das Schnippische und die Unfreundlichkeit und die Bereitschaft, gekränkt zu sein, kommen mir irgendwie bekannt vor. Soll ich es riskieren, Ihren Wappen tragenden Zorn auf

mich zu lenken, indem ich abermals frage, ob wir nicht doch verwandt sein könnten?

Ich treibe hier ohne Halt dahin. Ich bewundere meine Frau und ihre Freunde vom Theater für ihren Schwung, ihre Unverblümtheit und ihr Engagement und für ihre Hoffnung darauf, ihre Talente zur Schaffung einer besseren Welt einsetzen zu können. (Wobei ich allerdings gestehen muss, dass sich mir häufig der Eindruck aufdrängt, der Schwung und die Hoffnung wären größer als die Talente.) Ich gehöre nicht zu ihnen. Wobei ich zugeben muss, dass sie das eher erkannt haben als ich. Wahrscheinlich kann ich, weil mir von dem grauenhaften Flug und der Zeitverschiebung noch ganz schwummrig ist, dieser Tatsache jetzt endlich ins Gesicht sehen und es in einem Brief an eine Frau wie Sie gestehen, die Sie Ihre eigenen Probleme haben und zu Recht deutlich gemacht haben, dass Sie mit meinen nicht behelligt zu werden wünschen. In der Tat sollte ich lieber schließen, bevor ich Sie mit weiterem Geschwafel über meine Psyche belästige. Ich könnte Ihnen keinen Vorwurf machen, wenn Sie gar nicht so weit gelesen hätten …

Gail liegt auf der Couch und presst sich den Brief mit beiden Händen an den Bauch. Es hat sich viel verändert. Er war also in Walley – man hat ihm erzählt, dass sie den Laden verkauft hat und zu ihrer großen Weltreise aufgebrochen ist. Aber hätte er das nicht ohnehin schon gehört gehabt, von Cleata? Vielleicht nicht. Cleata war verschwiegen. Und als sie kurz vor Gails

Abreise ins Krankenhaus kam, hatte sie gesagt: »Ich will eine Zeitlang niemanden sehen und hören und keine Briefe schreiben. Diese Behandlungen dürften ein bisschen melodramatisch werden.«

Cleata ist tot.

Gail hat gewusst, dass Cleata sterben musste, aber irgendwie hat sie geglaubt, dass alles stillstehen würde, dass dort im Grunde nichts geschehen könne, während sie, Gail, hier war. Cleata ist tot, und Will hat jetzt niemanden außer Sandy, und Sandy ist für ihn vielleicht keine rechte Stütze mehr.

Es klopft an der Tür. In heller Aufregung springt Gail auf und sucht nach einem Schal, den sie sich über das Haar binden kann. Es ist der Hausverwalter, er ruft sie bei ihrem falschen Namen.

»Ich wollte Ihnen nur sagen, dass jemand bei mir war und Fragen gestellt hat. Er hat mich nach Miss Thornaby gefragt, und ich habe ihm gesagt: Oh, die ist gestorben. Sie ist schon vor einer ganzen Weile gestorben. Er hat gesagt: Nein, wirklich? Ich habe gesagt: Ja, doch, und er hat gesagt: Das ist aber seltsam.«

»Hat er gesagt warum?«, fragt Gail. »Hat er gesagt, warum er das seltsam fand?«

»Nein, ich habe gesagt, sie ist im Krankenhaus gestorben, und in der Wohnung habe ich jetzt eine Amerikanerin wohnen. Ich hatte vergessen, was Sie gesagt haben, wo Sie her sind. Er klang auch wie ein Amerikaner, deshalb hätte er damit vielleicht was anfangen können. Ich habe gesagt: Da ist noch ein Brief für Miss Thornaby gekommen, als sie schon tot war, war der von Ihnen? Ich habe ihm erzählt, dass ich ihn zurückgeschickt habe. Ja, hat er gesagt, der war von mir, aber ich habe ihn nicht wiedergekriegt. Da muss irgendwo ein Irrtum vorliegen, hat er gesagt.«

Gail stimmt ihm zu. »Eine Verwechslung vielleicht«, sagt sie.

»Ja, irgend so etwas.«

Liebe Ms Thornaby,
ich habe kürzlich erfahren, dass Sie tot sind. Ich weiß, das Leben ist seltsam, aber ganz so seltsam wie momentan ist es mir noch nie vorgekommen. Wer sind Sie, und was geht hier vor? Mir scheint, dieser ganze Schmus über die Thornabys muss genau das gewesen sein – Schmus. Sie müssen auf jeden Fall ein Mensch mit viel Zeit und einem Hang zur Phantasie sein. Es ärgert mich, dass Sie mich an der Nase herumgeführt haben, aber ich glaube, ich kann die Versuchung verstehen. Allerdings bin ich der Ansicht, dass Sie mir jetzt eine Erklärung schuldig sind, darüber, ob meine Erklärung richtig ist und dies alles ein Witz ist. Oder habe ich es mit einer »Einkäuferin für Damenmode« aus dem Jenseits zu tun? (Wo haben Sie diese Idee her, oder ist es die Wahrheit?)

Als Gail ausgeht, um Lebensmittel zu kaufen, benutzt sie den Hintereingang des Hauses und geht auf Umwegen in die Geschäfte. Bei der Rückkehr auf dem gleichen Weg durch den Hintereingang begegnet sie dem jungen rothaarigen Mann. Er steht zwischen den Mülltonnen. Wäre er nicht so groß, könnte man sagen, er habe sich dort versteckt. Sie spricht ihn an, aber er gibt keine Antwort. Er sieht sie durch Tränen hindurch an, als wären die Tränen nichts als welliges Glas, etwas ganz Normales.

»Ist Ihr Vater krank?«, fragt Gail ihn. Sie hat beschlossen, dass dies ihr Verwandtschaftsgrad sein muss, obwohl der Altersunterschied größer wirkt als üblicherweise zwischen Vater und Sohn und die beiden sich nicht ähnlich sehen und die Geduld und Treue des jungen Mannes – heutzutage allemal – um etliches weiter geht als alles, was ein Sohn normalerweise zeigt. Aber sie gehen auch weiter als alles, was ein bezahlter Pfleger je an den Tag legen würde.

»Nein«, sagt der junge Mann, und obwohl seine Miene sonst ruhig bleibt, steigt unter der zarten Rothaarigenhaut eine tiefe Röte in sein Gesicht.

Ein Liebespaar, denkt Gail. Sie ist sich auf einmal sicher. Sie wird von Sympathie durchrieselt, einer seltsamen Freude.

Ein Liebespaar.

Als es dunkel ist, geht sie an ihren Briefkasten und findet dort einen weiteren Brief.

Ich vermutete fast, Sie wären zu einer Ihrer Mode-Ein-
kaufstouren abgereist, aber der Verwalter behauptet, Sie
seien, seitdem Sie die Wohnung genommen haben, nicht
fort gewesen, deshalb muss ich davon ausgehen, dass Ihr
»Erholungsurlaub« noch andauert. Er hat mir außerdem
erzählt, dass Sie brünett sind. Eigentlich finde ich, wir
könnten Beschreibungen austauschen – und dann, mit
Bangigkeit, Fotos – nach der brutalen Art von Leuten, die
sich über eine Zeitungsannonce kennenlernen. Offenbar
bin ich in meinem Bemühen, Ihre Bekanntschaft zu
machen, bereit, mich so ziemlich wie ein Depp aufzu-
führen. Wobei das natürlich nichts Neues ist …

Gail verlässt zwei Tage die Wohnung nicht. Sie ver-
zichtet auf Milch, trinkt ihren Kaffee schwarz. Was
wird sie tun, wenn ihr der Kaffee ausgeht? Sie isst seltsame Mahlzeiten – Thunfischpaste auf Cracker, als sie
kein Brot mehr hat, ein trockenes Stück Käse, ein paar
Mangos. Sie wagt sich hinaus auf den oberen Korridor
des Miramar – öffnet zuerst die Tür nur einen Spalt
weit, um zu prüfen, ob die Luft rein ist – und geht an
das Bogenfenster mit dem Blick auf die Straße. Da
wird sie von einem Gefühl aus alter Zeit eingeholt –
dem Gefühl, eine Straße zu beobachten, den sichtbaren Abschnitt einer Straße, um darauf zu warten, dass
ein Auto auftaucht, das vielleicht kommt, vielleicht
aber auch nicht. Sie erinnert sich jetzt sogar an die
Automarken – ein blauer Austin Mini, ein rotbrauner

Chevrolet, ein Familienkombi. Autos, in denen sie jeweils ein kurzes Stück mitfuhr, verbotenerweise, mit einem Gefühl verwegener Benommenheit, aber bereitwillig. Lange vor Will.

Sie weiß nicht, wie Will gekleidet sein wird und was für einen Haarschnitt er hat und ob sich sein Gang oder Gesichtsausdruck verändert haben, seinem hiesigen Leben entsprechend. Er kann sich nicht stärker verändert haben als sie. Sie hat in der Wohnung keinen Spiegel außer dem kleinen am Badezimmerschränkchen, aber selbst der kann ihr sagen, wie viel dünner sie geworden ist und wie viel rauer ihre Haut. Anstatt blass und faltig zu werden, wie das bei heller Haut in diesem Klima häufig geschieht, hat ihre das Aussehen von schmuddeligem Segeltuch angenommen. Das ließe sich reparieren – das weiß sie. Mit dem richtigen Make-up ließe sich der Eindruck exotischen Missmuts erzeugen. Problematisch ist eher ihr Haar – an den Wurzeln kommt das Rot durch, mit glänzenden grauen Strähnen. Sie versteckt es fast immer unter einem Tuch.

Als der Verwalter wieder an ihre Tür klopft, erlebt sie nur ein, zwei Sekunden verrückter Erwartung. Er ruft sie gleich beim Namen. »Mrs Massie, Mrs Massie! Ah, ich habe gehofft, dass Sie da sind. Könnten Sie vielleicht einen Augenblick runterkommen und mir helfen? Es ist der alte Mann im Parterre, er ist aus dem Bett gefallen.«

Er geht vor ihr die Treppe hinunter, hält sich am Geländer fest und setzt jedes Mal den Fuß unsicher, ängstlich auf die nächsttiefere Stufe.

»Sein Freund ist nicht da. Ich hatte mich schon gewundert. Gestern hab ich ihn auch nicht gesehen. Ich bemühe mich, auf dem Laufenden zu sein, aber ich mische mich nicht gern ein. Ich dachte, er wäre wohl in der Nacht zurückgekommen. Ich war gerade dabei, den Eingang zu fegen, da hörte ich einen Rums und ließ mich in die Wohnung ein – um nachzusehen, was los war. Da lag der Alte auf dem Fußboden.«

Die Wohnung ist nicht größer als die von Gail und hat den gleichen Schnitt. Über den Bambusrollos hängen Vorhänge, das macht sie sehr dunkel. Es riecht nach Zigaretten und kaltem Essen und künstlichem Tannenduft. Das Couchbett ist ausgezogen, zum Doppelbett, und der alte Mann liegt mit einem Teil des Bettzeugs davor auf dem Boden. Ohne das Toupet ist sein Kopf glatt wie ein schmutziges Stück Seife. Seine Augen sind halb geschlossen, und tief aus seinem Innern dringt ein Geräusch, das klingt wie ein Motor, der nicht anspringen will.

»Haben Sie einen Krankenwagen gerufen?«, fragt Gail.

»Wenn Sie ihn nur am einen Ende hochheben könnten«, sagt der Hausmeister. »Ich habe ein kaputtes Kreuz, und ich will mir nicht schon wieder einen Hexenschuss holen.«

»Wo ist das Telefon?«, fragt Gail. »Er könnte einen Schlaganfall gehabt haben. Er könnte sich eine Hüfte gebrochen haben. Er muss ins Krankenhaus.«

»Meinen Sie? Sein Freund konnte ihn ohne weiteres hin und her bewegen. Er hatte genug Kraft. Und jetzt ist er verschwunden.«

Gail sagt: »Ich rufe an.«

»O nein. Nein. Ich hab die Nummer über dem Telefon in meinem Büro stehen. Da lasse ich niemand anders rein.«

Mit dem alten Mann allein gelassen, der sie wahrscheinlich nicht hören kann, sagt Gail: »Keine Sorge. Keine Sorge. Wir holen Hilfe für Sie.« Ihre Stimme klingt auf künstliche Weise leutselig. Sie bückt sich, um ihm die Decke über die Schulter zu ziehen, und zu ihrer großen Überraschung huscht eine Hand hervor, sucht und ergreift dann ihre. Seine Hand ist schmal und knochig, aber recht warm und grauenhaft stark. »Ich bin hier, ich bin hier«, sagt sie und fragt sich, ob sie den rothaarigen jungen Mann spielt oder einen anderen jungen Mann oder eine Frau oder gar seine Mutter.

Der Krankenwagen kommt schnell, mit seinem durchdringenden, rhythmischen Geheul, und bald sind die Sanitäter mit ihrer Fahrtrage in dem Zimmer. Der Verwalter humpelt hinter ihnen her und sagt: »... ließ sich nicht bewegen. Hier ist Mrs Massie, die mir in der Not zu Hilfe gekommen ist.«

Als sie den alten Mann auf die Trage heben, muss Gail ihre Hand wegziehen, und er beginnt sich zu beschweren, jedenfalls meint sie das zu hören – zu dem ständigen, scheinbar unfreiwilligen Geräusch, das er macht, kommt ein zusätzliches *ah-ann-ahn*. Deshalb nimmt sie, sobald es geht, wieder seine Hand und läuft nebenher, als er hinausgerollt wird. Er hält sie so fest, dass sie das Gefühl hat, von ihm mitgezogen zu werden.

»Er war mal der Besitzer des Hotels unten am Fluss«, sagt der Hausmeister. »Vor Jahren. War er das.«

Auf der Straße sind ein paar Leute, aber niemand bleibt stehen, niemand will sich beim Gaffen ertappen lassen. Sie wollen hinsehen, sie wollen nicht hinsehen.

»Soll ich mitfahren?«, fragt Gail. »Er scheint mich nicht loslassen zu wollen.«

»Wie Sie wollen«, sagt einer der Sanitäter, und sie steigt ein. (Das heißt, sie wird von der klammernden Hand hineingezogen.) Der Fahrer klappt einen kleinen Sitz für sie aus, die Türen werden geschlossen; als sie losfahren, heult die Sirene auf.

Durch das Fenster in der Hecktür erblickt sie Will. Er ist ungefähr einen Block vom Miramar entfernt und geht darauf zu. Er trägt eine helle kurzärmlige Jacke und eine passende Hose – wahrscheinlich ein Safarianzug –, und sein Haar ist weißer geworden oder von der Sonne ausgeblichen, aber sie erkennt ihn sofort, sie wird ihn immer erkennen und wird immer nach ihm rufen müssen, wenn sie ihn sieht, so wie jetzt, wo sie sogar versucht, vom Sitz aufzuspringen und dem alten Mann die Hand zu entziehen.

»Da ist Will«, sagt sie zu dem Sanitäter. »Oh, das tut mir leid. Da ist mein Mann.«

»Na, dann soll er lieber nicht sehen, wie Sie aus einem fahrenden Krankenwagen springen«, sagt der Mann. Dann sagt er: »Oje. Was ist denn hier los?«, und wendet sich für die Dauer der nächsten Minute oder so dem alten Mann zu. Danach richtet er sich wieder auf und sagt: »Aus.«

»Er hält mich immer noch fest«, sagt Gail. Aber als sie es sagt, spürt sie, dass es nicht stimmt. Vor einem Augenblick hat er sie festgehalten – mit großer Kraft, wie es schien, genügend Kraft, um sie zurückzuhalten, als sie zu Will hinausspringen wollte. Jetzt ist sie diejenige, die sich an ihm festhält. Seine Finger sind noch warm.

Als sie aus dem Krankenhaus zurückkehrt, findet sie den Brief, auf den sie wartet.

Gail. Ich weiß, dass du es bist.

Schnell. Schnell. Ihre Miete ist bezahlt. Sie muss dem Verwalter eine Nachricht hinterlassen. Sie muss das Geld von der Bank holen, zum Flughafen fahren, einen Flug buchen. Ihre Klamotten können dableiben – ihre unscheinbaren pastellfarbenen Baumwollkleider, ihr Schlapphut. Das letzte Büchereibuch kann auf dem Tisch unter dem Beifußbild liegen bleiben. Es kann da liegen bleiben und Mahngebühren ansammeln.

Und wenn sie es nicht tut, was wird dann passieren?

Das was sie mit aller Macht gewollt hat. Das was sie urplötzlich, ebenfalls mit aller Macht, zur Flucht antreibt.

Gail, ich weiß, dass du da drinnen bist! Ich weiß, dass du hinter der Tür bist.

Gail! Galya!

Sprich mit mir, Gail. Antworte mir doch. Ich weiß, dass du da bist.

Ich kann dich hören. Ich kann durchs Schlüsselloch hören, wie dein Herz schlägt und dein Magen knurrt und dein Hirn durch die Gegend springt.

Ich kann dich durchs Schlüsselloch riechen. Dich. Gail.

Leidenschaftlich ersehnte Worte können sich verändern. Mit ihnen kann, während du wartest, etwas vorgehen. *Liebe – brauchen – vergeben. Liebe – brauchen – für immer.* Der Klang solcher Worte kann zu einem Dröhnen werden, zu einem lauten Getöse wie von Presslufthämmern auf der Straße. Dann kann man nur noch weglaufen, damit man nicht aus lauter Gewohnheit auf sie hört.

Im Flughafenshop entdeckt sie eine Reihe kleiner Kästen, hergestellt von australischen Aborigines. Sie sind rund und leicht wie Pennys. Sie wählt einen aus, der ein gelbes, unregelmäßig über einen dunkelroten Untergrund verteiltes Pünktchenmuster hat. Davon hebt sich eine gewölbte schwarze Gestalt ab – eine Schildkröte vielleicht, mit kurzen gespreizten Beinen. Hilflos auf dem Rücken.

Gail denkt: Ein Geschenk für Cleata. Als ob ihre ganze Zeit hier ein Traum war, etwas, das sie ablegen könnte, indem sie zu einem beliebigen Punkt zurückkehrt, einem Anfang.

Nein, nicht für Cleata. Ein Geschenk für Will?

Ein Geschenk für Will also. Soll sie es gleich schicken? Nein, mit nach Kanada nehmen, nach Hause, und von dort schicken. Die über die Fläche verstreuten gelben Pünktchen erinnern Gail an etwas, das sie letzten Herbst gesehen hat. Sie hat es mit Will gesehen. Sie waren an einem sonnigen Nachmittag spazieren. Sie gingen von ihrem Haus am Flussufer stromaufwärts, und dort stießen sie auf etwas, von dem sie gehört, was sie aber noch nie gesehen hatten.

Hunderte, vielleicht Tausende Schmetterlinge hingen in den Bäumen und ruhten sich vor ihrem langen Flug aus, der am Ufer des Huronsees entlangführte, nach Süden über den Eriesee und dann weiter bis nach Mexiko. Wie Blätter aus Metall hingen sie dort, wie Blattgold – wie in die Luft geworfene

Goldflocken, die an den Zweigen hängen geblieben waren.

»Wie der Goldregen aus der Bibel«, sagte Gail.

Will sagte, sie verwechsle Jupiter und Jehova.

An jenem Tag war Cleata bereits sterbenskrank gewesen, und Will hatte Sandy bereits kennengelernt. Dieser Traum hatte bereits begonnen – Gails Reise und ihr Versteckspiel, und dazu die Worte, die sie sich durch die Tür zu hören einbildete – oder wirklich zu hören glaubte.

Liebe – vergeben
Liebe – vergessen
Liebe – für immer

Presslufthämmer auf der Straße.

Was konnte man in ein Kästlein wie dieses packen, bevor man es einwickelte und in die Ferne schickte? Eine Perle, eine Feder, eine starke Pille? Oder ein Briefchen, klein zusammengefaltet, etwa auf die Größe eines Papierkügelchens.

Jetzt ist es an dir, mir nachzureisen.

Ein Vorposten in der Wildnis

I

Miss Margaret Cresswell, Vorsteherin, Werkhaus, Toronto, an Mr Simon Herron, North Huron, 15. Januar
1852.

Da Ihrem Brief ein Empfehlungsschreiben Ihres Pfarrers beigefügt ist, antworte ich gern. Wir erhalten häufig Anfragen wie die Ihre, jedoch ohne eine solche
Empfehlung können wir nicht darauf vertrauen, dass
sie in ehrlicher Absicht an uns ergehen.

Wir haben in unserem Heim kein Mädchen im hei-
ratsfähigen Alter, da wir unsere Mädchen gewöhnlich
im Alter von vierzehn oder fünfzehn Jahren ausschi-
cken, ihren eigenen Unterhalt zu verdienen, aber wir
halten durchaus noch einige Jahre Kontakt zu ihnen,
meistens bis zu ihrer Heirat. In Fällen wie dem Ihren
empfehlen wir zuweilen eines dieser Mädchen und ar-
rangieren eine Begegnung, und fortan obliegt es na-

türlich den beiden betroffenen Parteien, festzustellen, ob sie füreinander geeignet sind.

Es kommen zwei Mädchen von achtzehn Jahren in Frage, mit denen wir noch in Kontakt stehen. Beide arbeiten als Lehrlinge bei einer Putzmacherin und sind gute Näherinnen, würden aber vermutlich die Verheiratung mit einem passenden Mann einer lebenslangen Tätigkeit in diesem Beruf vorziehen. Mehr als das lässt sich nicht sagen, es muss dem Mädchen selbst überlassen bleiben, und natürlich Ihrer Sympathie für sie oder Ihrer Antipathie.

Die beiden Mädchen sind eine Miss Sadie Johnstone und eine Miss Annie McKillop. Es sind beides eheliche Töchter christlicher Eltern, die nach dem Tod ihrer Eltern in das Heim eingewiesen wurden. Von Trunkenheit oder Unmoral sind sie nicht betroffen. In Miss Johnstones Familie hat es allerdings Schwindsucht gegeben, und obwohl sie die hübschere von beiden ist und ein molliges, rosiges junges Mädchen, fühle ich mich verpflichtet, Sie zu warnen, dass sie für die harte Arbeit eines Lebens im Busch vielleicht nicht geeignet ist. Das andere junge Mädchen, Miss McKillop, ist von zäherer Natur, wenn auch magerer von Gestalt und von weniger schönem Teint. Eines ihrer Augen wandert manchmal zur Seite, aber dies beeinträchtigt ihr Sehvermögen nicht, und sie ist eine ausgezeichnete Näherin. Die dunkle Farbe ihrer Augen und die braune Färbung ihrer Haut sind kein

Zeichen gemischter Herkunft, da beide Eltern aus Fife stammten. Sie ist ein kräftiges junges Mädchen und wäre meiner Ansicht nach für das Leben geeignet, das Sie ihr zu bieten haben, da sie zudem frei ist von jener törichten Schüchternheit, die wir oft bei Mädchen ihres Alters beobachten. Ich werde mit ihr sprechen und ihr die Idee vorstellen und erwarte Ihren Brief mit Ihrem Vorschlag für einen Termin, an dem Sie sie kennenlernen möchten.

II

Carstairs *Argus*, Ausgabe zum fünfzigjährigen Jubiläum, 3. Februar 1907. Lebenserinnerungen von Mr George Herron.

Am ersten September 1851 packten mein Bruder Simon und ich eine Kiste mit Bettzeug und Hausrat und luden sie auf einen Wagen mit einem Pferd davor und machten uns aus Halton County auf, um unser Glück in der Wildnis von Huron und Bruce County zu versuchen, denn als Wildnis galt die Gegend damals. Die Habseligkeiten hatten wir von Archie Frame, für den Simon arbeitete, sie zählten als Teil seines Lohns. Auch das Pferd mussten wir von ihm leihen, und sein Sohn, der ungefähr in meinem Alter war, begleitete uns, um Pferd und Wagen wieder zurückzubringen.

Es sollte gleich zu Anfang gesagt werden, dass mein Bruder und ich allein gelassen waren, da unsere Eltern binnen fünf Wochen nach unserer Ankunft in diesem Land am Fieber starben, zuerst unser Vater und dann unsere Mutter, als ich drei Jahre und Simon acht Jahre alt war. Simon musste sich bei Archie Frame verdingen, einem Cousin unserer Mutter, und ich wurde vom Schulmeister und seiner Frau aufgenommen, die keine eigenen Kinder hatten. Das war in Halton, und ich hätte dort zufrieden weitergelebt, wenn nicht Simon, der nur wenige Meilen entfernt wohnte, bei seinen häufigen Besuchen immer wieder gesagt hätte, sobald wir alt genug wären, würden wir uns irgendwo ein Stück Land nehmen und für uns selbst arbeiten, nicht für andere, denn so hätte es unser Vater gewollt. Im Gegensatz zu mir wurde Simon von Archie Frame nicht zur Schule geschickt, und deswegen wollte er immer fort. Als ich vierzehn wurde und schon ein kräftiger Bursche war, wie mein Bruder auch, meinte Simon, wir sollten aufbrechen und uns nördlich des Huron Tract ein Stück Kronland sichern.

Am ersten Tag kamen wir nur bis Preston, weil die Wege über Nassageweya und Puslinch holperig und unwegsam waren. Am Tag darauf schafften wir es bis nach Shakespeare und am dritten Nachmittag nach Stratford. Die Wege wurden stetig schlechter, je weiter wir nach Westen kamen, so dass wir es für das Beste hielten, unsere Kiste mit der Postkutsche weiter nach

Clinton zu schicken. Aber die Kutsche hatte wegen der schweren Regenfälle ihren Dienst eingestellt, und man wollte warten, bis die Wege gefroren waren, deswegen sagten wir Archie Frames Sohn, er solle umkehren und mit dem Pferd und Wagen und unserer Habe nach Halton zurückfahren. Dann schulterten wir unsere Äxte und marschierten zu Fuß nach Carstairs.

Dort hatte sich vor uns kaum eine Seele angesiedelt. Carstairs wurde gerade erst gegründet, es gab einen rohen Holzbau, der als Laden und Gasthof in einem diente, und außerdem einen Deutschen namens Roem, der angefangen hatte, ein Sägewerk zu errichten. Ein Mann, der vor uns da war und sich bereits eine ansehnliche Blockhütte gebaut hatte, war Henry Treece, der später mein Schwiegervater wurde.

Wir stiegen in dem Gasthof ab, wo wir auf dem nackten Fußboden schliefen und uns eine Decke oder einen Quilt teilten. Der Winter brach früh herein, mit kaltem Regenwetter und Feuchtigkeit überall, aber wir wussten – oder zumindest Simon wusste –, dass wir mit Entbehrungen zu rechnen hatten. Mein Leben war bis dahin nicht hart gewesen. Er sagte, wir müssten uns damit abfinden, also tat ich das.

Wir begannen einen Weg zu unserem Stück Land von Unterholz freizuhacken, und dann steckten wir das Gelände ab und fällten die Stämme für unsere Hütte und schnitten große Scheiben für das Dach.

Wir konnten uns von Henry Treece einen Ochsen leihen, um die Stämme zu bewegen. Im Übrigen war Simon jedoch entschlossen, nichts zu borgen und sich von niemandem abhängig zu machen. Er war der Ansicht, wir sollten versuchen, die Hütte allein zu errichten, aber als wir einsahen, dass wir es nicht schafften, machte ich mich zu den Treeces auf, und mit Henry und seinen beiden Söhnen und einem Burschen vom Sägewerk gelang die Sache. Gleich am nächsten Tag begannen wir die Spalten zwischen den Stämmen mit Lehm zuzuschmieren, und wir holten uns Hemlockzweige, um kein Geld mehr für die Übernachtung im Gasthof ausgeben zu müssen, sondern in unserem eigenen Haus schlafen zu können. Als Tür nahmen wir eine dicke Ulmenbohle. Mein Bruder hatte bei Archie Frame von ein paar Frankokanadiern gehört, dass man in den Holzfällerlagern das Feuer immer mitten in der Hütte baute. Deswegen beschloss er, dass wir es auch so machen sollten, und wir holten vier Pfosten, auf die wir unseren Kamin setzen wollten wie ein Haus, um ihn dann von innen und außen mit Lehm zu verkleiden. Wir stiegen bei einem schönen Feuer in unser Hemlockbett, aber als wir mitten in der Nacht aufwachten, sahen wir, dass unser Holz lichterloh brannte und auch die Dachscheiben schnell von den Flammen gefressen wurden. Wir rissen den Kamin nieder, und die Scheiben ließen sich, da sie aus grünem Lindenholz waren, schnell löschen. Sobald der Tag anbrach, machten wir uns daran, den Kamin auf die übliche Weise an der hinteren Hauswand zu errichten, und ich hielt es für das Klügste, mich jeder Bemerkung zu enthalten.

Nachdem die kleinen Bäume und das Gestrüpp ein Stück weit gerodet waren, nahmen wir die großen Bäume in Angriff. Wir fällten eine große Esche und sägten daraus Bretter für unseren Fußboden. Unsere Kiste, die uns aus Halton nachgeschickt werden sollte, ließ immer noch auf sich warten, deswegen ließ uns Henry Treece ein sehr großes und bequemes Bärenfell als Zudecke für unser Bett bringen, aber mein Bruder wollte den Gefallen nicht annehmen und schickte es mit dem Bescheid zurück, dass wir es nicht bräuchten. Nach mehreren Wochen kam dann unsere Kiste, und wir mussten darum bitten, sie mit dem Ochsen aus Clinton holen zu dürfen, aber mein Bruder sagte, das ist das letzte Mal, dass wir jemanden um Hilfe bitten müssen.

Wir gingen zu Fuß nach Walley und schleppten Mehl und Stockfisch auf dem Rücken nach Hause. Bei Manchester ruderte uns ein Mann für teures Geld über den Fluss. Damals gab es noch keine Brücken und den ersten langen Winter nicht genug Frost, dass sich die Flüsse zu Fuß überqueren ließen.

Um Weihnachten herum meinte mein Bruder, wir hätten den Haushalt jetzt gut genug in Schuss, dass er sich eine Frau nehmen könnte, damit wir jemand hätten, der für uns kochte und schaffte und die Kuh molk, sobald wir uns eine leisten konnten. Das war das Erste, was ich von einer Frau hörte, und ich sagte ihm, ich hätte gar nicht gewusst, dass er eine Bekannte habe. Er habe auch keine, sagte er, aber man könne an das Waisenhaus schreiben und anfragen, ob sie dort ein Mädchen hätten, das bereit wäre, über das Vorhaben nachzudenken, und das sie empfehlen würden, und falls ja, würde er hinfahren und sich das Mädchen anschauen. Er wolle eins zwischen achtzehn und zweiundzwanzig Jahren, das gesund und nicht arbeitsscheu sei und das im Waisenhaus aufgewachsen sei, nicht erst vor kurzem dort aufgenommen, damit sie keinen Luxus erwarte und nicht bedient werden wolle und nicht wehmütig an die Zeiten zurückdenke, als das Leben leichter war. Wer das heutzutage hört, wird sich zweifellos über die Vorgehensweise wundern. Es war nicht so, dass mein Bruder nicht selbst eine Frau hätte finden können, denn er war ein gutaussehender Bursche, aber er hatte dazu weder Zeit noch Geld noch Lust, er war vollkommen damit ausgelastet, unseren Besitz aufzubauen. Und wenn ein Mädchen Eltern hatte, dann war es ihnen wahrscheinlich nicht recht, dass sie weit weg ging, dahin, wo es so wenig Komfort und so viel Arbeit gab.

Dass dies ein ehrbares Vorgehen war, ist daraus zu ersehen, dass der Pfarrer, Mr McBain, der kurz zuvor in den Distrikt gekommen war, Simon beim Verfassen des Briefes half und selbst ein Schreiben beifügte, in dem er sich für ihn verbürgte.

Als ein Brief zurückkam, dass es ein passendes Mädchen gebe, machte sich Simon nach Toronto auf, um sie zu holen. Sie hieß Annie, aber ihren Mädchennamen habe ich vergessen. Bei Hullet mussten sie durch die Bäche waten und nach dem Verlassen der Kutsche in Clinton durch tiefen Schnee stapfen, und als sie ankamen, war sie erschöpft und sehr überrascht von dem, was sie sah, da sie, wie sie sagte, sich niemals so viel Wald vorgestellt hatte. In ihrer Kiste hatte sie Geschirr und Töpfe und ein paar Bettlaken, die ihr Frauen geschenkt hatten und die das Haus wohnlicher machten.

Anfang April wollten mein Bruder und ich in der entferntesten Ecke unseres Grundstücks ein paar Bäume fällen. Während Simon fort war, um seine Braut zu holen, hatte ich auf der anderen Seite gerodet, zu den Treeces hin, aber Simon wollte unsere Grenzen rundherum frei schlagen und nicht da weiterroden, wo ich angefangen hatte. Der Tag begann mild, und im Busch lag noch jede Menge Schnee. Wir fällten einen Baum an der Stelle, die Simon bestimmt hatte, und irgendwie, ich kann nicht sagen wie, krachte ein Ast an einer unerwarteten Stelle nieder. Wir hörten nur die kleinen Zweige brechen, durch die er fiel, und blickten nach oben, um nachzuschauen, und er traf Simon so am Kopf, dass er auf der Stelle tot war.

Ich musste seine Leiche durch den Schnee zur Hütte zurück schleifen. Er war ein großer Bursche, wenn er auch nicht viel Fleisch auf den Knochen hatte, und es war schwierig und außerordentlich anstrengend. Über Tag war es kälter geworden, und als ich auf die Lichtung kam, schneite es wie kurz vor einem Sturm. Die Fußstapfen, die wir auf dem Hinweg hinterlassen hatten, waren zugeschneit. Simon war von oben bis unten voll Schnee, der inzwischen nicht mehr auf ihm schmolz, und als seine Frau an die Tür kam, war sie sehr verblüfft, weil sie dachte, dass ich einen Baumstamm mitschleppte.

In der Hütte wusch Annie ihn ab, und wir saßen eine Weile still da, ohne zu wissen, was wir tun sollten. Der Pfarrer wohnte im Gasthof, da es noch keine Kirche und kein Haus für ihn gab, und bis zum Gasthof waren es nur ungefähr vier Meilen, aber der Sturm war sehr heftig geworden, so dass man nicht einmal bis zu den Bäumen am Rand der Lichtung sehen konnte. Es sah nach einem Sturm aus, der zwei oder drei Tage andauern würde, bei Wind aus Nordwest. Uns war klar, dass wir die Leiche nicht in der Hütte behalten konnten, und draußen in den Schnee legen konnten wir sie auch nicht, weil wir Angst hatten, dass die Rotluchse sich über sie hermachen würden, deswegen mussten wir versuchen, ihn unter die Erde zu bringen. Unter dem Schnee war der Boden nicht gefroren, also hob ich neben der Hütte ein Grab aus, und Annie nähte ihn in ein Laken ein, und wir legten ihn in sein Grab und sprachen, ohne uns lange im Wind aufzuhalten, das Vaterunser und lasen einen Psalm aus der Bibel. Welchen, weiß ich nicht mehr genau, aber ich weiß noch, dass er ziemlich weit hinten im Buch der Psalmen stand und sehr kurz war.

Dies war am 3. April 1852.

Es war der letzte Schnee des Jahres, und bald darauf kam der Pfarrer und hielt den Trauergottesdienst, und ich stellte eine hölzerne Tafel auf. Später bekamen wir unser Grab auf dem Friedhof und stellten dort seinen Stein auf, aber er liegt nicht darunter, da es meiner Ansicht nach töricht und unnütz ist, die Knochen eines Mannes umzubetten, wenn es nur die Knochen sind und die Seele längst vors göttliche Gericht getreten ist.

Nun musste ich allein hacken und roden und begann alsbald Seite an Seite mit den Treeces zu arbeiten, die mich mit größter Freundlichkeit behandelten. Wir arbeiteten alle zusammen auf meinem Land oder auf ihrem Land, ohne Rücksicht darauf, ob es das eine oder das andere war. Ich begann meine Mahlzeiten in ihrem Haus einzunehmen und sogar dort zu schlafen und lernte ihre Tochter Jenny kennen, die ungefähr in meinem Alter war, und wir fassten Heiratspläne und heirateten dann zu gegebener Zeit. Unser gemeinsames Leben war lang und entbehrungsreich, aber am Ende ging alles gut, und wir zogen acht Kinder groß.

Ich habe miterlebt, wie meine Söhne neben meinem eigenen auch das Land meines Schwiegervaters übernahmen, da meine beiden Schwager fortgingen und es im Westen zu Wohlstand brachten.

Die Frau meines Bruders blieb nicht in Carstairs, sondern ging allein weiter nach Walley.

Heute führen Schotterstraßen nach Norden, Süden, Osten und Westen, und keine halbe Meile von meiner Farm führt eine Bahnstrecke vorbei. Abgesehen von den Waldparzellen ist vom Busch nichts mehr übrig, und ich denke oft an die Bäume, die ich gefällt habe: Wenn ich sie heute noch zum Fällen hätte, wäre ich ein reicher Mann.

Reverend Walter McBain, Pfarrer der Freien Presbyterianischen Gemeinde in North Huron, an Mr James Mullen, Friedensrichter in Walley, Vereinigte Distrikte von Huron und Bruce, 10. September 1852.

Ich schreibe Ihnen, verehrter Sir, um Ihnen die voraussichtliche Ankunft einer jungen Frau namens Annie Herron, einer Witwe aus diesem Distrikt und Mitglied meiner Gemeinde, in Ihrer Stadt anzukündigen. Diese junge Frau hat ihr Heim hier in der Nachbarschaft von Carstairs im Township Holloway verlassen, und ich vermute, sie beabsichtigt, nach Walley zu laufen. Vermutlich wird sie sich im Gefängnis melden und um Aufnahme bitten, deshalb fühle ich mich verpflichtet, Ihnen mitzuteilen, wer und was sie ist, und Ihnen zu erzählen, was sie, seit meiner Bekanntschaft mit ihr, hier hat erleben müssen.

Ich bin im November des vergangenen Jahres in diesen Landesteil gekommen, als erster Pfarrer überhaupt, der sich in diese Wildnis vorwagte. Meine Gemeinde besteht bislang in erster Linie aus Busch, und es gibt keine andere Unterkunft für mich als das Carstairs Inn. Ich bin im Westen von Schottland geboren und als Gesandter der Glasgow Mission in dieses Land gekommen. Ich fragte Gott den Herrn nach seinem Willen und erhielt von ihm den Befehl, an den Ort zu gehen, wo ein Geistlicher am nötigsten gebraucht wurde. Dies berichte ich Ihnen, damit Sie wissen, wer Ihnen hier seinen Bericht und seine Ansichten über die Angelegenheiten dieser Frau vorträgt.

Sie ist gegen Ende des vergangenen Winters als Braut des jungen Simon Herron in diese Gegend gekommen. Er hatte auf meinen Rat hin an das Waisenhaus in Toronto geschrieben, sie möchten ihm eine christliche, wenn möglich presbyterianische Frau empfehlen, die zu ihm und seiner Situation passte, und sie war diejenige, die ihm empfohlen wurde. Er heiratete sie sofort und brachte sie hierher in die Hütte, die er mit seinem Bruder gebaut hatte. Diese beiden jungen Burschen, ebenfalls Waisen ohne irgendwelche Aussichten, waren in diese Gegend gekommen, um ein Stück Land zu roden und in Besitz zu nehmen. Mit dieser Arbeit waren sie eines Tages gegen Ende des Winters befasst, als ein Unglück geschah. Als sie einen Baum fällten, brach ein Ast und stürzte so unglücklich auf den älteren Bruder, dass dieser auf der Stelle tot war. Dem jüngeren gelang es, die Leiche zur Hütte zurückzuschaffen, und da sie in einem schweren Schneesturm eingeschlossen waren, führten sie die Beisetzung selbst durch.

Der Herr ist streng in seiner Gnade, und wir müssen seine Schläge hinnehmen als Zeichen seiner Sorge und Güte, denn als solche werden sie sich erweisen.

Der Hilfe seines Bruders beraubt, fand der junge Bursche Aufnahme bei einer benachbarten Familie, ebenfalls angesehene Mitglieder meiner Gemeinde, die ihn wie einen Sohn angenommen haben, obwohl er weiterhin danach strebt, den Besitztitel für sein eigenes Land zu erwerben. Diese Familie wäre auch bereit gewesen, die junge Witwe aufzunehmen, aber sie wollte von ihrem Angebot nichts wissen und schien eine Abneigung gegen jeden zu entwickeln, der ihr helfen wollte. Vor allem gegen ihren Schwager schien sie eingenommen zu sein, der sagte, er habe nie auch nur den geringsten Streit mit ihr gehabt, und gegen meine Person. Wenn ich mit ihr sprach, gab sie durch nichts zu erkennen, dass ihre Seele sich beugte. Es ist eine meiner Schwächen, dass ich für das Gespräch mit Frauen nicht gut gerüstet bin. Ich bin nicht ungezwungen genug, um ihr Vertrauen zu gewinnen. Ihr

Starrsinn ist von anderer Natur als derjenige der Männer.

Ich möchte damit lediglich ausdrücken, dass ich keinen guten Einfluss auf sie besaß. Sie hörte auf, den Gottesdienst zu besuchen, und der Verfall ihres Grundstücks zeigte, wie es um ihren Geist und ihre Seele bestellt war. Sie pflanzte weder Erbsen noch Kartoffeln an, obwohl man ihr welche zum Anbau zwischen den Stümpfen schenkte. Sie schnitt die wilden Reben um ihre Tür nicht zurück. Meistens machte sie kein Feuer, um sich Haferkuchen oder Brei zu bereiten. Da ihr Schwager ausgezogen war, fehlte ihren Tagen jede äußere Ordnung. Wenn ich sie besuchte, stand die Tür offen, und es war offensichtlich, dass Tiere in dem Haus ein und aus gingen. Falls sie da war, versteckte sie sich, um mich zu verhöhnen. Wer sie sah, wusste zu berichten, dass ihre Kleider vom Gestrüpp verschmutzt und zerrissen waren und dass sie von Dornen zerkratzt und vom Mückengetier zerstochen war und ihre Haare ungekämmt und ungeflochten verfilzen ließ. Ich vermute, sie hat sich von Stockfisch und Mehlkuchen ernährt, die ihr die Nachbarn oder ihr Schwager brachten.

Und dann, als ich noch rätselte, wie ich einen Weg finden konnte, ihren Leib vor dem Winter zu schützen und die wichtigere Gefahr für ihre Seele zu bannen, kam die Nachricht, dass sie fort ist. Sie hat die Tür offen gelassen und ist ohne Umhang oder Haube aufgebrochen und hat mit einem verkohlten Stock zwei Wörter auf den Fußboden der Hütte geschrieben: »Walley, Gefängnis.« Daraus schließe ich, dass sie die Absicht hat, dorthin zu gehen und sich einweisen zu lassen. Ihr Schwager meint, es sei sinnlos, dass er ihr nachgehe, da sie ihm gegenüber so unfreundlich eingestellt sei, und ich kann nicht fort, weil ich an einem Totenbett gebraucht werde. Daher bitte ich Sie, mir Nachricht zu geben, ob sie angekommen ist und in welchem Zustand sie sich befindet und wie Sie mit ihr zu verfahren gedenken. Ich betrachte sie weiterhin als eine Seele unter meiner Obhut, und ich werde versuchen, ihr, falls Sie sie dabehalten, vor dem Winter einen Besuch abzustatten. Sie ist ein Kind der presbyterianischen Kirche, und als solches hat sie das Recht auf einen Geistlichen ihres eigenen Glaubens, und Sie dürfen nicht meinen, dass es reiche, ihr einen Pfarrer der anglikanischen Kirche oder der Baptisten oder Methodisten zu schicken.

Für den Fall, das sie nicht den Weg ins Gefängnis findet, sondern in den Straßen umherirrt, sollte ich Ihnen sagen, dass sie dunkelhaarig und groß ist, mager von Gestalt, nicht hübsch, aber nicht unrecht, abgesehen davon, dass ein Auge seitlich wegrutscht.

Mr James Mullen, Friedensrichter, Walley, an Reverend Walter McBain, Carstairs, North Huron, 30. September 1852.

Ihr die junge Frau Annie Herron betreffender Brief an mich ist dankenswerterweise gerade zur rechten Zeit eingetroffen. Sie hat ihren Fußmarsch nach Walley unverletzt und ohne ernste Schäden überstanden, obschon sie schwach und hungrig war, als sie sich im Gefängnis meldete. Auf die Frage, was sie dort wolle, antwortete sie, dass sie gekommen sei, einen Mord zu gestehen und sich einsperren zu lassen. Man beriet sich hin und her und schickte nach mir, und da es fast Mitternacht war, willigte ich ein, sie die Nacht in einer Zelle verbringen zu lassen. Am nächsten Tag besuchte ich sie und erfragte so viele Einzelheiten wie ich konnte.

Was sie über ihre Kindheit in einem Waisenhaus, ihre Lehre bei einer Putzmacherin, ihre Heirat und ihr Mitkommen nach North Huron erzählt, stimmt im Wesentlichen mit dem überein, was Sie mir geschrieben haben. Erst mit dem Tod ihres Mannes beginnen sich die Ereignisse von Ihrem Bericht zu unterscheiden. Diese Angelegenheit betreffend sagt sie das Folgende:

An dem Tag Anfang April, als ihr Mann und sein Bruder Bäume fällen gingen, wurde ihr aufgetragen, den beiden Männern etwas zum Mittagessen zuzubereiten, und da sie es nicht fertig hatte, als sie aufbrechen wollten, versprach sie, es ihnen in den Wald zu bringen. Daraufhin buk sie Haferkuchen und packte Stockfisch ein und folgte ihren Spuren und fand sie ein gutes Stück entfernt bei der Arbeit. Doch als ihr Mann sein Essen auswickelte, nahm er daran Anstoß, dass sie es so verpackt hatte, dass das salzige Öl vom Fisch in die Kuchen gelaufen war und dass sie allesamt zerbröckelt und nahezu ungenießbar waren. Seine Enttäuschung machte ihn wütend, und er versprach ihr eine Tracht Prügel, sobald er die Muße dazu habe. Darauf habe er ihr, auf einem Baumstamm sitzend, den Rücken zugewandt, und sie habe einen Stein genommen und nach ihm geworfen und ihn so am Kopf getroffen, dass er bewusstlos und, wie sich herausstellte, tot zu Boden fiel. Da hätten sie und sein Bruder die Leiche zum Haus zurückgeschleppt. Unterdessen sei ein Schneesturm aufgezogen, und sie seien im Haus eingeschlossen gewesen. Der Bruder habe gesagt, sie sollten die Wahrheit nicht bekennen, da sie ihn nicht habe ermorden wollen, und sie habe dem zugestimmt. Dann hätten sie ihn begraben – und hier deckt sich ihre Geschichte wieder mit der Ihren –, und das hätte das Ende der Sache sein können, doch sie sei immer bedrückter und bedrückter geworden und immer mehr davon überzeugt, dass sie ihn doch mit Absicht umgebracht hatte. Wenn sie ihn nicht umgebracht hätte, sagt sie, hätte sie nur noch mehr Prügel bekommen, und warum hätte sie das riskieren sollen? Deshalb also hat sie sich schließlich zum Geständnis entschlossen, und sie hat mir, wie um damit etwas zu beweisen, eine steife, blutverschmierte Haarlocke übergeben.

So lautet ihre Geschichte, und ich glaube sie keinen Augenblick. Kein Stein, den dieses Mädchen heben könnte, und keine Kraft, die sie zum Werfen aufzubringen vermöchte, würden ausreichen, um einen Mann zu töten. Ich befragte sie diesbezüglich, und sie änderte ihre Geschichte ab und sagte, es sei ein großer Stein gewesen, den sie mit beiden Händen aufgehoben habe, und sie habe ihn nicht geworfen, sondern ihm von hinten auf den Kopf gehauen. Ich sagte, warum hat dich der Bruder nicht daran gehindert, und sie sagte, er habe in die andere Richtung geschaut. Darauf sagte ich, dann müsse ja irgendwo ein blutiger Stein im Wald liegen, und sie sagte, sie habe ihn mit Schnee reingewaschen. (Es ist ja tatsächlich wenig wahrscheinlich, dass sich so leicht ein Stein hätte finden lassen, wo doch der Schnee überall so hoch lag.) Ich bat sie, den Ärmel hochzukrempeln, um mich sehen zu lassen, ob ihre Armmuskeln für so etwas taugten, und sie sagte, sie sei vor einigen Monaten noch eine wesentlich kräftigere Frau gewesen.

Ich schließe aus alledem, dass sie lügt oder einer Selbsttäuschung erliegt. Aber ich sehe im Moment keine andere Möglichkeit, als sie im Gefängnis aufzunehmen. Ich fragte sie, was sie meine, was jetzt mit ihr geschehen werde, und sie sagte, nun, ihr werdet mich vor Gericht stellen und dann werdet ihr mich erhängen. Aber im Winter wird niemand erhängt, sagte sie, deswegen kann ich bis zum Frühling hierbleiben. Und wenn Sie mich hier arbeiten lassen, dann werden Sie meine Arbeit vielleicht weiter brauchen und werden mich nicht aufhängen wollen. Ich weiß nicht, woher sie diese Idee hat, dass im Winter keine Leute erhängt werden. Ihr Fall stellt mich vor ein Rätsel. Wie Sie vielleicht wissen, haben wir hier ein sehr schönes neues Gefängnis, in dem die Insassen warm und trocken wohnen und anständig ernährt und mit aller Menschlichkeit behandelt werden, und man hört bereits Beschwerden, dass manch einer es nicht bedauert – sondern in dieser Jahreszeit sogar froh ist –, eingekerkert zu werden. Doch ist es offensichtlich, dass sie nicht mehr lange umherwandern kann, und aus Ihrem Bericht geht hervor, dass sie nicht bereit ist, bei Freunden unterzukommen, und nicht in der Lage, sich selbst ein annehmbares Heim zu schaffen. Das Gefängnis dient derzeit als Anstalt für Geisteskranke wie Kriminelle, und wenn sie für geisteskrank erklärt wird, könnte ich sie den Winter über hierbehalten, unter Umständen mit einer Überweisung nach Toronto im Frühling. Ich habe einen Arzt beauftragt, sie sich anzusehen. Ich erzählte ihr von Ihrem Brief und Ihrer Hoffnung, sie bald einmal besuchen zu können, aber damit zeigte sie sich gar nicht einverstanden. Sie bittet darum, dass niemand zu ihr vorgelassen werde mit Ausnahme einer Miss Sadie Johnstone, die nicht in diesem Teil des Landes lebt.

Ich füge einen Brief bei, den ich an ihren Schwager

geschrieben habe, mit der Bitte, diesen an ihn weiter-
zuleiten, damit er weiß, was sie gesagt hat, und mir erzählen kann, was er davon hält. Ich bedanke mich bei
Ihnen im Voraus für die Übermittlung des Briefes sowie für die Mühe, die es Sie gekostet hat, mich so ausführlich zu informieren. Ich bin Mitglied der anglikanischen Kirche, achte jedoch sehr die Bemühungen
anderer protestantischer Konfessionen, ein geordne-
tes Leben in diesen Teil der Welt zu bringen, in dem
wir uns hier befinden. Bitte glauben Sie mir, dass ich
alles tun werde, was in meiner Macht steht, um Ihnen
die Möglichkeit zu verschaffen, auf die Seele dieser
jungen Frau einzuwirken, aber es könnte geraten sein,
zu warten, bis sie der Sache gewogen ist.

Reverend Walter McBain an Mr James Mullen, 18. November 1852.

Ich habe Ihren Brief unverzüglich zu Mr George Herron getragen und glaube, dass er geantwortet und Ihnen seine Erinnerungen an den Verlauf der Ereignisse
übermittelt hat. Er war über die Selbstanklage seiner
Schwägerin erstaunt, da sie weder ihm noch sonst ir-
gendwem je etwas davon gesagt hatte. Er sagt, es sei
alles von ihr erfunden oder reine Einbildung, da sie
nicht im Wald war, als es geschah, und dazu auch kein
Anlass bestanden habe, weil sie ihr Essen selber mitgenommen hatten, als sie aus dem Haus gegangen

waren. Er sagt, sein Bruder habe ihr zu anderer Zeit einmal Vorhaltungen gemacht, weil sie irgendwelche Kuchen durch Nähe zu Fisch verdorben hatte, aber nicht an diesem Tage. Auch hätten keine Steine herumgelegen, mit denen eine solche Tat spontan auszuführen gewesen wäre, wenn sie dort gewesen wäre und es zu tun beabsichtigt hätte.

Meine verzögerte Antwort auf Ihr Schreiben, für die ich mich entschuldigen möchte, ist auf eine Erkrankung zurückzuführen. Ich hatte einen Anfall von Nierenkoliken und rheumatischen Bauchschmerzen, die schlimmer waren als alles, was mich bisher jemals befallen hat. Gegenwärtig befinde ich mich auf dem Wege der Besserung und werde, wenn alles gutgeht, von nächster Woche an wieder wie üblich meinen Pflichten nachgehen.

Was die Frage der geistigen Zurechnungsfähigkeit der jungen Frau betrifft, weiß ich nicht, zu welchem Urteil Ihr Arzt gelangen wird, aber ich habe darüber nachgedacht und den Herrgott befragt und bin zu folgender Ansicht gelangt: Es ist gut möglich, dass ihr Gehorsam gegen ihren Gatten so kurz nach der Heirat noch zu wünschen übrigließ und dies zu Nachlässigkeiten in der Sorge für seine Bedürfnisse und zu bösen Worten und zänkischem Verhalten führte sowie zu dem unguten Schmollen und Schweigen, zu dem ihr Geschlecht neigt. Durch das Eintreten seines Todes, bevor sich die Dinge eingerenkt hatten, wird sie von natürlicher Reue geplagt gewesen sein, und das muss sich so in ihr festgesetzt haben, dass sie sich tatsächlich für seinen Tod verantwortlich zu fühlen begann. Auf diese Weise werden, denke ich, viele Menschen in den Wahnsinn getrieben. Manche Menschen spielen zunächst mit dem Wahnsinn und werden dann später für ihre Oberflächlichkeit und Dreistigkeit bestraft, indem die Sache sich nicht länger als Spiel erweist und der Teufel sämtliche Fluchtwege versperrt hat.

Ich hoffe immer noch darauf, mit ihr sprechen zu können und ihr dies nahezubringen. Allerdings macht mir im Moment nicht nur mein elender Körper zu schaffen, sondern auch die Tatsache, dass ich in einem abscheulichen, lauten Gasthof untergebracht und Tag und Nacht einem Lärm ausgesetzt bin, der mir den Schlaf und jede Ruhe zum Arbeiten raubt und selbst mein Gebet stört. Der Wind pfeift bitterkalt durch die Stämme, aber wenn ich zum Feuer hinuntergehe, bin ich von Trunksucht und übelster Unerzogenheit umgeben. Und draußen nichts als Bäume, die jeden Ausgang vereiteln, und eisiger Morast, der Mensch und Pferd verschlingt. Man hatte versprochen, eine Kirche und eine Wohnstatt zu bauen, aber die, die das Versprechen machten, sind wieder mit eigenen Dingen beschäftigt, und es scheint auf die lange Bank geschoben worden zu sein. Freilich habe ich trotz meiner Krankheit das Predigen nicht aufgegeben – in allen Scheunen und Häusern, die zur Verfügung gestellt werden. Mut macht mir dabei die Erinnerung an einen großen Mann, den großen Prediger und Verkünder des göttlichen Willens, Thomas Boston, der in den letzten Tagen seines Siechtums vom Kammerfenster zu einer Menge von gut zweitausend über die Größe Gottes predigte. So will auch ich bis zum Ende predigen, wenngleich meine Gemeinde kleiner sein wird.

Jede Bedrängnis im Leben ist von Gott geschaffen. Thomas Boston.

Diese Welt ist eine Wildnis, in der wir zwar die Posten wechseln können, aber der Wechsel wird sein von einem Vorposten in der Wildnis zum anderen. Ders.

Mr James Mullen an Reverend Walter McBain, 17. Januar 1853.

Gern teile ich Ihnen mit, dass sich unsere junge Frau bei stabiler Gesundheit befindet und dass sie nicht mehr so vogelscheuchenartig aussieht, da sie gut isst und sich und ihre Sachen in Ordnung hält. Auch ihre Seele wirkt ruhiger. Sie hat die Aufgabe übernommen, die Gefängniswäsche zu flicken, und macht das gut. Aber ich muss Ihnen sagen, dass sie sich so entschieden wie eh und je gegen jeden Besuch wehrt, und ich kann Ihnen nicht raten, sich hierher auf den Weg zu machen, da ich glaube, dass Ihre Mühe vergebens sein könnte. Die Reise ist im Winter sehr beschwerlich und würde Ihrer Gesundheit alles andere als guttun.

Ihr Schwager hat mir einen sehr höflichen Brief geschrieben, in dem er bestätigt, dass ihre Geschichte aller Wahrheit entbehrt, so dass ich die Sache nun als erledigt betrachte.

Vielleicht interessiert es Sie, was der Arzt, der sie besucht hat, zu ihrem Fall zu sagen hatte. Er ist der Ansicht, dass sie unter einer Wahnvorstellung leidet, die ausschließlich Frauen befällt und die durch eine Sehnsucht nach Bedeutsamkeit und den Wunsch motiviert ist, der Monotonie ihres Lebens oder der Schinderei zu entfliehen, die von Geburt ihr Schicksal ist. Manche bilden sich ein, sie wären von den Mächten des Bösen besessen oder hätten allerlei scheußliche Verbrechen begangen und so weiter. Manche behaupten, zahlreiche Liebhaber gehabt zu haben, aber die Liebhaber gibt es nur in ihrer Phantasie, und die Frau, die sich für einen Ausbund des Lasters hält, ist in Wirklichkeit keusch und unberührt. Die Schuld daran gibt er – der Arzt – dem Lesestoff, der diesen Frauen zur Verfügung steht, und der von Gespenstern oder Dämonen handelt oder von Liebesabenteuern mit Grafen und Fürsten und dergleichen. Viele finden vorübergehend Geschmack an solchen Geschichten und lassen sie hinter sich, wenn die wahren Aufgaben des Lebens anstehen. Andere frönen ihnen dann und wann, wie Süßigkeiten oder Sherry, doch einige sind ihnen vollkommen ausgeliefert und leben darin wie in einem Opiumtraum. Er konnte der jungen Frau keinen Bericht über ihre Lektüre entlocken, aber er hält es für möglich, dass sie mittlerweile vergessen hat, was sie gelesen hat, oder die Antwort aus Berechnung unterschlägt.

Bei seiner Befragung ist ferner etwas ans Licht gekommen, von dem wir nichts wussten. Als er sie fragte, ob sie sich nicht vor dem Tod durch den Strick fürchte, entgegnete sie: Nein, denn es gibt einen Grund, weshalb ihr mich nicht erhängen werdet. Du meinst, sie werden dich für geisteskrank erklären?, sagte er, und sie sagte: Ach, das vielleicht, aber ist es nicht auch so, dass man keine Frau erhängt, die ein Kind erwartet? Darauf untersuchte sie der Arzt, um zu sehen, ob dies der Fall war, und sie ließ die Untersuchung zu, so dass sie die Behauptung im guten Glauben gemacht haben musste. Er stellte jedoch fest, dass sie sich getäuscht hatte. Die Zeichen, die sie zu diesem Schluss verleitet hatten, waren schlicht die Folge ihrer durch lange Unterernährung verursachten schlechten Gesundheit und später wahrscheinlich ihrer Hysterie. Er berichtete ihr von seinem Befund, aber es ist schwer zu sagen, ob sie ihm geglaubt hat.

Man muss wahrlich anerkennen, dass dies ein hartes Land für Frauen ist. Kürzlich ist hier eine zweite Geisteskranke eingewiesen worden, und ihr Fall ist mitleiderregender, da sie durch eine Vergewaltigung wahnsinnig geworden ist. Die beiden Täter sind gefasst worden und sitzen nur durch eine Wand von ihr getrennt in der Männerabteilung. Die Schreie des Opfers gellen manchmal mehrere Stunden lang durch das Gefängnis, so dass es zu einem wesentlich weniger angenehmen Aufenthaltsort geworden ist. Aber ob das unsere vorgebliche Mörderin veranlassen wird, zu widerrufen und uns zu verlassen, vermag ich nicht zu sagen. Sie ist eine gute Näherin und könnte, wenn sie wollte, eine Anstellung finden.

Es tut mir leid zu hören, dass Ihnen Ihre Gesundheit und die erbärmliche Unterkunft so zu schaffen machen. In diesem Städtchen geht es mittlerweile so zivilisiert zu, dass wir die Not im Hinterland vergessen. Wer sich wie Sie entschließt, dort auszuharren, verdient unsere Bewunderung. Aber gestatten Sie mir bitte die Bemerkung, dass man wohl mit ziemlicher Gewissheit davon ausgehen kann, dass ein Mann von schwacher Gesundheit in Ihrer Situation kaum wird lange durchhalten können. Ihre Kirche würde es bestimmt nicht als treubrüchig ansehen, wenn Sie sich dazu entschlössen, ihr länger zu dienen, indem Sie sich an einen angenehmeren Ort versetzen ließen.

Ich füge einen Brief bei, den die junge Frau an eine Miss Sadie Johnstone nach Toronto in die King Street geschrieben und abgeschickt hat. Wir haben ihn abgefangen, um mehr über ihren Geisteszustand zu erfahren, aber wieder zugeklebt und weitergesandt. Doch ist er mit dem Vermerk »Empfänger unbekannt« zurückgekommen. Wir haben der Schreiberin nichts davon erzählt, weil wir die Hoffnung hegen, sie werde noch einmal und ausführlicher schreiben und uns etwas offenbaren, das uns zu entscheiden hilft, ob sie eine bewusste Lügnerin ist oder nicht.

Mrs Annie Herron, Bezirksgefängnis, Walley, Vereinigte Distrikte von Huron und Bruce, an Miss Sadie Johnstone, 49 King Street, Toronto, 20. Dezember 1852.

Sadie, ich bin hier im Gefängnis ziemlich gesund und sicher und ohne Klagen, was das Essen und die Decken betrifft. Es ist ein gutes Haus aus Stein und ein bisschen wie das Heim. Wenn du mich besuchen kommen könntest, würde ich mich sehr freuen. Ich rede im Kopf oft und viel mit dir, von dem ich nichts aufschreiben will, weil was ist wenn sie mich ausspionieren. Ich mache die Näharbeit hier, die Sachen waren in keinem guten Zustand als ich kam aber jetzt sind sie ganz gut. Und ich nähe Vorhänge für das Opernhaus, ein Auftrag von draußen. Ich hoffe du kommst her. Du könntest mit der Postkutsche direkt hierher fahren. Vielleicht magst du nicht so gern im Winter kommen, aber dann im Frühling vielleicht.

Mr James Mullen an Reverend Walter McBain, 7. April 1853.

Da ich keine Antwort auf meinen letzten Brief erhalten habe, will ich darauf vertrauen, dass Sie gesund sind und sich vielleicht noch für Annie Herrons Fall interessieren. Sie ist noch hier und ist emsig mit Näharbeiten beschäftigt, die ich ihr von draußen habe beschaffen können. Nichts wird mehr erwähnt von einer Schwangerschaft oder vom Erhängtwerden oder von ihrer Geschichte. Sie hat noch einmal an Sadie Johnstone geschrieben, aber ziemlich kurz, und ich füge ihren Brief hier bei. Haben Sie eine Vorstellung, wer diese Sadie Johnstone sein könnte?

Ich kriege keine Antwort von dir Sadie ich glaube nicht, dass sie meinen Brief weitergeschickt haben. Heute ist der erste April 1853. Aber ohne Aprilscherze wie wir sie früher füreinander gemacht haben. Bitte komm mich besuchen wenn du kannst. Ich bin in Walley im Gefängnis, aber sicher und wohlauf.

Mr James Mullen von Edward Hoy, Inhaber des Carstairs Inn, 19. April 1853.

Ihr Brief an Mr McBain geht an Sie zurück, er ist am 25. Februar hier im Gasthof verstorben. Es sind noch ein paar Bücher hier, keiner will sie haben.

III

Annie Herron, Bezirksgefängnis, Walley, an Sadie Johnstone, Toronto.

Finder bitte weitersenden.

George kam durch den Schnee mit ihm ange-schleppt ich dachte was er schleppte war ein Baum-stamm. Ich wusste nicht dass er es war. George hat ge-sagt, das ist er. Ein Ast ist vom Baum gefallen und hat ihn getroffen, hat er gesagt. Er hat nicht gesagt dass er tot war. Ich habe geguckt ob er was sagt. Sein Mund war etwas offen mit Schnee drin. Auch seine Augen halb offen. Wir mussten ihn reinholen weil es anfing zu stürmen wie nichts. Wir schleppten ihn jeder an einem Bein rein. Ich versuchte als ich sein Bein nahm so zu tun als ob es noch der Baumstamm war. Drin-nen wo ich das Feuer brennen hatte war es warm und der Schnee auf ihm fing an zu schmelzen. Sein Blut taute und er blutete ein bisschen ums Ohr. Ich wusste nicht was ich tun sollte und ich hatte Angst näher an ihn ranzugehen. Ich dachte seine Augen beobachteten mich.

George saß mit seinem dicken Mantel an und sei-nen Stiefeln am Feuer. Er hatte mir den Rücken zuge-dreht. Ich saß am Tisch, der aus halbrunden Hölzern war. Ich sagte, woher weißt du ob er tot ist? George sagte, fass ihn an wenn du es wissen willst. Aber das mochte ich nicht. Draußen tobte ein fürchterlicher Sturm, der Wind heulte in den Bäumen und über unser Dach. Ich sagte, Vater unser, der du bist im Himmel, und dadurch kriegte ich wieder Mut. Ich sagte es jedes Mal wieder wenn ich mich bewegte. Ich muss ihn abwaschen, sagte ich. Hilf mir. Ich holte den Eimer wo ich Schnee zum Schmelzen drin hatte. Ich fing an den Füßen an und musste ihm die Stiefel ausziehen, das war ganz schön schwer. George drehte sich nicht mal um und hörte nicht hin und half mir nicht als ich ihn darum bat. Ich habe ihm die Hose und den Mantel nicht ausgezogen, das konnte ich nicht. Aber die Hände und Handgelenke habe ich ihm gewaschen. Ich sah immer zu dass ich den Lappen zwischen meiner Hand und seiner Haut hatte. Weil das Blut und der geschmolzene Schnee den Fußboden unter seinem Kopf und den Schultern nass machte, wollte ich ihn umdrehen und aufwischen. Aber ich schaffte es nicht. Deswegen ging ich zu George und zog ihn am Arm. Hilf mir, sagte ich. Was?, sagte er. Ich sagte, wir müssen ihn umdrehen. Und er kam und half mir und wir kriegten ihn umgedreht, er lag mit dem Gesicht nach unten. Und dann sah ich, wo die Axt zugeschlagen hatte.

Keiner von uns sagte etwas. Ich wusch alles ab, Blut und alles sonst. Ich sagte zu George, geh und hol mir das Laken aus meiner Kiste. Ich hatte noch das gute Leintuch das ich nicht aufs Bett legen wollte. Ich konnte keinen Sinn drin sehen ihm seine Sachen auszuziehen obwohl der Stoff gut war. Wir hätten sie abschneiden müssen wo das Blut klebte und was hätten wir dann gehabt außer Lappen. Ich schnitt das eine Stück von seinem Haar ab weil mir einfiel dass sie das im Heim gemacht haben als Lila starb. Dann ließ ich mir von George helfen ihn auf das Laken zu rollen und fing an ihn in das Laken einzunähen. Beim Nähen sagte ich zu George, geh raus auf die windabgewandte Seite vom Haus wo das Holz gestapelt ist und vielleicht ist es da geschützt genug dass du ihm ein Grab schaufeln kannst. Schaff das Holz weg und da drunter ist der Boden wahrscheinlich weicher.

Beim Nähen musste ich mich so tief bücken dass ich fast neben ihm auf dem Fußboden lag. Ich nähte zuerst seinen Kopf ein und legte dabei das Laken drüber weil ich ihm in Augen und Mund gucken musste. George ging raus und ich konnte durch den Sturm hören dass er tat was ich gesagt hatte und dass Holzscheite geworfen wurden und manchmal die Hauswand trafen. Ich nähte weiter, und bei jedem Stück das ich nicht mehr sehen konnte sagte ich laut, weg ist er. Ich hatte die Falte über dem Kopf gut hingekriegt aber unten an den Füßen hatte ich nicht genug Stoff für alles, deswegen nähte ich noch meinen Unterrock mit dem Lochmuster dran den ich im Heim genäht hatte um den Stich zu lernen und auf die Weise kriegte ich ihn ganz eingenäht.

Ich ging nach draußen um George zu helfen. Er hatte das ganze Holz beiseite geräumt und grub. Der Boden war weich genug, wie ich gedacht hatte. Er hatte den Spaten deswegen holte ich die Schaufel und wir arbeiteten vor uns hin, er grub und lockerte und ich schaufelte.

Dann holten wir ihn raus. Weil wir nicht mehr jeder an einem Bein anfassen konnten nahm George ihn am Kopf und ich ihn an den Knöcheln wo der Unterrock war und wir rollten ihn in die Erde und machten uns wieder an die Arbeit um ihn zuzuschaufeln. George hatte die Schaufel und ich konnte irgendwie nicht genug Erde auf den Spaten kriegen, deswegen schob ich sie mit meinen Händen ins Loch und half mit den Füßen nach wie es gerade kam. Als die ganze Erde wieder drin war, klopfte George sie mit der Schaufel so platt wie es ging. Dann holten wir das ganze Holz wieder und suchten im Schnee wo es war und stapelten es ordentlich wieder auf, damit es nicht so aussah, als wäre jemand dran gewesen. Ich glaube wir hatten weder Mütze noch Schal an aber die Arbeit hielt uns warm.

Wir nahmen mehr Feuerholz mit ins Haus und legten den Riegel vor die Tür. Ich wischte den Fußboden und ich sagte zu George, zieh die Stiefel aus. Dann, zieh den Mantel aus. George tat was ich ihm sagte. Er setzte sich ans Feuer. Ich kochte den Tee mit Katzenminzblättern wie Mrs Treece mir das gesagt hat und ich gab ein Stück Zucker rein. George wollte ihn nicht. Er ist zu heiß, sagte ich. Ich ließ ihn abkühlen aber da wollte er ihn auch nicht. Deswegen fing ich an, und redete mit ihm.

Du hast es nicht gewollt.

Es war im Zorn, du hast das nicht gewollt was du getan hast.

Ich hab manchmal gesehen was er dir antat. Ich hab gesehen wie er dich für eine Kleinigkeit zusammengeschlagen hat und wie du dann einfach aufgestanden bist und nie ein Wort gesagt hast. Genau wie er es mit mir gemacht hat.

Wenn du es jetzt nicht getan hättest hätte er es eines Tages getan, mit dir.

Hör zu, George. Hör mir zu.

Was glaubst du was passiert wenn du gestehst? Sie hängen dich auf. Dann bist du tot, davon hat keiner was. Was wird aus deinem Land? Wahrscheinlich geht es zurück an die Krone und dann kriegt es jemand anders und du hast die ganze Arbeit für die gemacht.

Was soll hier aus mir werden wenn sie dich wegholen?

Ich nahm ein paar Haferkuchen die kalt waren und wärmte sie auf. Ich legte ihm einen aufs Knie. Er nahm ihn und biss ab und kaute aber er konnte ihn nicht runterkriegen und spuckte ihn ins Feuer.

Ich sagte, hör zu, ich kenne mich aus. Ich bin älter als du. Ich glaub auch an Gott und bete jeden Abend und meine Gebete werden erhört. Ich weiß so gut wie jeder Pastor was Gott will und ich weiß dass er nicht will dass ein guter Junge wie du aufgehängt wird. Du brauchst nur zu sagen dass du es bereust. Sag dass du es bereust und dass du es gut meinst und dann wird dir Gott vergeben. Ich werde es mit dir sagen, ich bereue auch weil ich mir als ich gesehen habe dass er tot ist nicht gewünscht habe, dass er noch am Leben wäre, nicht für einen Augenblick. Ich werde sagen, vergib mir Herr, und du auch. Knie nieder.

Aber er wollte nicht. Er wollte sich nicht von seinem Stuhl rühren. Da sagte ich, na gut. Ich habe eine Idee. Ich geh die Bibel holen. Ich fragte ihn, glaubst du an die Bibel? Sag ja. Nick mit dem Kopf.

Ich habe nicht gesehen ob er genickt hat oder nicht aber ich habe gesagt, so. So, ging doch. Jetzt werd ich das machen was wir im Heim immer gemacht haben wenn wir wissen wollten was aus uns wird oder was wir mit unserem Leben machen sollten. Wir schlugen irgendwo die Bibel auf und legten einen Finger auf die Seite und dann machten wir die Augen auf und lasen den Vers wo unser Finger lag und der sagte einem dann was man wissen musste. Um doppelt sicher zu sein musst du wenn du die Augen zumachst bloß sagen, Herr führe meinen Finger.

Er wollte die Hand nicht vom Knie nehmen, also sagte ich, na gut. Na gut, ich mache es für dich. Ich machte es, und ich las die Stelle vor wo mein Finger anhielt. Ich hielt die Bibel dicht ans Feuer um sehen zu können.

Da stand etwas darüber, dass einer alt und grauhaarig war, *verlass mich nicht, Herr mein Gott*, und ich sagte, das heißt du sollst leben bis du alt und grauhaarig bist und bis dahin soll dir nichts geschehen. So steht es da, in der Bibel.

Und im nächsten Vers stand soundso zog aus und nahm soundso und empfing und gebar ihm einen Sohn.

Hier steht du wirst einen Sohn bekommen, sagte ich. Du sollst weiterleben und heiraten und einen Sohn bekommen.

Aber den nächsten Vers weiß ich noch so gut, dass ich ihn ganz aufschreiben kann. *Sie können auch nicht beweisen wessen sie mich jetzt verklagen.*

George, sagte ich, hörst du das? *Sie können nicht beweisen wessen sie mich jetzt verklagen.* Das heißt du bist sicher.

Du bist sicher. Steh jetzt auf. Steh auf und leg dich aufs Bett und schlaf.

Er konnte es nicht allein aber ich habe es geschafft. Ich zog und zog an ihm bis er stand und dann schob ich ihn durch das Zimmer zum Bett das nicht sein Bett in der Ecke war sondern das größere Bett, und brachte ihn dazu sich hinzusetzen und dann hinzulegen. Ich rollte ihn hin und her und zog ihm die Sachen aus bis aufs Hemd. Er klapperte mit den Zähnen und ich dachte schon er kriegt Husten oder Fieber. Ich machte die Plätteisen heiß und wickelte sie in Stoff und legte ihm eins auf jede Seite dicht an die Haut. Wir hatten keinen Whisky oder Weinbrand im Haus zum Wärmen, nur den Katzenminztee. Ich rührte mehr Zucker rein und kriegte ihn so weit sich mit dem Löffel füttern zu lassen. Ich rubbelte ihm die Füße mit den Händen, dann die Arme und die Beine und ich wrang Kleider in heißem Wasser aus und legte sie ihm auf den Bauch und das Herz. Ich sprach ganz leise mit ihm, in einem anderen Ton, und sagte ihm, er soll einschlafen und wenn er aufwachte würde er wieder einen klaren Kopf haben und der ganze Graus würde vergessen sein.

Ein dicker Ast ist auf ihn gefallen. Genau wie du mir gesagt hast. Ich kann ihn fallen sehen. Ich kann ihn so schnell runterkommen sehen wie ein Blitz und kann sehen wie er kleine Zweige mitreißt und von oben nach unten kracht, das geht beinahe so schnell wie ein Gewehr das knallt und du sagst, was ist das? und da hat es ihn schon erwischt und er ist tot.

Als ich ihn so weit hatte dass er schlief legte ich mich neben ihn aufs Bett. Ich zog meinen Kittel aus und konnte die blauen und grünen Stellen an meinen Armen sehen. Ich zog meinen Rock hoch um zu sehen ob die weit oben an den Beinen noch da waren und sie waren noch da. Mein Handrücken war auch blau und noch wund wo ich reingebissen hatte.

Nichts Schlimmes passierte nachdem ich mich hingelegt hatte und ich konnte die ganze Nacht nicht schlafen sondern lauschte auf sein Atmen und berührte ihn immer wieder um zu sehen ob er warm geworden war. Beim ersten Licht stand ich auf und machte Feuer. Als er mich hörte, wachte er auf und es ging ihm besser.

Er hatte nicht vergessen was gewesen war aber redete als ob alles rechtens wäre. Er sagte, wir hätten ein Gebet sprechen sollen und dann was aus der Bibel lesen. Er stemmte die Tür auf und da war eine große Schneewehe aber der Himmel klarte auf. Es war der letzte Schnee in dem Winter.

Wir gingen nach draußen und sprachen das Vaterunser. Dann sagte er, wo ist die Bibel? Warum steht sie nicht auf dem Bord? Als ich sie von neben dem Feuer holte sagte er, was macht sie denn da? Ich sagte dazu gar nichts. Er wusste nicht was er lesen sollte deswegen suchte ich den 131. Psalm aus den wir im Heim lernen mussten. *Herr, mein Herz ist nicht hoffärtig und meine Augen sind nicht stolz. Fürwahr meine Seele ist still und ruhig geworden wie ein kleines Kind bei seiner Mutter, wie ein kleines Kind so ist meine Seele in mir.* Das las er. Dann sagte er, er wollte einen Weg freischaufeln und den Treeces Bescheid sagen. Ich sagte, ich würde ihm was zu essen kochen. Er ging raus und schaufelte und wurde nicht müde und kam nicht zum Essen wie ich es gedacht hatte. Er schaufelte und schaufelte einen langen Gang bis er nicht mehr zu sehen war und dann war er weg und kam nicht wieder. Er kam erst wieder als es fast dunkel war und sagte dann, er hätte schon gegessen. Ich sagte, was hast du ihnen vom Baum erzählt? Da sah er mich zum ersten Mal böse an. Es war derselbe böse Blick wie früher von seinem Bruder. Ich sagte nie wieder was zu ihm über das was passiert war und machte auch nie Andeutungen. Und er sagte auch nie was zu mir, bis auf dass er in meinen Träumen kam und mit mir redete. Aber ich konnte immer auseinanderhalten was meine Träume waren und was war, wenn ich wach war, und wenn ich wach war kriegte ich von ihm nie was anderes als den bösen Blick.

Mrs Treece kam und versuchte mich zu überreden zu ihnen zu ziehen und bei ihnen zu wohnen wie George. Sie sagte ich könnte da essen und schlafen, sie hätten Betten genug. Ich wollte nicht. Sie dachten ich wollte vor Kummer nicht aber ich wollte nicht weil dann jemand meine blauen Flecken sehen könnte, und außerdem würden sie beobachten ob ich weinte. Ich sagte ich hätte keine Angst vorm Alleinsein.

Ich träumte jede Nacht dass der eine oder der andere von beiden kam und mich mit der Axt verfolgte. Es war immer er oder George, der eine oder der andere. Oder manchmal nicht mit der Axt sondern mit einem Stein in beiden Händen mit dem dann einer von ihnen hinter der Tür wartete. Träume werden uns geschickt um uns zu warnen.

Ich blieb nicht im Haus wo sie mich finden konnten und als ich aufhörte drinnen zu schlafen und draußen schlief hatte ich den Traum nicht mehr so oft. Es wurde rasch warm und die Fliegen und Mücken kamen aber sie störten mich kaum. Ich sah die Stiche aber ich fühlte sie nicht, was noch ein Zeichen war dass ich draußen geschützt war. Ich duckte mich wenn ich wen kommen hörte. Ich aß rote und schwarze Beeren und Gott schützte mich vor schlechten Früchten.

Nach einer Zeit hatte ich eine andere Art von Traum. Ich träumte dass George zu mir kam und mit mir redete und immer noch den bösen Blick hatte aber versuchte ihn zu verbergen und so zu tun als ob er freundlich wäre. Er kam dauernd in meine Träume und dauernd log er mich an. Es fing an draußen kälter zu werden und ich wollte nicht wieder in die Hütte und der Tau fiel schwer so dass ich klatschnass war wenn ich im Gras schlief. Da ging ich und schlug die Bibel auf um herauszufinden was ich tun sollte.

Und jetzt kriegte ich meine Strafe fürs Schwindeln weil die Bibel mir über das was ich tun sollte nichts sagte, was ich verstehen konnte. Ich hatte geschwindelt als ich für George was suchte und nicht genau da gelesen hatte wo mein Finger war sondern schnell drum herum geguckt und eine Stelle genommen hatte die mir mehr gefiel. So hab ich das auch früher gemacht als wir im Heim unsere Verse raussuchten, und meine Sprüche waren immer gut und keiner hat mich je erwischt oder verdächtigt. Du auch nicht, Sadie.

Jetzt kriegte ich also meine Strafe als ich nichts finden konnte was mir half und wenn ich noch so viel suchte. Aber irgendwie kam mir die Idee hierherzukommen und hier bin ich, ich hatte gehört wie sie davon sprachen wie warm es hier ist und dass Landstreicher sich bestimmt hier einsperren lassen wollten, deswegen dachte ich, das mache ich auch und irgendwas brachte mich auf die Idee ihnen zu sagen was ich getan habe. Ich erzählte ihnen genau dieselbe Lüge die George mir so oft in meinem Traum erzählt hatte weil er mir einreden wollte dass ich es getan hatte und nicht er. Hier bin ich vor George sicher und das ist die Hauptsache. Wenn sie glauben dass ich verrückt bin und ich es anders weiß bin ich sicher. Nur wünsche ich mir dass du mich besuchen kämst.

Und ich wünsche mir dass das Geschrei aufhört.

Wenn ich damit fertig bin dies aufzuschreiben, werde ich es zu den Vorhängen legen die ich für das Opernhaus nähe. Und draufschreiben werde ich, Finder bitte weitersenden. Da habe ich mehr Vertrauen als wenn ich es ihnen gebe wie die beiden Briefe die ich ihnen schon gegeben habe und die sie nie abgeschickt haben.

IV

Miss Christena Mullen, Walley, an Mr Leopold Henry, Historisches Seminar, Queen's University, Kingston, 8. Juli 1959.

Ja, ich bin das Fräulein Mullen, an dessen Besuch auf der Farm sich die Schwester von Treece Herron erinnert, und es ist sehr nett von ihr, zu sagen, ich sei eine hübsche junge Dame mit Hut und Schleier gewesen. Das war mein Schleier fürs Autofahren. Die von ihr erwähnte alte Dame war die Schwägerin von Mr Herrons Großvater, wenn ich das richtig erinnere. Da Sie die Biographie schreiben, werden Sie sich ja mit den Verwandtschaftsbeziehungen auskennen. Ich selbst habe Treece Herron nie gewählt, da ich für die Konservativen bin, aber er war ein faszinierender Politiker, und wie Sie richtig sagen, wird eine Biographie über ihn einige Aufmerksamkeit auf diese Region lenken – die allzu oft als »tödlich langweilig« gilt.

Ich bin einigermaßen überrascht, dass die Schwester das Auto nicht eigens erwähnt. Es war ein Stanley Steamer. Ich kaufte ihn mir 1907 zu meinem fünfundzwanzigsten Geburtstag. Er kostete zwölfhundert Dollar, ein Teil meines Erbes von meinem Großvater James Mullen, einer der ersten Friedensrichter von Walley. Er hatte ein Vermögen verdient, indem er Farmen kaufte und verkaufte.

Nachdem mein Vater jung gestorben war, zog meine Mutter mit uns fünf Mädchen in das Haus meines Großvaters. Es war ein großes Bruchsteinhaus mit dem Namen Traquair, in dem heute eine Jugendstrafanstalt untergebracht ist. Ich sage manchmal im Scherz, dass es schon immer eine war!

Als ich jung war, hatten wir einen Gärtner, einen Koch und eine Näherin als Dienstboten. Sie waren alle »Originale«, mit einem Hang dazu, sich untereinander zu zanken, und sie verdankten ihre Anstellung alle der Tatsache, dass mein Großvater sich ihrer angenommen hatte, als sie Insassen des Distriktgefängnisses waren (wie es damals hieß), und sie nacheinander zu sich ins Haus geholt hat.

Zu dem Zeitpunkt, als ich den Steamer kaufte, war ich die einzige der Schwestern, die noch zu Hause wohnte, und die Näherin war die einzige verbliebene dieser alten Dienstboten. Die Näherin wurde Old Annie genannt und wehrte sich nie gegen diesen Namen. Sie benutzte ihn selbst und schrieb auf Zettel für den Koch: »Tee war nicht heiß, war die Kanne vorgewärmt? Old Annie.« Der zweite Stock war Old Annies Reich, und eine meiner Schwestern – Dolly – erzählte, immer wenn sie von zu Hause träumte, das heißt von Traquair, dann träumte sie davon, wie Old Annie oben im zweiten Stock an der Treppe stand und ihre Elle schwang, im schwarzen Kleid und mit langen flaumigen schwarzen Armen wie eine Spinne.

Eines ihrer Augen glitt seitlich weg und vermittelte so den Anschein, sie würde mehr Informationen aufnehmen als gewöhnliche Menschen.

Uns war es verboten, die Dienstboten, vor allem diejenigen, die im Gefängnis gewesen waren, mit Fragen über ihr Privatleben zu belästigen, aber natürlich taten wir es trotzdem. Old Annie nannte das Gefängnis manchmal auch das Heim. Sie erzählte, dass ein Mädchen im Nachbarbett geschrien und geschrien habe und dass sie – Annie – deshalb weggelaufen sei und im Wald gelebt habe. Sie sagte, das Mädchen sei geschlagen worden, weil es das Feuer habe ausgehen lassen. Warum warst du im Gefängnis, fragten wir sie, und sie antwortete stets: »Weil ich geschwindelt habe!« Deshalb glaubten wir eine ganze Zeitlang, dass Lügen mit Gefängnis bestraft wurde!

An manchen Tagen hatte sie gute Laune, und dann spielte sie mit uns Fingerhut-Verstecken. Manchmal hatte sie schlechte Laune, und dann piekste sie uns mit Stecknadeln, wenn sie unsere Säume absteckte und wir uns zu schnell weiterdrehten oder zu schnell wieder stehen blieben. Sie wisse, wo man Mauersteine bekommt, die man den Kindern auf den Kopf legt, damit sie nicht mehr wachsen, sagte sie. Hochzeitskleider nähte sie gar nicht gern (für mich musste sie nie eins nähen!), und sie hielt von keinem der Männer, die meine Schwestern heirateten, irgendetwas. Dollys Bräutigam konnte sie so wenig leiden, dass sie an den Ärmeln absichtlich einen Fehler einnähte und sie rausgerissen werden mussten, und da hat Dolly geweint. Aber als der Generalgouverneur und Lady Minto nach Walley kamen, schneiderte sie uns allen wunderhübsche Ballkleider.

Auf die Frage, ob sie selbst verheiratet gewesen sei, antwortete sie manchmal mit ja und manchmal mit nein. Sie erzählte, ein Mann sei ins Heim gekommen und habe die Mädchen vor sich aufmarschieren lassen und gesagt: »Ich nehme die mit den rabenschwarzen Haaren.« Damit hatte er Old Annie gemeint, aber sie hatte sich geweigert, mit ihm zu gehen, obwohl er reich war und in einer Kutsche gekommen war. Ganz ähnlich wie Aschenbrödel, nur mit einem anderen Schluss. Dann wieder behauptete sie, ihr Mann sei von einem Bären getötet worden, im Wald, und mein Großvater habe den Bären getötet und sie in sein Fell gewickelt und aus dem Gefängnis nach Hause gebracht.

Meine Mutter mahnte immer: »Kinder, bringt Old Annie nicht ans Erzählen. Und glaubt ihr kein Wort von dem, was sie sagt.«

Ich gehe sehr ausführlich auf den Hintergrund ein, aber Sie haben gesagt, Sie seien an Einzelheiten aus der Zeit interessiert. Ich bin wie die meisten Leute in meinem Alter: Ich vergesse, Milch zu kaufen, aber ich könnte Ihnen genau sagen, welche Farbe der Mantel hatte, den ich getragen habe, als ich acht war.

Als ich mir den Stanley Steamer gekauft hatte, bat Old Annie mich, einen Ausflug mit ihr zu machen. Es stellte sich heraus, dass sie eher eine Reise im Kopf hatte. Das war eine Überraschung, da sie früher nie hatte verreisen wollen und sich geweigert hatte, mit an die Niagarafälle zu kommen, und nicht einmal am ersten Juli dazu zu bewegen war, zum Feuerwerk in den Hafen hinunterzugehen. Außerdem misstraute sie Automobilen und meinen Fahrkünsten. Aber die eigentliche Überraschung war, dass sie jemanden besuchen wollte. Sie wollte nach Carstairs fahren, um die Herrons zu besuchen, und behauptete, sie wären mit ihr verwandt. Sie hatte nie Besuche oder Briefe von diesen Leuten erhalten, und als ich sie fragte, ob sie einen Brief geschrieben und angefragt habe, ob wir kommen könnten, sagte sie: »Ich kann nicht schreiben.« Das war lächerlich – sie hinterließ diese Zettel für die Köche und lange Listen für mich mit den Dingen, die sie mir vom Square oder aus der Stadt mitbringen sollte. Litze, Taft, Buckram – das konnte sie alles richtig schreiben.

»Und sie müssen auch nicht vorher Bescheid haben«, sagte sie. »Auf dem Land ist das anders.«

Nun, ich liebte es, Spritztouren mit dem Steamer zu unternehmen. Ich hatte schon mit fünfzehn fahren gelernt, aber dies war mein erstes eigenes Auto und wahrscheinlich das einzige mit Dampfmotor in ganz Huron County. Wenn ich vorbeifuhr, rannte alles herbei, um zu gaffen. Es knatterte und hustete nicht so laut und scheußlich wie andere Autos, sondern rollte still dahin, mehr oder weniger wie ein Schiff mit vollen Segeln über den See fuhr, und es verpestete die Luft nicht, sondern hinterließ nur eine Dampfwolke. Der Stanley Steamer wurde in Boston verboten, weil der Dampf die Luft vernebelte. Ich habe immer mit Vergnügen erzählt, dass ich früher ein Auto hatte, das in Boston verboten war!

Wir brachen eines Sonntags im Juni recht früh auf. Es dauerte etwa fünfundzwanzig Minuten, bis der Kessel geheizt war, und Old Annie saß die ganze Zeit kerzengerade auf dem Vordersitz, als wären wir schon unterwegs. Wir trugen beide unsere Schleier fürs Autofahren und lange Staubmäntel, aber das Kleid, das Old Annie darunter anhatte, war aus pflaumenblauer Seide. Sie hatte das Kleid meiner Großmutter umgearbeitet, das sie ihr genäht hatte, als diese dem Prinzen von Wales vorgestellt werden sollte.

Der Steamer fuhr wie ein Engel. Er konnte fünfzig Meilen die Stunde fahren – was damals toll war –, aber ich ließ es sachte angehen. Ich versuchte, Rücksicht auf Old Annies Nerven zu nehmen. Als wir aufbrachen, waren die Leute noch in der Kirche, aber später waren die Straßen voll von Pferdegespannen, die auf der Heimfahrt waren. Ich bin aus Höflichkeit ganz langsam an ihnen vorbeigekrochen. Aber es stellte sich heraus, dass Old Annie es gar nicht so gemächlich haben wollte, und sie sagte ständig: »Drück mal drauf«, womit sie die Hupe meinte, die man betätigte, indem man auf einen Gummiball unter einem Schmutzfänger an meiner Seite drückte.

Sie musste länger nicht aus Walley herausgekommen sein, als ich Lebensjahre zählte. Als wir die Brücke bei Saltford überquerten (diese alte Eisenbrücke, an der es wegen der scharfen Kurve auf beiden Seiten immer so viele Unfälle gab), sagte sie, da wäre früher keine Brücke gewesen, man hätte zahlen und sich von einem Mann rüberrudern lassen müssen.

»Ich hatte kein Geld, aber ich bin von Stein zu Stein gesprungen und habe den Rock gerafft und bin durchs Wasser gewatet«, sagte sie. »So trocken war der Sommer.«

Natürlich wusste ich nicht, von welchem Sommer sie redete.

Dann kam: Schau dir die großen Felder an, wo sind die Baumstümpfe hin, wo ist der Wald? Und: Guck, wie gerade die Straße ist, und sie bauen ihre Häuser mit Ziegeln! Und was sind das für Gebäude, die so groß sind wie Kirchen?

Scheunen, sagte ich.

Den Weg nach Carstairs kannte ich schon, dachte aber, dass Old Annie helfen würde, wenn wir da waren. Von ihr kam nichts. Ich fuhr die Hauptstraße auf und ab und wartete darauf, dass sie etwas erspähte, was sie wiedererkannte. »Wenn ich nur den Gasthof finden könnte«, sagte sie, »dann wüsste ich, wo der Weg dahinter abbiegt.«

Es war eine Industriestadt, meiner Meinung nach nicht sehr hübsch. Der Steamer erregte natürlich Aufsehen, so dass ich nach dem Weg zur Farm der Herrons fragen konnte, ohne den Motor auszustellen. Man rief und gestikulierte und schließlich brachte ich uns auf die richtige Straße. Ich bat Old Annie, auf die Briefkästen zu achten, aber sie fand es wichtiger, nach dem Bach Ausschau zu halten. Ich erspähte den Namen selbst und bog in einen langen Feldweg ein, an dessen Ende ein rotes Backsteinhaus stand und gleich mehrere von diesen Scheunen, über die Old Annie so gestaunt hatte. Rote Backsteinhäuser mit Sprossenfenstern und Veranden davor waren damals große Mode, sie wurden überall gebaut.

»Guck da!«, sagte Old Annie, und ich dachte, sie meinte die Kuhherde auf der Weide neben dem Weg, die vor uns Reißaus nahm. Aber sie zeigte auf eine Erhebung, die fast ganz von wildem Wein überwuchert war, so dass nur ein paar Holzstämme hervorlugten. Sie sagte, das sei die Hütte. Ich sagte: »Wie schön – dann hoffen wir mal, dass du auch von den Leuten ein paar erkennst.«

Es waren genug Leute da. Ein paar Kutschen von Gästen hielten im Schatten, die angepflockten Pferde fraßen Gras. Als der Steamer an der Seitenveranda zum Stehen kam, stellten sich einige auf, um ihn anzuschauen. Sie traten nicht vor – nicht einmal die Kinder kamen angerannt, um ihn aus der Nähe zu betrachten, wie Stadtkinder es getan hätten. Sie standen alle bloß in einer Reihe und starrten ihn mit unbewegten Mienen an.

Old Annie schaute starr in die entgegengesetzte Richtung.

Sie befahl mir auszusteigen. Steig aus, sagte sie, und frag sie, ob es hier einen Mr George Herron gibt und ob er noch am Leben ist oder schon tot.

Ich tat wie geheißen. Und einer der Männer sagte: Jawohl. Den gibt es. Mein Vater.

Nun, sagte ich, ich habe jemanden mitgebracht. Ich habe Mrs Annie Herron mitgebracht.

Der Mann sagte: Aha?

(Eine Unterbrechung hier, aufgrund einiger Ohnmachtsanfälle und eines Krankenhausaufenthalts. Jede Menge Tests auf Kosten der Steuerzahler. Jetzt bin ich wieder da und habe das Ganze noch einmal durchgelesen und bin über meine Weitschweifigkeit erstaunt, aber zu faul, noch einmal neu anzufangen. Ich bin noch nicht einmal bei Treece Herron angekommen, für den Sie sich eigentlich interessieren, aber haben Sie Geduld, ich bin fast da.)

Diese Leute waren alle sprachlos wegen Old Annie, jedenfalls kam es mir so vor. Sie hatten nicht gewusst, wo sie war oder was sie machte oder ob sie noch lebte. Aber Sie müssen nicht glauben, dass sie herbeiströmten und sie aufgeregt begrüßten. Nur der eine junge Mann trat vor, sehr höflich, und half erst ihr, dann mir aus dem Auto. Er sagte mir, Old Annie sei die Schwägerin seines Großvaters. Es sei schade, dass wir nicht wenigstens ein paar Monate früher gekommen seien, sagte er, denn sein Großvater sei bei guter Gesundheit und klarem Verstand gewesen – er habe sogar einen Artikel über seine erste Zeit hier für die Zeitung geschrieben –, aber dann sei er krank geworden. Er sei wieder genesen, aber werde nie wieder der Alte sein. Er könne nicht sprechen, nur dann und wann ein paar Worte.

Dieser höfliche junge Mann war Treece Herron.

Sie müssen gerade mit dem Mittagessen fertig gewesen sein, als wir ankamen. Die Frau des Hauses kam heraus und bat ihn – Treece Herron –, uns zu fragen, ob wir schon gegessen hätten. Man hätte meinen können, sie oder wir sprächen kein Englisch. Sie waren alle sehr scheu – die Frauen mit ihrem streng zurückgekämmten Haar, die Männer in dunkelblauen Sonntagsanzügen und die Kinder, die keinen Ton herausbrachten. Ich hoffe, Sie denken nicht, ich wolle mich über sie lustig machen – es ist bloß, dass ich beim besten Willen nicht begreifen kann, warum es nötig ist, so schüchtern zu sein.

Man führte uns ins Esszimmer, das einen unbenutzten Geruch hatte – sie mussten ihr Mittagessen anderswo eingenommen haben –, und trug jede Menge

Speisen auf, wobei ich mich an gesalzene Rettiche und Blattsalat und Brathähnchen und Erdbeeren mit Sahne erinnere. Geschirr aus dem Porzellanschrank, nicht das alltägliche. Das gute alte Indian-Tree-Muster. Sie hatten von allem komplette Garnituren. Eine plüschige Sofagarnitur im Wohnzimmer, ein Esszimmer in Nussbaum. Für mich waren das Zeichen, dass sie noch eine Weile brauchen würden, bis sie sich daran gewöhnten, wohlhabend zu sein.

Old Annie genoss es, sich bedienen zu lassen, und langte tüchtig zu. Sie nahm die Hühnerknochen in die Hand, um noch das letzte Fitzelchen Fleisch abzunagen. Kinder lauerten an den Türen herum, und die Frauen redeten draußen in der Küche mit gedämpften, entrüsteten Stimmen. Der junge Mann, Treece Herron, besaß den Anstand, sich zu uns zu setzen und eine Tasse Tee zu trinken, während wir aßen. Er plauderte bereitwillig von sich und erzählte mir, er studiere am Knox College Theologie. Er sagte, er lebe gern in Toronto. Ich hatte das Gefühl, er wollte mir deutlich machen, dass nicht alle Theologiestudenten so steif seien, wie ich vermutete, oder ein so strenges Leben führten. Er war im High Park Schlitten gefahren, er hatte am Hanlan's Point Picknick gemacht, er hatte die Giraffe im Riverdale Zoo gesehen. Während er sprach, wurden die Kinder ein bisschen mutiger und begannen schrittchenweise ins Zimmer zu kommen. Ich stellte die üblichen dummen Fragen … Wie alt bist du, welches Buch lest ihr gerade in der Schule, wie findest du deine Lehrerin? Er forderte sie zum Antworten auf oder antwortete stellvertretend für sie und sagte mir, welches seine Geschwister und welches seine Cousins und Cousinen waren.

Old Annie sagte: »Habt ihr euch denn alle gern?«, und erntete deswegen komische Blicke.

Die Frau des Hauses kam wieder und sprach mich erneut über den Theologiestudenten an. Sie berichtete ihm, der Großvater sei jetzt aufgestanden und sitze vorne auf der Veranda. Sie sah die Kinder an und sagte: »Wozu hast du die hier reingelassen?«

Wir gingen also hinaus auf die Veranda vorm Haus, wo zwei Stühle mit hohen Rückenlehnen aufgestellt waren, und auf einem davon saß ein alter Mann. Er hatte einen wunderschönen weißen Vollbart, der ihm bis an den unteren Saum seiner Weste reichte. Er schien sich nicht für uns zu interessieren. Er hatte ein langes, blasses, gehorsames altes Gesicht.

Old Annie sagte: »Also gut, George«, als wäre dies in etwa das, was sie erwartet hatte. Sie nahm auf dem anderen Stuhl Platz und sagte zu einem der kleinen Mädchen: »Nun bring mir bitte ein Kissen. Bring mir ein dünnes Kissen und steck es mir in den Rücken.«

Ich verbrachte den Nachmittag damit, Kinder im Stanley Steamer durch die Gegend zu kutschieren. Ich war mittlerweile so mit ihrer Art vertraut, dass ich nicht erst fragte, wer mitfahren wollte, oder sie mit Fragen bombardierte wie, ob sie sich für Automobile interessierten. Ich ging einfach nach draußen und beklopfte den Steamer hier und dort wie ein Pferd und schaute in den Kessel. Der Theologiestudent kam hinterher und las den Namen auf dem Schild an der Seite. »The Gentleman's Speedster.« Er fragte, ob er meinem Vater gehöre.

Nein, mir, sagte ich. Ich erklärte, wie das Wasser im Kessel erhitzt wurde und wie viel Dampfdruck der Kessel aushielt. Das interessierte die Leute immer – die Explosionsgefahr. Inzwischen waren die Kinder näher gekommen, und ich ließ unvermittelt die Bemerkung fallen, dass der Kessel fast leer sei. Ich fragte, ob ich vielleicht irgendwie ein bisschen Wasser bekommen könnte.

Großes Hasten, um Eimer zu holen und die Pumpe zu bedienen! Ich ging zur Veranda und fragte die dort versammelten Männer, ob es ihnen recht sei, und bedankte mich, als sie sagten: Nehmen Sie, so viel Sie wollen. Als der Kessel voll war, war es nur natürlich, dass ich sie fragte, ob sie einmal sehen wollten, wie ich ihn hochheize, und einer der Wortführer sagte, es könne nichts schaden. Während der Wartezeit wurde keiner ungeduldig. Die Männer starrten konzentriert auf den Kessel. Es war ganz gewiss nicht das erste Auto, das sie gesehen hatten, aber wahrscheinlich das erste Dampfauto.

Wie es sich gehörte, bot ich zuerst den Männern eine Probefahrt an. Sie schauten skeptisch zu, wie ich mit den vielen Knöpfen und Hebeln hantierte, um meine Lady zu starten. Dreizehn verschiedene Schalter, die gedrückt oder gezogen sein wollten! Wir polterten mit fünf, dann zehn Meilen die Stunde über den Feldweg. Mir war klar, dass sie ein wenig darunter litten, von einer Frau gefahren zu werden, aber das Neue an der Sache fesselte sie mehr. Als Nächstes lud ich einen Haufen Kinder ein, die der Theologiestudent hineinhob und ihnen dabei einschärfte, still zu sitzen und sich festzuhalten und keine Angst zu haben und nicht herauszufallen. Ich drückte ein bisschen mehr auf die Tube, da ich jetzt die Furchen und Pfützen kannte, und sie johlten nun ungehemmt aus Angst und Freude.

Ich habe etwas ausgelassen, was meinen damaligen Zustand betrifft, aber dank der Wirkung eines Martini, den ich gerade trinke, mein Spätnachmittagsvergnügen, werde ich es Ihnen nun nicht mehr vorenthalten. Ich hatte damals einen Kummer, den ich Ihnen noch nicht eingestanden habe, weil es ein Liebeskummer war. Aber als ich an jenem Tag mit Old Annie aufgebrochen war, hatte ich mich entschlossen, mich so gut wie möglich zu amüsieren. Es wäre mir vorgekommen wie eine Beleidigung des Stanley Steamer, wenn ich es nicht getan hätte. Das hat sich mein Leben lang als ein gutes Motto für mich erwiesen –

den Dingen so viel Schönes abzugewinnen wie möglich, wenn man nicht wirklich glücklich sein konnte.

Ich schickte einen der Jungen zur vorderen Veranda, um seinen Großvater zu fragen, ob er eine Probefahrt machen wolle. Er kam wieder und sagte: »Sie sind beide eingeschlafen.«

Ich musste den Kessel auffüllen, bevor wir zur Rückfahrt aufbrachen, und während das geschah, kam Treece Herron und stellte sich dicht neben mich.

»Sie haben uns allen einen Tag geschenkt, den wir nicht vergessen werden«, sagte er.

Ich fand nichts dabei, mit ihm zu schäkern. Ich hatte damals sogar eine lange Karriere als schäkernde Frau vor mir. Ein recht natürliches Verhalten, wenn der Verlust der Liebe einem die Vorstellung nimmt, dass man eines Tages heiraten wird.

Ich sagte, er würde ihn sofort vergessen, sobald er wieder bei seinen Freunden in Toronto wäre. Er sagte, nein, er werde ihn auf keinen Fall vergessen, und fragte, ob er mir schreiben dürfe. Ich sagte, davon könne ihn niemand abhalten.

Auf dem Heimweg dachte ich über diesen Dialog nach und darüber, wie lächerlich es wäre, wenn er sich ernsthaft in mich verguckte. Ein Theologiestudent. Natürlich konnte ich damals nicht wissen, dass er von der Theologie zur Politik wechseln würde.

»Schade, dass der alte Mr Herron nicht mit dir sprechen konnte«, sagte ich zu Old Annie.

Sie sagte: »Nun ja, aber ich konnte mit ihm reden.«
Treece Herron schrieb mir tatsächlich, aber er muss ebenfalls seine Zweifel gehabt haben, denn er legte ein paar Broschüren über Missionsschulen bei. Irgendwas über Spenden für Missionsschulen. Das schreckte mich ab, so dass ich ihm nicht antwortete. (Jahre später witzelte ich gern, dass ich ihn hätte heiraten können, wenn ich es geschickt angestellt hätte.)

Ich fragte Old Annie, ob Mr Herron hatte verstehen können, was sie zu ihm sagte, und sie meinte: »Ausreichend.« Ich fragte sie, ob sie froh war, ihn wiedergesehen zu haben, und sie sagte ja. »Und froh, dass er mich zu sehen gekriegt hat«, sagte sie, nicht ohne Selbstgefälligkeit, die vermutlich auf ihr Kleid und das Fahrzeug bezogen war.

So dampften wir im Steamer unter dem hohen Dach der Bäume dahin, die damals die Straßen säumten. Meilenweit in der Ferne sah man den See liegen – nur hier und da ganz flüchtig Lichtflecken, die weit voneinander entfernt in den Bäumen und Hügeln aufschienen, so dass Old Annie mich fragte, ob das wirklich alles derselbe See sein könne: alles derselbe, an dem Walley lag?

Damals liefen viele alte Leute mit irrwitzigen Vorstellungen herum – obwohl in Old Annie vermutlich mehr herumschwirrten als bei den meisten anderen. Ich weiß noch, wie sie mir ein andermal erzählte, bei ihnen im Heim habe ein Mädchen ein Kind bekommen, aus einem Pickel auf dem Bauch, der aufplatzte, und das Kind sei so groß gewesen wie eine Ratte und ohne Leben, aber dann hätten sie es in den Ofen gesteckt, bis es zur richtigen Größe aufging und eine gute Farbe bekam und mit den Beinen zu strampeln begann. (Da bittet man eine alte Frau um ihre Erinnerungen und kriegt gleich den ganzen Lumpensack, müssen Sie mittlerweile denken.)

Ich sagte ihr, das sei unmöglich, sie müsse es geträumt haben.

»Kann sein«, stimmte sie mir ausnahmsweise zu. »Ich hatte früher wirklich die grausigsten Träume.«

Raumschiffe sind gelandet

In der Nacht, als Eunie Morgan verschwand, saß Rhea
im Haus des Schwarzbrenners von Carstairs – dem
schmucklosen, schmalen Holzbau der Monks, dessen
Wände vom periodisch wiederkehrenden Flusshochwasser bis auf die halbe Höhe fleckig waren. Sie war
mit Billy Doud gekommen. Er spielte am einen Ende
des großen Tisches Karten, und am anderen Ende unterhielten sich die Leute. Rhea saß in einem Schaukelstuhl am Petroleumofen, abseits in einer Ecke.

»Ruf der Natur, dann eben. Na gut, sagen wir,
es war ein Ruf der Natur«, sagte gerade ein Mann, der
kurz zuvor etwas von kacken gehen gesagt hatte. Ein
anderer Mann hatte ihn gemahnt, sich nicht so ordinär auszudrücken. Niemand sah Rhea an, aber sie
wusste, dass sie der Anlass war.

»Raus auf die Felsen, um einem Ruf der Natur zu
folgen. Und er dachte, er bräuchte dazu noch 'ne Kleinigkeit, aus praktischen Gründen. Obwohl er natürlich nicht damit rechnete, dort was zu finden. Und

was sieht er da? Er sieht dieses Zeug rumliegen. Ganze Bahnen davon. Genau, was er gesucht hat. Überall lange Bahnen. Er hebt was davon auf und stopft sich die Taschen voll und denkt: Noch reichlich da fürs nächste Mal. Denkt nicht weiter drüber nach. Geht zurück ins Lager.«

»Er war bei der Army?«, fragte ein Mann, den Rhea kannte – der Mann, der im Winter an der Schule die Wege freischippte.

»Wie kommst du darauf? Das hab ich nicht gesagt!«

»Du hast Lager gesagt. Army-Lager«, sagte der Schneeschipper. Sein Name war Dint Mason.

»Ich kann gar nicht Army-Lager gesagt haben. Ich rede vom Holzfällerlager. Ganz oben im Norden von Quebec. Was hätte da ein Army-Lager verloren?«

»Ich dachte, du hättest Army-Lager gesagt.«

»Also, da sieht jemand, was er hat. Was ist denn das da? Tja, sagt er, ich weiß nicht. Wo hast du's gefunden? Es lag einfach so rum. Und was glaubst du, was es ist? Tja, ich weiß nicht.«

»Klingt wie Asbest«, sagte ein anderer Mann, den Rhea vom Sehen kannte, ein ehemaliger Lehrer, der mittlerweile Töpfe und Pfannen zum Kochen ohne Wasser verkaufte. Er hatte Diabetes, und es hieß, sein Fall war so schwer, dass ihm immer ein Tropfen aus reinem, körnigem Zucker an der Penisspitze hing.

»Asbest«, sagte der Mann, der die Geschichte erzählte, nicht eben erbaut. »Und an der Stelle entstand dann die größte Asbestgrube auf der ganzen Welt. Und die Grube brachte ein Vermögen!«

Dint Mason ließ sich wieder vernehmen: »Aber nicht dem Burschen, der das Zeug gefunden hat, wetten? Das ist doch immer so. Für die, die das Zeug gefunden haben, bringt es nie ein Vermögen.«

»Manchmal schon«, sagte der Mann, der die Geschichte erzählte.

»Nee, nie«, sagte Dint.

»Es gibt Leute, die Gold gefunden und was davon gehabt haben«, beharrte der Mann, der die Geschichte erzählte. »Jede Menge! Sie haben Gold gefunden, und sie sind Millionäre geworden. Milliardäre. Sir Harry Oakes zum Beispiel. Der hat welches gefunden. Der ist Millionär geworden!«

»Umgekommen ist er«, sagte ein Mann, der sich bis jetzt nicht an dem Gespräch beteiligt hatte. Dint Mason lachte los, und einige andere lachten mit, und der Mann mit den Töpfen und Pfannen sagte: »Millionäre? Milliardäre? Was kommt nach Milliardär?«

»Umgekommen ist er, also das hat er davon gehabt!«, schrie Dint Mason, als das Gelächter am schrillsten war. Der Mann, der die Geschichte erzählt hatte, knallte die Hände auf den Tisch, dass er wackelte.

»Ich hab nie was anderes behauptet! Ich hab nie behauptet, dass er nicht umgekommen ist! Wir reden hier nicht davon, ob er umgekommen ist! Ich hab gesagt, er hat Gold gefunden, und er hat daran verdient, er ist Millionär geworden!«

Alle hatten die Flaschen und Gläser festgehalten, damit sie nicht umfielen. Selbst die Männer, die Karten spielten, hielten inne und lachten. Billy saß mit dem Rücken zu Rhea, die breiten Schultern strahlend hell im weißen Hemd. Auf der anderen Seite des Tisches stand sein Freund Wayne und schaute dem Spiel zu. Wayne war der Sohn des Pfarrers der United Church in Bondi, einem Dorf nicht weit von Carstairs. Er war mit Billy auf dem College gewesen und wollte Journalist werden – er hatte bereits eine Stelle gefunden, bei einer Zeitung in Calgary. Während der Unterhaltung über Asbest hatte er aufgeschaut und Rheas Blick gesucht, und seitdem beobachtete er sie mit einem kleinen, schmalen, gleichbleibenden Lächeln. Es war nicht das erste Mal, dass Wayne Rheas Blick gesucht hatte, aber normalerweise lächelte er nicht. Meistens sah er sie an und schaute wieder weg, manchmal während Billy redete.

Mr Monk erhob sich mühsam. Er war durch eine Krankheit oder einen Unfall verkrüppelt – er ging, von der Mitte an fast rechtwinklig vorgebeugt, am Stock. Im Sitzen sah er beinahe normal aus. Im Stehen war er über den Tisch geneigt, mitten ins Gelächter hinein.

Der Mann, der die Geschichte erzählt hatte, stand gleichzeitig mit ihm auf und schmiss, vielleicht unbeabsichtigt, sein Glas zu Boden. Es zerbrach, und die Männer brüllten im Chor: »Zahlen! Zahlen!«

»Kannst nächstes Mal zahlen«, sagte Mr Monk mit einer Stimme, die alle zur Ruhe brachte – einer lauten, wohltönenden Stimme für einen so schmerzgebeugten, verkümmerten Mann.

»In diesem Raum sitzen nicht so viele Hirne wie Arschlöcher!«, brüllte der Mann, der die Geschichte erzählt hatte, während er auf die Scherben trat, sie zur Seite kickte und an Rheas Stuhl vorbei zur Hintertür stapfte. Seine Hände ballten sich abwechselnd zur Faust und streckten sich wieder, und in seinen Augen standen Tränen.

Mrs Monk kam mit dem Besen.

Unter normalen Umständen hätte Rhea dieses Haus gar nicht erst betreten. Sie hätte mit Lucille, der Freundin von Wayne, draußen gesessen, entweder in Waynes oder in Billys Auto. Billy und Wayne wären auf ein Glas hineingegangen und hätten versprochen, in einer halben Stunde wieder draußen zu sein. (Dieses Versprechen war nicht ernst zu nehmen.) Aber an diesem Abend – es war Anfang August – lag Lucille krank zu Hause, so dass Billy und Rhea allein in Walley tanzen gegangen waren und hinterher nicht mehr wie sonst geparkt hatten, sondern auf direktem Weg zu Monks gefahren waren. Das Haus lag am Stadtrand von Carstairs, wo Billy und Rhea wohnten. Billy wohnte in der Stadt, Rhea auf der Hühnerfarm gleich hinter der Brücke gegenüber der Häuserreihe am Fluss.

Als Billy Waynes Auto vor dem Haus stehen sah, begrüßte er es, als wäre es Wayne selbst. »Ho-ho-ho! Wayne, alter Junge!«, rief er. »Da bist du ja schon!« Er packte Rheas Schulter. »Rein mit uns«, sagte er. »Komm mit.«

Mrs Monk öffnete ihnen die Hintertür, und Billy sagte: »Sehen Sie, ich hab Ihnen eine Nachbarin mitgebracht.« Mrs Monk sah Rhea an, als wäre sie ein Stein auf der Straße. Billy Doud hatte seltsame Vorstellungen von seinen Mitmenschen. Er warf sie alle in einen Topf, ob sie nun arm waren – für seine Begriffe arm – oder aus der »Arbeiterschicht«. (Den Ausdruck kannte Rhea nur aus Büchern.) Rhea warf er mit den Monks in einen Topf, weil sie ein Stück bergan auf der Hühnerfarm wohnte – ohne zu begreifen, dass ihre Familie sich nicht als Nachbarn der Leute in diesen Häusern fühlte oder dass ihr Vater nie im Leben hier einen trinken gehen würde.

Rhea begegnete Mrs Monk mitunter auf der Straße in die Stadt, aber Mrs Monk sagte nie etwas. Ihr dunkles, graumeliertes Haar war am Hinterkopf zu einem Knoten eingedreht, und sie trug kein Make-up. Sie hatte eine schlanke Figur behalten, was nicht vielen Frauen in Carstairs gelang. Ihre Kleidung war schlicht und ordentlich, nicht besonders jugendlich, aber auch nicht hausfraulich, fand Rhea. Heute Abend trug sie einen karierten Rock und eine kurzärmlige gelbe Bluse. Ihr Gesichtsausdruck war immer gleich – nicht abweisend, aber ernst und versunken, so als schleppte sie eine vertraute Last aus Enttäuschung und Sorge mit sich herum.

Sie führte Billy und Rhea in diesen Raum in der Mitte des Hauses. Die Männer am Tisch blickten nicht auf und nahmen Billy nicht zur Kenntnis, bis er sich einen Stuhl herauszog. Es konnte sein, dass dies einer Regel entsprach. Rhea wurde von allen ignoriert. Mrs Monk nahm etwas vom Schaukelstuhl und gab ihr mit einer Geste zu verstehen, sie möge sich setzen.

»Eine Coca-Cola für Sie?«, fragte sie.

Der steife Petticoat unter Rheas hellgrünem Tanzkleid knisterte wie Stroh, als sie sich setzte. Sie lachte entschuldigend, aber Mrs Monk hatte sich bereits abgewandt. Der Einzige, der auf dieses Geräusch reagierte, war Wayne, der gerade aus der Eingangsdiele in den Raum trat. Er zog die schwarzen Augenbrauen kameradschaftlich, aber kritisch hoch. Sie konnte nie erkennen, ob Wayne sie mochte oder nicht. Selbst wenn er im Walley Pavilion mit ihr tanzte (er und Billy tauschten stets ordnungsgemäß ein Mal am Abend die Tanzpartnerin), führte er sie, als wäre sie ein Paket, für das er kaum verantwortlich war. Er war ein lebloser Tänzer.

Er und Billy hatten sich nicht wie gewöhnlich mit

einem Grunzen und einem Fausthieb in die Luft begrüßt. Sie waren vor diesen alten Männern vorsichtig und reserviert.

Außer Dint Mason und dem Mann, der die Töpfe und Pfannen verkaufte, kannte Rhea noch Mr Martin aus der Reinigung und Mr Boles, den Bestattungsunternehmer. Manche der anderen Gesichter waren ihr vertraut und manche nicht. Es war für keinen dieser Männer direkt rufschädigend, hier gesehen zu werden – Monks war keine verrufene Kneipe. Aber ein kleiner Makel blieb immer. Man erwähnte die Tatsache, als habe sie eine Bedeutung. Selbst wenn ein Mann erfolgreich war. »Er verkehrt bei Monks.«

Mrs Monk brachte Rhea eine Coca-Cola ohne Glas. Sie war nicht kalt.

Was Mrs Monk vom Stuhl genommen hatte, damit Rhea sich hinsetzen konnte, war ein Haufen angefeuchtete Wäsche, der zum Bügeln aufgerollt war. Also wurde hier gebügelt, normale Hausarbeit verrichtet. Wahrscheinlich wurde auf dem Tisch Mürbeteig ausgerollt. Auf jeden Fall wurden Mahlzeiten gekocht – da stand der Holzofen, jetzt kalt und mit Zeitungen abgedeckt, weil im Sommer der Petroleumofen reichte. Es roch nach Petroleum und feuchtem Putz. Hochwasserspuren an der Tapete. Karge Ordentlichkeit, dunkelgrüne, bis auf die Fensterbänke heruntergezogene Rollos. In einer Ecke eine Blechblende, wahrscheinlich vor einem alten Speiseaufzug.

Für Rhea war Mrs Monk die interessanteste Person im Raum. Ihre Beine waren nackt, aber sie trug Stöckelschuhe. Sie klapperten unentwegt über die Fußbodendielen. Um den Tisch, hin und her zum Büfett, auf dem die Whiskyflaschen standen (und wo sie stehen blieb, um etwas auf einen Block zu schreiben – Rheas Coca-Cola, das zerbrochene Glas). Klack-klack-klack durch den Flur nach hinten zu einem Vorratsraum, aus dem sie mit fünf Bierflaschen in jeder Hand zurückkam. Sie war so aufmerksam wie eine Taubstumme und auch so still; sie registrierte jedes Zeichen am Tisch, reagierte gehorsam, ohne zu lächeln, auf jede Bestellung. Das erinnerte Rhea an die Gerüchte über Mrs Monk, und sie dachte an ein anderes Zeichen, das sie anscheinend manchmal von einem Mann bekam. Dann nahm Mrs Monk ihre Schürze ab und ging vor ihm aus dem Raum in die Eingangsdiele, wo es eine Treppe geben musste, die zu den Schlafzimmern führte. Die anderen Männer, einschließlich ihres eigenen, taten so, als merkten sie nichts. Sie stieg, ohne sich umzuschauen, die Treppe hinauf und ließ den Mann folgen, mit seinem Blick auf ihren wohlgeformten Po in ihrem Lehrerinnenrock. Dann legte sie sich ohne das geringste Zögern und ohne Enthusiasmus auf einem bereitstehenden Bett in Position. Diese gleichgültige Bereitschaft, diese kühle Dienstwilligkeit, die Vorstellung einer solchen schnellen und triebhaften und gekauften und bezahlten Begegnung war für Rhea auf beschämende Weise erregend.

So flachgelegt und gebraucht zu werden und kaum zu wissen, wer es mit einem machte, das alles mit dieser stummen Tüchtigkeit hinzunehmen, immer und immer wieder.

Ihr fiel ein, dass Wayne in dem Moment aus der Eingangsdiele gekommen war, als sie und Billy in den Raum geführt wurden. Sie dachte: Wenn er nun von da oben gekommen ist? (Später erzählte er ihr, dass er telefoniert hatte – mit Lucille, wie er es versprochen hatte. Später gelangte sie zu dem Schluss, dass die Gerüchte falsch waren.)

Sie hörte einen Mann sagen: »Sei nicht so ordinär.«

»Ein Ruf der Natur, dann eben. Na gut, ein Ruf der Natur.«

Das Haus von Eunie Morgan lag von Monks aus gesehen drei Häuser weiter. Es war das letzte Haus in der Straße. Gegen Mitternacht, sagte Eunies Mutter, habe sie die Fliegentür zuschlagen hören. Sie habe die Fliegentür gehört und sich nichts dabei gedacht. Sie habe selbstverständlich angenommen, dass Eunie zur Toilette rausgegangen sei. Noch 1953 hatten die Morgans kein fließend Wasser im Haus.

Natürlich ging nachts keiner von ihnen wirklich bis hinten zur Toilette. Eunie und die alte Frau hockten sich ins Gras. Der Alte bewässerte die Spiräen hinter der Veranda.

Dann muss ich eingeschlafen sein, sagte Eunies Mutter, aber später wachte ich auf und dachte, dass ich sie nicht wieder hatte reinkommen hören.

Sie ging nach unten und wanderte durch das Haus. Eunies Zimmer lag hinter der Küche, aber in heißen Nächten schlief sie meistens anderswo. Es konnte sein, dass sie auf der Couch im Wohnzimmer lag oder auf dem Fußboden in der Diele, um den Luftzug zwischen den Türen abzubekommen. Es konnte sein, dass sie auf die Veranda gegangen war, wo ein intakter Autositz stand, den ihr Vater vor Jahren weiter unten auf der Straße gefunden hatte. Ihre Mutter konnte sie nirgends finden. Die Küchenuhr zeigte zwanzig nach zwei.

Eunies Mutter ging wieder nach oben und rüttelte Eunies Vater wach.

»Eunie ist nicht da unten«, sagte sie.

»Wo ist sie denn sonst?«, fragte ihr Mann, als müsste sie es schließlich wissen. Sie musste ihn schütteln und rütteln, damit er nicht wieder einschlief. Er hatte ein ungemein dickes Fell gegenüber Sachen, die ihm gesagt wurden, und hörte ungern zu, egal wem, selbst wenn er wach war.

»Steh auf, mach schon«, sagte sie. »Wir müssen sie finden.« Er gehorchte ihr endlich, richtete sich auf, zog sich die Hose über und die Stiefel an. »Nimm deine Taschenlampe«, sagte sie und ging, ihm voran, wieder die Treppe hinunter, auf die Veranda hinaus, in den Garten hinunter. Es war seine Aufgabe, mit der Taschenlampe zu leuchten – sie sagte ihm, wohin. Sie dirigierte ihn den Weg entlang zur Toilette, die am hinteren Ende des Grundstücks in einem Flieder- und Johannisbeergebüsch stand. Sie hielten die Lampe ins Häuschen und fanden nichts. Dann spähten sie zwischen die kräftigen Fliederstämme – es waren praktisch Bäume – und den fast zugewucherten Weg hinunter, der über ein durchhängendes Stück Drahtzaun in das wilde Gestrüpp am Flussufer führte. Nichts zu sehen. Niemand.

Auf dem Rückweg gingen sie durch den Gemüsegarten, leuchteten die verstaubten Kartoffelpflanzen und den Rhabarber an, der jetzt üppig in Saat geschossen war. Der Alte hob ein riesiges Rhabarberblatt mit seinem Stiefel an und leuchtete darunter. Seine Frau fragte, ob er verrückt geworden sei.

Ihr fiel ein, dass Eunie früher schlafgewandelt war. Aber das war Jahre her.

An der Hausecke erblickte sie etwas, das wie ein Messer blitzte oder wie ein Mann mit Rüstung. »Da. Da«, sagte sie. »Leuchte mal dahin. Was ist das?« Es war bloß Eunies Fahrrad, mit dem sie täglich zur Arbeit fuhr.

Dann rief die Mutter Eunies Namen. Sie rief ihn hinter und vor dem Haus – vorn standen die Pflaumenbäume so hoch wie das Haus, und es gab keinen

Gehsteig neben der Straße, nur einen unbefestigten Pfad zwischen den Bäumen. Ihre Stämme drängten herein wie Beobachter, wie krumme schwarze Tiere. Während sie auf eine Antwort wartete, hörte sie einen Frosch glucksen, so nahe, als säße er gleich in den Zweigen. Eine halbe Meile weiter endete die Straße an einem Feld, das zu sumpfig war, um zu irgendetwas nütze zu sein, und auf dem selbst gesäte Pappeln durch die Weiden und Holundersträucher wucherten. In der anderen Richtung stieß sie auf die Straße aus der Stadt, um dann über den Fluss und wieder bergauf zur Hühnerfarm zu führen. In den Flussauen lag das alte Ausstellungsgelände mit ein paar Tribünen, die bereits vor dem Krieg aufgegeben worden waren, als die hiesige Messe in die große Messe in Walley eingegliedert wurde. Im Gras war immer noch das Oval der Rennbahn zu erkennen.

Dies war die Stelle, wo die Stadt vor über hundert Jahren ihren Anfang genommen hatte. Hier hatten die Fabriken und Wirtshäuser gestanden. Aber die Überschwemmungen hatten die Leute bewogen, auf höheres Gelände zu ziehen. Die Wohngrundstücke blieben auf dem Stadtplan, die Straßen ebenfalls, aber nur noch die eine Reihe Häuser war bewohnt, von Leuten, die zu arm oder aus irgendeinem Grund zu stur waren, um wegzugehen – oder die, im Extremfall, zu behelfsmäßig wohnten, um sich an eindringendem Wasser zu stören.

Sie gaben auf – Eunies Eltern, heißt das. Sie setzten sich ohne Licht in die Küche. Es war zwischen drei und vier Uhr morgens. Es muss ausgesehen haben, als ob sie darauf warteten, dass Eunie käme und ihnen sagte, was sie zu tun hätten. Eunie hatte in diesem Haus das Sagen, und sie konnten sich wahrscheinlich kaum mehr eine Zeit vorstellen, in der es anders gewesen war. Vor neunzehn Jahren war sie buchstäblich in ihr Leben geplatzt. Mrs Morgan hatte geglaubt, sie sei in den Wechseljahren und werde dick – sie war ohnedies schon so dick, dass es nicht viel ausmachte. Sie dachte, das Rumoren in ihrem Bauch sei das, was man gemeinhin Verdauungsstörungen nannte. Sie wusste, wie das mit dem Kinderkriegen ging, sie war nicht dumm – es war bloß, dass sie so lange vor sich hin gelebt hatte, ohne dass etwas passierte. Eines Tages musste sie im Postamt um einen Stuhl bitten, weil ihr flau wurde und sie Krämpfe bekam. Dann platzte die Fruchtblase, sie wurde eilends ins Krankenhaus befördert, und Eunie kam herausgeflutscht, mit einem dichten Schopf weißer Haare. Vom Augenblick ihrer Geburt an hatte sie Aufmerksamkeit verlangt.

Einen ganzen Sommer lang spielten Eunie und Rhea zusammen, aber sie fassten das, was sie machten, nie als Spiel auf. Sie nannten es nur Spielen, damit andere Leute zufrieden waren. Es war der ernsteste Teil ihres Lebens. Alles andere, was sie machten, erschien ihnen dagegen oberflächlich, unwichtig. Wenn sie aus Eunies Garten zum Flussufer schlichen, wurden sie zu anderen Menschen. Sie hießen beide Tom. Die beiden Toms. Tom war für sie ein Wort, nicht bloß ein Name. Es war weder männlich noch weiblich. Es bezeichnete jemanden, der mutig und außergewöhnlich klug war, aber nicht immer Glück hatte, und der – mit knapper Not – unzerstörbar war. Die Toms führten einen Krieg, der nie zu Ende gehen konnte, und zwar gegen die Bannershees. (Vielleicht hatten Rhea und Eunie von Banshees, den todkündenden Geistern, gehört.) Die Bannershees lauerten am Fluss und konnten die Gestalt von Räubern oder Deutschen oder Skeletten annehmen. Sie waren unendlich listen- und einfallsreich. Sie bauten Fallen und warteten im Hinterhalt und folterten Kinder, die sie geraubt hatten. Manchmal holten sich Eunie und Rhea ein paar echte Kinder dazu – die McKays, die vorübergehend in einem der Häuser am Fluss wohnten – und überredeten sie, sich fesseln und mit Rohrkolben auspeitschen zu lassen. Aber die McKays konnten oder wollten sich nicht auf ihre Spielregeln einlassen und weinten bald oder flohen und gingen nach Hause, so dass die Toms wieder allein waren.

Die Toms bauten am Flussufer eine Stadt aus Lehm. Sie war mit Steinen gegen den Angriff der Bannershees geschützt und enthielt einen Königspalast, ein Schwimmbad, eine Flagge. Aber dann gingen die Toms

373

auf Reisen, und die Bannershees machten die Stadt platt. (Natürlich mussten Eunie und Rhea sich oft in Bannershees verwandeln.) Eine neue Anführerin tauchte auf, eine Bannershee-Königin. Sie hieß Joylinda, und ihre Pläne waren teuflisch. Sie hatte die Brombeeren, die am Ufer wuchsen, vergiftet, und die Toms hatten davon gegessen, weil sie nach ihrer Reise vor Hunger unachtsam geworden waren. Als das Gift zu wirken begann, wanden sie sich schwitzend im saftigen Gras. Sie wühlten ihre Bäuche in den Lehm, der angenehm weich und warm war wie eben fertig gerührte Buttertoffeemasse. Sie fühlten, wie sich ihre Eingeweide zusammenzogen, und sie zitterten an allen Gliedern, aber sie mussten aufstehen und umhertorkeln, um ein Gegengift zu suchen. Sie versuchten, Schneidegras zu kauen – das einem, wie der Name sagt, die Haut aufschneiden konnte –, sie schmierten sich Lehm in den Mund und überlegten, ob sie in einen lebenden Frosch beißen sollten, wenn sie einen fangen konnten, aber beschlossen schließlich, dass bittere Traubenkirschen das Richtige waren, um sie vor dem Tod zu retten. Sie aßen jeder eine Hand voll der winzigen Traubenkirschen, und die Schleimhaut in ihrem Mund wurde wahnsinnig pelzig, so dass sie schnell zum Fluss hinunterlaufen und Wasser trinken mussten. Sie warfen sich zwischen die Seerosen hinein, wo er so schlickig war, dass man nicht bis auf den Grund sehen konnte. Sie tranken und tranken, während die Schmeißfliegen pfeilgerade über ihre Köpfe hinwegbrummten. Sie waren gerettet.

Wenn sie am späten Nachmittag aus dieser Welt auftauchten, fanden sie sich in Eunies Garten wieder, wo ihre Eltern immer noch oder schon wieder arbeiteten und ihre Gemüsebeete hackten oder anhäufelten oder jäteten. Dann legten sie sich in den Schatten am Haus, so erschöpft, als hätten sie ganze Seen durchschwommen oder Berge bestiegen. Sie rochen nach dem Fluss, nach dem Sandlauch und der Minze, die sie zertreten hatten, nach dem heißen würzigen Gras und dem dreckigen Schlamm von der Stelle, wo das Rohr sich leerte. Manchmal ging Eunie ins Haus und holte ihnen etwas zu essen – Brote mit Maissirup oder Melasse. Sie musste nie fragen, ob sie das durfte. Sie behielt immer das größere Stück für sich.

Sie waren keine Freundinnen in dem Sinn, wie Rhea das Wort später verstand. Sie versuchten nicht, einander zu gefallen oder zu trösten. Sie teilten keine Geheimnisse, abgesehen von dem Spiel, und auch das war kein Geheimnis, weil sie andere mitmachen und wieder gehen ließen. Aber sie ließen die anderen nie Toms sein. Vielleicht war es also das, was ihre intensive, tägliche Gemeinschaft ausmachte. Das Wesen, die Gefahr des Tomseins.

Eunie schien nie von ihren Eltern abhängig oder auch nur an sie gebunden zu sein wie andere Kinder. Rhea

375

staunte darüber, wie sie ihr Leben selbst regierte, über die unbekümmerte Macht, die sie im Haus ausübte. Wenn Rhea erzählte, dass sie zu einer bestimmten Zeit zu Hause sein musste oder häusliche Pflichten zu erledigen hatte oder sich umziehen musste, war Eunie empört, ungläubig. Es schien, als träfe Eunie jede Entscheidung allein. Als sie fünfzehn war, ging sie von der Schule ab, um in der Handschuhfabrik zu arbeiten, und Rhea konnte sich vorstellen, wie sie einfach nach Hause gekommen war und ihre Eltern vor vollendete Tatsachen gestellt hatte. Wahrscheinlich hatte sie es ihnen nicht einmal richtig gesagt – sondern nur beiläufig erwähnt, vielleicht als sie nachmittags später nach Hause zu kommen begann. Jetzt, wo sie Geld verdiente, kaufte sie sich ein Fahrrad. Sie kaufte sich ein Radio und ließ es nachts in ihrem Zimmer laufen. Vielleicht hörten ihre Eltern dann Schüsse knallen und Autos durch die Straßen jagen. Manchmal erzählte sie ihnen vielleicht auch von Dingen, die sie gehört hatte – Berichte über Verbrechen und Unfälle, Unwetter, Lawinen. Rhea glaubte nicht, dass sie viel Wert darauf legten. Sie waren beschäftigt, und ihr Leben war ereignisreich, auch wenn die Ereignisse sich nach den Jahreszeiten richteten und mit dem Gemüse zu tun hatten, das sie in der Stadt verkauften, um sich ihren Lebensunterhalt zu verdienen. Gemüse, Himbeeren, Rhabarber. Sie hatten nicht viel Zeit für andere Dinge.

Als Eunie noch zur Schule ging, fuhr Rhea mit dem

Fahrrad, so dass sie nie zusammen liefen, obgleich sie denselben Weg hatten. Wenn Rhea an Eunie vorbeifuhr, rief Eunie ihr gewöhnlich etwas Herausforderndes, Geringschätziges zu. »Hi-oh Silver!« Und jetzt, wo Eunie ein Fahrrad hatte, ging Rhea zu Fuß – in der Highschool herrschte die Vorstellung, dass ein Mädchen, das nach der neunten Klasse noch Rad fuhr, trutschig aussah und sich lächerlich machte. Aber Eunie stieg stets ab und lief neben Rhea her, als täte sie ihr damit einen Gefallen.

Es war alles andere als ein Gefallen – Rhea wollte sie nicht. Eunie hatte schon immer einen seltsamen Anblick geboten, groß für ihr Alter, mit spitzen, schmalen Schultern, einem Helm aus weißblonden Fusselhaaren, die oben am Wirbel in die Höhe standen, einem überheblichen Gesicht und einer langen, breiten Kinnpartie. Diese Partie gab der unteren Gesichtshälfte etwas Schweres, das zum tiefen, verschleimten Brummen ihrer Stimme zu passen schien. Als sie jünger war, hatte das alles keine Rolle gespielt – ihre eigene Überzeugung, dass alles an ihr gut und richtig sei, hatte viele geblendet. Aber mittlerweile war sie knapp einsfünfundsiebzig groß, wirkte freudlos und männlich mit ihren langen Hosen und Halstüchern und den großen Füßen, die, wie es aussah, in Männerschuhen steckten, hatte eine herrische Stimme und einen unvorteilhaften Gang: Sie war übergangslos vom Kind zum Original geworden. Und bei Rhea schlug sie einen gönnerhaften Ton an, der dieser auf die Nerven ging, fragte sie, ob sie die Schule nicht satt habe oder ob ihr Rad kaputt sei und ihr Vater kein Geld habe, es reparieren zu lassen. Als Rhea sich eine Dauerwelle machen ließ, wollte Eunie wissen, was mit ihrem Haar passiert sei. Das alles meinte sie sich herausnehmen zu können, weil sie und Rhea auf derselben Seite der Stadt wohnten und zusammen gespielt hatten, in einer Zeit, die Rhea unendlich fern und wertlos erschien. Am schlimmsten war es, wenn Eunie mit Geschichten anfing, die Rhea langweilten und sie zugleich rasend machten und die von Morden und Katastrophen und verrückten Vorkommnissen handelten, von denen sie im Radio gehört hatte. Es machte Rhea rasend, dass sie Eunie nicht dazu bringen konnte, ihr zu sagen, ob diese Dinge wirklich passiert waren, oder – so vermutete Rhea – diese Unterscheidung auch nur für sich selbst zu treffen.

Hast du das aus den Nachrichten, Eunie? War das eine Geschichte? War das von Leuten vor einem Mikrophon gespielt oder ein Bericht? Eunie! War das echt oder war es ein Hörspiel?

Immer war es Rhea selbst, die von diesen Fragen entnervt war, niemals Eunie. Die stieg einfach aufs Fahrrad und radelte davon. »Wiedersehen! Wenn die Hähne krähen!«

Ihre Arbeit gefiel Eunie ganz offenbar. Die Handschuhfabrik nahm die erste und zweite Etage eines

Hauses in der Hauptstraße ein, und bei warmem Wetter, wenn sie die Fenster offen hatten, hörte man nicht nur die Nähmaschinen, sondern auch die lauten Witze, das Gezänk und die Beschimpfungen, die berüchtigte ungehobelte Sprache der Frauen, die dort arbeiteten. Sie gehörten angeblich einer niedrigeren Schicht an als Kellnerinnen, standen noch unter den Verkäuferinnen. Sie hatten längere Arbeitszeiten und verdienten weniger Geld, aber das machte sie nicht bescheiden. Ganz im Gegenteil. Sie drängten frotzelnd die Treppe hinunter und auf die Straße hinaus. Sie brüllten Autos an, in denen Leute saßen, die sie kannten oder die sie nicht kannten. Sie verbreiteten Chaos, als hätten sie alles Recht der Welt.

Leute von beinahe ganz unten wie Eunie Morgan oder von ganz oben wie Billy Doud bewiesen eine ähnliche Unbekümmertheit oder Wurstigkeit.

In ihrem letzten Jahr auf der Highschool nahm auch Rhea einen Job an. Sie arbeitete samstagnachmittags im Schuhgeschäft. Zu Frühlingsbeginn kam Billy Doud ins Geschäft und sagte, er wolle ein Paar Gummistiefel kaufen wie die, die draußen aushingen.

Er war endlich fertig mit dem College und wurde nun in die Leitung der Douds Klavierfabrik eingearbeitet.

Billy zog die Schuhe aus und zeigte seine Füße in feinen schwarzen Socken. Rhea sagte ihm, dass er in

Gummistiefeln lieber Wollsocken, Arbeitssocken, anziehen solle, damit seine Füße nicht rutschten. Er fragte, ob sie solche Socken verkauften, und sagte, er würde ein Paar dazukaufen, wenn Rhea sie ihm brächte. Dann fragte er, ob sie ihm die Wollsocken anziehen würde.

Das sei alles ein Trick gewesen, beichtete er ihr später. Er habe weder die Stiefel noch die Socken gebraucht.

Seine Füße waren lang und weiß und absolut wohlriechend. Ein köstlicher Seifenduft stieg auf, ein Hauch von Talkumpuder. Er lehnte sich im Stuhl zurück, groß und blass, kühl und sauber – er hätte selbst aus Seife geschnitzt sein können. Eine hohe, gewölbte Stirn, die Schläfen bereits kahl, Haar mit einem silbrigen Schimmer, schläfrige Elfenbeinlider.

»Das ist lieb von dir«, sagte er und lud sie für den gleichen Abend zum Tanzen ein, zum Eröffnungsball der Saison im Walley Pavilion.

Von da an fuhren sie jeden Samstag nach Walley zum Tanzen. Während der Woche gingen sie nicht zusammen aus, weil Billy früh aufstehen und in die Fabrik musste, um das Geschäft zu lernen – von seiner Mutter, allgemein bekannt als die Tatarin –, und Rhea musste ihrem Vater und den Brüdern den Haushalt machen. Ihre Mutter lag im Krankenhaus, in Hamilton.

»Da ist dein Schwarm«, sagten die Mädchen, wenn

Billy an der Schule vorbeifuhr, während sie draußen Volleyball spielten, oder wenn er auf der Straße
vorbeikam, und Rheas Herz schlug wirklich laut –
bei seinem Anblick, beim Anblick seines hellen hutlo-
sen Haars, seiner nachlässigen, aber gewiss kräftigen
Hände am Lenkrad. Aber auch bei dem Gedanken,
dass sie mit einem Mal ausgezeichnet, so unerwartet
erwählt worden war und nun den Glanz einer Preisge-
winnerin – oder eines Preises – besaß, ein Zauber, der
früher unsichtbar gewesen war. Ältere Frauen, die sie
gar nicht kannte, lächelten ihr auf der Straße zu, junge
Frauen mit Verlobungsringen am Finger sprachen sie
mit Namen an, und morgens wachte sie mit dem Gefühl auf, ein großes Geschenk bekommen zu haben,
das ihr Verstand jedoch nachts irgendwo in einer
Kiste verstaut hatte, so dass ihr gar nicht mehr einfal-
len wollte, was es war.

Billy trug ihr überall Ehre ein, außer im eigenen
Zuhause. Das traf sie nicht unerwartet – für Rhea war
zu Hause der Ort, wo einem die Flausen ausgetrieben
wurden. Ihre kleinen Brüder äfften Billys Art nach, ihrem Vater eine Zigarette anzubieten: »Eine Pall Mall,
Mr Sellers?« Und sie reichten ihm elegant eine einge-
bildete Packung fertig gedrehter Zigaretten. Der ge-
schmeidige Ton, die selbstgefällige Geste machten Billy
Doud zum dummen Laffen. Sie nannten ihn »Putty«.
Zuerst »Silly Billy«, dann »Silly Putty« und schließlich
nur noch »Putty«.

»Hört auf, eure Schwester zu ärgern«, sagte Rheas Vater. Dann fing er selber an, mit einer scheinbar sachlichen Frage: »Hast du vor, den Job im Schuhgeschäft zu behalten?«

Rhea sagte: »Wieso?«

»Nur so. Kann sein, dass du ihn brauchen wirst.«

»Wozu?«

»Damit du den Burschen unterstützen kannst. Wenn die alte Dame tot ist und er den Laden ruiniert.«

Und dabei sagte Billy Doud ständig, wie sehr er Rheas Vater bewunderte. Männer wie dein Vater, sagte er, die so schwer arbeiten. Nur um zu überleben. Und nie etwas anderes erwarten. Und dabei so anständig, so ausgeglichen und gutherzig sind. Solchen Männern hat die Welt eine Menge zu verdanken.

Billy Doud und Rhea und Wayne und Lucille verließen den Tanzsaal immer gegen Mitternacht und fuhren mit den zwei Autos zum Parkplatz am Ende eines Feldwegs am Steilufer über dem Huronsee. Billy ließ das Radio laufen, leise. Er hatte das Radio immer an, selbst wenn er Rhea eine seiner verwickelten Geschichten erzählte. Seine Geschichten handelten alle von seiner Zeit am College, mit Partys und lustigen Streichen und furchtbaren Dummheiten, die manchmal damit geendet hatten, dass die Polizei einschritt. Sie hatten immer mit Alkohol zu tun. Einmal hatte sich einer, der betrunken war, aus einem Autofenster übergeben, und sein Drink war so scharf gewesen, dass es an der ganzen Autoseite die Farbe weggeätzt hatte. Die Figuren in den Geschichten waren Rhea unbekannt, mit Ausnahme von Wayne. Gelegentlich tauchten Mädchennamen auf, und dann musste sie manchmal unterbrechen. Sie hatte Billy Doud während seiner Collegejahre dann und wann in der Stadt mit Mädchen gesehen, deren Erscheinung oder Kleider, deren Keckheit oder Zartheit sie sehr beeindruckt hatten, so dass sie ihn nun fragen musste: War Claire die mit dem Schleierhütchen und den lila Handschuhen? In der Kirche? Welches war die mit den langen roten Haaren und dem Kamelhaarmantel? Welche hatte die Samtstiefel mit dem Lammfellrand?

Meistens wusste Billy das nicht mehr, und wenn er doch noch etwas über diese Mädchen erzählte, war das, was er zu sagen hatte, oft wenig schmeichelhaft.

Wenn sie parkten, und manchmal auch während der Fahrt legte Billy Rhea einen Arm um die Schultern und zog sie an sich. Eine Verheißung. Auch beim Tanzen gab es Verheißungen. Dann war er nicht zu stolz, seine Wange an ihre zu schmiegen oder ihr eine Reihe Küsschen auf das Haar zu drücken. Die Küsse, die er ihr im Auto gab, waren schneller, und ihr Tempo, ihr Rhythmus, das kleine Schmatzen, von dem sie häufig begleitet waren, zeigten ihr, dass sie scherzhaft gemeint waren, wenigstens teilweise. Er spielte mit den Fingern auf ihr, auf ihren Knien oder eben noch oberhalb ihrer Brüste, murmelte anerkennend und schimpfte dann sich oder Rhea aus und sagte, er müsse sie in Schach halten.

»Du bist eine ganz Schlimme«, sagte er. Er presste seine Lippen fest auf ihre, als müsste er dafür sorgen, dass sie beide auf keinen Fall den Mund aufmachten.

»Wie verführerisch du bist«, sagte er mit einer Stimme, die nicht seine war, sondern die Stimme eines aalglatten, schmachtenden Filmstars, und ließ dazu seine Hand zwischen ihre Beine gleiten, berührte die Haut über ihrem Strumpf – und zuckte dann weg, als wäre es dort zu heiß – oder zu kalt.

»Was der alte Wayne wohl macht?«, sagte er.

Sie hatten die Regel, dass entweder er oder Wayne nach einer Weile auf die Autohupe drückten, und dann musste der andere antworten. Dieses Spiel – Rhea begriff nicht, dass es ein Wettbewerb war, und schon gar nicht, worin der Wettbewerb bestand – beanspruchte mit der Zeit immer mehr von seiner Aufmerksamkeit. »Was glaubst du«, sagte er häufig in die Nacht hinaus, auf die dunklen Umrisse von Waynes Auto starrend. »Was glaubst du – wird es Zeit, dass ich hupe?«

Auf der Fahrt zurück nach Carstairs, zum Schwarzbrenner, war Rhea dem Heulen nahe, ohne Grund, und ihre Arme und Beine fühlten sich an, als wären sie mit Zement voll gegossen worden. Allein wäre sie wahrscheinlich gleich fest eingeschlafen, aber sie konnte nicht allein bleiben, weil Lucille im Dunkeln Angst hatte und Rhea ihr, wenn Billy und Wayne zu Monks gingen, Gesellschaft leisten musste.

Lucille war ein schlankes, blondes Mädchen mit einem labilen Magen, unregelmäßigen Perioden und empfindlicher Haut. Sie war von den Launen ihres Körpers fasziniert und behandelte ihn wie ein lästiges, aber wertvolles Haustier. Sie hatte stets Babyöl in der Handtasche und betupfte sich damit das Gesicht, weil es ja kurz zuvor von Waynes Bartstoppeln zerkratzt worden war. Das Auto roch nach Babyöl und darunter lag noch ein anderer Geruch, nach Brotteig.

»Wenn wir erst verheiratet sind, werde ich ihn zwingen, sich zu rasieren«, sagte Lucille. »Direkt vorher.«

Billy Doud hatte Rhea erzählt, Wayne habe ihm erzählt, dass er die ganze Zeit zu Lucille gestanden habe und sie heiraten werde, weil sie eine gute Ehefrau sein würde. Er habe gesagt, sie sei zwar nicht das hübscheste Mädchen auf der Welt und bestimmt nicht das klügste, aber deshalb werde er sich in der Ehe immer sicher fühlen. Sie werde keine starke Verhandlungsposition haben, sagte er. Und sie sei es nicht gewöhnt, viel Geld zu haben.

»Mancher würde vielleicht sagen, es sei zynisch, so an die Ehe heranzugehen«, hatte Billy gesagt. »Aber andere würden es als realistisch bezeichnen. Ein Pastorensohn muss realistisch sein, er muss sich mit eigenen Mitteln durchs Leben schlagen. Und außerdem, Wayne ist Wayne.«

Wayne ist Wayne, hatte er mit feierlichem Vergnügen wiederholt.

Einmal hatte Lucille zu Rhea gesagt: »Und du? Kannst du dich dran gewöhnen?«

»O ja«, sagte Rhea.

»Alle sagen, es wäre schöner ohne Überzieher. Aber das finde ich dann wohl raus, wenn ich verheiratet bin.«

Rhea war zu verlegen, um zuzugeben, dass sie nicht gleich verstanden hatte, wovon die Rede war.

Lucille sagte, sobald sie verheiratet sei, werde sie Schaum und Gel nehmen. Rhea fand, das hörte sich an wie ein Dessert, aber sie lachte nicht, weil sie wusste, dass Lucille einen Scherz wie diesen als Beleidigung auffassen würde. Lucille begann von dem Konflikt zu erzählen, der um ihre Hochzeit tobte und bei dem es darum ging, ob die Brautjungfern Strohhüte oder Rosenknospenkränze tragen sollten. Lucille hatte sich Rosenknospen gewünscht und schon geglaubt, alles sei abgemacht, da war bei Waynes Schwester eine Dauerwelle missglückt. Jetzt wollte sie einen Hut, um sie zu verdecken.

»Sie ist nicht einmal meine Freundin – sie ist nur Brautjungfer, weil sie seine Schwester ist und ich sie nicht übergehen konnte. Sie ist so egoistisch.«

Der Egoismus von Waynes Schwester hatte bei Lucille Nesselfieber ausgelöst.

Rhea und Lucille hatten die Autofenster heruntergekurbelt, um frische Luft hereinzulassen. Draußen war die Nacht mit dem ins Unsichtbare strömenden Fluss, der jetzt auf seinem tiefsten Stand war – ein Rinnsal zwischen den großen weißen Steinen –, und die Frösche und Grillen musizierten, die unbefestigten Straßen schimmerten hell auf dem Weg nach nirgendwo, und auf dem alten Messegelände ragte die verfallende Tribüne wie ein bizarres Turmskelett in den Himmel. Rhea wusste um all das, aber sie konnte dem keine Beachtung schenken. Daran hinderte sie mehr als nur Lucilles Gerede – mehr als nur das mit den Hochzeitshüten. Sie hatte Glück: Billy Doud hatte sie erwählt, eine Verlobte vertraute sich ihr an, ihr Leben entwickelte sich womöglich positiver, als man es je hätte vorhersagen können. Doch in Momenten wie diesem fühlte sie sich oft abgeschnitten und verwirrt, so als hätte sie eher etwas verloren als gewonnen. Als wäre sie irgendwie verbannt. Von wo?

Wayne hatte die Hand gehoben, um stumm durch den Raum zu fragen, ob sie Durst habe? Er brachte ihr noch eine Flasche Coca-Cola und ließ sich neben ihr zu Boden gleiten. »Lieber hinsetzen als umfallen«, sagte er.

Sie merkte beim ersten Schluck oder vielleicht beim ersten Schnuppern oder vielleicht noch davor, dass ihr Getränk außer Coca-Cola noch etwas anderes enthielt. Sie nahm sich vor, es nicht ganz oder nicht einmal halb auszutrinken. Sie würde nur dann und wann daran nippen, um Wayne zu zeigen, dass sie nicht verblüfft war.

»Ist das recht so?«, fragte Wayne. »Ist das eine Mischung, die dir schmeckt?«

»Ja, prima«, sagte Rhea. »Mir schmeckt alles.«

»Alles? Das ist gut. Du scheinst mir die Richtige für Billy Doud zu sein.«

»Trinkt er viel?«, fragte Rhea. »Billy?«

»Sagen wir es so«, sagte Wayne. »Ist der Papst Jude? Nein. Warte. War Jesus Katholik? Nein. Weiter. Ich möchte dir keinen falschen Eindruck vermitteln. Und ich möchte auch nicht klinisch werden. Ist Billy ein Säufer? Ist er Alkoholiker? Ist er Arschoholiker? Ich meine Arschlochoholiker? Nein, jetzt habe ich auch das vermasselt. Ich hab vergessen, mit wem ich rede. Entschuldige bitte. Streichen. Vesseihung.«

Er redete die ganze Zeit mit zwei seltsamen Stimmen – einer künstlich hohen Singsangstimme, einer schroffen und ernsten. Rhea glaubte nicht, dass sie ihn schon jemals so viel hatte sagen hören, egal mit welcher Stimme. Normalerweise war Billy derjenige, der redete. Wayne warf dann und wann ein Wort ein, ein unwichtiges Wort, das durch den Ton, in dem er es sagte, wichtig wirkte. Dabei war dieser Ton oft recht ausdruckslos, recht neutral und seine Miene leer.

Das machte Leute nervös. Man bekam das Gefühl, es werde Verachtung im Zaum gehalten. Rhea hatte schon erlebt, wie Billy eine Geschichte streckte und dehnte, verdrehte, im Ton veränderte – nur um Wayne ein anerkennendes Brummen zu entlocken, sein erlösendes bellendes Lachen.

»Du darfst daraus nicht schließen, dass ich Billy nicht mag«, sagte Wayne. »Nein. Nein. Ich würde niemals wollen, dass du das denkst.«

»Aber du magst ihn nicht«, sagte Rhea befriedigt. »Du magst ihn nicht.« Ihre Befriedigung rührte von der Tatsache her, dass sie Wayne widersprach. Sie sah ihm in die Augen. Mehr nicht. Denn er hatte sie ebenfalls nervös gemacht. Er gehörte zu den Leuten, die einen weitaus stärkeren Eindruck hinterlassen als ihre Körpergröße oder ihr Aussehen oder sonst etwas an ihnen vermuten ließe. Er war nicht sehr groß, und sein kompakter Körper war in seiner Kindheit vermutlich mollig gewesen – und würde vielleicht auch wieder mollig werden. Er hatte ein eckiges Gesicht, das bis auf den bläulichen Bartschatten, der Lucille wund rieb, eher bleich war. Sein schwarzes Haar war sehr glatt und fein und fiel ihm oft in die Stirn.

»Ach so?«, sagte er überrascht. »Ich mag ihn nicht? Wie kann das sein? Wo Billy ein so liebenswerter Mensch ist? Schau ihn dir an da drüben, wie er mit den einfachen Leuten trinkt und Karten spielt. Findest du ihn nicht nett? Oder kommt es dir manchmal seltsam vor, dass jemand die ganze Zeit so nett sein kann? *Die ganze Zeit.* Ich kenne nur ein einziges Thema, bei dem er aus der Rolle fällt, und das ist, wenn man ihn darauf bringt, von seinen alten Freundinnen zu erzählen. Sag bloß nicht, das ist dir noch nicht aufgefallen.«

Er hatte seine Hand am Bein von Rheas Stuhl. Er schaukelte sie.

Sie lachte, weil ihr vom Schaukeln schwindlig wurde oder vielleicht, weil er den Nagel auf den Kopf getroffen hatte. Laut Billy hatte das Mädchen mit dem Schleier und den lila Handschuhen Mundgeruch vom Rauchen, und ein anderes Mädchen wurde ordinär, wenn sie getrunken hatte, und eines hatte eine Hautkrankheit, einen *Pilz* unter den Achseln. Billy hatte Rhea all diese Dinge mit Bedauern in der Stimme erzählt, aber als er den Pilz erwähnte, musste er kichern. Er hatte unfreiwillig, schuldbewusst, aber mit Genugtuung gekichert.

»Er zieht die armen Mädchen wirklich durch den Schmutz«, sagte Wayne. »Die Haare an den Beinen. Die Ha-li-to-se. Beunruhigt dich das eigentlich nicht? Aber du bist ja so nett und sauber. Ich wette, du rasierst dir jeden Abend die Beine.« Er strich ihr mit der Hand abwärts über das Bein, das sie zum Glück rasiert hatte, bevor sie zum Tanzen ging. »Oder tust du dieses Zeug drauf, das die Haare wegschmilzt? Wie heißt das Zeug?«

»Neet«, sagte Rhea.

»Neet! Genau. Aber riecht das nicht irgendwie scheußlich? Ein bisschen modrig oder nach Hefe oder so? Hefe. Ist das nicht auch was, was Mädchen kriegen? Trete ich dir zu nahe? Ich sollte ein Kavalier sein und dir noch was zu trinken holen. Wenn ich aufstehen und gerade gehen kann, hol ich dir noch was zu trinken.«

»Diesmal ist kaum Whisky drin«, behauptete er von der nächsten Coca-Cola, die er ihr brachte. »Die schadet dir nicht.« Sie hielt die erste Behauptung für eine Lüge, aber die zweite stimmte mit Sicherheit: Nichts konnte ihr schaden. Und ihr entging auch nichts. Sie glaubte nicht, dass Wayne etwas Gutes im Schilde führte. Trotzdem amüsierte sie sich bestens. Die ganze Verwirrung, das benebelte Gefühl, das sie überkam, wenn sie mit Billy zusammen war, war wie weggebrannt. Sie fand alles, was Wayne sagte oder was sie selbst sagte, zum Lachen. Sie fühlte sich sicher.

»Dies ist ein komischer Laden«, sagte sie.

»Wieso ist der komisch?«, sagte Wayne. »Sag mir, wieso dieser Laden komisch ist. Du bist diejenige, die komisch ist.«

Rhea schaute auf seinen wackelnden schwarzen Kopf hinunter und lachte, weil er sie an einen Hund erinnerte. Er war schlau, aber er hatte auch etwas Stures, das so ähnlich wie Dummheit wirkte. Stur wie ein Hund und auch irgendwie traurig war die Art, wie er jetzt immer wieder mit dem Kopf gegen ihr Knie stieß und ihn dann hochriss, um sich die schwarzen Haare aus den Augen zu schütteln.

Sie erklärte ihm mit vielen Unterbrechungen, in denen sie über die Möglichkeit einer Erklärung lachen musste, dass zum Beispiel die Blechblende hinten in der Ecke komisch sei. Sie sagte, sie vermute dahinter einen Speiseaufzug, der in den Keller und wieder nach oben fahre.

»Wir könnten uns beide in dem Fach zusammenrollen«, sagte Wayne. »Wollen wir es probieren? Wir könnten Billy bitten, uns mit dem Seil runterzulassen.«

Sie suchte erneut nach Billys weißem Hemd. Soweit sie wusste, hatte er sich, seitdem er sich hingesetzt hatte, nicht ein einziges Mal zu ihr umgedreht. Wayne saß ihr jetzt direkt gegenüber, so dass Billy, wenn er sich tatsächlich umdrehte, nicht sehen könnte, dass ihr Schuh am großen Zeh baumelte und Wayne seine Finger an ihre Fußsohle schnippen ließ. Sie sagte, sie müsse erst mal zur Toilette.

»Ich werde dich begleiten«, sagte Wayne.

Er hielt sich an ihren Beinen fest, um sich hochzuziehen. Rhea sagte: »Du bist betrunken.«

»Nicht nur ich.«

Die Monks hatten ein WC im Haus – ein richtiges Bad sogar – das vom hinteren Flur abging. Die Badewanne stand mit Bierkästen voll – nicht zum Kühlen, nur zum Lagern. Die Toilette ließ sich richtig abziehen. Rhea hatte befürchtet, dass kein Wasser kommen würde, weil es aussah, als hätte es beim Letzten nicht funktioniert.

Sie betrachtete ihr Gesicht im Spiegel über dem Waschbecken und sprach ihm unbekümmert und beifällig zu. »Lass ihn«, sagte sie. »*Lass ihn.*« Sie knipste das Licht aus und trat in die dunkle Diele. Dort wurde sie sofort von Händen in Empfang genommen und zur Hintertür hinausgeführt – ja getrieben. Dicht an die Hauswand gepresst, stießen und befingerten und küssten sie und Wayne sich. An diesem Punkt kam ihr die Vorstellung, sie würde geöffnet und zugequetscht, geöffnet und zugequetscht wie eine Ziehharmonika. Und eine Warnung wollte zu ihr dringen – etwas in der Ferne, das keine Verbindung zu dem hatte, was Wayne und sie machten. Ein Drücken und Grunzen, in ihrem Innern oder draußen, das sich verständlich zu machen suchte.

Der Hund der Monks hatte sich zu ihnen gesellt und steckte seine Nase zwischen sie. Wayne wusste, wie er hieß.

»Aus, Rory! Aus, Rory!«, brüllte er und zerrte weiter an Rheas Petticoat.

Die Warnung kam aus ihrem Magen, der so fest an die Wand gepresst wurde. Die Hintertür ging auf, Wayne sagte etwas deutlich in ihr Ohr – sie würde nie wissen, was von beidem zuerst geschah –, und sie wurde plötzlich losgelassen und musste sich übergeben. Sie hatte keine Absicht gehabt, sich zu übergeben, bevor es losging. Dann ließ sie sich auf alle viere nieder und erbrach sich, bis ihr Magen sich so ausgewrungen anfühlte wie ein armer stinkender Lappen. Als sie fertig war, zitterte sie wie von einem plötzlichen Fieberanfall, und ihr Tanzkleid und der Petticoat waren nass, wo sie mit Erbrochenem bespritzt waren.

Jemand anders – nicht Wayne – zog sie hoch und putzte ihr das Gesicht mit dem Kleidersaum.

»Halt den Mund zu und atme durch die Nase«, sagte Mrs Monk. »Du, hau ab«, sagte sie entweder zu Wayne oder zu Rory. Sie erteilte ihre Befehle an alle im gleichen Ton, ohne Mitgefühl und ohne Vorwurf. Sie zog Rhea ums Haus zum Laster ihres Mannes und hievte sie halb hinein.

Rhea sagte: »Billy.«

»Ich sag's deinem Billy. Ich sag ihm, du bist müde geworden. Nicht reden.«

»Ich muss mich nicht mehr übergeben«, sagte Rhea.

»Das weiß man nie«, sagte Mrs Monk, während sie rückwärts auf die Straße hinauslenkte. Sie fuhr Rhea den Berg hinauf und auf ihren Hof, ohne noch ein Wort zu sagen. Als sie den Laster gewendet hatte und anhielt, sagte sie: »Pass beim Aussteigen auf. Du musst einen größeren Schritt machen als bei einem Auto.«

Rhea verzog sich ins Haus, setzte sich, ohne die Tür zuzumachen, auf die Toilette, streifte in der Küche die

Schuhe ab, knüllte ihr Kleid und ihren Petticoat zusammen und schob sie weit unters Bett.

Rheas Vater stand früh auf, um die Eier einzusammeln und sich wie jeden zweiten Sonntag für die Fahrt nach Hamilton zu rüsten. Die Jungs wollten mit – sie konnten auf der Ladefläche sitzen. Rhea sollte nicht mit, weil vorne kein Platz war. Ihr Vater wollte Mrs Corey mitnehmen, deren Mann im selben Krankenhaus lag wie Rheas Mutter. Wenn er Mrs Corey mitnahm, zog er immer Hemd und Krawatte an, weil es sein konnte, dass sie auf dem Heimweg in einem Restaurant einkehrten.

Er klopfte an Rheas Tür, um ihr zu sagen, dass sie abfuhren. »Wenn dir die Zeit lang wird, kannst du die Eier auf dem Tisch abreiben.«

Er ging bis an die Treppe und kam dann zurück. Durch die Tür rief er: »Trink viel, viel Wasser.«

Rhea hätte am liebsten geschrien, dass sie endlich abhauen sollten. Sie hatte über Dinge nachzudenken, Dinge in ihrem Kopf, die durch den Druck der Leute im Haus nicht herauskonnten. Sie waren schuld, dass sie solche Kopfschmerzen hatte. Als der Laster auf der Straße nicht mehr zu hören war, stieg sie vorsichtig aus dem Bett, ging vorsichtig nach unten, nahm drei Aspirin, trank so viel Wasser, wie sie konnte, und füllte Kaffeepulver in die Kanne, ohne den Blick nach unten zu richten.

Die Eier standen in großen Tragekörben auf dem Tisch. Sie waren mit Hühnermist und kleinen Strohresten verklebt, die darauf warteten, mit Stahlwolle abgeschrubbt zu werden.

Was für Dinge? Vor allem Worte. Die Worte, die Wayne ihr gerade zugeflüstert hatte, als Mrs Monk zur Hintertür herauskam.

Ich würd dich ficken, wenn du nicht so hässlich wärst.

Sie zog sich an, und als der Kaffee fertig war, schenkte sie sich eine Tasse ein und ging nach draußen auf die Veranda an der Westseite, die im tiefen Vormittagsschatten lag. Die Aspirin hatten zu wirken begonnen, und jetzt hatte sie anstelle der Kopfschmerzen eine Weite im Kopf, eine klare, ungeschützte Weite umgeben von einem leisen Summen.

Sie war nicht hässlich. Sie wusste, dass sie nicht hässlich war. Wie kann man jemals sicher sein, dass man nicht hässlich ist?

Aber wenn sie hässlich wäre, wäre Billy Doud dann überhaupt mit ihr ausgegangen? Billy Doud rühmte sich mit seiner Freundlichkeit.

Aber Wayne war ziemlich betrunken gewesen, als er das sagte. Betrunkene sagen die Wahrheit.

Es war ein Glück, dass sie ihre Mutter an diesem Tag nicht sehen würde. Wenn sie Rhea je entlockte, was los war – und Rhea konnte nie sicher sein, dass sie das nicht tun würde –, dann würde ihre Mutter dafür sorgen wollen, dass Wayne seine Strafe bekam. Sie wäre imstande, seinen Vater, den Pastor, anzurufen. Das Wort »ficken« würde ihren Zorn erregen, mehr als das Wort »hässlich«. Sie würde überhaupt nicht begreifen, worum es Rhea ging.

Die Reaktion ihres Vaters wäre komplizierter. Er würde Billy Vorwürfe machen, dass er sie mit zu Monks genommen hatte. Billy, Billy und seine Freunde. Über das mit dem Ficken wäre er wütend, aber vor allem würde er sich Rheas wegen schämen. Er würde sich zeitlebens schämen, dass ein Mann sie hässlich genannt hatte.

Man darf die Eltern niemals an seine wirklichen Kränkungen heranlassen.

Sie wusste, dass sie nicht hässlich war. Woher konnte sie wissen, dass sie nicht hässlich war?

Über Billy und Wayne und die möglichen Konsequenzen für beide dachte sie nicht nach. Sie brachte noch kein Interesse für andere auf. Doch dass Wayne seine echte Stimme benutzt hatte, als er die Worte sagte – darüber dachte sie nach.

Sie wollte nicht wieder ins Haus gehen, wo die Körbe voll schmutziger Eier warteten. Sie begann die kleine Zufahrtsstraße hinunterzuwandern, fühlte sich vom Sonnenlicht geblendet und hielt den Kopf von einer Schatteninsel zur nächsten gesenkt. An der Zufahrt war jeder Baum anders, und jeder war früher ein Meilenstein gewesen, als sie ihre Mutter noch gefragt hatte, wie weit sie ihrem Vater entgegenlaufen durfte, wenn er aus der Stadt kam. Bis zum Weißdorn, bis zur Buche, bis zum Ahorn. Er hatte immer gehalten und Rhea auf dem Trittbrett mitfahren lassen.

Unten an der Straße hupte ein Auto. Jemand, der sie kannte, oder bloß ein Mann, der vorbeifuhr. Sie wollte nicht gesehen werden, deshalb lief sie quer über das Feld, das die Hühner leer gepickt und mit ihrem rutschigen Kot gepflastert hatten. In einem der Bäume auf der anderen Seite dieses Feldes hatten ihre Brüder ein Baumhaus gebaut. Es war nur eine Plattform, mit an den Baumstamm genagelten Brettchen zum Hochklettern. Das machte Rhea – sie stieg hinauf und setzte sich auf die Plattform. Sie sah, dass ihre Brüder Fenster ins Blätterdach geschnitten hatten, um hinausspähen zu können. Sie schaute auf die Straße hinunter, und in dem Moment kamen ein paar Autos, mit denen Landkinder zur frühen Sonntagsschule der Baptistengemeinde in der Stadt gebracht wurden. Die Leute in den Autos konnten sie nicht sehen. Billy oder Wayne würden sie nicht sehen können, falls sie tatsächlich mit Erklärungen oder Anschuldigungen oder Entschuldigungen aufwarten wollten.

In einer anderen Richtung konnte sie einen Teil des alten Messegeländes und hier und da den Fluss blinken sehen. Von hier aus war es kein Problem, im langen Gras die Stelle zu erkennen, wo früher das Oval der Rennbahn gewesen war.

Da ging jemand, auf der Rennbahn. Es war Eunie Morgan, und sie war im Schlafanzug. Sie folgte dem Verlauf der Rennbahn, in einem hellen, vielleicht blassrosa Schlafanzug – gegen halb zehn Uhr morgens. Sie folgte der Bahn bis zur Kurve und ging dann weiter in die Richtung, wo früher der Pfad am Flussufer entlang geführt hatte. Dann verschwand sie im Wald.

Eunie Morgan mit ihren abstehenden weißblonden Haaren, dem Licht, das sich auf ihrem Haar und ihrem Schlafanzug fing. Wie ein Engel mit Federn. Aber mit ihrem üblichen eckigen, selbstsicheren Gang – vorgeschobener Kopf, frei schwingende Arme. Rhea hatte keine Ahnung, was Eunie wohl dort machte. Sie wusste nichts von Eunies Verschwinden. Eunies Anblick wirkte auf sie zugleich seltsam und natürlich.

Sie musste daran denken, wie sie an heißen Sommertagen gemeint hatte, dass Eunies Haar wie ein Schneeball oder wie vom Winter übrig gebliebene Eisfäden aussah, und wie sie ihr Gesicht am liebsten zur Abkühlung hineingewühlt hätte.

Sie musste an das heiße Gras und den Sandlauch denken und an das Gefühl, aus der eigenen Haut zu schlüpfen, wenn sie sich in Toms verwandelten.

Sie ging ins Haus zurück und rief Wayne an. Sie zählte darauf, dass er zu Hause und der Rest seiner Familie in der Kirche sein würde.

»Ich will dich was fragen, aber nicht am Telefon«,

sagte sie. »Dad und meine Brüder sind nach Hamilton gefahren.«

Als Wayne ankam, saß sie auf der Veranda und schrubbte Eier. »Ich wüsste gern, was du gemeint hast«, sagte sie.

»Womit?«, fragte Wayne.

Rhea sah ihn an und schaute unverwandt hin, mit einem Ei in einer Hand und einem Stück Stahlwolle in der anderen. Er hatte einen Fuß auf der untersten Stufe. Die Hand am Geländer. Er wollte hinauf, um aus der Sonne zu kommen, aber sie versperrte ihm den Weg.

»Ich war betrunken«, sagte Wayne. »Du bist nicht hässlich.«

Rhea sagte: »Das weiß ich.«

»Ich fühl mich wie ein Schwein.«

»Aber nicht deswegen.«

»Ich war betrunken. Es war ein Witz.«

Rhea sagte: »Du willst sie nicht heiraten. Lucille.«

Er beugte sich über das Geländer. Sie dachte, er müsse sich vielleicht übergeben. Aber er fing sich wieder und versuchte es mit seinen hochgezogenen Augenbrauen, seinem entmutigenden Grinsen.

»Ach, wirklich? Ohne Witz? Und was willst du mir also raten?«

»Schreib einen Brief«, sagte Rhea, ganz als hätte er sie ernsthaft gefragt. »Setz dich ins Auto und fahr nach Calgary.«

»Einfach so.«

»Wenn du willst, komm ich bis Toronto mit. Da kannst du mich absetzen, und ich steig im YWCA ab, bis ich Arbeit gefunden habe.«

Das war das, was sie vorhatte. Sie würde immer schwören, dass sie das und nichts anderes im Sinn gehabt hatte. Sie fühlte sich jetzt freier und noch mehr von sich berauscht als im Suff am Abend zuvor. Sie machte diese Vorschläge, als wären sie das Einfachste von der Welt. Es würde Tage dauern – Wochen vielleicht –, bis sie alles kapierte, alles, was sie gesagt und getan hatte.

»Hast du mal auf die Karte geguckt?«, sagte Wayne. »Man kommt auf dem Weg nach Calgary nicht durch Toronto. Man fährt bei Sarnia über die Grenze und dann durch die Staaten nach Winnipeg und von dort aus nach Calgary.«

»Dann setz mich in Winnipeg ab, das ist besser.«

»Eine Frage«, sagte Wayne. »Warst du in letzter Zeit mal beim Psychiater?«

Rhea rührte sich nicht. Sie sagte, ohne zu lächeln: »Nein.«

Als Rhea Eunie gesehen hatte, war diese auf dem Heimweg. Sie war überrascht, dass der Pfad am Flussufer nicht wie erwartet frei, sondern mit Dornengestrüpp überwuchert war. Als sie sich daraus befreite und in ihren Garten trat, hatte sie Kratzer und verschmiertes Blut an den Armen und der Stirn und Blattreste im Haar. Auch eine Seite ihres Gesichts war schmutzig, weil es auf den Boden gepresst worden war.

In der Küche traf sie auf ihre Mutter und ihren Vater und ihre Tante Muriel Martin und Norman Coombs, den Polizeichef, und auf Billy Doud. Nachdem ihre Mutter ihre Tante Muriel angerufen hatte, war ihr Vater aktiv geworden und hatte verkündet, dass er Mr Doud anrufen werde. Er hatte als junger Mann bei Doud gearbeitet und wusste noch, dass man in Notfällen immer Mr Doud, Billys Vater, gerufen hatte.

»Der ist tot«, sagte Eunies Mutter. »Wie wär's, wenn du sie holst?« (Sie meinte Mrs Doud, die so schnell die Geduld verlor.) Aber Eunies Vater rief trotzdem an und erreichte Billy Doud. Billy war gar nicht im Bett gewesen.

Tante Muriel Martin hatte, als sie eingetroffen war, den Polizeichef angerufen. Er versprach zu kommen, sobald er sich angezogen und gefrühstückt hatte. Das dauerte eine Weile. Er hasste alles Verwirrende und Störende, alles, was ihm Entscheidungen aufzwingen könnte, die später womöglich kritisiert wurden oder damit endeten, dass er als Dummkopf dastand. Von allen Leuten, die in der Küche warteten, hätte er derjenige sein müssen, der am glücklichsten darüber war, Eunie heil wieder zu Hause zu wissen und ihre

402

Geschichte zu hören. Er war eindeutig nicht zuständig. Es gab nichts zu verfolgen, niemanden zu verhaften.

Eunie erzählte, dass drei Kinder zu ihr gekommen seien, in ihrem eigenen Garten, mitten in der Nacht. Sie sagten, sie müssten ihr etwas zeigen. Sie wollte wissen, worum es sich handelte und was sie so spät in der Nacht draußen machten. Sie wusste nicht mehr, was sie geantwortet hatten.

Wie selbstverständlich war sie mitgegangen, ohne je gesagt zu haben, dass sie mitkommen würde. Sie führten sie durch die Lücke im Zaun in der Ecke des Gartens und den Pfad am Flussufer entlang. Sie war überrascht zu sehen, dass der Pfad so schön offen war – sie war ihn jahrelang nicht mehr gelaufen.

Zwei Jungen und ein Mädchen waren es, die sie abgeholt hatten. Sie sahen aus wie um die neun oder zehn oder elf Jahre alt, und sie trugen alle die gleichen Anzüge – eine Art Spielanzug aus Baumwollkrepp, vorne mit einem Latz und Trägern an den Schultern. Alle frisch und sauber, als kämen sie eben vom Bügelbrett. Die Haare dieser Kinder waren hellbraun und glatt und glänzend. Sie waren die saubersten und höflichsten und angenehmsten Kinder, die man sich denken konnte. Aber wie hatte sie sehen können, welche Haarfarbe sie hatten und dass ihre Spielanzüge aus Baumwollkrepp waren? Sie war ohne Taschenlampe aus dem Haus gegangen. Die Kinder mussten ein

Licht mitgebracht haben – das war ihr Eindruck, aber was für eins, das wusste sie nicht.

Sie führten sie über den Pfad zum alten Messegelände. Sie nahmen sie mit in ihr Zelt. Aber es schien ihr, als hätte sie dieses Zelt gar nicht von außen gesehen. Sie war nur plötzlich innen drin, und da sah sie, dass es weiß war, sehr hoch und weiß, und dass es wogte wie Segel auf einem Boot. Auch das Zelt war hell, und wieder hatte sie keine Ahnung, woher das Licht kam. Und ein Teil dieses Zeltes oder Gebäudes, oder was immer es war, schien aus Glas zu sein. Ja. Eindeutig aus grünem Glas, einem sehr hellen Grün, und die Scheiben waren zwischen die Segel geschoben. Möglicherweise war auch der Boden aus Glas, weil sie mit ihren nackten Füßen über etwas Kühles und Glattes lief – kein Gras, und ganz bestimmt kein Kies.

In der Zeitung war später eine Zeichnung, ein künstlerischer Entwurf von einer Art Segelboot in einer Untertasse. Aber Eunie hatte das Wort »Fliegende Untertasse« nicht gesagt, jedenfalls nicht, als sie unmittelbar hinterher davon sprach. Sie erwähnte auch nichts von dem, was später gedruckt erschien, in einem Buch mit solchen Geschichten – über ihre Gefangennahme und die Untersuchung ihres Körpers, die Blutproben und die Proben ihrer Körpersäfte, die Möglichkeit, dass eines ihrer verborgenen Eier weggezaubert worden sei, dass in einer fremden Dimension eine Befruchtung stattgefunden habe; dass es zu einer zarten oder explosiven, jedenfalls aber unbeschreiblichen Paarung gekommen sei, bei der Eunies Gene in den Lebensstrom der Eindringlinge eingesaugt worden seien.

Sie wurde auf einen Platz gesetzt, den sie nicht gesehen hatte, sie konnte nicht sagen, ob es ein einfacher Stuhl oder ein Thron war, und diese Kinder begannen, sie mit einem Schleier zu umweben. Er war aus dem gleichen Stoff wie ein Moskitonetz oder so ähnlich, leicht, aber fest. Alle drei bewegten sich unablässig, hüllten sie ein und umwebten sie, ohne einander dabei zu berühren. An diesem Punkt kam sie schon nicht mehr auf die Idee, Fragen zu stellen. »Was macht ihr da?« und »Wie kommt ihr her?« und »Wo sind die Erwachsenen?« war schlicht in eine Ferne gerückt, zu der sie keinen Zugang hatte. Es konnte sein, dass gesungen oder gesummt worden war, dass sie davon eingelullt worden war – beruhigend und wunderschön musste es gewesen sein. Und ihr war bald alles vollkommen normal erschienen. Da gab es nichts zu fragen, ebenso wenig wie man in einer gewöhnlichen Küche sagen würde: »Was macht die Teekanne da?«

Als sie wieder aufwachte, war nichts um sie herum, nichts über ihr. Sie lag im heißen Sonnenschein, am helllichten Vormittag. Im Messegelände auf dem harten Boden.

»Wunderbar«, sagte Billy Doud mehrmals, während er Eunie zusah und zuhörte. Niemand wusste genau, was er damit meinte. Er roch nach Bier, wirkte aber nüchtern und äußerst aufmerksam. Mehr als aufmerksam – man könnte sagen: Eunies einzigartige Eröffnungen, ihr gerötetes und verschmutztes Gesicht, ihr ziemlich arroganter Ton schienen Billy Doud größte Freude zu bereiten. Welch eine Erleichterung, welch ein Segen, schien er vor sich hin zu sagen. Auf dieser Welt und so in seiner Nähe dieses ruhige, absurde Geschöpf zu finden. *Wunderbar.*

Seine Liebe – Billys Art von Liebe – konnte erblühen, um einem Bedürfnis Eunies zu begegnen, von dessen Existenz sie gar nichts wusste.

Tante Muriel meinte, es sei Zeit, die Zeitung anzurufen.

Eunies Mutter sagte: »Wird Bill Proctor nicht in der Kirche sein?« Sie sprach vom Chefredakteur des *Argus* in Carstairs.

»Bill Proctor kann seine Sohlen schonen«, sagte Tante Muriel. »Ich ruf bei der Londoner *Free Press* an!«

Das tat sie, aber sie bekam nicht den Richtigen an den Apparat – nur einen Hausmeister, weil Sonntag war. »Das wird ihnen leidtun«, sagte sie. »Ich werde über ihre Köpfe hinweg direkt zum *Toronto Star* gehen!«

Sie hatte die Sache in die Hand genommen, Eunie ließ es geschehen. Eunie wirkte zufrieden. Als sie mit ihrer Erzählung fertig war, saß sie mit gleichgültiger Zufriedenheit im Gesicht da. Sie kam nicht auf die Idee, jemanden zu bitten, auf sie aufzupassen, sie zu beschützen, ihr bei allem, was noch vor ihr liegen mochte, mit Achtung und Freundlichkeit beizustehen. Doch dazu hatte sich Billy Doud ohnedies bereits entschlossen.

Eunie genoss eine Zeitlang einen gewissen Ruhm. Reporter kamen. Ein Buchautor kam. Ein Fotograf machte Aufnahmen vom Messegelände und vor allem von der Rennbahn, bei der es sich angeblich um den Abdruck handelte, den das Raumschiff hinterlassen hatte. Es gab auch ein Bild von der Tribüne, von der behauptet wurde, sie sei bei der Landung beschädigt worden.

Das Interesse an derlei Geschichten erreichte vor Jahren einen Höhepunkt und schwand dann allmählich wieder.

»Wer weiß, was wirklich passiert ist«, sagte Rheas Vater in einem Brief, den er nach Calgary schrieb. »Eins ist sicher, Eunie Morgan hat nicht einen Cent dran verdient.«

Diesen Brief schrieb er an Rhea. Bald nach ihrer Ankunft in Calgary heirateten Rhea und Wayne. Damals musste man verheiratet sein, um eine gemeinsame Wohnung zu bekommen – zumindest in Calgary –, und sie hatten festgestellt, dass sie nicht getrennt wohnen wollten. Dieses Gefühl sollte ihnen den größten Teil ihrer Zeit erhalten bleiben, auch wenn sie darüber diskutierten – über das Getrenntwohnen – und damit drohten und es ein paarmal kurz ausprobierten.

Wayne ging von der Zeitung weg und zum Fernsehen. Man konnte ihn jahrelang in den Spätnachrichten bewundern, manchmal bei Regen und Schnee auf dem Parliament Hill, wo er ein Gerücht oder eine neue Information präsentierte. Später reiste er in ausländische Städte und machte dort das Gleiche, und noch später wurde er einer von den Leuten, die im Studio sitzen und darüber diskutieren, was Nachrichten eigentlich zu bedeuten haben und wer lügt.

(Eunie liebte das Fernsehen bald sehr, aber Wayne sah sie nie, weil sie es nicht leiden konnte, wenn Leute bloß redeten – sie schaltete immer sofort um zu einem Programm, wo was los war.)

Bei einem kurzen Besuch in Carstairs schlendert Rhea über den Friedhof, um zu sehen, wer seit ihrer letzten Begehung dort eingezogen ist, und entdeckt Lucille Flaggs Namen auf einem Stein. Aber alles ist in Ordnung – Lucille ist nicht tot. Ihr Mann ist gestorben, und Lucille hat ihren Namen und ihr Geburtsdatum schon im Voraus auf den Stein gravieren lassen. Das machen viele Leute, weil die Preise für Steinmetzarbeiten ständig steigen.

Rhea muss an die Hüte und die Rosenknospen denken und empfindet dabei eine Zärtlichkeit für Lucille, die niemals erwidert werden kann.

Zu diesem Zeitpunkt haben Rhea und Wayne weit mehr als die Hälfte ihres Lebens zusammengelebt. Sie haben drei Kinder bekommen und alles in allem fünfmal so viele Liebschaften gehabt. Und nun haben sich all diese Turbulenzen und die Fruchtbarkeit und die unsichere, aber lebendige Umtriebigkeit urplötzlich, überraschend gelegt, und sie weiß, dass sie alt zu werden beginnen. Dort auf dem Friedhof spricht sie es aus: »Ich kann mich nicht dran gewöhnen.«

Sie suchen die Douds auf, mit denen sie, wenn auch nicht allzu eng, befreundet sind, und zusammen fahren die beiden Paare an die Stelle, wo früher das alte Messegelände war.

Dort sagt Rhea es erneut.

Alle Häuser am Fluss sind verschwunden. Das Haus der Morgans, das Haus der Monks – alle Spuren der ersten, am falschen Platz gegründeten Siedlung. Das Gelände ist jetzt eine Schwemmebene, Hoheitsgebiet der Peregrine River Authority. Nichts darf mehr dort gebaut werden. Eine weitläufige Parklandschaft, ein glatt geschorenes und gezähmtes Flussufer – nichts mehr übrig als ein paar der alten Bäume, die noch grün belaubt dastehen, aber schon von einer diffusen goldenen Feuchtigkeit beschwert sind, die an diesem

Septembernachmittag nicht viele Jahre vor dem Ende des Jahrhunderts in der Luft liegt.

»Ich kann mich nicht daran gewöhnen«, sagt Rhea.

Sie sind jetzt weißhaarig, alle vier. Rhea ist eine schlanke, flinke Person, deren lebhafte, schmeichelnde Art ihr als Lehrerin für Englisch als Fremdsprache zugutegekommen ist. Auch Wayne ist schlank, mit einem feinen weißen Bart und einem milden Wesen. Wenn er nicht im Fernsehen auftritt, erinnert er an einen tibetanischen Mönch. Vor der Kamera wird er scharf, ja manchmal brutal.

Die Douds sind füllige Leute, stattlich und von frischer Farbe, mit gesunden Fettpolstern.

Billy Doud lächelt über Rheas Heftigkeit und schaut sich leicht abwesend, aber billigend um.

»Das Leben geht weiter«, sagt er.

Er klopft seiner Frau auf den breiten Rücken, als Reaktion auf ein leises Brummen, das die anderen nicht gehört haben. Er erklärt ihr, dass sie gleich heimfahren werden und sie die Sendung, die sie sich jeden Nachmittag anschaut, nicht verpassen wird.

Rheas Vater hatte recht, als er meinte, dass Eunie kein Geld an ihrem Erlebnis verdient habe, und er hatte auch recht mit seiner Vorhersage über Billy Doud. Nach dem Tod von Billys Mutter häuften sich die Probleme, und Billy verkaufte die Fabrik. Bald darauf verkauften die Leute, die sie von ihm gekauft hatten,

410

ihrerseits, und die Fabrik wurde geschlossen. In Carstairs wurden keine Klaviere mehr gebaut. Billy ging nach Toronto und fand dort Arbeit – Rheas Vater behauptete, sie habe irgendwas mit Schizophrenen oder Drogensüchtigen oder mit der Kirche zu tun.

In Wirklichkeit arbeitete Billy in offenen Anstalten und therapeutischen Wohngemeinschaften, und das wussten Wayne und Rhea. Billy hatte die Freundschaft weiter gepflegt. Auch seine besondere Beziehung zu Eunie hatte er gepflegt. Er stellte sie ein, damit sie auf seine Schwester Bea aufpasste, als diese anfing, ein wenig zu viel zu trinken, um noch auf sich selbst aufzupassen. (Billy trank überhaupt keinen Alkohol mehr.)

Als Bea starb, erbte Billy das Haus und baute es in ein Heim für Alte und Behinderte um, die nicht so alt oder behindert waren, dass sie bettlägerig waren. Er wollte es zu einem Haus machen, in dem sie Behaglichkeit und Freundlichkeit fanden und wo ihnen kleine Genüsse und Abendunterhaltungen geboten wurden. Er kehrte nach Carstairs zurück und ließ sich dort nieder, um das Heim zu leiten.

Er machte Eunie Morgan einen Heiratsantrag.

»Ich möchte aber nicht, dass da was läuft oder so«, entgegnete Eunie.

»Ach, meine Liebe!«, sagte Billy. »Ach, meine liebe, liebe Eunie!«

Vandalen

I

»Liza, meine Liebe, ich habe dir nie geschrieben, um mich bei dir zu bedanken, dass du letzten Februar im Herzen oder zumindest in den Nachwehen des Sturms zu unserem Haus rausgefahren bist (armes Dismal, jetzt hat es den Namen wohl wirklich verdient) und mir mitgeteilt hast, wie es dort aussah. Sag bitte auch deinem Mann danke dafür, dass er dich mit seinem Schneemobil hingefahren hat und dass er, wie ich vermute, derjenige war, der das kaputte Fenster zugenagelt hat, um die wilden Tiere etc. fernzuhalten. Du sollst nicht anhäufen Schätze auf Erden, wo Motten und Staub und nicht zuletzt Halbstarke walten. Ich höre, du bist Christin geworden, Liza, das muss herrlich sein! Bist du eine Wiedergeborene? Ich fand schon immer, das klang so schön!

Ach, Liza, ich weiß, dass ich dich damit langweile, aber ich sehe dich und den armen kleinen Kenny immer noch vor mir, wie ihr als hübsche, braun gebrannte Kinder aus den Bäumen geschlichen kommt, um mich zu erschrecken, und wie ihr im Teich herumspringt und taucht.

Ladner hatte am Abend vor seiner Operation nicht die geringste Ahnung, dass er sterben würde – oder vielleicht war es noch einen Abend davor, jedenfalls an dem, als ich dich angerufen habe. Es kommt heute wirklich nicht mehr häufig vor, dass ein Patient während einer einfachen Bypassoperation stirbt, und außerdem beschäftigte er sich ohnehin nie mit dem Gedanken, sterblich zu sein. Er machte sich bloß Sorgen, ob er das Wasser ausgestellt hatte, und dergleichen. Von solchen Kleinigkeiten war er mehr und mehr besessen. Das war das Einzige, woran man merkte, dass er alt wurde. Obwohl es vermutlich gar nicht so eine Kleinigkeit ist, wenn die Rohre platzen, sondern eine echte Katastrophe. Aber eine Katastrophe ist ja trotzdem eingetreten. Ich bin nur ein Mal dort draußen gewesen, um mir das Chaos anzusehen, und komischerweise wirkte es einfach natürlich. Irgendwie kam es mir fast richtig vor, dass es nach Ladners Tod dort so aussah. Unnatürlich fände ich es eher, mich an die Arbeit zu machen und aufzuräumen, obwohl ich das vermutlich eines Tages tun werde oder jemand anders dafür anstellen muss. Ich bin versucht, einfach alles in Rauch aufgehen zu lassen, aber ich denke mir, wenn ich das täte, säße ich bald hinter Gittern.

Irgendwie wünsche ich mir, ich hätte Ladner einäschern lassen, aber ich bin nicht einmal auf die Idee gekommen. Ich habe ihn einfach hier ins Grab der Douds gebettet, um meinem Vater und meiner Stiefmutter eins auszuwischen. Aber nun habe ich neulich einen Traum gehabt, davon muss ich dir erzählen! Ich habe geträumt, dass ich hinter dem Canadian Tire Store stand, und sie hatten das große Plastikzelt aufgebaut, wie immer im Frühling, wenn sie die Sommerblumen verkaufen. Ich bin an den Kofferraum meines Autos gegangen und habe ihn aufgeklappt, so als wollte ich meine alljährliche Ladung Salvien oder Fleißige Lieschen kaufen. Andere Leute warteten ebenfalls, und zwischen den Kunden und dem Zelt gingen Männer mit grünen Schürzen hin und her. Eine Frau sagte zu mir: ›Sieben Jahre vergehen wirklich wie nichts!‹ Sie schien mich zu kennen, aber ich kannte sie nicht, und ich dachte: Warum passiert mir das ständig? Bloß weil ich eine Zeitlang Lehrerin war? Oder liegt es an dem, was man höflich meine Lebensführung nennen könnte?

Dann ging mir auf, was die sieben Jahre zu bedeuten hatten, und mir war plötzlich klar, wozu ich dort war und wozu die anderen Leute dort waren. Sie waren gekommen, um die Knochen abzuholen. Ich war gekommen, um Ladners Knochen zu holen: im Traum waren seit seiner Beerdigung sieben Jahre vergangen. Doch ich dachte: Ist das nicht eine grie-

414

chische Sitte oder so, warum machen wir es hier? Ich fragte ein paar Leute: Sind die Friedhöfe schon überfüllt? Wozu haben wir diesen Brauch übernommen? Ist er heidnisch oder christlich oder was? Die Leute, die ich ansprach, wirkten ziemlich verdrossen und aufgebracht, und ich dachte: Was hab ich nun wieder getan. Ich habe mein ganzes Leben hier gelebt und bekomme immer noch diese Blicke – war es das Wort ›heidnisch‹? Dann reichte mir einer der Männer einen Plastikbeutel, und ich nahm ihn dankbar entgegen und hielt ihn fest und dachte an Ladners kräftige Schenkelknochen und breite Schulterblätter und intelligenten Schädel, frisch gesäubert und poliert von einer zweifelsohne in dem Plastikzelt verborgenen Waschanlage. Das schien etwas mit meinen Gefühlen für ihn zu tun zu haben und damit, dass er für mich geläutert war, aber die Vorstellung war irgendwie noch interessanter und subtiler. Jedenfalls war ich überglücklich, meine Zuteilung zu bekommen, und andere Leute waren auch glücklich. Einige wurden sogar richtig fröhlich und warfen ihre Plastikbeutel in die Luft. Einige der Beutel waren leuchtend blau, aber die meisten waren grün, und meiner war einer von den normalen grünen.

›Oh‹, sagte jemand zu mir. ›Haben Sie das kleine Mädchen bekommen?‹

Mir war sofort klar, was sie meinte. Die Knochen des kleinen Mädchens. Mir fiel auf, dass mein Beutel eigentlich wirklich zu klein und zu leicht war, um Ladner zu enthalten. Ladners Knochen, meine ich. Welches kleine Mädchen?, dachte ich, aber da verwirrte mich auch schon alles, und mir kam der Verdacht, dass ich vielleicht nur träumte. Ich dachte: Meinen sie den kleinen Jungen? Und beim Aufwachen dachte ich an Kenny und fragte mich, ob seit dem Unfall gerade sieben Jahre vergangen waren. (Ich hoffe, es tut dir nicht weh, Liza, dass ich es ausspreche – und ich weiß auch, dass Kenny bei dem Unfall kein kleiner Junge mehr war.) Ich wachte auf und dachte, das muss ich Ladner fragen. Ich weiß immer schon vor dem Aufwachen, dass Ladner nicht neben mir liegt und dass das Gefühl seiner Anwesenheit, das ich habe, das Gefühl seines Gewichts und Geruchs und seiner Wärme, nur Erinnerung ist. Aber ich habe – beim Aufwachen – trotzdem noch das Gefühl, dass er im Zimmer nebenan ist und dass ich ihn rufen und ihm meinen Traum erzählen kann oder was immer. Dann muss ich mir klarmachen, dass es nicht so ist, jeden Morgen, und mir wird kalt. Ich schrumpfe zusammen. Ich fühle mich, als hätte ich ein paar dicke Holzplanken auf der Brust, was mich nicht gerade zum Aufstehen ermutigt. Zurzeit erlebe ich das häufiger. Aber jetzt im Moment nicht, jetzt beschreibe ich das Gefühl nur, und eigentlich sitze ich hier ganz glücklich mit meiner Flasche Rotwein.«

Dies war ein Brief, den Bea Doud nie abschickte

und nicht einmal zu Ende schrieb. Sie war in ihrem großen, heruntergekommenen Haus in Carstairs in eine Phase des Grübelns und Trinkens eingetreten, die auf alle anderen wie ein allmählicher Niedergang wirkte, ihr aber im Grunde trotz aller Trauer wohltuend schien, wie eine Rekonvaleszenz.

Bea Doud hatte Ladner bei einer sonntäglichen Landpartie mit Peter Parr kennengelernt. Peter Parr war Lehrer für die naturwissenschaftlichen Fächer und Rektor der Highschool in Carstairs, an der Bea eine Zeitlang als Springerin unterrichtet hatte. Sie war keine ausgebildete Lehrkraft, aber sie hatte einen Magister in Anglistik, und damals nahm man es noch nicht so genau. Sie half auch bei Schulausflügen aus, wenn es mit einer Klasse ins Royal Ontario Museum ging oder nach Stratford zur Verabreichung der jährlichen Dosis Shakespeare. Als sie anfing, sich für Peter Parr zu interessieren, versuchte sie sich von diesen Verpflichtungen freizumachen. Sie wollte nach Möglichkeit den Anstand wahren, seinetwegen. Peter Parrs Frau lebte in einem Pflegeheim – sie hatte multiple Sklerose, und er besuchte sie treu. Er war in den Augen aller ein bewundernswerter Mann, und die meisten zeigten Verständnis für sein Bedürfnis nach einer festen Freundin (ein scheußliches Wort, fand Bea), aber einige fanden wahrscheinlich, dass er mit ihr einen bedauerlichen Fehlgriff getan hatte. Beas Lebenslauf war, wie sie selbst zu sagen pflegte, eher bewegt gewesen. Aber mit Peter kam sie zur Ruhe – seine Anständigkeit und Gutgläubigkeit und Ausgeglichenheit hatten sie auf eine geordnete Bahn gebracht, und sie meinte, dieses Leben zu genießen.

Wenn Bea davon redete, dass ihr Lebenslauf bewegt gewesen war, tat sie es in sarkastischem oder abschätzigem Ton, der nicht verriet, was sie wirklich von ihrem Leben mit den vielen Liebschaften hielt. Dieses Leben hatte schon begonnen, als sie verheiratet war. Ihr Mann war bei der englischen Luftwaffe gewesen, die im Zweiten Weltkrieg in der Nähe von Walley stationiert war. Nach dem Krieg ging sie mit ihm nach England, aber sie wurden schon bald geschieden. Sie kehrte nach Hause zurück und machte dies und jenes, den Haushalt für ihre Stiefmutter etwa, und ihren Magister. Aber der eigentliche Lebensinhalt waren die Liebschaften, und sie wusste, dass es nicht ehrlich von ihr war, sie zu bagatellisieren. Sie waren süß, sie waren bitter; sie war dabei glücklich, sie war unglücklich. Sie wusste, was es hieß, in einer Bar auf einen Mann zu warten, der nicht auftauchte. Auf Briefe zu warten, in aller Öffentlichkeit zu weinen, und andererseits auch, von einem Mann belästigt zu werden, den sie nicht mehr wollte. (Den Opernspielverein hatte sie verlassen müssen, weil ein Dummkopf sie in seinen Baritonsoli ständig angesungen hatte.) Doch trotzdem war für sie das erste Anzeichen einer neuen Liebschaft noch wie die Wärme der Sonne auf der Haut, wie

Musik durch eine offene Tür oder wie der Moment, so sagte sie oft, wenn der schwarzweiße Werbespot im Fernsehen plötzlich auf Farbe umspringt. Sie fand nicht, dass sie ihre Zeit verschwendete. Sie fand nicht, dass sie verschwendet worden war.

Allerdings musste sie zugeben, dass sie eitel war. Sie ließ sich gern Aufmerksamkeit und Bewunderung gefallen. So ärgerte es sie zum Beispiel, dass Peter Parr seine Landausflüge mit ihr nie allein ihrer Gesellschaft wegen machte. Er war ein beliebter Mann, und er mochte viele Menschen, selbst solche, die er erst gerade kennengelernt hatte. Er und Bea landeten immer bei irgendwelchen Bekannten, oder sie unterhielten sich eine Stunde mit einem ehemaligen Schüler, der jetzt an einer Tankstelle arbeitete, oder sie nahmen an einem spontanen Ausflug teil mit Leuten, die sie unterwegs zufällig in einem Laden getroffen hatten, wo sie sich ein Eis kauften. Sie hatte sich wegen seines traurigen Schicksals und seiner Einsamkeit in ihn verliebt und wegen seiner galanten Art und seines schüchternen, schmallippigen Lächelns, aber in Wirklichkeit war er zwanghaft gesellig, ein Mensch, der an keinem Familien-Volleyballmatch in einem Garten vorbeikonnte, ohne gleich aus dem Auto springen und mitmischen zu wollen.

Eines Sonntagnachmittags im Mai, an einem strahlend klaren frischgrünen Tag, sagte er ihr, er wolle ein paar Minuten bei einem Mann namens Ladner hereinschauen. (Bei Peter Parr hieß es immer ein paar Minuten.) Bea dachte, er würde den Mann von irgendwoher kennen, weil er nur den Vornamen nannte und eine Menge über ihn zu wissen schien. Er erzählte, dass Ladner kurz nach dem Krieg aus England in die Gegend gekommen war, dass er bei der Royal Air Force gedient hatte (ja, wie ihr Mann!), abgeschossen worden war und davon auf einer ganzen Seite seines Körpers Brandnarben übrig behalten hatte. Deshalb habe er beschlossen, wie ein Eremit zu leben. Er habe sich ein für alle Mal von der korrupten, kriegslüsternen Ellbogengesellschaft abgewandt und im nördlichen Teil des Bezirks, in Stratton Township, sechzehn Hektar Brachland gekauft, in erster Linie Sumpf und Wald, und habe dort ein bemerkenswertes Naturschutzgebiet geschaffen, mit Brücken und Wegen und zu Teichen gestauten Bächen und Schaukästen an den Wegen, die naturgetreue Vögel und Tiere enthielten. Denn er verdiene seinen Lebensunterhalt als Tierpräparator, in erster Linie für Museen. Er nehme kein Geld von den Leuten, die über seine Wege liefen und sich die Schaukästen anschauten. Er sei ein Mann, der auf schlimmste Weise verwundet und desillusioniert worden sei und sich ganz von der Welt zurückgezogen habe, ihr aber durch seine Pflege der Natur so viel er könne wiedergebe.

Vieles davon war, wie Bea feststellte, nicht oder nur zum Teil wahr. Ladner war kein Pazifist, im Gegenteil:

Er glaubte an den Vietnamkrieg und an Atomwaffen zur Abschreckung. Er war für die Ellbogengesellschaft. Nur eine Seite seines Gesichts und seines Halses waren verbrannt, von einer Granate, die bei Bodenkämpfen explodiert war (er war in der Army gewesen), in der Nähe von Caen. Er war nicht sofort aus England weggegangen, sondern hatte dort noch jahrelang in einem Museum gearbeitet, bis etwas passierte – was, erfuhr Bea nie –, das ihm die Arbeit und das Land verleidete.

Was stimmte, war das mit seinem Besitz und was er daraus gemacht hatte. Es stimmte auch, dass er Tierpräparator war.

Bea und Peter hatten einige Mühe, Ladners Haus zu finden. Damals war es noch ein einfaches Spitzdachhaus, das versteckt zwischen den Bäumen lag. Endlich fanden sie die Zufahrt und stellten dort ihren Wagen ab und stiegen aus. Bea rechnete damit, vorgestellt und ein, zwei Stunden herumgeführt zu werden und sich dabei ziemlich zu langweilen und anschließend vielleicht bei Bier oder Tee herumsitzen zu müssen, während Peter Parr eine Freundschaft festigte.

Ladner kam ums Haus und verstellte ihnen den Weg. Beas Eindruck war, dass er einen bissigen Hund dabeihatte. Aber das war nicht der Fall. Ladner besaß keinen Hund. Der bissige Hund war er selbst.

Ladners erste Worte waren: »Was wollen Sie hier?« Peter Parr sagte, er wolle gleich mit der Tür ins

Haus fallen. »Ich habe so viel von Ihrer wundervollen Anlage hier gehört«, sagte er. »Und ich sage Ihnen ohne Umschweife, dass ich Pädagoge bin. Ich vermittle Highschool-Kindern Bildung, beziehungsweise ich versuche es. Ich versuche, ihnen ein paar Ideen mitzugeben, die sie daran hindern werden, die Welt kaputtzumachen oder sie gleich ganz in die Luft zu jagen, wenn sie am Ruder sind. Was kriegen sie um sich herum schon zu sehen außer schrecklichen Vorbildern? Kaum je etwas Positives. Und von daher nehme ich den Mut, mich an Sie zu wenden, Sir. Ich möchte Sie bitten, sich Folgendes durch den Kopf gehen zu lassen.«

Schulausflüge. Ausgewählte Schüler. Anschauung dafür, was ein Einzelner auszurichten vermag. Respekt vor der Natur, Umweltbewusstsein, Gelegenheit, so etwas aus erster Hand zu erleben.

»Nun, ich bin kein Pädagoge«, sagte Ladner. »Mich interessieren Ihre Teenager einen Dreck, und das Letzte, was ich mir wünsche, ist, dass ein Haufen Flegel über mein Land trampelt und Zigaretten raucht und blöde feixt. Ich weiß nicht, woher Sie den Eindruck haben, dass ich mein Werk hier als öffentliche Dienstleistung gedacht habe, denn das ist etwas, an dem ich null Interesse habe. Ich lasse manchmal Leute auf mein Gelände, aber nur Leute, die ich ausdrücklich einlade.«

»Und wie wäre es nur mit uns«, sagte Peter Parr.

»Nur wir zwei, heute – würden Sie uns gestatten, einen Blick hineinzuwerfen?«

»Heute geht gar nichts«, sagte Ladner. »Ich arbeite am Weg.«

Wieder im Wagen, als sie die Schotterpiste hinunterfuhren, sagte Peter Parr zu Bea: »Na, ich denke, damit ist das Eis gebrochen, glaubst du nicht?«

Das war kein Witz. Witze dieser Art machte er nicht. Bea sagte etwas vage Ermutigendes. Aber ihr wurde klar – oder ihr war ein paar Minuten zuvor, auf Ladners Zufahrt, klar geworden –, dass sie mit Peter Parr auf der falschen Bahn war. Sie wollte seine Jovialität, seine guten Absichten, sein Rätseln und Streben nicht mehr. Alles, was sie an ihm als reizvoll und tröstlich empfunden hatte, war jetzt mehr oder weniger zu Staub und Asche zerfallen. Jetzt, wo sie ihn neben Ladner gesehen hatte.

Sie hätte sich natürlich etwas anderes einreden können. Aber das lag nicht in ihrer Natur. Auch nach Jahren guter Führung lag es nicht in ihrer Natur.

Sie hatte damals ein paar Freunde, mit denen sie sich schrieb, und sie unternahm einen ernsthaften Versuch, diese neue Wendung in ihrem Leben auszuleuchten und zu erklären. Sie schrieb, dass sie ungern glauben würde, sie hätte sich Ladner zugewandt, weil er unhöflich und unwirsch war und ein wenig wie ein Wilder, mit dem Fleck auf einer Gesichtshälfte, der im Sonnenlicht, das durch die Bäume fiel, metallisch glänzte. Sie würde das nur sehr ungern von sich glauben, denn war das nicht das Übliche, in all diesen langweiligen Liebesromanen – dass irgendein Unhold die Frau elektrisiert, und schon heißt es »Ade, netter, anständiger Mann«?

Nein, schrieb sie, aber was sie tatsächlich glaube – und sie wisse, das sei außerordentlich rückschrittlich –, was sie wirklich glaube, sei, dass manche Frauen, Frauen wie sie, immer auf der Suche nach einem Wahnsinn seien, der ihnen Halt gebe. Denn was heiße, mit einem Mann zu leben, anderes, als mit ihm in seinem Wahn zu leben? Ein Mann könne einem ganz banalen, ganz alltäglichen Wahnsinn verfallen sein wie der Liebe zu einer Sportmannschaft zum Beispiel. Aber das reiche vielleicht nicht, sei nicht groß genug – und ein Wahnsinn, der nicht groß genug sei, mache eine Frau einfach nur kleinlich und unzufrieden. Peter Parr zum Beispiel treibe seine Freundlichkeit und Zuversicht bis zu einem Grad, der schon ziemlich fanatisch sei. Und das, schrieb Bea, war am Ende kein passender Wahnsinn für mich.

Was also bot Ladner ihr, worin sie leben konnte? Bea spürte nicht bloß die Bereitschaft, es sich zur Aufgabe zu machen, alles über das Verhalten von Stachelschweinen zu lernen und Zeitschriften, von denen sie bis dahin noch nie gehört hatte, mit bösen Briefen zu diesem Thema einzudecken. Sie fühlte sich auch bereit, in einem Klima der Unnahbarkeit zu leben und sich mit seiner ständigen Gleichgültigkeit abzufinden, die manchmal wie Verachtung wirkte.

So erklärte sie ihre Situation im ersten halben Jahr.

Mehrere andere Frauen hatten bereits geglaubt, der gleichen Sache fähig zu sein. Sie fand ihre Spuren. Ein Gürtel – Größe 65 –, ein Glas Kakaobutter, extravagante Kämme für das Haar. Er hatte keine von ihnen bleiben lassen. Warum sie und nicht mich?, fragte Bea ihn.

»Keine von ihnen hatte Geld«, sagte Ladner.

Ein Witz. *Witze spalten mich von Kopf bis Fuß.* (Mittlerweile schrieb sie ihre Briefe nur noch im Kopf.)

Aber als sie während der Schulwoche zu Ladner hinausfuhr, ein paar Tage nachdem sie ihm zum ersten Mal begegnet war, was hatte sie da umgetrieben? Lust und Angst. Sie konnte nicht umhin, sich leidzutun in ihrer seidenen Unterwäsche. Ihr klapperten die Zähne. Sie bedauerte sich, weil sie Opfer solcher Begierden war. Die sie schon früher verspürt hatte – sie wollte nicht so tun, als wäre es das erste Mal. Das alles unterschied sich noch nicht sehr von früheren Gefühlen.

Das Haus fand sie ohne Probleme. Sie musste sich die Strecke gut gemerkt haben. Sie hatte sich eine Geschichte ausgedacht: Sie hatte sich verfahren. Sie suchte hier oben eine Gärtnerei, die Sträucher verkaufte. Das passte zur Jahreszeit. Aber Ladner arbeitete draußen vor seinen Bäumen am Kanalrohr unter der Straße, und er begrüßte sie mit solcher Selbstverständlichkeit, ohne jedes Erstaunen oder Missfallen, dass es nicht nötig war, diese Ausrede hervorzukramen.

»Warten Sie einen Moment, bis ich hier fertig bin«, sagte er. »Ich brauche noch ungefähr zehn Minuten.«

Für Bea gab es nichts Schöneres – nichts Schöneres, als einem Mann bei einer schweren Aufgabe zuzuschauen, wenn er deine Anwesenheit vergisst und gut arbeitet, rhythmisch und methodisch – nichts brachte ihr Blut so in Wallung. An Ladner war nichts Überflüssiges, keine überschüssige Größe und keine unnötige Energie und ganz gewiss keine ausschweifende Unterhaltung. Sein graues Haar war sehr kurz geschnitten, im Stil seiner Jugend – sein Oberkopf glänzte silbern wie die metallisch wirkende Hautfläche.

Bea sagte, sie teile seine Meinung von den Schülern. »Ich mache manchmal Vertretungsunterricht und gehe mit auf Wandertage«, sagte sie. »Es gibt Zeiten, da möchte ich Dobermänner auf sie hetzen und sie in eine Jauchegrube treiben. Ich hoffe, Sie denken nicht, dass ich hier bin, um Sie zu irgendetwas zu überreden«, sagte sie. »Niemand weiß, dass ich hier bin.«

Er ließ sich mit seiner Antwort Zeit. »Ich nehme an, Sie möchten einen Rundgang machen«, sagte er, als er fertig war. »Ist das so? Würden Sie denn gern einen Rundgang machen?«

Das war das, was er sagte, und genauso meinte er es. Ein Rundgang. Bea hatte die falschen Schuhe an – zu jenem Zeitpunkt in ihrem Leben besaß sie gar keine Schuhe, die richtig gewesen wären. Er verlangsamte ihretwegen nicht sein Tempo und half ihr nicht dabei, über Bäche zu springen oder Uferböschungen hinaufzukraxeln. Er reichte ihr keine Hand und schlug ihr nicht ein einziges Mal vor, sich auf einen geeigneten Baumstamm oder Stein oder Abhang zu setzen, um zu verschnaufen.

Er führte sie zuerst auf einem Holzsteg über einen Sumpf zu einem Teich, auf dem sich ein paar Kanadagänse niedergelassen hatten und zwei Schwäne einander umkreisten: die Körper entspannt, aber die Hälse händelsüchtig, und aus den Schnäbeln drangen heisere Schreie. »Sind sie ein Paar?«, fragte Bea.

»Sieht so aus.«

Nicht weit von diesen lebendigen Vögeln stand ein großer Kasten mit einer Glasfront, der einen ausgestopften Goldadler mit ausgebreiteten Schwingen, einen Waldkauz und eine Schneeeule enthielt. Der Kasten war ein alter Gefrierschrank ohne Fächer mit einem eingebauten Fenster und einem Tarnanstrich aus grauen und grünen Farbwirbeln.

»Genial«, sagte Bea.

Ladner sagte: »Ich nehme, was ich kriegen kann.«

Er zeigte ihr die Biberwiese, die spitzen Stümpfe der von den Bibern durchgenagten Bäume, ihre haufenförmigen, unordentlichen Behausungen, die beiden Biber mit üppigem Pelz im Schaukasten. Dann schaute sie sich nacheinander einen Rotfuchs, einen Mink, ein weißes Frettchen, eine possierliche Skunkfamilie, ein Stachelschwein und einen Fischmarder an, der, wie Ladner erzählte, furchtlos genug war, um Stachelschweine zu erlegen. Ausgestopfte, lebensechte Waschbären waren an einen Baumstamm geklammert, ein Wolf hatte das Maul zum Heulen aufgerissen, und ein Schwarzbär hatte es gerade geschafft, sein großes weiches Haupt zu heben, sein melancholisches Gesicht. Ladner sagte, es sei ein kleiner Bär. Die großen zu behalten könne er sich nicht leisten, sagte er – sie brächten einen zu guten Preis.

Auch jede Menge Vögel. Wilde Truthähne, ein Tannenwaldhuhnpärchen, ein Fasan mit leuchtend roten Ringen um die Augen. Auf Schildern waren die lateinischen Namen aufgeführt, das Habitat, die bevorzugte Nahrung und die Verhaltensformen beschrieben. Auch einige der Bäume waren mit Schildern versehen. Knappe, präzise, komplizierte Auskünfte. Auf weiteren Schildern standen Zitate.

Die Natur tut nichts ohne Sinn. – Aristoteles
Die Natur betrügt uns nicht; wir betrügen uns nur selbst. – Rousseau

Als Bea stehen blieb, um sie zu lesen, hatte sie den Eindruck, dass Ladner ungeduldig wurde, ein wenig unmutig. Sie enthielt sich aller weiteren Kommentare zu dem, was sie sah.

Sie konnte sich nicht recht orientieren und hatte keine Vorstellung von der Richtung, in der sie sich bewegten, und keine Vorstellung von der Form des Grundstücks. Hatten sie verschiedene Bäche überquert oder mehrmals denselben? Es konnte sein, dass der Wald sich meilenweit erstreckte oder nur bis zum nächsten Hügelkamm. Das Laub war frisch und konnte die Sonne nicht abschirmen. Überall blühten Wachslilien. Ladner hob ein Maiapfelblatt, um ihr die versteckte Blüte zu zeigen. Dicke Blätter, sich eben entrollende Farne, aus Sumpflöchern sprießende gelbe Stinkende Zehrwurz, Saft und Sonnenschein allenthalben und am Boden tückisches Moderholz, und dann waren sie in einem alten, von Wald umschlossenen Apfelgarten, und er forderte sie auf, Pilze zu suchen – Morcheln. Er fand fünf, die er aß, ohne ihr welche anzubieten. Sie verwechselte sie mit den faulen Äpfeln vom vergangenen Jahr.

Vor ihnen stieg ein steiler Hügel an, auf dem kleine stachlige Weißdornbäume in Blüte standen. »Die Kinder nennen dies den Fuchsberg«, sagte er. »Da oben ist ein Bau.«

Bea blieb stehen. »Sie haben Kinder?«

Er lachte. »Nicht, dass ich wüsste. Ich meine die

Kinder von der anderen Straßenseite. Nehmen Sie sich in Acht, die Zweige haben Dornen.«

Inzwischen war ihr jede Lust vergangen, obschon die Weißdornblüten einen intimen Geruch auszuströmen schienen, muffig und ein bisschen nach Hefe. Sie hatte längst aufgehört, ihren Blick auf einen Punkt zwischen seinen Schulterblättern zu heften, um ihn dazu zu bewegen, sich umzudrehen und sie zu umarmen. Ihr kam der Verdacht, dass er diesen körperlich und geistig so anstrengenden Rundgang vielleicht nur unternahm, um seinen Spott mit ihr zu treiben, als Strafe dafür, dass sie eine so aufgedonnerte, lästige Heuchlerin war. Deshalb besann sie sich auf ihren Stolz und tat so, als böte er ihr genau das, wofür sie gekommen war. Sie stellte Fragen, gab sich interessiert, zeigte keine Müdigkeit. Ganz wie sie später – aber nicht an diesem Tag – aus einem ähnlichen Stolz heraus lernen würde, sich beim Sex genauso hartherzig zu verhalten wie er.

Sie rechnete nicht damit, dass er sie ins Haus bitten würde. Aber er sagte: »Möchten Sie eine Tasse Tee? Ich kann Ihnen eine Tasse Tee machen«, und sie gingen hinein. Ein Geruch von Tierfellen schlug ihr entgegen, von Boraxseife, Sägespänen, Terpentin. Die Felle lagen in Stapeln da, die Innenseite nach außen gekehrt. Auf Ständern hingen Tierköpfe mit leeren Augen- und Mundhöhlen. Etwas, das sie zunächst für einen gehäuteten Hirschkadaver hielt, stellte sich nur als Drahtgestell heraus, an dem, wie es schien, fest verklebte Strohbüschel festgeschnürt waren. Er erzählte ihr, dass man den Körper mit Pappmaché aufbaute.

Es gab Bücher im Haus – ein kleines Regal mit Büchern über Tierpräparation, die übrigen vornehmlich Reihen. Die Geschichte des Zweiten Weltkriegs. Die Geschichte der Naturwissenschaften. Die Geschichte der Philosophie. Die Geschichte der menschlichen Zivilisation. Der spanische Unabhängigkeitskrieg. Die Peloponnesischen Kriege. Die Franzosen- und Indianerkriege. Bea dachte an seine langen Winterabende – seine geordnete Einsamkeit, seine systematische Lektüre und karge Behaglichkeit.

Er wirkte beim Teekochen leicht nervös. Er prüfte, ob die Tassen staubig waren. Er vergaß, dass er die Milch bereits aus dem Kühlschrank geholt hatte, und er vergaß, dass sie bereits gesagt hatte, sie nehme keinen Zucker. Als sie den Tee kostete, beobachtete er sie und fragte, ob er so in Ordnung sei. Ob er zu stark sei, ob sie noch ein wenig heißes Wasser möchte? Alles bestens, versicherte Bea, bedankte sich für den Rundgang und erwähnte Einzelheiten, die ihr besonders gefallen hatten. Hier ist nun dieser Mann, dachte sie. Am Ende doch kein so seltsamer Mann, gar nicht so mysteriös, vielleicht nicht einmal so übermäßig interessant. Die vielschichtigen Informationen. Die Franzosen- und Indianerkriege.

Sie bat um etwas mehr Milch für ihren Tee. Sie wollte ihn schneller trinken und sich auf den Weg machen.

Er sagte, sie solle unbedingt hereinschauen, wenn sie mal wieder in dieser Gegend sei und nichts Besonderes vorhabe. »Und ein bisschen Bewegung brauchen können«, sagte er. »Hier gibt es immer was zu sehen, egal in welcher Jahreszeit.« Er erzählte von den Wintervögeln und den Spuren im Schnee und fragte, ob sie Skier habe. Offensichtlich wollte er nicht, dass sie ging. Sie standen in der offenen Tür, und er erzählte ihr vom Skifahren in Norwegen, von den Straßenbahnen mit Skihalterungen auf dem Dach und den Bergen am Stadtrand.

Sie sagte, sie sei noch nie in Norwegen gewesen, aber sie sei sicher, dass es ihr dort gefallen würde.

Diesen Moment empfand sie rückblickend als ihren eigentlichen Anfang. Sie wirkten beide unsicher und reserviert, weniger zögerlich als bekümmert, beinahe als verspürten sie Mitleid miteinander. Sie fragte ihn später, ob dieser Augenblick für ihn von Bedeutung gewesen sei, und er sagte ja – da sei ihm aufgegangen, dass sie eine Frau sei, mit der er zusammenleben könnte. Sie fragte ihn, ob er nicht sagen könnte, mit der er leben wollte, und er sagte ja, das könnte er sagen. Er hätte es sagen können, aber er sagte es nicht.

Sie hatte viel zu lernen, was mit der Instandhaltung von Haus und Gelände zu tun hatte und mit der

Kunst der Tierpräparation. So lernte sie zum Beispiel bald, wie man Lippen und Augenwimpern und Nasenspitzen mit einer raffinierten Mischung aus Ölfarbe, Leinöl und Terpentin bemalte. Andere Dinge, die sie erst lernen musste, betrafen das, was er sagte und nicht sagte. Es schien, als müsste sie geheilt werden von all ihrem Firlefanz und ihrer Eitelkeit und all ihren alten Vorstellungen von Liebe.

Als ich eines Nachts zu ihm ins Bett stieg, blickte er nicht von seinem Buch auf und rührte sich nicht und sagte kein Wort zu mir, nicht einmal, als ich davonschlich und wieder in mein Bett kroch, wo ich fast unverzüglich einschlief, wohl weil ich es vor Scham nicht ertragen konnte, wach zu bleiben.

Am Morgen kam er in mein Bett, und alles ging wie immer.

Ich treffe auf Blöcke undurchdringlicher Finsternis.

Sie lernte dazu, sie veränderte sich. Das Älterwerden half. Der Alkohol auch.

Und als er sich an sie gewöhnt hatte oder sich vor ihr sicher fühlte, wandelten sich seine Gefühle zum Besseren. Er redete bereitwillig über Dinge, die ihn interessierten, und ließ sich leichter von ihrem Körper trösten.

Am Abend vor der Operation lagen sie so nebeneinander auf dem fremden Bett, dass sich alle nackten Hautpartien berührten – Beine, Arme, Schenkel.

II

Liza erzählte Warren, eine Frau namens Bea Doud habe aus Toronto angerufen und gefragt, ob sie – das heißt Warren und Liza – rausfahren und nach dem Haus auf dem Land schauen könnten, in dem Bea und ihr Mann wohnten. Sie wollten sichergehen, dass sie das Wasser ausgestellt hatten. Bea und Ladner (nicht wirklich ihr Mann, sagte Liza) seien in Toronto und warteten darauf, dass Ladner operiert werde. Eine Bypassoperation. »Weil die Rohre platzen könnten«, sagte Liza. Das war an einem Sonntagabend im Februar während des bisher schlimmsten Sturms jenes Winters.

»Du kennst sie«, sagte Liza. »Doch, ganz sicher. Weißt du noch die beiden, denen ich dich vorgestellt hab? Irgendwann letzten Herbst auf dem Platz vor Radio Shack? Er hatte eine Narbe auf der Wange, und sie hatte lange Haare, halb schwarz und halb grau. Ich hab dir erzählt, dass er Präparator ist, und du hast gefragt: ›Was ist das?‹«

Da fiel es Warren wieder ein. Ein altes – aber nicht allzu altes – Paar in Flanellhemden und weiten Hosen. Seine Narbe und sein englischer Akzent, ihre seltsamen Haare und ihre plötzlich überschäumende Freundlichkeit. Ein Präparator stopft tote Tiere aus. Das heißt Tierhäute. Auch tote Vögel und Fische.

Er hatte Liza gefragt: »Was ist mit seinem Gesicht?« Und sie hatte gesagt: »Zweiter Weltkrieg.«

»Ich weiß, wo der Schlüssel ist – deshalb hat sie mich angerufen«, sagte Liza. »Das Haus liegt oben in Stratton Township. Wo ich früher gewohnt hab.«

»Waren sie mit dir in derselben Gemeinde oder was?«, fragte Warren.

»Bea und *Ladner*? Mach keine Witze. Sie wohnten einfach nur gegenüber. Sie war die, die mir das Geld gegeben hat«, fuhr Liza fort, als wäre das etwas, was er eigentlich wissen müsste. »Fürs College. Ich hab sie nicht drum gebeten. Sie hat einfach aus heiterem Himmel angerufen und gesagt, sie will mir Geld geben. Und ich hab gedacht, okay, sie hat reichlich.«

Als sie klein war, hatte Liza mit ihrem Vater und ihrem Bruder Kenny in Stratton Township gewohnt, auf einer Farm. Ihr Vater war kein Farmer. Er hatte das Haus bloß gemietet. Er war Dachdecker von Beruf. Ihre Mutter war schon tot. In dem Jahr, als Liza auf die Highschool kommen sollte – Kenny war ein Jahr jünger und zwei Klassen unter ihr –, war ihr Vater mit ihnen nach Carstairs gezogen. Dort lernte er eine Frau kennen, die einen Trailer besaß, und heiratete sie später. Noch später ging er mit ihr nach Chatham. Liza wusste nicht genau, wo die beiden jetzt wohnten – ob in Chatham oder Wallaceburg oder Sarnia. Als sie fortzogen, war Kenny bereits tot – er war mit fünfzehn umgekommen, bei einem der schweren Autounfälle mit Teenagern, wie es sie in jedem Frühjahr zu geben schien, immer mit alkoholisierten, oft führerscheinlosen Fahrern, kurzfristig gestohlenen Autos, frischem Rollsplit auf den Landstraßen und wahnsinnigen Geschwindigkeiten. Liza machte ihren Highschool-Abschluss und besuchte ein Jahr das College in Guelph. Das College gefiel ihr nicht, sie mochte die Leute dort nicht. Damals hatte sie gerade zum Christentum gefunden.

Dadurch hatte Warren sie kennengelernt. Seine Familie gehörte der Erlösergemeinde in Walley an. Er war schon sein Leben lang Mitglied der Gemeinde gewesen. Liza stieß neu dazu, als sie nach Walley zog und eine Anstellung in der staatlichen Spirituosenhandlung fand. Dort arbeitete sie immer noch, obwohl sie sich deshalb Sorgen machte und manchmal dachte, sie sollte kündigen. Sie trank mittlerweile überhaupt keinen Alkohol mehr, sie aß nicht einmal mehr Zucker. Sie wollte nicht, dass Warren in seiner Frühstückspause Gebäck aus dem Supermarkt aß, deshalb gab sie ihm Hafermuffins mit, die sie zu Hause buk. Sie machte jeden Mittwochabend die Wäsche und zählte beim Zähneputzen die Bürstenbewegungen und stand morgens in aller Frühe auf, um Kniebeugen zu machen und Bibelverse zu lesen.

Sie hätte es richtiger gefunden zu kündigen, aber sie brauchten das Geld. Die Kleingerätewerkstatt, in der Warren früher gearbeitet hatte, war pleitegegangen, und er machte eine Umschulung zum Computerhändler. Sie hatten vor einem Jahr geheiratet.

Am nächsten Morgen war der Himmel klar, und sie machten sich kurz vor Mittag mit dem Schneemobil auf den Weg. Montag war Lizas freier Tag. Auf den großen Landstraßen waren die Räumfahrzeuge unterwegs, aber die Nebenstraßen waren noch tief verschneit. Schon vor Sonnenaufgang waren die ersten Schneemobile durch die Straßen der Stadt gedröhnt und hatten ihre Spuren auf den Feldern und dem zugefrorenen Fluss hinterlassen.

Liza empfahl Warren, der Spur im Fluss bis zum Highway 86 zu folgen und dann in nordöstlicher Richtung querfeldein zu lenken, um den Sumpf im Halbkreis zu umfahren. Der Fluss war mit Tierspuren in geraden Linien und Schlaufen und Kreisen übersät. Die Einzigen, die Warren eindeutig erkannte, waren Hundespuren. Der fast einen Meter dick zugefrorene Fluss mit seiner glatten Schneedecke war eine wundervolle Straße. Der Sturm war von Westen gekommen wie die meisten Stürme in diesem Landstrich, und die Bäume am Ostufer waren dick mit Schnee überzogen und so damit verklebt, dass die Zweige abstanden wie Weidenkörbe aus Schnee. Am Westufer hingen wellenförmige Schneewehen wie große Sahnezungen. Es war aufregend, in diesem Wetter draußen zu sein, wo die vielen anderen Schneemobile die

Wege ebneten und sich mit lautem Gedröhne und Getöse am Tag vergingen.

Der Sumpf war aus der Ferne schwarz, ein langer Schmutzfleck am nördlichen Horizont. Aber aus der Nähe erstickte auch er im Schnee. Schwarze Stämme vor weißem Schnee schossen in einer Regelmäßigkeit vorüber, die leichte Übelkeit erregte. Liza dirigierte Warren mit sanften Schlägen auf sein Bein zu einer Nebenstraße, die vor Schnee kaum zu sehen war, und schlug schließlich ein Mal richtig zu, damit er anhielt. Der Wechsel vom Lärm zur Stille gab ihnen das Gefühl, aus schwebenden Wolken auf etwas Festes gefallen zu sein. Sie steckten in der festen Mitte des Wintertages.

Auf der einen Straßenseite stand eine verfallene Scheune, aus der altes graues Heu hervorquoll. »Da haben wir gewohnt«, sagte Liza. »Nein, ich mach nur Spaß. Es gab auch ein Haus. Das steht nicht mehr.«

Auf der anderen Straßenseite stand ein Schild »Lesser Dismal«, mit Bäumen dahinter und einem erweiterten Spitzdachhaus in Hellgrau. Liza sagte, es gebe irgendwo in den USA einen Sumpf mit dem Namen »Great Dismal Swamp«, und darauf spiele dieser Name an. Ein Scherz.

»Nie gehört«, sagte Warren.

Auf anderen Schildern stand »Zutritt verboten«, »Jagen verboten«, »Schneemobile verboten«, »Privatgrundstück«.

Der Schlüssel zur Hintertür steckte in einem seltsamen Versteck. In einer Plastiktüte in einem Loch im Baum. In der Nähe der Stufen zur Hintertür standen mehrere alte, windschiefe Bäume – Obstbäume wahrscheinlich. Das Loch im Baum war mit Teer bestrichen – Liza sagte, das diene dazu, die Eichhörnchen fernzuhalten. Andere Löcher in anderen Bäumen waren ebenfalls mit Teer bestrichen, so dass das Loch für den Schlüssel überhaupt nicht auffiel. »Wie hast du es denn gefunden?« Liza zeigte ihm ein Profil, das bei näherem Hinsehen leicht zu erkennen war, weil es mit einem Messer den Rissen in der Borke folgend nachgezeichnet war. Eine lange Nase, Auge und Mund in den Winkeln weit nach unten gezogen, und ein großer Tropfen – das geteerte Loch – genau an der Nasenspitze.

»Lustig, oder?«, sagte Liza, stopfte sich die Plastiktüte in die Tasche und drehte den Schlüssel in der Hintertür um. »Steh nicht so rum«, sagte sie. »Komm mit rein. Jemine, hier drinnen ist es kalt wie im Grab.« Sie achtete immer sorgfältig darauf, Ausrufe wie »Jesus« in »Jemine« und »du Arsch« in »du Armleuchter« umzuwandeln, wie es sich in der Erlösergemeinde gehörte.

Sie lief umher und drehte überall die Thermostate hoch, um die Fußleistenheizung anzuwerfen.

Warren sagte: »Wir wollen uns hier doch nicht aufhalten, oder?«

»Doch, bis wir uns aufgewärmt haben«, sagte Liza.

Warren probierte die Wasserhähne in der Küche. Nichts kam. »Wasser ist abgestellt«, sagte er. »Alles okay.«

Liza war ins Wohnzimmer gegangen. »Was?«, rief sie. »Was ist okay?«

»Das Wasser. Es ist abgestellt.«

»Ah, ja? Gut.«

Warren blieb an der Tür zum Wohnzimmer stehen. »Sollten wir uns nicht lieber die Stiefel ausziehen?«, fragte er. »Wenn wir drinnen rumlaufen wollen?«

»Warum?«, sagte Liza, auf den Teppich stampfend. »Was hast du gegen guten sauberen Schnee?«

Warren war kein Mensch, dem viel an einem Zimmer und dessen Einrichtung auffiel, aber er sah doch, dass dieses Zimmer einige Dinge enthielt, die gewöhnlich waren, und einige, die es nicht waren. Es enthielt Teppiche und Sessel und einen Fernseher und eine Couch und Bücher und einen großen Schreibtisch. Aber es enthielt außerdem Regale mit ausgestopften und präparierten Vögeln, einigen recht winzigen, bunten und einigen großen, zum Jagen geeigneten. Außerdem ein elegantes braunes Pelztier – ein Wiesel? – und einen Biber, den er am platten Schwanz erkannte.

Liza war dabei, die Schreibtischschubladen aufzuziehen und in den Papieren, die sie dort fand, herumzuwühlen. Er dachte, sie suche etwas, um das die Frau sie gebeten hatte. Dann fing sie an, die Schubladen ganz herauszuziehen und sie samt Inhalt auf den Boden zu kippen. Sie machte dazu ein komisches Geräusch – ein bewunderndes Zungenschnalzen, als hätten die Schubladen sich selbständig gemacht.

»Herrje!«, sagte er. (Weil er schon sein Leben lang in der Erlösergemeinde war, nahm er sich mit seinen Kraftausdrücken nicht halb so sorgfältig in Acht wie Liza.) »Liza? Was machst du denn da?«

»Nichts, was dich auch nur im Geringsten was angeht«, sagte Liza. Aber sie sagte es fröhlich, ja sogar freundlich. »Mach es dir einfach gemütlich, und stell dir den Fernseher an oder so.«

Sie nahm die präparierten Vögel und Tiere und warf sie Stück um Stück hinein in das Durcheinander, das sie auf dem Fußboden anrichtete. »Er nimmt Balsaholz«, sagte sie. »Schön leicht.«

Warren knipste tatsächlich den Fernseher an. Es war ein Schwarzweißgerät, und die meisten Programme boten nichts als Schnee oder Schlangenlinien. Das einzige scharf zu sehende Bild zeigte eine Szene aus der alten Serie mit dem blonden Mädchen im Haremsgewand – sie war eine Hexe – und dem Schauspieler, der später J. R. Ewing spielte, als er so jung war, dass er noch nicht J. R. geworden war.

»Schau dir das an«, sagte er. »Als wäre man in die Vergangenheit zurückversetzt.«

Liza schaute nicht hin. Er nahm mit dem Rücken

zu ihr auf einem Lederpuff Platz. Er versuchte, sich wie ein Erwachsener zu verhalten, der absichtlich wegsieht. Wenn du sie ignorierst, wird sie aufhören. Dennoch hörte er hinter sich Buchseiten und Papier reißen. Bücher wurden aus den Regalen gerafft, auseinandergerissen, zu Boden geworfen. Er hörte sie in die Küche gehen und Schubladen herausziehen, Schranktüren knallen, Geschirr zerdeppern. Nach einer Weile kam sie wieder ins Wohnzimmer, und weißer Staub verbreitete sich in der Luft. Sie musste Mehl verschüttet haben. Sie hustete.

Auch Warren musste husten, aber er drehte sich nicht um. Bald darauf hörte er, wie Flaschen ausgegossen wurden – dünnes Plätschern und dickes Gluck-Gluck-Gluck. Er konnte Essig und Ahornsirup und Whisky riechen. Diese Flüssigkeiten goss sie über das Mehl und die Bücher und die Teppiche und die Federn und Felle der Vogel- und anderen Tierkörper. Irgendetwas knallte gegen den Ofen. Er nahm an, das war die Whiskyflasche.

»Volltreffer!«, sagte Liza.

Warren mochte sich nicht umdrehen. Er hatte das Gefühl, sein ganzer Körper summte von der Anstrengung, sich möglichst still zu verhalten, damit das hier schnell vorüberging.

Vor längerer Zeit war er mit Liza einmal zu einem christlichen Rockkonzert mit Tanz nach St. Thomas gefahren. In der Erlösergemeinde herrschte Streit über christliche Rockmusik – darüber, ob es so etwas überhaupt geben könne. Die Frage quälte Liza. Warren quälte sie nicht. Er war schon mehrmals bei Rockkonzerten und Tanzabenden gewesen, die nicht einmal als christlich firmierten. Aber als sie zu tanzen begannen, war Liza diejenige, die sich mitreißen ließ, von der ersten Sekunde an war Liza diejenige, die den Blick – den wachsamen, unglücklichen Blick – des Jugendleiters auf sich zog, der grinsend und unsicher klatschend am Rand stand. Warren hatte Liza noch nie tanzen sehen, und die wahnwitzige, schlangenhafte Erregung, die plötzlich von ihr Besitz ergriff, erfüllte ihn mit Staunen. Er war eher stolz als besorgt, doch ihm war auch klar, dass es völlig gleich war, was er empfand. Liza tanzte, und ihm blieb bloß übrig auszuharren, während sie sich den Weg durch die Musik bahnte, sich wand und flehte, losbrach und sich für alles um sie herum blind machte.

Da, das hat sie in sich, hätte er am liebsten zu allen gesagt. Er glaubte, es gewusst zu haben. Er hatte ihr gleich etwas angemerkt, als er sie zum ersten Mal in der Gemeinde gesehen hatte. Es war Sommer, und sie trug den kleinen Sommerstrohhut und das Kleid mit Ärmeln, das alle Mädchen in der Gemeinde tragen mussten, aber ihre Haut war zu golden und ihre Figur zu schlank für ein Mädchen aus der Bibelgemeinde. Nicht, dass sie aussah wie ein Mädchen aus einer Illustrierten, ein Model oder eine Angeberin. Nicht

Liza, mit ihrer hohen gewölbten Stirn und den tief liegenden braunen Augen, ihrem kindlichen und zugleich leidenschaftlichen Gesichtsausdruck. Ihr Ausdruck war einzigartig, und sie war es auch. Sie war ein Mädchen, das sich zwar jedes »Herrgott!« verkniff, aber in Augenblicken tiefster Zufriedenheit und meditativer Faulheit genüsslich »Du meine Scheiße!« stöhnte.

Sie erzählte, sie sei, bevor sie zum Christentum gefunden habe, ein wildes Mädchen gewesen. »Auch schon als Kind«, sagte sie.

»Wie denn wild?«, hatte er sie gefragt. »Mit Typen etwa?«

Sie warf ihm einen Blick zu, der zu sagen schien: Sei nicht blöd.

Warren spürte jetzt etwas Feuchtes an einer Seite seines Kopfes. Sie hatte sich von hinten angeschlichen. Er hob eine Hand an den Kopf, und sie wurde grün und klebrig und roch nach Pfefferminz.

»Probier mal«, sagte sie und reichte ihm die Flasche. Er nahm einen großen Schluck, und der starke Pfefferminzschnaps schnürte ihm fast die Kehle zu. Liza griff wieder nach der Flasche und schleuderte sie gegen das große Wohnzimmerfenster. Sie ging nicht durch die Scheibe, aber verursachte Sprünge im Glas. Die Flasche ging nicht zu Bruch – sie fiel auf den Fußboden, und aus ihr floss ein wunderhübscher grüner See. Dunkelgrünes Blut. Die Fensterscheibe hatte sich mit Tausenden von strahlenförmigen Sprüngen überzogen und war weiß wie ein Heiligenschein. Warren stand auf, er keuchte noch vom Alkohol. In ihm stiegen Hitzewellen auf. Liza schritt grazil zwischen den zerrissenen, bespritzten Büchern und Glasscherben umher, zwischen den verschmierten, zertrampelten Vögeln, den Whisky- und Ahornsiruppfützen und den verkohlten Holzscheiten, die sie aus dem Ofen gezerrt hatte, um damit schwarze Spuren auf den Teppich zu zeichnen, in der Asche und dem klebrigen Mehl und den Federn. Sie schritt sogar in ihren Schneemobilstiefeln grazil einher und bewunderte ihr Werk, bewunderte, was sie bisher zustande gebracht hatte.

Warren nahm den Lederpuff, auf dem er gesessen hatte, und schleuderte ihn auf die Couch. Er kullerte wieder herunter; er richtete keinen Schaden an, aber die Aktion hatte ihn auf den Geschmack gebracht. Es war nicht das erste Mal, dass er gemeinschaftlich ein Haus demolierte. Vor langer Zeit, mit neun oder zehn, war er auf dem Heimweg von der Schule zusammen mit einem Freund in ein Haus eingestiegen. In dem Haus wohnte die Tante seines Freundes. Sie war nicht zu Hause – sie arbeitete bei einem Juwelier. Sie lebte allein. Warren und sein Freund brachen ein, weil sie Hunger hatten. Sie bestrichen sich Sodacracker mit Marmelade und tranken Ginger Ale. Aber dann ging etwas mit ihnen durch. Sie gossen eine Flasche

Ketchup auf dem Tischtuch aus und tauchten ihre Finger ein und schrieben an die Tapete: »*Vorsicht! Blut!*« Sie zerdepperten ein paar Teller und warfen Lebensmittel herum.

Sie hatten unverhofftes Glück. Niemand hatte sie beim Einsteigen in das Haus beobachtet, und niemand sah sie gehen. Die Tante selbst gab irgendwelchen Teenagern die Schuld, die sie kurz zuvor aus dem Geschäft geworfen hatte.

In der Erinnerung an dieses Erlebnis ging Warren in die Küche und machte sich auf die Suche nach einer Flasche Ketchup. Es schien keiner da zu sein, aber er fand eine geöffnete Dose Tomatensauce. Sie war dünnflüssiger als Ketchup, und es ging nicht so gut, aber er versuchte damit etwas an die Holzwand in der Küche zu schreiben: »*Achtung! Dies ist euer Blut!*«

Die Sauce zog ins Holz ein oder lief die Wand hinunter. Liza trat dicht heran, um die Worte zu lesen, bevor sie verschwanden. Sie lachte. Irgendwo im Müllhaufen fand sie einen Leuchtschreiber. Sie stieg auf einen Stuhl und schrieb über das künstliche Blut: »*Der Sünde Sold ist der Tod.*«

»Ich hätte mehr Zeug rausholen sollen«, sagte sie. »Da wo er arbeitet, steht alles voll mit Farbe und Kleister und allem möglichen Mist. Da im Nebenzimmer.«

Warren sagte: »Soll ich was holen?«

»Lass mal.« Sie ließ sich auf die Couch fallen – eine

der wenigen Stellen im Wohnzimmer, wo man noch sitzen konnte. »Liza Minelli«, sagte sie friedlich. »Liza Minelli, rein in dein Felli!«

War das etwas, das die Kinder in der Schule gesungen hatten? Oder ein Vers, den sie sich selbst ausgedacht hatte?

Warren setzte sich neben sie. »Na, was haben sie getan?«, sagte er. »Was haben sie getan, um dich so wütend zu machen?«

»Wieso wütend?«, sagte Liza. Sie erhob sich träge und ging in die Küche. Warren folgte ihr und sah, dass sie eine Nummer in das Telefon tippte. Sie musste einen Moment warten. Dann sagte sie: »Bea?«, mit einer leisen, betroffenen, zögerlichen Stimme. »Ach, Bea!« Sie bedeutete Warren stumm, er solle den Fernseher ausmachen.

Er hörte sie sagen: »Das Fenster neben der Küchentür … Ich glaube, ja. Sogar Ahornsirup, du kannst es dir nicht vorstellen … Ach, und das schöne große Wohnzimmerfenster, da haben sie was reingeworfen, und sie haben Scheite und die Asche aus dem Ofen geholt und die Vögel und den großen Biber von den Regalen abgeräumt. Ich kann dir nicht beschreiben, wie es aussieht …«

Er ging wieder in die Küche, und sie schnitt ihm eine Grimasse, zog die Augenbrauen hoch und machte mit den Lippen bla-bla-bla, während sie der Stimme am anderen Ende lauschte. Dann beschrieb sie weitere Einzelheiten, legte Mitgefühl in ihre Stimme und ließ sie vor Kummer und Entrüstung beben. Warren war nicht wohl dabei, ihr zuzusehen. Er machte sich auf die Suche nach ihren Helmen.

Als sie den Hörer aufgelegt hatte, kam sie ihn holen. »Das war sie«, sagte sie. »Ich hab dir schon erzählt, was sie mir angetan hat. Sie hat mich aufs College geschickt!« Da mussten sie beide lachen.

Doch Warrens Blick blieb an einem Vogel in der Schweinerei auf dem Fußboden hängen. An den durchweichten Federn, dem lose hängenden Kopf, aus dem ein bitteres rotes Auge guckte. »Komischer Beruf«, sagte er. »Immer von toten Sachen umgeben zu sein.«

»Sie sind beide komisch«, sagte Liza.

Warren sagte: »Würdest du dich erschrecken, wenn er krächzt?«

Liza krächzte laut, um ihn aus der nachdenklichen Stimmung herauszuholen. Dann berührte sie ihn sanft mit den Zähnen, mit ihrer gespitzten Zunge am Hals.

III

Bea stellte Liza und Kenny viele Fragen. Sie fragte sie nach ihren Lieblingssendungen im Fernsehen, nach ihren liebsten Farben und Eissorten und danach, was für Tiere sie sein wollten, wenn sie sich in Tiere verwandeln könnten, und nach ihren frühesten Erinnerungen. »Popel fressen«, sagte Kenny, ohne witzig sein zu wollen.

Ladner und Liza und Bea lachten alle – Liza am lautesten. Dann sagte Bea: »Wisst ihr, das ist auch eine der frühesten Sachen, an die ich mich erinnern kann!«

Sie lügt, dachte Liza. Lügt um Kennys willen, und er kriegt es nicht mal mit.

»Das ist Miss Doud«, hatte Ladner zu ihnen gesagt. »Versucht, nett zu ihr zu sein.«

»Miss Doud«, sagte Bea, als hätte sie etwas Falsches gegessen. »Bea. Tsss. Ich heiße Bea.«

»Wer ist das?«, fragte Kenny Liza, als Bea und Ladner vor ihnen gingen. »Will sie bei ihm wohnen?«

»Sie ist seine Freundin«, sagte Liza. »Wahrscheinlich heiraten sie bald.« Schon als Bea erst eine Woche bei Ladner wohnte, konnte Liza den Gedanken nicht ertragen, dass sie je wieder weggehen könnte.

Bei ihrem ersten Besuch auf Ladners Land waren Liza und Kenny heimlich unter einem Zaun hindurch auf das Gelände geschlichen, weil alle Schilder und ihr eigener Vater sie streng davor gewarnt hatten. Sie waren gerade so weit in den Wald vorgedrungen, dass Liza nicht mehr sicher war, ob sie den Rückweg finden konnte, da hörten sie einen schrillen Pfiff.

Ladner rief nach ihnen: »He, ihr zwei!« Er trat wie

ein Mörder im Fernsehen mit einer kleinen Axt hinter einem Baum hervor. »Könnt ihr schon lesen?«

Sie waren damals ungefähr sechs und sieben. Liza sagte: »Ja.«

»Und, habt ihr meine Schilder gelesen?«

Kenny flüsterte: »Ein Fuchs ist hier reingelaufen.« Als sie mal mit ihrem Vater unterwegs gewesen waren, hatten sie einen Rotfuchs über die Straße laufen und hier in den Bäumen verschwinden sehen. Ihr Vater hatte gesagt: »Das Mistvieh wohnt in Ladners Wald.«

Füchse wohnen nicht im Wald, erklärte Ladner ihnen. Er führte sie dahin, wo der Fuchs wirklich wohnte. In einem Bau, sagte er. Neben einem Loch in einem Abhang lag ein mit trockenem, hartem Gras bewachsener Sandhaufen, auf dem kleine weiße Blumen blühten. »Nicht mehr lange, dann werden die zu Erdbeeren«, sagte Ladner.

»Wer?«, fragte Liza.

»Ihr seid vielleicht dumme Kinder«, sagte Ladner. »Was macht ihr den ganzen Tag – fernsehen?«

Damit begann die Zeit, in der sie ihre Samstage – und als der Sommer kam, fast alle Tage – bei Ladner verbrachten. Ihr Vater fand es in Ordnung, wenn Ladner so blöd war, sich mit ihnen abzugeben. »Aber seht zu, dass ihr keinen Ärger macht, sonst zieht er euch das Fell über die Ohren«, sagte ihr Vater. »Wie er das mit dem anderen Zeug macht. Das wisst ihr doch, oder?«

Natürlich wussten sie, was Ladner machte. Er hatte sie zuschauen lassen. Sie hatten gesehen, wie er einen Eichhörnchenschädel ausnahm und einem Vogel mit feinem Draht und Nädelchen die Federn möglichst vorteilhaft richtete. Sobald er sicher war, dass sie vorsichtig genug wären, erlaubte er ihnen, die Glasaugen einzusetzen. Sie hatten ihm zugeschaut, wie er Tiere häutete, die Häute sauber schabte und einsalzte und sie auf links gedreht zum Trocknen aufhängte, bevor er sie zum Gerben gab. Beim Gerben wurden sie mit einem Gift getränkt, damit sie nicht rissig wurden und nie das Fell verloren.

Ladner montierte die Tierhaut um einen Körper, an dem nichts echt war. Ein Vogelkörper konnte ganz aus einem Stück sein, aus Holz geschnitzt, aber größere Tierkörper waren auf imposante Weise aus Draht und Sackleinen und Kleister und Pappmaché und Ton zusammengesetzt.

Liza und Kenny hatten gehäutete Tierleiber angefasst, die fest wie Taue waren. Sie hatten Gedärme berührt, die wie Plastikröhren aussahen. Sie hatten Augäpfel zu Mus zerquetscht. Davon erzählten sie ihrem Vater. »Aber wir werden nicht krank«, sagte Liza. »Wir waschen uns die Hände mit Boraxseife.«

Nicht alles, was sie lernten, drehte sich um tote Sachen. Was sagt der Rotschulterstärling? *Kompan – ie!* Was sagt der Zaunkönig? *Diesa-diesa-dies, wer kommt mit ins Paradies?*

»Ach, wirklich?«, sagte ihr Vater.

Bald wussten sie noch viel mehr. Zumindest Liza. Sie kannte die Namen der Vögel, Bäume, Pilze, Fossilien, der Planeten des Sonnensystems. Sie wusste, woher bestimmte Steine stammten und dass die Schwellung in einem Goldrutenstängel einen kleinen weißen Wurm enthält, der sonst nirgends auf der Welt leben kann.

Sie wusste, dass es nicht klug war, sehr viel über das zu reden, was sie wusste.

Bea stand am Teichrand, in ihrem japanischen Kimono. Liza schwamm bereits im Wasser. Sie rief Bea zu: »Komm doch rein, komm rein!« Ladner arbeitete am anderen Ende des Teiches, schnitt Schilf und räumte Pflanzen aus, die das Wasser überwucherten. Kenny sollte ihm dabei helfen. Wie eine Familie, dachte Liza.

Bea streifte ihren Kimono ab und stand in ihrem gelben seidigen Badeanzug am Ufer. Sie war eine kleine Frau mit dunklen, leicht mit Grau durchsetzten Haaren, die ihr schwer auf die Schultern fielen. Ihre Augenbrauen waren dicht und dunkel, und mit ihrer gebogenen Form wirkten sie und ihr niedlicher Schmollmund wie eine stumme Bitte um Freundlichkeit und Trost. Die Sonne hatte sie mit hellen Sommersprossen besprenkelt, und sie war am ganzen Körper gerade ein bisschen zu weich. Wenn sie das Kinn senkte, sammelten sich Pölsterchen am Unterkiefer und unter den Augen. Sie neigte zu Pölsterchen und Erschlaffungen, Dellen und Röllchen in der Haut und im Fleisch, Rosetten aus rotvioletten Äderchen, leichten Verfärbungen in den Armbeugen und Kniekehlen. Und ebendiese gesammelten Makel, diese schattenhaften Schäden waren Liza besonders lieb. Sie liebte auch die Feuchtigkeit, die oft in Beas Augen trat, das Beben und Necken und spielerische Flehen in Beas Stimme, ihren rauchigen Klang und ihre Künstlichkeit. Bea wurde von Liza nicht so bewertet oder beurteilt wie andere Leute. Doch das hieß nicht, dass Lizas Liebe zu Bea unbeschwert oder friedlich war – es war eine erwartungsvolle Liebe, ohne dass sie wusste, was sie eigentlich erwartete.

Jetzt stieg Bea in den Teich. Sie tat es stufenweise. Ein Entschluss, ein kurzer Spurt, eine Pause. Als sie kniehoch im Wasser stand, verschränkte sie die Arme und kreischte.

»Es ist nicht kalt«, sagte Liza.

»Nein, nein, es ist wunderschön!«, sagte Bea. Und sie setzte ihren Weg unter Wonnelauten bis zu einer Stelle fort, wo ihr das Wasser bis zur Taille reichte. Sie drehte sich zu Liza um, die hinten um sie herumgeschwommen war, um sie nass zu spritzen.

»O nein, bitte nicht!«, rief Bea. Und sie fing an, auf und ab zu hopsen und die Hände mit gespreizten Fingern durch das Wasser zu führen, als wollte sie es aufsammeln wie Blütenblätter. Sie spritzte halbherzig in Lizas Richtung.

Liza drehte sich auf den Rücken, ließ sich gleiten und spritzte Bea sachte mit den Füßen ein bisschen Wasser ins Gesicht. Bea sprang hoch und duckte sich und wich Lizas Spritzern aus und stimmte dazu ein albernes, glückliches Liedchen an. *Oh-juuh, oh-juuh, oh-juuh.* Oder so ähnlich.

Obwohl sie auf dem Rücken im Wasser lag, konnte Liza sehen, dass Ladner bei der Arbeit innehielt. Er stand am anderen Ende des Teiches bis zur Mitte im Wasser, in Beas Rücken. Er beobachtete Bea. Dann fing auch er an, im Wasser auf und ab zu hüpfen. Er hielt den Körper steif, warf aber den Kopf kräftig hin und her und fuhr mit rastlosen Händen über das Wasser oder patschte hinein. Er zuckte geziert, als wäre er ganz hingerissen von sich.

Er äffte Bea nach. Er machte, was sie machte, nur ins Lächerliche und Hässliche verzerrt. Er veralberte sie ostentativ, mit voller Absicht. Seht, wie eitel sie ist, sagte Ladners linkisches Gehopse. Was für eine Schauspielerin. Tut so, als hätte sie keine Angst vorm tiefen Wasser, tut so, als wäre sie glücklich, tut so, als wüsste sie nicht, wie sehr wir sie verachten.

Das war aufregend und schockierend. Lizas Gesicht zitterte, weil es ihr so schwerfiel, nicht zu lachen. Ein Teil von ihr wollte Ladner Einhalt gebieten, sofort, bevor er Schaden anrichtete, und ein Teil sehnte genau diesen Schaden herbei, den Schaden, den Ladner anzurichten vermochte, das jähe Aufreißen, die pure Lust daran.

Kenny juchzte laut. Er hatte kein Feingefühl.

Bea hatte die Veränderung in Lizas Gesicht bereits bemerkt, und jetzt hörte sie Kenny. Sie wandte den Kopf, um zu sehen, was dort los war. Aber Ladner hatte sich wieder ins Wasser fallen lassen, er war über seine Pflanzen gebückt.

Liza strampelte sofort wild los, um sie abzulenken. Als Bea nicht reagierte, schwamm sie hinaus in den tiefen Teil des Teiches und tauchte. Tief, tief hinab bis dahin, wo es dunkel ist, wo die Karpfen leben, im Schlamm. Sie blieb so lange unten, wie sie konnte. Sie tauchte so weit, dass sie sich in den Pflanzen am anderen Ufer verhedderte und keuchend hochkam, nur ungefähr einen Meter von Ladner entfernt.

»Ich hab mich im Schilf verfangen«, sagte sie. »Ich hätte ertrinken können.«

»Pech gehabt«, sagte Ladner. Er griff zum Schein nach ihr, um ihr zwischen die Beine zu fassen. Gleichzeitig machte er ein frommes, schockiertes Gesicht, als ob die Person in seinem Kopf sich darüber empörte, was seine Hand da anstellen wollte.

Liza tat, als merkte sie nichts. »Wo ist Bea?«, fragte sie.

Ladner schaute zum Ufer gegenüber. »Vielleicht zum Haus hoch«, sagte er. »Ich hab sie nicht gehen se hen.« Er war wieder völlig normal, ein ernster Arbeiter, dem ihr ganzer Unsinn ein wenig auf die Nerven ging. Ladner konnte das. Er konnte sich plötzlich ganz anders geben, und wenn du noch an vorher dachtest, warst du selber schuld.

Liza schwamm schnurstracks, so schnell sie konnte, quer durch den Teich. Sie lief ans Ufer, dass das Wasser spritzte, und kletterte schwerfällig hinauf. Sie lief an den Eulen und dem Adler vorbei, die sie hinter der Glasscheibe anstarrten. Und am Schild mit »Die Natur tut nichts ohne Sinn«.

Sie konnte Bea nirgends sehen. Nicht vor ihr auf dem Holzsteg über den Sumpf. Nicht auf der offenen Fläche unter den Pinien. Liza nahm den Weg zur Hintertür des Hauses. Mitten auf dem Weg stand eine Buche, um die man einen Bogen machen musste, und in ihre glatte Rinde waren Initialen eingeritzt. Ein »L« für Ladner, noch eins für Liza, ein »K« für Kenny. Ein gutes Stück tiefer standen die Buchstaben »HR«. Als Liza Bea die Initialen zum ersten Mal gezeigt hatte, hatte Kenny mit der Faust auf das HR getrommelt. Er hüpfte auf und ab und schrie: »Hosen runter!« Ladner holte aus und tat mit ernster Miene so, als gäbe er ihm eine Kopfnuss. »Hier rechts«, sagte er und zeigte auf den in die Rinde geritzten Pfeil, der um den Stamm führte. »Hör nicht auf diese frechen Kinder mit ihrer schmutzigen Phantasie«, sagte er zu Bea.

Liza brachte es nicht über sich, an die Tür zu klop-

fen. Sie war voller Schuldgefühle und böser Vorah-
nungen. Es schien ihr, als müsste Bea fortgehen. Wie
konnte sie nach einer solchen Beleidigung bleiben –
wie konnte sie es noch mit ihnen aushalten? Bea wusste
nicht über Ladner Bescheid. Wie sollte sie auch? Selbst
Liza hätte niemandem beschreiben können, was er
für ein Mensch war. In dem heimlichen Leben, das sie
mit ihm führte, war das Furchtbare immer komisch,
war Verderbtheit immer mit Albernheit vermischt,
musstest du immer mitmachen beim Fratzenschnei-
den und Stimmeverstellen und dem Spiel, bei dem
er ein Monster aus dem Comic war. Du konntest dich
nicht entziehen und wolltest es auch gar nicht, genauso wenig wie du das Stechen der tausend Stecknadeln verhindern konntest, wenn dir was eingeschlafen war.

Liza ging ums Haus und trat aus dem Schatten der
Bäume. Sie überquerte barfuß den heißen Kiesweg.
Da stand ihr eigenes Haus mitten in einem Maisfeld
am Ende einer kurzen Zufahrt. Es war ein Holzhaus,
das oben weiß und unten grellrosa gestrichen war,
wie Lippenstift. Die Idee hatte Lizas Vater gehabt.
Vielleicht hatte er gedacht, dass es dadurch munterer
wirken würde. Vielleicht hatte er gedacht, Rosa würde
den Anschein erwecken, es wohnte eine Frau dort.

In der Küche herrscht Chaos – verschüttete Corn-
flakes auf dem Fußboden, sauer riechende Milchpfüt-
zen auf der Arbeitsfläche. Ein Haufen Klamotten aus

dem Waschsalon über den Lehnstuhl in der Ecke und drum herum auf dem Boden verteilt und – das weiß Liza, ohne hinzuschauen – das Geschirrtuch zusammengeknüllt unter dem ganzen Müll im Spülbecken. Es ist ihre Aufgabe, das alles wiederherzurichten, und sie sollte es besser tun, bevor ihr Vater nach Hause kommt.

Noch schert sie sich nicht drum. Sie geht nach oben unter die Dachschräge, wo es drückend heiß ist, und holt ihren kleinen Beutel mit Schätzen hervor. Sie bewahrt diesen Beutel vorne in der Spitze eines alten Gummistiefels auf, der ihr zu klein ist. Keiner weiß von ihm. Am allerwenigsten Kenny.

Der Beutel enthält ein Barbie-Abendkleid, das Liza von einem Mädchen gestohlen hat, mit dem sie früher gespielt hat (Liza findet das Kleid gar nicht mehr so toll, aber es hat eine Bedeutung, weil es gestohlen ist), ein blaues Etui mit Schnappverschluss mit der Brille ihrer Mutter, ein bemaltes hölzernes Ei, das sie als Preis in einem Oster-Malwettbewerb in der zweiten Klasse gewonnen hat (mit einem kleineren Ei darin, in dem noch ein kleineres Ei steckt). Und den einzelnen Strassohrring, den sie auf der Straße gefunden hat. Sie hat lange geglaubt, dass die Strasssteine Brillanten wären. Der Ohrring ist verschnörkelt und elegant, mit tränenförmigen Strasssteinen, die an Schlaufen und Bögen aus kleineren Steinen baumeln, und wenn Liza ihn sich ans Ohr hängt, berührt er fast ihre Schulter.

Sie hat nur ihren Badeanzug an, deshalb muss sie den Ohrring in ihre Faust einrollen, diesen glühend heißen Knoten. Ihr Kopf fühlt sich an wie geschwollen: von der Hitze, vom Hocken über ihrem geheimen Schatz, von ihrem Vorsatz. Sie denkt sehnsüchtig an den Schatten unter Ladners Bäumen, als wäre das ein schwarzer Teich.

An diesem Haus steht nirgends ein Baum, und der einzige Strauch ist ein Fliederbusch an der Hintertreppe, mit gekräuselten, braun geränderten Blättern. Um das Haus herum nichts als Mais, und ein Stück weiter die schiefe alte Scheune, die Liza und Kenny nicht betreten dürfen, weil sie jederzeit zusammenbrechen kann. Keine Unterteilungen, keine geheimen Orte – hier ist alles kahl und einfach.

Doch wenn du über die Straße gehst – wie Liza, die jetzt über den Schotter springt –, wenn du Ladners Land betrittst, ist es, als kämst du in eine Welt mit verschiedenen und ganz unterschiedlichen Ländern. Da ist das Sumpfland, das tief und urwaldartig ist, voller Pferdebremsen und Springkraut und Zehrwurz. Dort riecht es nach tropischen Gefahren und Komplikationen. Dann der Pinienhain, feierlich wie eine Kirche, mit seinen hohen Ästen und dem Nadelteppich, in dem man meint, flüstern zu müssen. Und die dunklen Räume unter den ausladenden, tief hängenden Zedernarmen – ganz und gar schattige, geheime Räume mit einem Boden aus nackter Erde. Überall fällt die Sonne unterschiedlich, und an manche Stellen kommt sie gar nicht. An manchen Stellen steht die Luft dick und still, und an anderen Stellen spürst du eine kräftige Brise. Gerüche sind herb oder verlockend. Manche Wege verlangen feierliches Schreiten, und manche Steine liegen jeweils einen Sprung auseinander, so dass sie dich zu Übermut herausfordern. Hier liegen die Schauplätze ernster Lektionen, wo Ladner ihnen beigebracht hat, wie man einen Hickorybaum von einem Grauen Walnussbaum unterscheidet und einen Stern von einem Planeten, hier liegen die Stellen, wo sie gerannt sind und sich grölend an Äste gehängt und alle möglichen Kunststücke vollführt haben. Und die Stellen, wo Liza das Gefühl hat, dort wären Wunden auf der Erde, ein Kitzeln, und Scham im Gras.

HR
Scheibenwaschjunge
Tüchtig rubbeln, rubbeln, rubbeln.

Wenn Ladner nach Liza griff und sich an sie presste, hatte sie das Gefühl, tief in seinem Innern lauerte eine Gefahr, ein mechanisches Hämmern, so als würde er gleich mit einem Lichtblitz vergehen und von ihm würde nicht mehr übrigbleiben als schwarzer Rauch und Brandgeruch und verkohlte Drähte. Stattdessen fiel er kraftlos zu Boden, wie das von Fleisch und Knochen gelöste Fell eines Tieres. Er lag so schwer und reglos da, dass Liza und sogar Kenny einen Augenblick das Gefühl hatten, es wäre eine Sünde, ihn anzuschauen. Er musste seine Stimme aus den Tiefen seiner ächzenden Eingeweide emporziehen, um ihnen zu sagen, dass sie böse Kinder waren.

Er schnalzte leise mit der Zunge, und seine Augen blitzten aus einem Hinterhalt, hart und rund wie die Glasaugen der Tiere.

Böse-böse-böse.

»Nein, wie hübsch«, sagte Bea. »Liza, sag mir – hat er deiner Mutter gehört?«

Liza sagte ja. Ihr war mittlerweile aufgegangen, dass ein einzelner Ohrring als Geschenk womöglich kindisch und mitleiderregend wirkte – vielleicht absichtlich Mitleid heischend. Selbst dass sie ihn als Schatz hütete, konnte dumm erscheinen. Aber wenn er von ihrer Mutter war – das wäre verständlich, das würde dem Geschenk eine gewisse Bedeutung verleihen. »Du könntest ihn an eine Kette hängen«, sagte sie. »Wenn du ihn an eine Kette hängst, kannst du ihn um den Hals tragen.«

»Ach, das dachte ich auch gerade!«, sagte Bea. »Ich dachte gerade, er würde gut an eine Kette passen. An eine silberne Kette – meinst du nicht? Ach, Liza, es macht mich so stolz, dass du ihn mir geschenkt hast!«

»Du könntest ihn an der Nase tragen«, sagte Ladner. Aber er sagte es ohne Schärfe. Er war jetzt friedlich – geschafft, friedlich. Er sprach von Beas Nase, als gefiele ihm der Gedanke.

Ladner und Bea saßen unter den Pflaumenbäumen unmittelbar hinter dem Haus. Sie saßen auf den Korbstühlen, die Bea aus der Stadt mitgebracht hatte. Sie hatte nicht viel mitgebracht – gerade so viel, dass sie zwischen Ladners Häuten und Instrumenten hier und da eine Insel schaffen konnte. Diese Stühle, ein paar Becher, ein Sitzkissen. Die Weingläser, aus denen sie gerade tranken.

Bea hatte sich umgezogen und trug jetzt ein dunkelblaues Kleid aus einem sehr dünnen, weichen Material. Es fiel fließend, lang und lose von den Schultern. Sie ließ die Strasssteine durch die Finger gleiten, sie ließ sie fallen und in den Falten ihres blauen Kleides funkeln. Sie hatte Ladner doch noch vergeben oder beschlossen, nicht mehr daran zu denken.

Bea konnte Sicherheit verbreiten, wenn sie wollte. Bestimmt konnte sie das. Dazu muss sie sich nur in eine andere Frau verwandeln, eine harte und schnelle Bis-hierher-und-nicht-weiter-Frau, klar, energisch und unduldsam. *So nicht. Jetzt nicht. Benimm dich.* Die Frau, die sie retten konnte – die dafür sorgen konnte, dass alle brav waren und blieben, für immer.

Wozu Bea ihnen geschickt worden ist, sieht sie selbst nicht.

Nur Liza sieht es.

Goethe, Werke

Hamburger Ausgabe in vierzehn Bänden

Herausgegeben von Erich Trunz, unter Mitwirkung von Herbert von
Einem, Wolfgang Kayser, H. J. Schrimpf, C. F. von Weizsäcker, Benno von
Wiese, Lieselotte Blumenthal und Dorothea Kuhn. Rund 10 000 Seiten,
davon rund 3000 Seiten Kommentar und Register

Seit zweieinhalb Jahrzehnten genießt die kommentierte Hamburger Goethe-
Ausgabe einen ausgezeichneten Ruf. Jeder Band erschien in mehreren, stets
überarbeiteten und verbesserten Neuauflagen. Die Kommentare erläutern
Wortschatz, Entstehung, Überlieferung, Gehalt und Form der Werke. Die
neuesten Ergebnisse der Forschung sind selbstverständlich berücksichtigt.

Goethe, Briefe und Briefe an Goethe

Hamburger Ausgabe in sechs Bänden

Herausgegeben von Karl Robert Mandelkow (alle sechs Bände) unter Mitarbeit von Bodo Morawe (Band 1–4). Rund 3 000 Seiten, davon rund
1 000 Seiten Kommentar und Register

Als Sonderausgaben erschienen:

Goethe, Faust

Faust I – Faust II – Urfaust. Kommentiert von Erich Trunz
150. Tsd. 664 Seiten, davon 243 Seiten Kommentar

Goethe, Gedichte

Kommentiert von Erich Trunz. 744 Seiten,
davon 334 Seiten Kommentar

Goethe, Italienische Reise

Herausgegeben und kommentiert von Herbert von Einem unter Mitarbeit
von Alste Horn. 1978. 724 Seiten, davon 168 Seiten Kommentar.
Mit 40 Illustrationen nach zeitgenössischen Vorlagen

Verlag C. H. Beck München

Bücher zur deutschen Literaturgeschichte des 18. Jahrhunderts

Richard Newald
Die deutsche Literatur von Klopstock bis zu Goethes Tod
1. Teil: Ende der Aufklärung und Vorbereitung der Klassik (1750 bis 1786)
6. Auflage 1973. IX, 438 Seiten
(de Boor/Newald, Geschichte der deutschen Literatur
von den Anfängen bis zur Gegenwart, Band VI/1)

18. Jahrhundert
Herausgegeben von Richard Alewyn und Walther Killy
unter Mitarbeit von Christoph Perels
Zwei Teilbände. In Vorbereitung
(Die deutsche Literatur · Texte und Zeugnisse, Band IV)

Sturm und Drang – Klassik – Romantik
Herausgegeben von Hans-Egon Hass
In zwei Teilbänden. 1966. 1. Band: XXXVIII, 963 Seiten.
2. Band: IV, 970 Seiten. Gesamtregister im zweiten Teilband
(Die deutsche Literatur · Texte und Zeugnisse, Band V/1, 2)

Deutsche Schriftsteller im Porträt 3
Sturm und Drang, Klassik, Romantik. Herausgegeben von Jörn Göres
1980. 280 Seiten mit 132 Abbildungen (Beck'sche Schwarze Reihe, Band 214)

Hermann Hettner
Literaturgeschichte der Goethezeit
Herausgegeben von Johannes Anderegg
1970. XII, 800 Seiten (Beck'sche Sonderausgaben)

Ralph-Rainer Wuthenow
Das erinnerte Ich
Europäische Autobiographie und Selbstdarstellung im 18. Jahrhundert
1974. 244 Seiten (Edition Beck)

Johann Heinrich Voß
Briefe an Goeckingk (1775–1786)
Herausgegeben von Gerhard Hay
1976. 207 Seiten mit 4 Abbildungen auf Tafeln. Leinen

Verlag C. H. Beck München